【年表資料】上代文学史

新装版

金井清一（京都産業大学名誉教授）
小野寛（駒澤大学名誉教授）
編

笠間書院

凡　例

一、本書は、大学および短期大学における上代文学・上代文学史の講義・演習用のテキストとして編集したものである。

一、本書は解説書ではなく、あくまでテキストであることを意図し、編者の主観的叙述は避けて、上代文学の史的展開およびその特徴を理解するに必要な客観的資料を提供することにつとめた。

一、内容は年表編と資料編の二部とし、巻末に関係系図・位階変遷表・官位相当表・万葉集各巻一覧等を付載した。

一、年表編は、天武天皇没年以前を金井清一が、以後を小野寛が分担作成した。年表についての凡例は年表編の冒頭に記してある。

一、資料編は、上代文学の主要作品を選び、成立および伝来の年代順に配列した。頭注は人名・地名および特殊な語句の説明に限った。必要に応じて訓の異同を注したところもある。

一、資料編の作成に当っては、散文作品を金井が、韻文作品を小野が分担した。

一、巻末の付録のうち、位階変遷表・官制表・官位相当表は、青木和夫氏の御好意によって、『万葉集必携』所収の同氏および関晃氏作成による表を一部修正して転載したものである。記して謝意を表する。

『年表資料 上代文学史』目次

付

年表資料

上代文学史

年表編

凡例

一、年表編は記紀年表と歴史年表とから成る。この二種の年表は、ともに上代文学史学習のために欠くことのできないものであるが、記紀年表の伝承的内容の事項と歴史年表の史実としての事項とを一つの年表に混在させることは不可能であるため、このような編成を試みた。なお継体天皇以後については記紀年表の必要性少なく、また、これを存置することは伝承上の事実と歴史上の事実との境界判断が問題になるため、歴史年表のみとした。

一、記紀年表は日本書紀の編年に従い、神武天皇元年から武烈天皇末年までを範囲とした。

一、記紀年表の事項欄の（　）内の人名、没年は、古事記における記述を示す。〔記なし〕は古事記に記載のないことを示す。

一、記紀年表の参考欄の歌謡番号は、日本古典文学大系「古代歌謡集」による。

一、歴史年表の天皇、年号欄は日本書紀に従ったが、欽明朝については法皇帝説に従った部分もある。その場合は当該箇所に〔法皇帝説〕と記した。

一、歴史年表の事項欄の事項叙述の末尾の（　）内に典拠を示した。但し、日本書紀・続日本紀・日本後紀による事項については典拠を示さなかった。

一、事項欄に、当該事項に関係深い資料を参考として掲げた。その場合、冒頭に〔　〕して資料名を記した。〔　〕内の数字は巻数を示す。

一、事項欄の参考文は歴史的かなづかいによった。

一、参考欄の末尾の（　）内に歌番号を記した。歌番号は、記紀歌謡については記紀年表と同じく、万葉集については国歌大観による。

記紀年表

天皇	年	月日	事項	参考
神武	元	1・1	神日本《かむやまと》磐余《いわれ》彦尊《ひこのみこと》(神倭伊波礼毘古命)、橿原宮に即位。媛《ひめ》蹈《た》鞴《たら》五十《い》鈴《すず》媛命《ひめのみこと》を皇后とする。	記19 葦原の……
	76	3・11	天皇没。年百二十七(百三十七)。	
		11・—	神《かむ》渟《ぬ》名《な》川耳《かわみみ》尊(神沼河耳命)、庶兄手《た》研《ぎし》耳《みみ》命を誅する。	記20 狭井河よ……
綏靖《すいぜい》	元	1・8	神渟名川耳尊、葛城の高丘宮に即位。五十《い》鈴《すず》依《より》媛《ひめ》を皇后とする。	記21 畝火山……
	33	5・—	天皇没。年八十四(四十五)。	
安寧	元	7・3	磯《し》城《き》津《つ》彦《ひこ》玉《たま》手《て》看《み》尊(師木津日子玉手見命)即位。	
	2	1・—	都を片塩の浮孔《うきあな》宮に遷す。	
	38	12・6	天皇没。年五十七(四十九)。	
懿徳《いとく》	元	2・4	大日本《おおやまと》彦《ひこ》耜友《すきとも》尊(大倭日子鉏友命)即位。	
	2	1・5	都を軽の曲峡《まがりお》宮に遷す。	
	34	9・8	天皇没。年七十七(四十五)。	
孝昭	元	1・9	観《み》松《まつ》彦《ひこ》香《か》殖《え》稲《しね》尊(御真津日子訶恵志泥命)即位。	
		7・—	都を葛城の掖上《わきかみ》の池心《いけごころ》宮に遷す。	
	83	8・5	天皇没。年百十三(九十三)。	
孝安	元	1・27	日本《やまと》足《たらし》彦《ひこ》国《くに》押《おし》人《ひと》尊(大倭帯日子国押人命)即位。	
	2	10・—	都を葛城の室の秋津嶋宮に遷す。	
	102	1・9	天皇没。年百三十七(百二十三)。	
		12・4	皇太子、大日本《おおやまと》根《ね》子《こ》彦《ひこ》太瓊《ふとに》尊(大倭根子日子賦斗邇命)、都を黒田の廬戸《いおと》宮に遷す。	
孝霊	元	1・12	大日本根子彦太瓊尊即位。	
	76	2・8	天皇没。年百二十八(百六)。	
孝元	元	1・14	大日本《おおやまと》根《ね》子《こ》彦《ひこ》国牽《くにくる》尊(大倭根子日子国玖琉命)即位。	
	4	3・11	都を軽の境原《さかいはら》宮に遷す。	

天皇	年	月日	事項	参考
開化	57	9・2	天皇没。年百十六(五十七)。	
		11・12	皇太子、稚日本根子彦大日日尊《わかやまとねこひこおおひひ》(若倭根子日子大毘毘命)即位。	
	元	10・13	都を春日の率川宮《いざかわ》に遷す。	
	60	4・9	天皇没。一云年百十五(六十三)。	
崇神	元	1・13	御間城入彦五十瓊殖尊《みまきいりびこいにえ》(御真木入日子印恵命)即位。	
	3	9・―	都を磯城《しき》の瑞籬宮《みつかき》に遷す。	
	5	―・―	国内に疫病流行する。	
	6	―・―	天照大神を豊鍬入姫命に託《つ》けて、倭の笠縫邑に祭り、日本大国魂神《おおくにたま》を渟名城入姫命《ぬなき》に託けて祭る。	
	7	2・15	大物主神、倭迹迹日百襲姫命《やまととびももそひめ》に憑《かか》って託宣する。	
		11・13	大田田根子、大物主神を祭り、長尾市《ながおち》、倭の大国魂神を祭り、疫病終息する。	
	10	9・9	大彦命を北陸に、武渟川別を東海に、吉備津彦を西道に、丹波道主命を丹波に派遣する(記は吉備津彦の西道派遣なく、丹波へは日子坐王を派遣)。	
		―・―	大彦命と彦国葺《ひこくにぶく》、武埴安彦の叛乱を平定する。	記22 御真木入日子はや…… 紀18 御間城入彦はや…
			この後、倭迹迹日百襲姫命、大物主神の妻となる〔箸墓伝説〕(記は建波邇安王叛逆の前に美和山伝説として記す)。	紀19 大坂に……
	60	7・14	出雲振根《いずものふるね》、その弟飯入根《いいいりね》を殺し、吉備津彦と武渟河別に誅される(記なし)。	記23 やつめさす(紀20 八雲立つ)……
	65	7・―	任那、蘇那曷叱知《そなかしち》を遣して朝貢(記なし)。	
	68	12・5	天皇没。年百二十(百六十八)。	
垂仁	元	1・2	活目入彦五十狭茅尊《いくめいりびこいさち》(伊久米伊理毘古伊佐知命)即位。	
	2	10・―	纒向《まきむく》の珠城宮《たまき》を都とする。	
		―・―	蘇那曷叱知、任那へ帰る途中、新羅人に賜物を奪われる。	
	3	3・―	新羅の王子、天日槍《あめのひほこ》渡来(記は応神天皇条に「昔」のこととして記す)。	
	5	10・―	皇后狭穂姫《さほ》の兄、狭穂彦叛き、狭穂姫、兄に殉じて死ぬ(記は95~98ページ参照)。	

天皇	年	月日	事項	参考
景行	7	7・7	野見宿祢《のみすくね》と当摩《たぎま》蹶速《のけはや》と角力(記なし)。	
	15	8・1	丹波の日葉酢《ひばす》媛命を皇后とする。	
	23	11・2	狭穂姫の子、誉津別《ほむつわけ》命、はじめてもの言う。	
	25	3・10	天照大神を豊耜入姫命より離して倭姫命に託《つ》ける。倭姫命、菟田の筱幡・近江国・美濃国を経て伊勢国に至り、祠を立てる(記なし)。	
	28	11・2	倭彦命の死に際して殉死の風習を禁じる(記なし)。	
	32	7・6	日葉酢媛命没。埴輪の人形を以て殉死の人に代え、墓の周囲に埋める(記なし)。	
	39	10・―	五十瓊敷《いにしき》命、劔一千口を作って石上神宮に蔵める。	
	88	7・10	天日槍の曽孫、清彦に出石《いずし》の神宝を献納させる(記なし)。	
	90	2・1	田道間守《たじまもり》を常世国に遣して、非時《ときじく》の香菓《かくのみ》を求めさせる。	
	99	7・1	天皇没(記は二月没)。年百四十(百五十三)。	
	元	7・11	大足彦忍代別《おおたらしひこおしろわけ》尊(大帯日子游斯呂和気命)即位。	
	4	11・―	纏向の日代《ひしろ》宮を都とする。	
	12	8・15	熊襲平定のため、九州巡幸に出発する(記なし)。	紀22 23 作者景行天皇(記30 31参照)
	19	9・20	天皇、日向国より都に還る(記なし)。	
	27	10・13	日本武尊(倭建命)、熊襲征討に出発(記は98ページ参照)。	紀24 朝霜の……
	28	2・1	日本武尊、熊襲平定の復命(記は101ページ参照)。	記23―37(103～106ページ参照)
	40	10・2	日本武尊、蝦夷征討に出発(同前)。	
	43	―・―	日本武尊没。年三十(記は106ページ参照)。	紀25―27(記25 26 29)
	53	8・―	天皇、東国巡幸に出発(記なし)。	
	54	9・19	伊勢を経て、纏向の日代宮に還幸(記なし)。	
	58	2・11	近江国に幸し、志賀の高穴穂《あなほ》宮を都とする(記なし)。	
	60	11・7	天皇没。年百六(百三十七)。	

天皇	年	月日	事項	参考
成務	元	1・5	稚足彦尊《わかたらしひこ》(若帯日子命)即位。	
	5	9・—	国郡を制定し、国造《くにのみやつこ》、県主《あがたぬし》を設置する。	
	60	6・11	天皇没。年百七(九十五)。	
仲哀	元	1・11	足仲彦尊《たらしなかつひこ》(帯中日子命)即位。	
		閏11・1	父、日本武尊の陵域の池に白鳥を放すため、諸国に白鳥を献らしめる(記なし)。	
	2	1・11	気長足姫尊《おきながたらしひめ》(息長帯比売命)を皇后とする。	
		9・—	天皇、穴門豊浦宮《あなとのとゆら》に遷る。	
	8	1・21	筑紫の橿日宮《かしひ》に遷る。	
		9・5	天皇、熊襲征討を前にして、神託を疑う。	
	9	2・5	天皇急死。年五十二(五十二)。	
		10・3	皇后、新羅征討の軍をおこし、和珥津《わにのつ》を出航(119ページ参照)。	
		12・14	新羅より還り、筑紫にて誉田別《はむたわけ》皇子(品陀和気命)を生む。	
神功	摂・元	2・—	麛《かご》坂王・忍熊王、皇后等の上京を迎え撃つ。	紀28 をち方の……
		3・5	武内宿祢の軍勢、忍熊王の軍を敗る。	記38 いざ吾君……(紀29)
	摂・5	3・—	新羅の使者、毛麻利叱智《もまりしち》ら、葛城襲津彦《かずらきのそつひこ》を欺いて新羅の人質を奪い返す(記なし)。	紀30 淡海の海……
	摂・13	2・8	誉田別皇子、角鹿《つぬが》の笥飯大神に参拝。	紀31 淡海の海……
	摂・46	3・1	斯摩《しま》宿祢を卓淳《とくじゅん》国に遣わす。	記39 この御酒は……(紀32)
	摂・47	4・—	百済国と新羅国、共に朝貢。	記40 この御酒を…(紀33)
	摂・49	3・—	荒田別、鹿我別《かが》を将軍として新羅を討つ。	
	摂・52	9・10	百済の使者、久氏《くてい》等、千熊長彦《ちくまながひこ》に従って来朝、七枝刀その他を献上。	
	摂・69	4・17	皇后没。年百(百)。	
応神	元	1・1	誉田別尊(品陀和気命)即位。	
	5	8・13	海人部、山守部を定める。(記は海部、山部、山守部、伊勢部を定めると記す)	

天皇	年	月日	事項	参考
		10・―	伊豆国に科して快速船、枯野を作らせる。	
	6	2・―	近江国に行幸、菟道野に歌う(記は宮主矢河枝比売への求婚も付記する)。	記41 千葉の……(紀34) 記42 この蟹や……
	9	4・―	武内宿祢と甘美内宿祢《うましうち》、探湯《くがたち》をして潔白を争う(記なし)。	
	13	3・―	天皇、日向国の髪長媛《かみながひめ》を召す。	
		9・―	大鷦鷯尊《おおさざき》、髪長媛を賜わる。	記43 いざ子ども…(紀35)
	14	―・―	秦氏の祖弓月君、百済から渡来。	記44 水たまる……(紀36)
	15	8・6	百済の王(照古王)、阿直伎《あちき》を遣して良馬二匹を貢上。	記45 道のしり……(紀37)
	16	2・―	王仁《わに》、百済から渡来。菟道稚郎子《うじのわきいらつこ》、典籍を王仁に習う(記は王仁が論語十巻、千字文一巻を貢上したことを記す)。	記46 道のしり……(紀38)
	19	10・1	吉野宮に行幸。国樔人《くずひと》、贄《にえ》を献じて歌う。	記47 品陀の……
	20	9・―	倭漢氏《やまとのあや》の祖阿知使主《あちのおみ》、その子都加使主《つか》ら渡来。	記48 白檮《かし》の生に…(紀39)
	22	3・5	難波の大隅宮《おおすみ》に遷る。この月、吉備の兄媛を国に帰す(記なし)。	記49 すすこりが……
	28	9・―	高麗王、使者を遣して朝貢。朝廷、その上表文の無礼を責める(記なし)。	紀40 淡路島……
	31	8・―	官船、枯野を老朽のため薪として焼いて塩を製する(記は仁徳天皇条に記す)。	紀41 枯野を……(記74)
	37	2・1	阿知使主らを呉《くれ》に遣して織女を求めさせる。	
	40	1・8	天皇、大山守命と大鷦鷯尊を召して皇太子決定について問い、菟道稚郎子を皇太子とする。	
	41	2・15	天皇、(軽島の)明宮《あきらのみや》(一云、大隅宮)に没。年百十(百三十)。	
		―・―	大鷦鷯尊、菟道稚郎子とともに大山守命を討つ。	記50 ちはやぶる…(紀42)
		―・―	菟道稚郎子、即位を辞退して死ぬ。	記51 ちはやひと…(紀43)
仁徳	元	1・3	大鷦鷯尊(大雀命)即位、難波の高津宮を都とする。	
	2	3・8	磐之媛《いわのひめ》(石之日売)を皇后とする。	
	4	3・21	天皇、三年間百姓の課役を免除する。	
	11	10・―	茨田堤《まむたのつつみ》を築く。難波の堀江を海に貫流させる。この数年、土木工事多い。	紀44 水そこふ……

天皇	年	月日	事項	参考
	16	7・1	天皇、皇后の嫉妬のために桑田玖賀媛を播磨の速待《はやまち》に賜う（記なし。記は吉備の黒日売との相聞を記す）。	紀45 みかしほ…… 記52―70（108～113）ページ参照）
	22	1・―	皇后、天皇が八田《やた》皇女を妃とすることを許さず。	
	30	9・―	天皇、皇后の紀国遊行の間に八田皇女を妃とする。皇后怒って宮に帰らず、山背《やましろ》の筒城《つつき》に行く（記は筒木の韓人、奴理能美《ぬりのみ》の家に入ると記す）。	紀46 うま人の…… 紀47 衣こそ……
	35	6・―	皇后、筒城宮に没（記は皇后が生存し、のち天皇のもとに帰ったことを女鳥《めとり》王の事件で示す）。	紀48 おしてる……
	38	1・6	八田皇女（八田若郎女）を皇后とする（記なし）。	紀49 夏虫の……
		7・―	天皇、皇后とともに莵餓野《とがの》の鹿を憐れむ。	紀50 朝妻の……
	40	2・―	隼別《はやぶさわけ》皇子、雌鳥《めとり》皇女と通じ、ともに天皇に誅される。	紀51 なには人……
	50	3・5	天皇雁の産卵を賞して、武内宿祢と唱和。	記71 たまきはる…（紀62）
	53	5・―	上毛野君の祖、竹葉瀬《たかはせ》・田道《たじ》らを遣して新羅を討つ（記なし）。	記72 高光る……（紀63）
	55	―・―	田道、蝦夷と戦って死ぬ（記なし）。	記73 汝が御子や……
	60	10・―	白鳥陵の陵守、目《め》杵、役丁に徴され、白鹿と化して走る（記なし）。	
	62	―・―	闘鶏《つげ》の氷室からはじめて氷を献上（記なし）。	
	65	―・―	飛騨国の宿儺を誅する（記なし）。	
	67	10・18	河内国百舌鳥耳原《もずみみはら》に築陵着工（記なし）。	
		―・―	笠臣の祖県守《あがたもり》、吉備の中の国の川嶋河の大蛇を退治する。	
	87	1・16	天皇没。（丁卯の年八月十五日没、八十三）。	
		―・―	住吉仲《すみのえのなかつ》皇子《みこ》、長兄去来穂別《いざほわけ》太子に叛く。弟瑞歯別《みつはわけ》皇子、住吉仲皇子の近習の隼人をして皇子を殺させる。	記75 たぢひ野に…… 記76 埴生坂……
履中	元	2・1	去来穂別尊（伊邪本和気命）、磐余稚桜宮《いわれのわかさくらの》に即位。	記77 大坂に……（紀64）
		4・17	住吉仲皇子の叛乱に連坐した阿曇《あずみ》連浜子《はまこ》の眼のふちに入れ墨の刑（記なし）。	
	3	11・6	天皇、両枝《ふたまた》船を磐余市磯《いちし》池に浮かべて遊ぶ（記なし）。	

天皇	年	月日	事項	参考
	4	8・8	諸国に国史《ふみひと》を置く(記なし)。	
	5	9・18	淡路島に行幸、伊奘諾《いざなき》神託宣して、従駕の飼部《うまかいべ》の入れ墨を嫌う(記なし)。	
		9・19	皇妃黒媛急死。	
	6	1・6	草香幡梭皇女を皇后とする。	
		3・15	天皇没。年七十(壬申の年正月三日没。六十四)。	
反正	元	1・2	瑞歯別尊(水歯別命)即位。	
		10・｜	河内国の丹比《たじひ》の柴籬《しばかき》宮を都とする。	
	5	1・23	天皇没(丁丑の年七月没。六十)。	
允恭	元	12・｜	雄朝津間稚子宿祢《おあさずまわくごのすくね》皇子、群卿及び妃忍坂大中姫命に推されて即位(記は妃の件なし。遠飛鳥《とおつあすか》宮に治天下と記す。書紀は宮を記さない)。	
	3	8・｜	新羅から召した医師、天皇の病を癒す。	
	4	9・9	味橿丘《うまかし》に盟神探湯《くかたち》して、天下の氏氏の氏姓を正しく定める。	
	5	7・｜	葛城襲津彦の孫、玉田宿祢を誅す。	
	7	12・1	天皇、皇后忍坂大中姫命の妹、衣通郎姫《そとおしのいらつめ》を召す(記なし)。	
	8	2・｜	藤原宮に幸して、衣通郎姫と唱和(記なし)。	紀65 わがせこが……
	10	1・｜	皇后、天皇の衣通郎姫の茅淳《ちぬ》宮への行幸を諫める(記なし)。	紀66 ささらがた……
	14	9・12	天皇、海人男狭磯《おさし》の死を悼む。	紀67 花ぐはし……
	23	3・7	木梨軽《きなしのかる》皇子を皇太子とする。	紀68 とこしへに……
	24	6・｜	皇太子、同母妹軽大娘《おおいらつめ》皇女に通じたこと発覚。軽大娘皇女を伊予国に流す。 (記には、天皇没後のこととして、軽太子が軽大郎女に通じ、大前小前宿祢大臣の家に逃げたが、捕われて伊予に流され、大郎女が後を追って行き共に死んだと記す。また軽大郎女の別名を衣通郎女とする)。	記78 あしひきの…(紀69) 記79 ささ葉に…… 記80 うるはしと…… 記83 天だむ……(紀71) 記84 天だむ…… 記85 天とぶ…… 記86 大君を……(紀70)
	42	1・14	天皇没。年若干(甲午の年正月十四日没。七十八)。新羅の弔使来朝(記なし)。	

天皇	年	月日	事項	参考
		10・―	穴穂《あなほ》皇子、物部大前宿祢にかくまわれた軽太子を討つ。太子自殺(記は二十四年条に前述)。	記87 夏草の…… 記88 君が行き……(万85) 記89 こもりくの…… 記90 こもりくの……
安康		12・14	穴穂皇子即位。都を石上の穴穂宮に遷す。	
	元	2・1	天皇、坂本臣の祖根使主《ねのおみ》を遣して大草香《くさか》皇子の妹幡梭《はたび》皇女を大泊瀬皇子のために迎えんとする。根使主の讒言によって大草香皇子を誅す。	記81 大前小前宿祢が……(紀72)
	2	1・17	大草香皇子の妃、中蒂《なかし》姫を皇后とする。	記82 宮人の……(紀73)
	3	8・9	大草香皇子と中蒂姫との子眉輪《まよわ》王、天皇を殺す(天皇、年五十六)。	
		8・―	大泊瀬皇子、眉輪王と、王をかくまった葛城《かずらきの》円大臣《つぶらのおおおみ》を誅す。	紀74 臣の子は……
		10・1	大泊瀬皇子、履中天皇の皇子市辺押磐皇子を狩に誘って殺す。	
		10・―	押磐皇子の同母弟御馬皇子を討つ。	
雄略		11・13	大泊瀬皇子(大長谷若建命)泊瀬の朝倉宮に即位。	大臣＝平群臣真鳥《まとり》 大連＝大伴連室屋《むろや》 物部連目《め》
	元	3・3	天皇、草香幡梭姫皇女を皇后とする。	
	2	10・3	天皇、吉野に狩して不興、皇太后の提言によって宍人部《ししひとべ》を設置。天下の人「大悪天皇」と言う。	
	3	4・―	阿閉《あへ》臣国見の讒言によって栲幡《たくはた》皇女自経(記なし)。	記91 くさかべの……
	4	2・―	天皇、葛城山に狩して、一事主《ひとことぬし》神と逢う。	
		8・18	吉野宮に行幸して、蜻蛉《あきず》を賞して歌う。	記97 みえしのの…(紀75)
	5	2・―	天皇、葛城山に狩して猪に追われて歌う。	記98 やすみしし…(紀76)
		6・―	百済の軍君《こにきし》、加須利君《かすりのきし》の婦を賜わって来朝の途中、婦の出産した男子を百済に送り帰す。その子のち武寧王となる。	
	6	2・4	天皇、泊瀬の小野に遊んで山を賞す。	紀77 こもりくの……
		3・7	少子部《ちいさこべ》連蜾蠃《すがる》、蚕を集めることを命じられ、誤って児《こ》を集める。	
	7	―・―	吉備上道《かみつみち》臣田狭《たさ》、任那にて新羅と結んで叛く。	
	9	3・―	紀小弓宿祢らを大将軍として新羅征討の軍をおこす。大伴談《かたり》連戦死。紀小弓宿祢病死。蘇我韓子宿祢も内部対立で殺され、征討不成功に終る(記なし)。	

天皇	年	月日	事項	参考
		7・1	河内国の人、田辺史伯孫《はくそん》、誉田《はむた》陵の下で土馬《はにま》の不思議にあう(記なし)。	
	10	9・4	身狭村主青《むさのすぐりあお》ら、呉《くれ》から帰国。	
	12	10・10	秦酒公《はたのさけのきみ》、木工闘鶏御田《つけのみた》の罪許されることを願って歌う(記なし)。	紀78 神風の…
	13	3・—	狭穂彦の玄孫、歯田根《はたね》命、采女を奸《おか》す(記なし)。	紀79 山辺の……
		9・—	木工韋那部真根《いなべのまね》の罪されんとして、同伴巧者《あいたくみ》の歌によって救われる(記なし)。	紀80 あたらしき……
	14	1・13	身狭村主青ら、呉の使者及び手末《たなすえ》の才伎《てひと》を連れて帰国。呉人を桧隈野《ひのくまの》に置き呉原と名づける。	紀81 ぬば玉の……
		4・1	根使主《ねのおみ》、呉の使者を饗応の際に押木の珠縵《たまかずら》を発見されて誅される(記なし)。	
	15	—・—	秦酒公、分散した秦の民を集め統率する(記なし)。	
	16	10・—	漢部を集めて、伴造の者を定めさせる(記なし)。	
	18	8・10	物部菟代《うしろ》宿祢、物部目連を遣して伊勢の朝日郎《あさけのいらつこ》を討つ(記なし)。	
	21	3・—	百済救援のため出兵、高麗と戦う(記なし)。	
	22	1・1	白髪皇子を皇太子とする。	万1740 1741(209ページ参照)
		7・—	丹波国の餘社《よざ》郡の管川《つつかわ》の人、瑞江浦嶋子《みずのえのうらしまのこ》、蓬莱山に行く(記なし)。	丹後国風土記逸文(146ページ参照)
	23	8・7	天皇没(己巳の年八月九日没。年百二十四)。	
		8・—	征新羅将軍吉備臣尾代の率る蝦夷叛乱(記なし)。	紀82 道にあふや……
			(記は雄略天皇条に、以上の他に天皇の召しを徒らに待った赤猪子《あかいこ》の話、袁杼比売をつまどう話、三重の采女の天語歌《あまがたりうた》などを記す)。	記92—95(赤猪子) 記99 103 104(袁杼比売) 記100—102(天語歌)
		8・—	星川皇子の叛乱。吉備上道臣ら、星川皇子を支援。	
清寧	元	1・15	白髪皇子(白髪大倭根子命)、磐余《いわれ》の甕栗《みかくり》宮に即位。	大臣＝平群真鳥大臣 大連＝大伴室屋大連
	2	11・—	山部連の先祖伊予来目部《くめべ》小楯、播磨国赤石郡縮見屯倉首忍海部造《しじみのみやけのおびとおしのみべ》細目《ほそめ》のもとで、市辺押磐皇子の子億計《おけ》・弘計《をけ》の二王子を発見(記は二王子発見は天皇没後、押磐別皇子の妹飯豊王が忍海の角刺宮に坐《ま》した時のことと記す)。	紀83 稲むしろ……
	5	1・16	天皇没。年若干(記に年齢なし)。億計・弘計二王子皇位を譲り合う	

天皇	年	月日	事項	参考
		11・―	飯豊青尊没(記なし)。	紀84 倭辺に……
顕宗	元	1・1	弘計王(袁祁命)、近飛鳥八釣《ちかつあすかやつり》宮に即位。	
		2・―	近江国の老嫗置目《おみなおきめ》、押磐皇子の埋め場所を天皇に教える。	記111 浅茅原……(紀85)
		4・11	伊予来目部小楯に功として山官を与え、山部連の氏を賜う(記なし)。	記112 置目もや……(紀86)
	2	8・1	天皇、父を殺した雄略天皇の陵を壊さんとして億計王に諫められる。	
	3	2・1	月神、阿閉臣事代《ことしろ》に託宣。歌荒樔田《うたあらすだ》の地を献じて、壹岐《いき》県主の祖押見《おしみ》宿祢祭り仕える(記なし)。	
		4・5	日神、阿閉臣事代に託宣。磐余の田を献じて、対島《つしま》下県直《あたい》祭り仕える(記なし)。	
		4・25	天皇没(年三十八)。	
			(記は顕宗天皇即位前のこととして、袁祁命と平群志毘《しび》臣との歌垣の場での大魚《おおうお》を争う問答歌を記す)。	記105 大宮の…… 記106 大工匠……
仁賢	元	1・5	億計王(意祁命)、石上広高《いそのかみのひろたか》宮に即位。	記107 大君の……
	2	9・―	顕宗天皇の皇后自殺。	記108 潮瀬の……(紀87)
	5	2・5	諸国の佐伯部を集めて、佐伯部仲子《なかちこ》の子孫を佐伯造とする。	記109 大君の……
	6	9・4	日鷹吉士《ひたかのきし》を高麗に遣す。その従者麁寸《あらき》の妻飽田目《あくため》、夫を偲んで泣く。	記110 大魚よし……
	11	8・8	天皇没(記紀ともに年齢を記さない)。	紀87―93(武烈と鮪の唱和)
		―・―	小泊瀬稚鷦鷯《おはつせのわかさざき》尊(小長谷若雀命)、平群真鳥大臣の子、鮪《しび》と歌垣の場で影媛を争う(記は類似の歌を袁祁命と志毘の争いとして記す)。	
			影媛、鮪の死を悲しんで歌う。	紀94 石の上……
		11・11	大伴金村大連、平群真鳥大臣の宅を囲んで討つ。	紀95 青によし……
武烈		12・―	小泊瀬稚鷦鷯尊、泊瀬列城《なみき》宮に即位。	大連＝大伴金村連
	2	9・―	天皇、孕婦の腹をさいて胎を見る。	
	3	10・―	天皇、人の生ま爪をぬいていもを掘らせる。この数年、天皇の暴虐の記事が多い。	
	4	―・―	百済、末多王を廃して武寧王を立てる。	
	8	12・8	天皇没(記紀ともに年齢を記さない)。	

歴史年表

天皇	年号・干支	西暦	月日	事項
		0〜−100		中国の史書に「倭」初出。 〔前漢書地理志〕楽浪海中に倭人あり。分れて百余国となる。歳時を以て来り献見すと云ふ。
	(後漢・建武中元2)(丁巳)	57		倭の奴国、後漢に朝貢。 〔後漢書倭伝〕建武中元二年、倭の奴国、奉貢朝賀す。使人自ら大夫《たいふ》と称す。倭国の極南界なり。光武、賜ふに印綬を以てす（福岡県糟屋郡志賀島村出土の金印に「漢委奴国王」とあるは、この時のものか）。
	(後漢・永初1)(丁未)	107		倭の国王帥升ら、請見。 〔後漢書倭伝〕安帝の永初元年、倭の国王帥升ら、生口百六十人を献じ請見を願ふ。
	(後漢・建和1〜中平5)(丁亥〜戊辰)	147〜188		倭国、大いに乱れる。 〔後漢書倭伝〕桓・霊の間、倭国大いに乱れ、更〻相功伐し、歴年主無し。 〔魏志倭人伝〕其の国、本亦男子を以て王と為し、とどまること七・八十年。倭国乱れ、相功伐すること歴年、乃ち共に一女子を立てて王と為す。名づけて卑弥呼と曰ふ。鬼道に事《つか》へ、能く衆を惑はす。年已に長大なるも夫壻無く、男弟あり、佐《たす》けて国を治む。
	(魏・景初3)(己未)	239		卑弥呼、難升米らを派遣、魏の明帝に朝貢。明帝、卑弥呼を親魏倭王と為す。 〔魏志倭人伝〕景初二年六月、倭の女王、大夫難升米らを遣はし、郡(帯方郡)に詣《いた》りて朝献せんことを求む。……其の年十二月、詔書して倭の女王に報じて曰く「親魏倭王卑弥呼に制詔す。帯方の太守劉夏、使を遣はし汝の大夫難升米・次使都市牛利を送り、汝献ずる所の男生口四人・女生口六人・斑布二匹二丈を奉り以て到る。汝が在る所はるかに遠きも、乃ち使を遣はして貢献す。是れ汝の忠孝、我れ甚だ汝を哀れむ。今汝を以て親魏倭王と為し、……銅鏡百枚・眞珠・鉛丹各々五十斤を賜ひ、……還り到らば録受し、悉く以て汝が国中の人に示し、国家汝を哀れむを知らしむべし。（景初二年は三年の誤り。大阪府泉北郡福泉町

天皇	年号・干支	西暦	月日	事項
				黄金塚古墳から「景初三年云々」の銘のある銅鏡が出土している)。 〔書紀・九〕三十九年。魏志に云はく、明帝の景初の三年の六月、倭の女王、大夫難升米らを遣して、郡に詣りて、天子に詣らむことを求めて朝献す。
	(魏・正始9) (戊辰)	248		この頃、卑弥呼没す。 〔魏志倭人伝〕卑弥呼以て死す。大いに冢《つか》を作る。径百余歩、徇葬する者、奴婢百余人。更に男王を立てしも、国中服せず。更々《こもごも》相誅殺し、当時千余人を殺す。復た卑弥呼の宗女壹與年十三なるを立てて王と為し、国中遂に定まる。
	(西晋・泰始2) (丙戌)	266		倭人、晋に朝貢。 〔晋書武帝紀〕泰始二年十一月己卯、倭人来りて方物を献ず。
	(壬申)	372		秋九月、百済の人、久氐《くてい》ら七《なな》枝刀《さやのたち》その他を献ず。 〔書紀・九〕五十二年の秋九月丁卯朔丙子(十日)に、久氐ら、千熊長彦に従ひて詣り。則ち七枝刀一口、七《なな》子鏡《つこのかがみ》一面、及び種々の重宝を献る(石上神宮に現存の、泰和四年(三六九)の銘ある七支刀はこれか)。
	(辛卯)	391		倭、渡海して百済・新羅を破る。 〔高句麗好太王碑銘〕倭以て辛卯の年、来りて海を渡り、百済□□新羅を破り、以て臣民と為す。
	(甲辰)	404		倭、高句麗と戦って大敗す。 〔高句麗好太王碑銘〕倭、不軌にして、帯方の界に侵入す。……倭冦潰敗し、斬殺無数なり。
仁徳	(宋・永初2) (辛酉)	421		倭王讃、宋に朝貢す。 〔宋書倭国伝〕高祖の永初二年、詔して曰く「倭讃、万里貢を修む。遠誠宜しくあらはすべく、除授を賜ふ可し」と(讃は仁徳天皇か。他に応神天皇説、履中天皇説あり)。
反正	(宋・元嘉15) (戊寅)	438		倭王珍、安東将軍となる。 〔宋書文帝紀〕元嘉十五年夏四月己巳、倭国王珍を以て安東将軍と為す。 〔宋書倭国伝〕讃死して弟珍立つ。使を遣はして貢献し、自ら使持節都督倭・百済・新羅・任那・秦韓・慕韓六国諸軍事・安東大将軍・倭国王と称し、表して除正せられんことを求む。詔して安東将軍・倭国王に

天皇	年号・干支	西暦	月日	事項
				除す（珍は反正天皇か。他に仁徳天皇説あり）。
允恭	（宋・元嘉20）（癸未）	443		倭王済、安東将軍となる。〔宋書倭国伝〕二十年、倭国王済、使を遣はして奉献す。復た以て安東将軍・倭国王と為す（済は允恭天皇か）。
允恭	（宋・元嘉28）（辛卯）	451		倭王済、加授・進号される。〔宋書文帝紀〕二十八年秋七月甲辰、安東将軍倭王済、安東大将軍に進号す。〔宋書倭国伝〕二十八年、使持節都督倭・新羅・任那・加羅・秦韓・慕韓六国諸軍事を加へ、安東将軍は故《もと》の如し。
安康	（宋・大明6）（壬寅）	462		倭王興、安東将軍となる。〔宋書孝武帝紀〕大明六年三月壬寅、倭国王世子興を以て安東将軍と為す（興は安康天皇か）。
安康		463～476		この頃、安康天皇、眉輪王に殺され、大泊瀬幼武《わかたけ》皇子（雄略）、眉輪王・葛城円大臣を殺す。皇子、また市辺押磐皇子も殺す。〔書紀・十三〕三年の秋八月の甲申の朔壬辰に、天皇、眉輪王の為に殺せ《し》まつられたまひぬ。〔書紀・十四〕三年（安康）の冬十月の癸未の朔に……大泊瀬天皇、弓をひきまかなひ馬をはせて、いつはり呼《よば》ひして「猪《しし》あり」と曰ひて、即ち市辺押磐皇子を射殺したまふ。
雄略	（宋・昇明2）（戊午）	478		倭王武、宋に上表する。〔宋書倭国伝〕興死して弟武立ち、自ら使持節都督倭・百済・新羅・任那・加羅・秦韓・慕韓七国諸軍事・安東大将軍・倭国王と称す。順帝の昇明二年、使を遣はして表を上る。曰く、「封国は偏遠にして、藩を外に作《な》す。昔より祖禰《そでい》躬《みづか》ら甲冑を擐《つらぬ》き、山川を跋渉し、寧処に遑《いとま》あらず。東は毛人を征すること五十五国、西は衆夷を服すること六十六国、渡りて海北を平ぐること九十五国。王道融泰にして、土を廓《ひら》き畿を遥《はるか》にす。……」と。詔して武を使持節都督倭・新羅・任那・加羅・秦韓・慕韓六国諸軍事・安東大将軍・倭王に除す。
雄略	（梁・天監1）	502		梁の武帝、倭王武を征東将軍とする。

天皇	年号・干支	西暦	月日	事項
継体	(壬午)			〔梁書武帝紀〕天監元年四月戊辰、鎮東大将軍倭王武、征東将軍に進号す。
	元(丁亥)	507	1・—	応神天皇五世孫男大迹《おほど》王、越前国三国から迎えられ、十二日、樟葉宮に入る。
			2・4	男大迹王即位。大臣は許勢男人。大連は物部麁鹿火《あらかひ》、大伴金村。
	五(辛卯)	511	10・—	都を山城国筒城に遷す。
	六(壬辰)	512	12・—	任那国の四県を百済に割譲。
	七(癸巳)	513	9・—	勾《まがり》大兄皇子、春日皇女を妃とし、月の夜に清談(紀96 八島国妻まきかねて……。紀97 こもりくの泊瀬の川ゆ……)。
	一二(戊戌)	518	3・9	都を山城国弟国に遷す。
	一七(癸卯)	523	5・—	百済の武寧王没。
	一八(甲辰)	524	1・—	百済、聖明王即位。
	二〇(丙午)	526	9・13	都を磐余の玉穂に遷す。
	二一(丁未)	527	6・—	筑紫国造磐井《いわい》、反乱。
	二二(戊申)	528	11・11	磐井、筑紫国御井《みい》郡にて戦死。
	二四(庚戌)	530	—・—	近江の毛野《けな》臣、任那にて失政。召喚される途中、対馬にて死ぬ(紀98 枚方ゆ笛吹き上る……。紀99 韓国をいかに云ことそ……)。
	二五(辛亥)	531	2・7	天皇没。年八十二(或本云、として 甲寅年に没とも記す。記は、丁未の年四月九日没。年四十三と記す)。勾大兄皇子即位。大臣は空席。大連は前に同じ。
欽明	元(壬子)〔法皇帝説〕	532		天国《あめくに》排開《おしはらき》広庭《ひろにわ》皇子即位(法皇帝説)。
安閑	元(甲寅)	534	1・—	都を大倭《やまと》国の勾金橋《まがりのかなはし》に遷す。
	二(乙卯)	535	12・17	天皇没。年七十(記は三月十三日没と記す。年齢は記さない)。桧隈《ひのくま》高田皇子即位。
宣化	元(丙辰)	536	1・—	都を桧隈の廬入野に遷す。大臣は蘇我稲目。大連は前に同じ。
	二(丁巳)	537	10・1	大伴狭手彦を遣して、新羅の侵攻に対し任那・百済を救援。 〔万・五〕遠つ人 松浦佐用姫 夫《つま》恋ひに ひれ振りしより 負へる山の名(八七一)他略。 〔肥前国風土記〕松浦郡……。褶《ひれ》振の峯。……大伴の狭手彦の連、発船して任那に渡りし時、弟日姫子、こ

天皇	年号・干支	西暦	月日	事項
				こに登りて、褶をもちて振り招きき。因りて褶振の峯と名づく。……
宣化 欽明	三（戊午） 七（戊午） 〔法皇帝説〕	538	―・―	仏教、公的に伝来（法皇帝説）。 〔上宮聖徳法皇帝説〕志癸嶋天皇の御世、戊午年十月十二日、百済国聖明王、始めて仏像経教并せて僧等を度し奉る。勅して蘇我稲目宿祢大臣に授け興隆せしむ（志癸嶋天皇は欽明天皇）。
宣化	四（己未）	539	2・10	天皇没。年七十三（記は没年、年齢を記さない）。
			12・5	天国排開広庭皇子即位。大臣前に同じ。大連、大伴金村・物部尾輿。
欽明	一三（壬申）	552	10・―	仏教、公的に伝来。 〔書紀・十九〕十三年、冬十月に、百済の聖明王、西部《せいほう》姫氏《きし》達率《だちそち》怒唎斯致契《ぬりしちけい》らを遣して、釈迦仏の金銅像一軀・幡蓋《はたきぬがさ》若干・経論若干巻を献る（書紀の欽明十三年は西暦五五二年であり書紀と帝説とは仏教伝来の年について伝えを異にしている）。
	二三（壬午）	562	1・―	新羅、任那の官家《みやけ》を打ち滅す。 〔書紀・十九〕二十三年の春正月に、新羅、任那の官家を打ち滅しつ。一本に云はく、二十一年に、任那滅ぶといふ。 ……同じ時に虜《とりこ》にせられたる調吉《つき》士《し》伊企儺《いきな》、人となり勇烈《たけ》くして終に降服《したが》はず。新羅《しらき》の闘将、刀を抜きて斬らむとす。逼《せ》めて褌を脱かしめて、追ひて尻臀《しりたぶら》を以て日本に向はしめて、大きに号叫《さけ》びて曰はしむらく「日本の将、わが尻をくらへ」といはしむ。すなはち号叫びて曰はく「新羅の王《こきし》、わが尻をくらへ」といふ。苦《せ》めたしなまるといへども、なほ前の如く叫ぶ。是によりて殺されぬ。その子舅子《をぢこ》、またその父を抱へて死ぬ。伊企儺、ことば奪ひ難きこと、皆かくの如し。此によりて、ひとり諸の将帥のために痛み惜まる。その妻大葉子《おほばこ》、また並びに禽《とりこ》にせらる。愴然《いた》みて歌ひて曰はく、 韓国《からくに》の　城《き》の上に立ちて　大葉子は　領巾《ひれ》振らすも　日本《やまと》へ向きて（紀100） ある人和《こた》へて曰はく、 韓国の　城の上に立たし　大葉子は　領巾振らす見ゆ　難波へ向きて（紀101）
欽明	三二（辛卯）	571	4・―	天皇没。年若干（記は没年、年齢を記さない）。

天皇	年号・干支	西暦	月日	事項
敏達	元(壬辰)	572	4・3	淳中倉太珠敷尊《ぬなくらのふとたましき》即位。大臣は蘇我馬子、大連は物部守屋。
			5・―	船史《ふねのふひと》の祖王辰爾《おうじんに》、高麗の国書を読み釈く。
	一二(癸卯)	583	―・―	任那復興のため、百済《くだら》に在る火葦北《ひのあしきた》国造の子、達率日羅《だちそちにちら》を召喚する。日羅、国政について建策するも、百済の人、徳爾に殺される。
	一三(甲辰)	584	―・―	蘇我馬子、百済から渡来の仏像二体を請じ、仏殿を宅《いえ》の東に造営し、善信尼らに仕えさせる。
	一四(乙巳)	585	8・15	天皇没。(記紀ともに年齢を記さない)。殯宮《もがりのみや》儀礼としての誄《しのびごと》の奏上が始めて記される。 〔書紀・二十〕この時に、殯宮を広瀬に起《た》つ。馬子宿祢大臣、刀《たち》を佩《は》きて誄たてまつる。物部弓削守屋《ゆげのもりや》大連、あざわらひて曰はく「猟箭《ししや》中へる雀鳥《すずみ》の如し」といふ。次に弓削守屋大連、手脚《あし》わななき震ひて誄たてまつる。馬子宿祢大臣、咲《わら》ひて曰はく「鈴を懸くべし」といふ。是によりて、二《ふた》の臣、微《やや》に怨恨を生《な》す。
用明			9・5	橘豊日尊即位。宮を池辺雙槻《なみつき》宮という。大臣・大連は前に同じ。
	二(丁未)	587	4・9	天皇没(記紀ともに年齢を記さない)。
			7・―	物部守屋、仏教帰依に反対し、蘇我馬子、聖徳太子らと戦って敗死する。(121ページ参照)
崇峻			8・2	泊瀬部尊即位。倉梯宮をつくる。大臣は前に同じ。大連は空席。
	元(戊申)	588	―・―	法興寺(今の飛鳥寺)をつくる。(完成は推古四年十一月)。
	五(壬子)	592	11・―	天皇、大臣蘇我馬子に殺される(記紀ともに年齢を記さない)。
推古			12・8	豊御食炊屋姫尊《とよみけかしきやひめ》(敏達皇后)、豊浦宮に即位。
	元(癸丑)	593	4・10	聖徳太子摂政となる。 〔書紀・二十二〕廐戸豊聡耳《うまやとのとよとみみ》皇子を立てて皇太子とす。よりて録摂政《まつりごとふさねつかさど》らしむ。……懐妊開胎《みこあれま》さむとする日に、……廐《うま》の戸に当りて、労《なや》みたまはずして忽ちに産《あ》れませり。生れましながらよく言《ものい》ふ。聖《ひじり》の智あり。壮に及びて、一《ひとたび》に十人の訴を聞きたまひて、失《あやま》ちたまはずしてよく辨《わきま》へたまふ。……父の天皇(用明)、愛みたまひて、宮の南の上殿《かみつみや》に居らしめたまふ。故、その名をたたへて、上宮廐戸豊聡耳太子と謂《まう》す。
	八(庚申)	600	―・―	倭王、随に使節を派遣する。 〔隋書倭国伝〕開皇二十年、倭王姓阿毎《あめ》、字多利思北孤《たりしひこ》、阿輩鶏弥《おはきみ》と号す。使を遣はして闕に詣づ。上、所

天皇	年号・干支	西暦	月日	事項
推古				司をしてその風俗を訪はしむ。使者言はく「倭王天を以て兄とし、日を以て弟とす。……」。
	九（辛酉）	601	2・—	聖徳太子、宮を斑鳩《いかるが》に建てる（現法隆寺東院が旧趾）。
	一〇（壬戌）	602	2・1	来《く》目《め》皇子（太子の同母弟）を将軍として新羅征討軍をおこす。
			10・—	百済僧観勒《かんろく》、暦本、天文・地理の書、遁甲・方術の書を貢上。
	一一（癸亥）	603	10・4	天皇、小《お》墾《はり》田《だ》宮に遷る。
			12・5	冠位十二階を制定する（273ページ参照）。
	一二（甲子）	604	4・3	聖徳太子、みずから十七条の憲法を作る。 〔書紀・二十二〕皇太子、親らはじめて憲法十七条作りたまふ。一に曰はく、和なるを以て貴しとし、さかふること無きを宗《むね》とせよ。……二に曰はく、篤く三宝を敬へ。三宝とは仏・法・僧なり。……それ三宝によりまつらずば、何を以てかまがれるを直さむ。三に曰はく、詔を承りては必ず謹め。君をば天とす。臣をば地とす。天はおほひ地は載《の》す。……地、天をおほはむとするときは壊《やぶ》ることを致さむ。
	一五（丁卯）	607	7・3	小野妹《いも》子《こ》を隋に遣わす。 〔書紀・二十二〕大礼小野臣妹子を大唐に遣す。鞍作福利《くらつくりのふくり》を以て通事《をさ》とす。 〔隋書倭国伝〕大業三年、その王多利思比孤、使を遣して朝貢す。……その国書に曰はく、「日出づる処の天子、書を日没する処の天子に致す。つつがなきや。云々、帝、これを覧て悦ばず、鴻臚卿に謂ひて曰はく、蛮夷の書無礼なるあり。また以て聞するなかれ。……
			—・—	法隆寺の薬師像作られる（光背銘）。（法隆寺もこのころ建立か）。 〔薬師像光背銘〕池辺大宮治天下天皇（用明）大御身労賜時、歳次丙午年、召於大王天皇與太子而誓願賜、我大御病大平欲坐故将造寺薬師像作仕奉詔然当時崩賜造不堪者小治田大宮治天下大王天皇（推古）及東宮聖王（聖徳）大命受賜而歳次丁卯年仕奉。
	二〇（壬申）	612	1・7	天皇、群卿を召して宴す（紀102 やすみしし　わが大君の……。紀103 真蘇我よ　蘇我の子らは……）。
	二一（癸酉）	613	12・1	聖徳太子、片岡に飢えた人を見る。 〔書紀・二十二〕皇太子、片岡に遊行《い》でます。時に飢者《うゑたるひと》、道のほとりに臥せり。よりて姓《かばね》名《な》を問ひたまふ。

天皇	年号・干支	西暦	月日	事項
推古				しかるに言《まう》さず。皇太子、視して飲食《をしもの》与へたまふ。すなはち衣裳を脱きたまひて、飢者に覆ひて言はく、 「安らに臥せれ」とのたまふ。すなはち歌ひて曰はく、 　してなる　片岡山に　飯に飢《ゑ》て　臥《こや》せる　その旅人《たひと》あはれ　親なしに　汝《なれ》生《な》りけめや　さす竹の　君 　はやなき　飯に飢て　臥せる　その旅人あはれ（紀104、136ページ参照） とのたまふ。辛未《かのとひつじのひ》（二日）に、皇太子、使を遣して飢者を視しめたまふ。使者、還り来て曰さく、「飢者、すでに死《みまか》りぬ」とまうす。……数日之後、皇太子、近く習《つかへまつ》る人を召して、謂《かた》りて曰はく、「先の日に道に臥して飢者、それ凡人《ただひと》にあらじ。必ず真人《ひじり》ならむ」とのたまひて、使を遣して視しむ。ここに、使者、還り来て曰さく「墓所に到りて視れば封《かた》め埋みしところ動かず。すなはち開きて見れば、屍骨すでに空しくなりたり。ただ衣服のみ畳みて棺の上に置けり」とまうす。……時の人、大きに異《あや》びて曰はく「聖《ひじり》の聖を知ること、それ実《まこと》なるかな」といひて、いよいよ惶《かしこま》る（類似の説話が霊異記上の四に、類似の歌謡が万葉集四一五にある）。
	二八（庚辰）	620	―・―	聖徳太子、蘇我馬子、共議して天皇記、国記、臣連伴造国造百八十部あわせて公民らの本記を作る。
	三〇（壬午）	622	2・22	聖徳太子没（天寿国繍帳）（帝説）。（書紀は二十九年二月五日とする）。 〔天寿国繍帳銘〕歳在辛巳（推古二十九年）十二月廿一日癸酉日入、孔部間人母王崩。明年二月二十二日甲戌夜半、太子崩。
	三四（丙戌）	626	5・20	蘇我馬子没。 〔書紀・二十二〕大臣《おほおみ》薨《みう》せぬ。よりて桃原墓に葬る。大臣は稲目宿祢の子なり。性、武略ありて、また辨才あり。以て三宝を恭《つつし》み敬ひて飛鳥河のほとりに家《いへゐ》せり。すなはち庭の中に小なる池を開《は》れり。よりて小なる嶋を池の中につく。故、後の人、嶋の大臣と曰ふ（現在、奈良県高市郡明日香村島之庄の石舞台古墳は、馬子の墓といわれている）。
	三六（戊子）	628	3・7	天皇没。年七十五（記は三月十五日没。年齢は記さない）。
舒明	元（己丑）	629	1・4	田村皇子即位。 〔書紀・二十三〕九月に葬礼をはりぬ。嗣位《ひつぎのくらゐ》未だ定まらず。この時に当りて、蘇我蝦夷臣、大臣たり。独り

天皇	年号・干支	西暦	月日	事項
孝徳				大臣の心の猶《なほ》し貞《ただ》しく浄《いさぎよ》きことを知りて、追ひて悔い恥づることをなして、哀び歎くこと休《や》み難し。……皇太子の妃蘇我造媛《みやつこひめ》、父の大臣、塩(物部二田《ふつた》造塩)のために斬らると聞きて、心を傷《やぶ》りて痛みあつかふ。塩の名聞くことを悪《にく》む。所以《このゆゑ》に造媛に近く侍る者、塩の名称《い》はむことを諱《い》みて、改めて堅塩《きたし》と曰ふ。造媛、遂に心を傷るによりて、死ぬるに致りぬ。皇太子、造媛徂《し》逝ぬと聞きて、愴然《い》傷怛《た》みたまひて、哀泣《かなし》みたまふこと極めて甚なり。ここに野中川原史満《ののなかのかはらのふひとみつ》、進みて歌を奉る。歌ひて曰はく、 山川に　鴛鴦《をし》二つ居て　偶よく　偶へる妹を　誰か率にけむ(其一)(紀113、136ページ参照)。 本毎に　花は咲けども　何とかも　愛し妹が　また咲き出来《こ》ぬ(其二)(紀114、同前)。 皇太子、慨然《な》頽歎《げ》き褒《ほ》めて曰はく「善きかな、悲しきかな」といふ。
	白雉元(庚戌)	650	2・15	穴戸(長門)国司、白雉献上(九日)。祥瑞により改元。
	白雉四(癸丑)	653	—・—	中大兄、都を大和に遷さんとする。 〔書紀・二十五〕是歳、太子、奏請して曰さく「冀《ねが》はくは倭の京に遷らむ」とまうす。天皇、許したまはず。皇太子、すなはち皇祖母尊《すめみおやのみこと》(皇極)・間人皇后を奉《みてたてまつ》り、并て皇弟等を率て往きて倭飛鳥河原行宮《かりみや》に居《ま》します。時に、公卿大夫、百官の人等、皆随ひて遷る。是によりて天皇、恨みて国位を捨《さ》りたまはむと欲して、宮を山碕に造らしめたまふ。すなはち歌を間人皇后に送りて曰はく、 鉗《かな》着け　吾が飼ふ駒は　引出《ひきで》せず　吾が飼ふ駒を　人見つらむか(紀115、136ページ参照)。
	白雉五(甲寅)	654	2・—	高向史玄理《たかむくのふひとげんり》、河辺臣麻呂らを唐に派遣。
			10・10	天皇没。 〔書紀・二十五〕冬十月の癸卯の朔に、皇太子、天皇病疾《みやまひ》したまふと聞きて、すなはち皇祖母尊、間人皇后を奉りて、并て皇弟・公卿等を率て、難波宮に赴く。壬子(十日)に、天皇、正寝《おほとの》に崩《かむあが》りましぬ。よりて殯《もがりや》を南庭《おほば》に起つ。
斉明	元(乙卯)	655	1・3	皇極天皇、飛鳥板蓋宮に再び即位する。
			—・—	冬、板蓋宮放火災上し、飛鳥川原宮に遷る。
	二(丙辰)	656	—・—	この年、後飛鳥岡本宮《のちのあすかのおかもと》を造営。その他、土木工事盛んに行なわれる。

天皇	年号・干支	西暦	月日	事項
斉明				〔書紀・二十六〕是歳、飛鳥の岡本に、さらに宮地を定む。……号《な》けて後飛鳥岡本宮と曰ふ。田身嶺《たむのみね》に、冠らしむるに周《めぐ》れる垣を以てす。また、嶺の上の両《ふた》つの槻《つき》の樹の辺に観《たかどの》を起《た》つ。号けて両槻宮《ふたつきのみや》とす。または天宮《あまつみや》と曰ふ。時に興事《おこしつくること》を好む。すなはち水工《みづたくみ》をして渠《みぞ》ほらしむ。香山《かぐやま》の西より、石上山《いそのかみやま》に至る。舟二百隻を以て、石上山の石を載みて、流の順《まま》にひき、宮の東の山に石を累《かさ》ねて垣とす。時の人の謗りて曰はく、「狂《たぶれ》心《ごころ》の渠。功夫《ひとちから》を損《おと》し費すこと、三万余。垣造る功夫を費し損すこと七万余。宮材爛《ただ》れ、山の椒《すゑ》(頂)埋れたり」といふ。また、謗りて曰はく、「石の山丘を作る。作るままに自づからに破れなむ」といふ。また吉野宮を作る。……岡本宮に災《ひつ》けり。
	三(丁巳)	657	9・―	有間皇子、紀の牟婁《むろの》温湯《ゆ》に療病。 〔書紀・二十六〕有間皇子、性黠《ひととなりさと》くして陽狂《うほけくるひ》すと、云々。牟婁温湯に往きて、病を療《をさ》むる偽《まね》して来《まうき》、国の体勢《なり》を讃めて曰はく、「纔その所を観るに、病自づからにのぞこりぬ」と、云々。天皇、聞しめし悦びたまひて、往《おは》しまして観《みそなは》さむと思ほす。
	四(戊午)	658	4・―	阿部《あへ》臣比羅夫《ひらぶ》、水軍を率いて蝦夷を討つ。
			5・―	建王《たけるのみこ》(天皇の孫、天智と遠智娘との子)没。年八歳(紀116―118、137ページ参照)。
			10・15	天皇、紀の牟婁温湯に行幸(紀119―121、万9―12、137・162ページ参照)。
			11・3	有間皇子謀反。 〔書紀・二十六〕留守官《とどまりまもるつかさ》蘇我赤兄《あかえ》臣、有間皇子に語りて曰はく、「天皇の治《し》らす政事《まつりごと》、三つの失《あやまち》あり。大きに倉庫《くら》をたてて、民財《たみのたから》を積み聚《あつ》むこと、一つ。長く渠水《みぞ》をほりて、公粮《ひとのくらひもの》を損し費すこと、二つ。舟に石を載《つ》みて、運び積みて丘にすること、三つ」といふ。有間皇子、すなはち赤兄が己《おのれ》に善《うるは》しきことを知りて、欣然《よろこ》びて報答《こた》へて曰はく、「吾が年始めて兵を用ゐるべき時なり」といふ。甲申(五日)に、有間皇子、赤兄が家に向《ゆ》きて、樓《たかどの》に登りて謀る。夾膝《おしまづき》自づからに断れぬ。ここに相《しるまし》の不祥《さがなきこと》を知りて、ともに盟《ちか》ひて止む。皇子帰りて宿《やど》る。この夜半に、赤兄、物部朴井《えのゐ》連鮪《しび》を遣はして、宮造る丁《よほろ》を率ゐて、有間皇子を市経《いちぶ》の家に囲む。すなはち駅馬《はいま》を遣して、天皇の所に奏す。戊子(九日)に、有間皇子と……とを捉へて紀温湯に送りたてまつりき。……ここに皇太子、親《みづか》ら有間皇子

天皇	年号・干支	西暦	月日	事項
斉明				に問ひて曰はく、「何の故か謀反けむとする」とのたまふ。答へて曰さく、「天と赤兄と知らむ。吾全《もは》ら解《し》らず」とまうす。
				庚寅(十日)に、丹比《たぢひ》小沢連国襲《くにそ》を遣して、有間皇子を藤白坂に絞《くび》らしむ(19)(万141―146、162ページ参照)。
	五(己未)	659	3・1	天皇、吉野に行幸。
			3・3	天皇、近江の平浦《ひらうら》に行幸。
	六(庚申)	660	5・―	中大兄、漏剋《ろこく》(水時計)を作って、民に時刻を知らせる。七月、百済滅亡(書紀引用の日本世記)
			12・24	天皇、百済救援の出兵準備のために、難波宮に遷る(紀122)。
	七(辛酉)	661	1・6	百済を救援、新羅征討のため難波を出航して西へ向かう。 〔書紀・二十六〕御船西に征《ゆ》きて、始めて海路に就《つ》く(万13―15、162ページ参照)。 甲辰(八日)に、御船、大伯海《おほくのうみ》に到る。時に大田姫皇女《おほたのひめみこ》、女を産む。よりてこの女を名《なづ》けて、大伯皇女と曰ふ。 庚戌(十四日)、御船、伊予の熟田津《にきたつ》の石湯行宮《いはゆのかりみや》に泊つ(万8、164ページ参照)。
			3・25	天皇、筑紫の娜大津《なのおほつ》(博多港)に到着。
			5・9	天皇、朝倉橘広庭宮《あさくらのたちばなのひろにわ》(福岡県朝倉郡朝倉町)に遷る。
			7・24	天皇、朝倉宮に没(68)。皇太子中大兄称制。
			10・7	天皇の喪、大和へ帰国の途につく(紀123、138ページ参照)。
天智	二(癸亥)	663	8・―	白村江《はくすきのえ》の戦。日本と百済の軍、唐と新羅のために敗戦。 〔書紀・二十七〕戊戌(十七日)に、賊将州柔《つぬ》に至りて、その王城を繞《かく》む。大唐の軍将、戦船一百七十艘を率て、白村江に陳烈《つらな》れり。 戊申(二十七日)に、日本の船師《ふないくさ》の初《ま》づ至る者と、大唐の船師と合ひ戦ふ。日本不利《ま》けて退く。大唐陣を堅めて守る。 己酉(二十八日)に、日本の諸将と、百済の王と、気象《あるかたち》を観ずして、相謂《かた》りて曰はく、「我等先を争はば、彼自づからに退くべし」といふ。さらに日本の伍《つら》乱れたる中軍の卒を率て、進みて大唐の陣を堅くせる軍を打

天皇	年号・干支	西暦	月日	事項
天智				つ。大唐、すなはち左右より船を夾《はさ》みて繞《かく》み戦ふ。須臾之際《ときのま》に、官軍敗続《やぶ》れぬ。水に赴きて溺れ死ぬる者衆《おほ》し。
				〔旧唐書劉仁軌伝〕仁軌、倭兵と白江の口に遇ふ。四戦して捷つ。その舟四百艘を焚く。煙、天に漲る。海水皆赤し。
				〔三国史記〕この時、倭国の船兵、来りて百済を助く。倭船千艘、停りて白沙に在り。百済の精騎、岸上に船を守る。新羅の驍騎、漢の前鋒となりて先づ岸陣を破る。周留(州柔)失胆、遂に即ち降下す。
			9・7	州柔《つぬ》落城し、百済滅亡。
			9・24	日本の敗軍および百済の遺民ら、日本に向けて出発。
	三(甲子)	664	2・9	冠位二十六階を制定し(273ページ参照)、氏上および諸氏の民部、家部を定める。
			―・―	防人と烽を対馬、壹岐、筑紫に置く。水城を筑紫(大宰府)に築く。
	四(乙丑)	665	2・25	間人大后《はしひとのおほきさき》(孝徳天皇の皇后)没。
			2・―	亡命の百済遺民四百余人を近江国神前郡に置く。
	五(丙寅)	666	―・―	百済遺民二千余人を東国に置く。
	六(丁卯)	667	2・27	皇極(斉明)天皇と間人大后を小市岡上陵《おちのおかのうえ》に合葬。大田皇女を陵前に葬る。
			3・19	都を近江に遷す(万17―19、165ページ参照)。
				〔書紀・二十七〕都を近江に遷す。この時に、天下の百姓《おほみたから》、都遷すことを願はずして、諷《そ》へ諫《あざむ》く者多し。童《わざ》謡《うた》また衆《おほ》し。日日夜夜、失火《みつながれ》の処多し。
	七(戊辰)	668	1・3	皇太子中大兄即位。
			1・―	近江に崇福寺を建立中、銅鐸《たく》が掘り出される(扶桑略記)。
			2・23	倭姫王を皇后とする。
			5・5	天皇、近江国蒲生野《かまふの》に大海人皇子らを率いて遊猟(万20 21、165・168ページ参照)。
			10・―	高句麗滅亡。
				〔旧唐書高宗紀〕九月癸巳(十三日)、司空英国公、勣(李勣=唐の名将)、高麗を破る。平壌城を抜き、そ

天皇	年号・干支	西暦	月日	事項
天智				の王高蔵及びその大臣男建等を擒にして帰る。
	八（己巳）	669	—・—	この年、沙門道行、草薙劔を盗み、新羅に逃げようとする。
			10・16	藤原鎌足没(56)。 〔書紀・二十七〕乙卯(十日)に、天皇、藤原内大臣《うちつおほおみ》の家に幸して、親ら所患を問ひたまふ。……庚申(十五日)に、天皇、東宮大皇弟(大海人皇子)を藤原内大臣の家に遣して、大織冠と大臣の位とを授く。よりて姓《うぢ》を賜ひて藤原氏とす。これより以後、通して藤原内大臣と曰ふ。辛酉(十六日)に藤原内大臣薨《みう》せぬ。
			—・—	河内直鯨らを唐に派遣。以後、大宝二年(七〇二)まで遣唐使の派遣なし。
	九（庚午）	670	2・—	戸籍を造る。いわゆる庚寅年籍。
			4・30	法隆寺全焼。
	一〇（辛未）	671	1・5	大友皇子を太政大臣とする。(太政大臣の初見、一般に天智七年制定といわれる近江令に基いての施行とされる)。 蘇我赤兄＝左大臣。中臣金＝右大臣。
			1・6	冠位、法度を施行する(天智三年二月の記事と重出)。
			9・—	天皇不予。
			10・17	天皇、病床に大海人皇子を召して遺言。皇子皇位を辞退して出家。 〔書紀・二十八〕天皇、臥病したまひて、痛みたまふこと甚し。ここに蘇我臣安麻呂を遣して、東宮を召して、大殿に引き入る。時に安麻呂は素《もと》より東宮の好《よみ》したまふ所なり。密かに東宮を顧みたてまつりて曰さく「有意《こころしら》ひて言《のたま》へ」とまうす。東宮、ここに隠せる謀あらむことを疑ひて慎みたまふ。天皇、東宮に勅して鴻業《あまつひつぎのこと》を授く。すなはち辞譲《いな》びて曰はく「臣《やつかれ》が不幸《さいはひな》き、元より多の病あり。いかにぞよく社稷《くにいへ》を保たむ。願はくは、陛下、天下を挙げて皇后に附せたまへ。なほ、大友皇子を立てて儲君《まうけのきみ》としたまへ。臣は今日出家して、陛下のために、功徳を修《おこな》はむ」とまうしたまふ。天皇聴《ゆる》したまふ。即日、出家して法服をきたまふ。…… 壬午(十九日)に、吉野宮に入りたまふ。……或《あるひと》の曰はく、「虎に翼を着けて放てり」といふ。
			11・10	対馬国司、唐の使者郭務悰《かくむそう》ら二千人、船四十七隻に乗って日本へ来朝せんとすることを大宰府に報告。

天皇	年号・干支	西暦	月日	事項
天智			11・24	近江宮放火。
			11・29	蘇我赤兄ら五人、大友皇子を奉じて天皇の前に忠誠を誓う。
			12・3	天皇、近江宮に没。年四十六(紀126－128、万149－155、138・167ページ参照)。
弘文 天武	元（壬申）	672	5・―	舎人《とねり》朴《えの》井連《いのむらじ》雄君《おきみ》、近江朝廷側の吉野宮への警戒、圧迫の様子を大海人皇子に報告。
			6・22	大海人皇子、挙兵を決意し、村国《むらくに》連男依《おより》ら舎人三人を美濃に派遣、兵を集めさせる。壬申の乱の始まり。
			6・24	大海人皇子、東国へ出発。 〔書紀・二十八〕この日に、途発《みちた》ちて東国に入りたまふ。事急《にはか》にして、駕《おほみま》を待たずして行《いでま》す。にはかに県犬養連大伴の鞍馬《くらあけるうま》に遇ひ、よりて御駕《みのり》す。すなはち皇后は輿に載せて従せしむ。津振川に逮《いた》りて、車駕《おほみま》始めて至れり。すなはち乗《みのり》す。この時に、元より従へる者、草壁皇子、忍壁皇子、及び舎人朴井連雄君、県犬養連大伴、佐伯連大目、……安斗連智徳、調首淡海の類、二十有余人、女孺《めのわらは》十有余人なり。その日に菟田の吾城《あき》に到る。大伴連馬来田、黄文造大伴、吉野宮より追ひて至けり。……湯沐《ゆ》の米を運ぶ伊勢国の駄五十四、菟田郡家の頭《ほとり》に遇ひぬ。よりて皆、米を棄てて、歩者《かちびと》を乗らしむ。大野に到りて日落《く》れぬ。山暗くして進行すること能はず。すなはち当邑《そのむら》の家の籬を壊《こほ》ち取りて燭《ひともし》とす。夜半に至りて隠郡《なばりのこほり》に到りて、隠駅家を焚く。……横河に及《いた》らむとするに黒雲あり。……すなはち燭を挙げて親ら式《ちく》をとりて占ひて曰はく「天下両《ふた》つに分れむ祥なり。然れども朕遂に天下を得むか」とのたまふ。……伊賀の中山に逮りて、当国の郡司等、数百の衆を率て帰《よ》りまつる。
			6・25	会明《あけぼの》に、莿萩《たらの》野に至りて暫く駕を停めて進食《みをし》す。積殖《つむゑ》の山口に到りて、高市皇子、鹿深《かふか》より越えて遇へり。……大山を越えて伊勢の鈴鹿に至る。……川曲《かはわ》の坂本に到りて日暮れぬ。皇后の疲れたまふを以て、暫く輿を留めて息《やす》む。然るに夜くもりて雨ふらむとす。ひさしく息むことを得ずして進行す。ここに寒くして雷なり雨ふること已甚《はなはだ》し。駕に従ふ者、衣裳湿《ぬ》れて、寒きに堪へず。すなはち三重郡家に到りて、屋《いへ》一間《ひとつ》を焚きて、寒《こ》いたる者を熅《あたた》めしむ。……
			6・26	丙戌(二十六日)に旦《あした》に、朝明《あさけ》郡の迹太《とほ》川の辺にして、天照太神を望拝《たよせにをがみ》みたまふ。……郡家《こほりのみやけ》に及らむとするに、男依《をより》、駅《はいま》に乗りて来て奏して曰さく「美濃の師《いくさ》三千人を発して、、不破道を塞ふること得つ」とまうす。

天皇	年号・干支	西暦	月日	事項
弘文 天武				ここに天皇、雄依が務《いさを》しきことを美《ほ》めて、既に郡家に到りて先づ高市皇子を不破《ふは》に遣して、軍事を監《み》しむ。 ……この日に、天皇、桑名郡家に宿りたまふ。すなはち停りて進《いでま》さず。 この時に、近江朝、大皇弟《まうけのきみ》東国に入りたまふことを聞きて、その群臣悉に愕《を》ぢて京の内震動《さわ》く。……ここに大友皇子、群臣に謂《かた》りて曰はく「何《いか》にか計らむ」とのたまふ。一《ひとり》の臣進みて曰さく、「遅く謀らば後れなむ。如《し》かじ、急《すみやか》に驍騎《ときうまいくさ》を聚へて、跡に乗りて逐《を》はむには」とまうす。皇子従ひたまはず。……佐伯連男《をとこ》を筑紫に遣す。樟使主《くすのおみ》磐手《いはて》を吉備国に遣して、並《ならび》に悉に兵を興さしむ。よりて男と磐手に謂りて曰はく「それ筑紫大宰栗隈王《くるくまのおほきみ》と、吉備国守当摩公広嶋《たぎまのきみひろしま》と、二人、元より大皇弟に隷《つ》きまつることあり。疑はくは反くことあらむか。もし服《まつろ》はぬ色あらば、即ち殺せ」とのたまふ。……男、筑紫に至る、時に栗隈王、符《おしてのふみ》を承《う》けて対へて曰さく「筑紫国は元より辺賊の難を戍《まも》る。それ城《き》を峻《たか》くし、隍《みぞ》を深くして、海に臨みて守らするは、あに内賊の為ならむや。今、命《おほせこと》を畏みて軍を発《おこ》さば国空しけむ。もし不意之外《おもひのほか》に、倉卒《にはか》なることあらば社稷《くに》傾きなむ。然る後に、百たび臣を殺すといふとも、何の益かあらむ。……たやすく兵を動かさざることは、それこの縁なり」とまうす。時に栗隈王の二《ふたり》の子、三野王・武家《たけいへ》王、劔を佩きて側に立ちて退くことなし。ここに、男、劔を按《おほ》りて進まむとするに、還りて亡《ころ》されむことを恐る。故、事を成すこと能はずして空しく還りぬ。
			6・27	……丁亥(二十七日)に……天皇、高市皇子に謂りて曰はく「それ近江朝には、左右大臣、及び智謀《かしこ》き群臣、共に議を定む。今朕、與に事を計る者なし。ただ幼少き孺子《こども》あるのみなり。いかにかせむ」とのたまふ。皇子、臂を攘《かかげ》りて劔を案《おほ》りて奏言《まう》さく「近江の群臣、多なりといふとも、何ぞあへて天皇の霊《みたま》に逆はむや。天皇独りましますといふとも、臣高市、神祇の霊《みたまのふゆ》に頼り、天皇の命を請けて、諸将を引率て征討たむ。あに距《ふせ》くことあらむや」とまうす。ここに天皇誉めて、手をとりて背を撫でて曰はく「ゆめ、な怠りそ」とのたまふ。よりて鞍馬を賜ひて、悉に軍事を授けたまふ。……この夜、雷電なりて雨ふること甚し。天皇祈《うけ》ひて曰はく「天神地祇、朕を扶けたまはば、雷なり雨ふること息めむ」とのたまふ。言ひ訖《をは》りて即ち雷なり雨ふること止みぬ。……
			7・2	大海人皇子の軍、赤色を衣の上に着けて目印とする。近江側は山部王が蘇我臣果安《はた》、巨勢臣比等《ひと》らに殺されるな

天皇	年号・干支	西暦	月日	事項
弘文 天武				どの内部崩壊のため、軍進まず。
			7・3	大海人皇子側の大伴連吹負《ふけい》、飛鳥古京で近江軍の将、大野君果安と戦い敗戦。
			7・7	村国連男依ら、近江国、息長《おきなが》の横河に近江軍を敗る。
			7・13	村国連男依ら、近江国、安河《やすかわ》に近江軍を敗る。
			7・22	近江国瀬田で両軍決戦。大海人皇子の軍が勝つ。(万199—201、181ページ参照) 〔書紀・二十八〕辛亥(二十二日)に、男依等瀬田に到る。時に大友皇子及び群臣等、共に橋の西に営りて、大きに陣を成せり。その後《しりへ》見えず。旗幟《はた》野を蔽《かく》し、埃塵《ちり》天に連なる。鉦鼓《かねつづみ》の声、数十里に聞ゆ。列弩《つらねるゆみ》乱れ発《はな》ちて、矢の下ること雨の如し、その将、智尊《ちそん》、精兵を率て、先鋒として距《ふせ》く。よりて橋の中を切り断つこと、三丈須容《みつえいるばかり》にして、一つの長板を置く。たとひ板をふみて度《わた》る者あらば、すなはち板を引きて堕《おと》さむとす。ここを以て、進み襲ふこと得ず。ここに、勇敢《たけ》き士あり。大分君稚臣《おほきだきみわかおみ》と曰ふ。長矛《ほこ》を棄てて、甲を重ねきて、刀を抜きて急ぎて板をふみて度る。すなはち板に着けたる綱《き》を断りて、被矢《いえ》つつ陣に入る。衆《いくさ》悉に乱れて散《あら》け走《に》ぐ。禁《とど》むべからず。時に将軍智尊、刀を抜きて退ぐる者を斬る。しかれども止むること能はず。よりて智尊を橋の辺に斬る。大友皇子・左右大臣等、僅に身免れて逃げぬ。男依等、すなはち粟津岡の下に軍す。この日に羽田公矢国《はたのきみやくに》、出雲臣狛《こま》、合ひて共に三尾城《みをのき》を攻めて降しつ。
			7・23	大友皇子自殺(25)。 〔書紀・二十八〕壬子(二十三日)に、男依等、近江の将、犬養連五十君《いきみ》及び谷直《たにのあたひ》塩手を粟津市《いち》に斬る。ここに、大友皇子、走げて入らむ所なし。すなはち還りて山前《やまさき》に隠れて、自ら縊《くび》れぬ。時に左右大臣及び群臣、皆散け失せぬ。ただし物部連麻呂、また一二の舎人のみ従へり。
			7・—	高市郡大領高市県主許梅、神がかりして託宣、神武陵への武器奉献と、高市・身狭《むさ》の二社の神の祭りを命じる。
			7・—	大伴連吹負、東国よりの援軍を得て、飛鳥での戦いに勝つ。
天武			7・24	近江側の左右大臣ら捕えられる。
			7・26	大海人側の将軍ら、不破宮の大海人皇子に勝利を報告。
			8・25	近江側の群臣を処刑。右大臣中臣連金は斬刑。左大臣蘇我臣赤兄、大納言巨勢臣比等は配流。大海人側についた

天皇	年号・干支	西暦	月日	事項
天武			—・—	屋張国守少子部連鉏鉤《さひち》は原因不明の自殺。
				飛鳥浄御原宮《きよみはら》を造営し、その冬、遷る。 〔万・十九〕大君は神にしませば赤駒の腹ばふ田井を京師《みやこ》となしつ(4260、大伴御行《みゆき》)。
			12・4	功勲あった諸臣に冠位を加増する。
	二(癸酉)	673	2・27	大海人皇子、飛鳥浄御原宮に即位。正妃、鵜野讃良《うののさらら》皇女を皇后とする。
			4・14	大来《おおく》皇女を伊勢の天照太神宮に遣そうとして、泊瀬斉宮《はつせのいつきのみや》にこもらせる。
			5・1	天皇、人材登用の詔を下す。 〔書紀・二十九〕「それ初めて出身《みやつかへ》せむ者をば、先づ大舎人に仕へしめよ。然る後に、その才能を選簡《えら》びて、当職に充《あ》てよ。また婦女は、夫《をうと》有ると無き、及び長幼を問ふこと無く進仕《つか》へむと欲ふ者をば聴《ゆる》せ。その考《しなさため》選《かうぶりな》はむことは、官人の例に准《なずら》へ」
			12・5	大嘗祭に奉仕の人々に禄を賜う(毎年の新嘗祭と区別された大嘗祭の初出の記録)。
			12・17	高市大寺(後の大安寺)造営の命。
	三(甲戌)	674	10・9	大来皇女、伊勢神宮に赴く。
	四(乙亥)	675	1・5	占星台を興《た》つ。
			2・9	諸国に芸能に巧みな者の貢上を命じる。 〔書紀・二十九〕大倭・河内・摂津・山背・播磨・淡路・丹波・但馬・近江・若狭・伊勢・美濃・尾張等の国に勅して曰はく「所部の百姓の能く歌ふ男女、及び侏儒《ひきひと》・伎人《わざひと》を選びて貢上《たてまつ》れ」とのたまふ。
			2・13	十市皇女・阿閉皇女、伊勢神宮に赴く。
			2・15	天智三年に定めた諸氏の部曲《かきべ》を廃止。
			4・18	麻続王《おみおおきみ》、因幡に配流。 〔万・一〕打麻《うちそ》を　麻続王　白水郎《あま》なれや　いらごの島の　珠藻刈ります(23) 〔万・一〕空蝉の　命を惜しみ　浪にぬれ　いらごの島の　玉藻刈り食《を》す(24)
	五(丙子)	676	1・25	国司は畿内、陸奥、長門を除いて大山位《だいせん》以下の者を任用と定める。

天皇	年号・干支	西暦	月日	事項
天武	六（丁丑）	677	6・1	天皇、東漢直の一族の悪逆を責める。
			9・30	浮浪人を本貫に送り帰し、再び本貫を離れた時は、本貫・浮浪地の双方で課役《えつき》を科す逃亡民対策を命じる。
	七（戊寅）	678	4・7	倉梯《くらはし》の斎宮に行幸の直前、十市皇女急死し、行幸を中止（万156—158、170ページ参照）。
	八（己卯）	679	5・6	六皇子、吉野宮に盟う（万27、168ページ参照）。 〔書紀・二十九〕天皇、皇后及び草壁皇子尊・大津皇子・高市《たけち》皇子・河嶋皇子・忍壁《おさかべ》皇子・芝基《しき》皇子に詔して曰はく「朕、今日、汝等とともに庭に盟ひて、千歳の後に、事無からしめむと欲す。いかに」とのたまふ。皇子等、共に対《こた》へて曰さく、「理《ことわり》、実灼然《いやちこ》なり」とまうす。則ち草壁皇子尊、先づ進みて盟ひて曰さく、「天神地祇及び天皇、證めたまへ。吾兄弟長幼、并せて十余王、各異腹より出でたり。然れども同じきと異なりと別《わ》かず、ともに天皇の勅に随ひて、相扶けて忤《さか》ふること無《な》けむ。もし今より以後、この盟の如くにあらずは、身命亡び、子孫絶えむ。忘れじ、失たじ」とまうす。五の皇子、次《ついで》を以て相盟ふこと、先の如し。然して後に、天皇曰はく、「朕が男等《こども》、各異腹にして生れたり。然れども今一《ひとつ》母《おも》同産《はらから》の如く慈まむ」とのたまふ。則ち襟を披きて、その六の皇子を抱きたまふ。
			8・1	諸氏に女人貢上を命じる。
	九（庚辰）	680	5・1	始めて宮中および諸寺に金光明経《こんこうみょうきょう》を説かせる。
			11・12	皇后不予。天皇、皇后のために薬師寺の建立を誓願。
	一〇（辛巳）	681	2・25	天皇、皇后と共に大極殿に出座して、律令制定を命じる（浄御原律令の編纂開始か）。 同日、草壁皇子を皇太子とする。
			3・17	天皇、大極殿に出座して、川嶋皇子・忍壁皇子その他十人に帝紀及び上古諸事の記定を命じる（日本書紀の編纂開始か）。
			9・8	氏上未定の氏に、氏上を定めさせる。
			12・29	柿本臣猨《さる》（人麻呂と縁戚関係あるか）小錦下の位を賜わる。
	一一（壬午）	682	4・23	男女すべてに結髪の令。婦女の男子同様の乗馬法はこの日より起る。
			8・28	草壁皇子の子、日高皇女（後の元正天皇、この年三歳）の病の平癒を祈願して大赦が行なわれる。

天皇	年号・干支	西暦	月日	事項
天武			9・2	跪礼、匍匐礼の廃止、孝徳朝の立礼採用の勅命。
			12・3	諸氏に氏上決定を命じる。
	一二(癸未)	683	2・1	大津皇子、始めて朝政を聴く。
			7・4	天皇、鏡姫王(鎌足の正室。額田王の姉か)の家に幸し、病を訊《と》う。翌日鏡姫王没。
	一三(甲申)	684	2・24	天皇、畿内および信濃に使を遣して建都の地を視察させる。
			閏4・5	諸臣に武備の整備を命じる。
			10・1	八色《やくさ》の姓を制定。 〔書紀・二十九〕詔して曰はく「また諸氏の族姓《かばね》を改めて、八色の姓を作りて天下の万姓を混《まろか》す。一つに曰はく、真人《まひと》。二つに曰はく、朝臣《あそみ》。三つに曰はく、宿祢《すくね》。四つに曰はく、忌寸《いみき》。五つに曰はく、道師《みちのし》。六つに曰はく、臣《おみ》。七つに曰はく、連《むらじ》。八つに曰はく、稲置《いなき》。この日に、……十三氏に、姓を賜ひて真人と曰ふ。
			11・1	大三輪君、大春日臣ら五十二氏に朝臣を賜う。
			12・2	大伴連、佐伯連ら五十氏に宿祢を賜う
	一四(乙酉)	685	1・21	爵位を制定、諸王以上を十二階級、諸臣を四十八階級に分ける(273ページ参照)。 〔書紀・二十九〕この日に、草壁皇子尊に浄広壱位を授けたまふ。大津皇子に浄大弐位を授けたまふ。高市皇子に浄広弐位を授けたまふ。川嶋皇子・忍壁皇子に浄大参位を授けたまふ。これより以下の諸王・諸臣等に爵位《かうぶりくらゐ》を増し加ふること各差あり。
			6・20	倭漢連・秦連ら十一氏に忌寸を賜う。
			7・26	朝服の色を定める。
			9・24	天皇不予。平癒のために大官大寺(大安寺)、川原寺、飛鳥寺にて誦経行なわれる。
			11・24	天皇のために招魂《みたまふり》する。
	朱鳥元(丙戌)	686	5・24	天皇、病篤くなる。
			6・12	占トに天皇の病は草薙劔の祟りとあり、劔を熱田社に送置する。

天皇	年号・干支	西暦	月日	事項
天武			7・2	天武十年四月の結髪令解除、垂髪を許す。
			7・3	諸国に大解除《おおはらえ》を命じる。
			7・20	朱鳥《あかみとり》元年と改元、宮を飛鳥浄御原宮と名づける。
			8・9	天皇不予のため、神祇に祈る。
			8・13	草壁・大津・高市・川嶋・忍壁の諸皇子に封戸を加増。
			8・15	芝基・磯城の二皇子に封戸加増。
			9・4	親王、諸臣すべて川原寺に集って、天皇の平癒祈願。
			9・9	天皇没(万159—161、169ページ持統天皇歌参照)。皇后、臨朝称制。
			9・11	始めて発哭。殯宮《もがりのみや》を建てる。
			9・27	誄《るい》儀礼始まる。 〔書紀・二十九〕この日に肇《はじ》めて奠進《みけたてまつ》りてすなはち誄《しのびことたてまつ》る。第一に大海《おほしあま》宿祢蒭蒲《あらかま》壬生《みぶ》の事を誄る。次に浄大《じやうだい》肆《し》伊勢王、諸王の事を誄る。次に直大参《ちきだいさむ》県犬養宿祢大伴、すべて宮内《みやうち》の事を誄る。次に浄広肆河内王、左右大舎人の事を誄る。次に直大参当麻真人国見、左右兵衛《とねり》の事を誄る。次に直大肆采女《うねめ》朝臣竺羅《つくら》、内命婦の事を誄る。次に直広肆紀朝臣真人、膳職《かしはでのつかさ》の事を誄る。
			9・28	誄儀礼続く。太政官・法官・理官・大蔵・兵政官の事をそれぞれ誄する。
			9・29	刑部・民官・諸国司の事をそれぞれ誄する。隼人、馬飼部造、各、誄する。
			9・30	百済王良虞誄する。諸国の国造次々に誄する。歌儛が奏される。
			10・2	大津皇子の謀反発覚。翌三日、死を賜わる(24)。 〔書紀・三十〕冬十月の戊辰の朔己巳に、皇子大津、謀反《みかどかたむ》けむとして発覚れぬ。皇子大津を逮捕《から》めて、并て皇子大津が為にあざむかれたる直広肆八口朝臣音橿・小山下壹伎連博徳と、大舎人中臣朝臣麻呂・巨勢朝臣多益須・新羅沙門行心、及び帳内《とねり》礪杵《とき》道作等、三十余人を捕む。庚午(三日)に、皇子大津を訳語田の舎に賜死《みまから》しむ。時に年二十四なり。妃皇女山辺、髪を被《くだしみだ》して徒跣《そあし》にして、奔りゆきて殉《ともにし》ぬ。見る人皆歔欷《なげ》く。皇子大津は、天渟中原瀛真人天皇の第三子なり。容止墻《たか》く岸《さが》しくして、音辞俊《すぐ》れ朗なり。天命開別天皇の

天皇	年号・干支	西暦	月日	事項
				為に愛《この》まれたてまつりたまふ。長に及《いた》りて辨《わきわき》しくして、才学《かど》有す。尤も文筆を愛《この》みたまふ。詩賦の興、大津より始れり。
			10・29	大津皇子の謀反に連坐した者のうち、礪杵道作を伊豆に、沙門行心を飛騨国の寺に流罪。他は赦される。
			11・16	大来皇女、伊勢から京師に帰る(万163―166、172ページ参照)。
持統	元(丁亥)	687	―・―	天武天皇の殯宮の儀続く。 〔書紀・三十〕元年の春正月の丙寅の朔に、皇太子、公卿・百寮人等を率て、殯宮に適《まう》でて慟哭《みねたてまつ》る。納言布勢朝臣御主人誄る。礼《ゐや》なり。誄畢《を》へて衆庶《もろもろ》発哀る。次に梵衆《ほふしども》発哀《みねたてまつ》る。是に奉膳《うちのかしはでのかみ》紀朝臣真人等、奠《みけ》奉る。奠畢へて膳部《かしはで》・采女《うねめ》等発哀る。楽官《うたまひのつかさ》楽奉る。庚午(五日)に、皇太子、公卿・百寮人等を率て、殯宮に適《まう》でて慟哭る。三月の乙丑の朔甲申(二十日)に、花縵《かづら》を以て殯宮に進《たてまつ》る。此を御蔭と曰《まう》す。是の日に丹比真人麻呂誄る。五月の甲子の朔乙酉(二十二日)に、皇太子、公卿・百寮人等を率て、殯宮に適でて慟哭る。是に隼人の大隅・阿多の魁帥、各己が衆を領ゐて誄る。……八月の壬辰の朔丙申(五日)に、殯宮に嘗る。此を御青飯《あをきおもの》と曰ふ。丁酉(六日)に、京城《みやこ》の耆老男女、皆臨みて橋の西に慟哭る。……九月の壬戌の朔庚午(九日)に、国忌の斎を京師《みやこ》の諸寺に設く。辛未(十日)に、殯宮に設斎《をがみ》す。……冬十月の辛卯の朔壬子(二十二日)に、皇太子、公卿・百寮人等幷て諸《もろもろ》の国司・国造及び百姓男女を率て、始めて大内陵を築く。
			12・―	天智天皇の法会を崇福寺に催し、国忌とする(江家次第)。
	二(戊子)	688	―・―	天武天皇の殯宮の儀続く。 〔書紀・三十〕二年の春正月の庚申の朔に、皇太子、公卿・百寮人等を率て、殯宮に適でて慟哭る。……三月の己未の朔己卯(二十一日)に、花縵を以て殯宮に進る。藤原朝臣大嶋誄る。……八月の丁亥の朔丙申(十日)に、殯宮に嘗たてまつりて慟哭る。是に、大伴宿祢安麻呂誄る。……冬十一月の乙卯の朔戊午(四日)に、皇太子、公卿・百寮人等と諸蕃の賓客とを率て、殯宮に適でて慟哭る。是に、奠奉りて、楯節《たたふし》儛《のま》奉る。諸臣各己が先祖等の仕へまつれる状を挙げて、遞《たがひ》に進みて誄る。
			11・11	天武天皇を大内陵に葬る。 〔書紀・三十〕乙丑(十一日)に、布勢朝臣御主人・大伴宿祢御行、遞に進みて誄たてまつる。直広肆当麻真

天皇	年号・干支	西暦	月日	事項
				人智徳、皇祖等の騰極《ひつぎ》の次第《ついで》を誄る。礼《ゐや》なり。古には日嗣《ひつぎ》と云《まう》す。畢りて大内陵に葬りまつる。
持統	三（己丑）	689	1・18	吉野宮に行幸。持統天皇吉野行幸の初回。
			4・13	皇太子草壁皇子没(28)。 （万・二）日並皇子尊の殯宮の時に、柿本朝臣人麻呂の作る歌一首、短歌を并せたり（167—170）。↓176ページ参照。 （万・二）皇子尊の宮の舎人等の慟《かな》しび傷みて作る歌二十三首「高光るわが日の皇子の万代に国知らさまし島の宮はも」(171)、「島の宮上の池なる放ち鳥荒びな行きそ君まさずとも」(172)、「よそに見し真弓の岡も君ませば常つ御門と侍宿《とのゐ》するかも」(174)、「天地と共に終へむと思ひつつ仕へ奉りし心たがひぬ」(175)、「朝日照る佐田の岡辺に群れ居つつわが泣く涙止む時もなし」(177)、「橘の島の宮には飽かねかも佐田の岡辺に侍宿しに行く」(179)、「み立たしの島の荒磯を今見れば生ひざりし草生ひにけるかも」(181)、「東《ひむがし》の滝の御門にさもらへど昨日も今日も召すことも無し」(184)、「一日には千たび参りし東《ひむがし》の大き御門を入りかてぬかも」(186)。
			6・2	撰善言司をおく。 （書紀・三十）癸未（二日）に、皇子施基《しき》・直広肆佐味朝臣宿那麻呂…等を以て、撰善言司に拝す。
			6・29	令一部二十二巻を諸司にわかつ。
			8・4	吉野宮に行幸。
			閏8・10	諸国司に命じて戸籍を作らせる。
	四（庚寅）	690	1・1	即位。
			2・17	吉野宮に行幸。
			5・3	吉野宮に行幸。
			7・5	高市皇子を太政大臣に、多治比嶋を右大臣に、以下八省・百寮を任命する。
			8・4	吉野宮に行幸。
			9・1	諸国司に戸籍は戸令によって造ることを命ず（いわゆる庚寅年籍）。

天皇	年号・干支	西暦	月日	事項
持統			9・13	紀伊に行幸。
			10・5	吉野宮に行幸。
			10・29	高市皇子、藤原宮地を見る。
			12・12	吉野宮に行幸。
			12・19	天皇、藤原宮地を見る。
	五（辛卯）	691	1・16	吉野宮に行幸。
			4・1	奴婢の制をきめる。
			4・16	吉野宮に行幸。
			7・3	吉野宮に行幸。
			8・13	大三輪・石上・藤原・石川・膳部・春日・上毛野・大伴・阿倍・佐伯・阿曇ら十八氏に墓記を上進させる。
			9・9	川島皇子没(35)。 〔万・二〕柿本朝臣人麻呂、泊瀬部皇女忍坂部皇子に献る歌一首 短歌を并せたり（194、195）〈左注〉右、或本に曰はく、河島皇子を越智野に葬る時、泊瀬部皇女に献る歌そといへり。
			10・8	陵戸の制を定める。
			10・13	吉野宮に行幸。
			12・8	新京での宅地分配を定める。
	六（壬辰）	692	2・19	中納言大三輪高市麻呂、天皇の伊勢行幸を諫止する。 〔書紀・三十〕中納言直大弐三輪朝臣高市麻呂、表を上りて敢直《ただに》言《まう》して、天皇の、伊勢に幸《いでま》さむとして、農時を妨げたまふことを諫《あは》め争《いさ》めまつる。
			3・3	高市麻呂、重ねて諫める。6日、天皇、伊勢に行幸。 〔書紀・三十〕中納言大三輪朝臣高市麻呂、其の冠位を脱きて、朝《みかど》に擎上《ささ》げて、重ねて諫めて曰さく、「農作の節、車駕、未だ以て動《ゆ》きたまふべからず」とまうす。辛未（六日）に、天皇、諫に従ひたまはず、遂に伊勢に幸す。壬午（十七日）に、過ぎます神郡、及び伊賀・伊勢・志摩の国造等に冠位を賜ひ、并せて今年の調

天皇	年号・干支	西暦	月日	事項
持統				役を免し、復《また》、……行宮造れる丁の今年の調役を免して、天下に大赦す。……甲申(十九日)に、過ぎます志摩の百姓、男女の年八十より以上に、稲、人ごとに五十束賜ふ。乙酉(二十日)に、車駕、宮に還りたまふ。到行します毎に、輙《すなはち》郡県の吏民を会へて、務に労へ、賜ひて楽作したまふ。甲午(二十九日)に、詔して、近江・美濃・尾張・参河・遠江等の国の……行宮造れる丁の今年の調役を免す。
			5・12	吉野宮に行幸。
			5・23	藤原宮地の地鎮祭を行なう。
			7・9	吉野宮に行幸。
			10・12	吉野宮に行幸。
	七(癸巳)	693	3・6	吉野宮に行幸。
			5・1	吉野宮に行幸。
			7・7	吉野宮に行幸。
			8・17	吉野宮に行幸。
			9・10	天武天皇の法会を内裏に催す。 〔万・二〕天皇崩りましし後八年九月九日、奉為《おほみため》の御斎会の夜、夢のうちに習ひ給ふ御歌一首(162)。
			11・5	吉野宮に行幸。
	八(甲午)	694	1・24	吉野宮に行幸。
			4・7	吉野宮に行幸。
			9・4	吉野宮に行幸。
			12・6	藤原宮に遷都。 〔万・一〕藤原宮の御井の歌「やすみしし　わご大君　高照らす　日の皇子　荒たへの　藤井が原に　大御門　始めたまひて　埴安の　堤の上に　あり立たし　見《め》したまへば　大和の　青香具山は　日の経《たて》の　大き御門に　春山と　しみさび立てり　畝傍の　この瑞山は　日の緯《よこ》の　大き御門に　瑞山と　山さびいます　耳成の　青菅山は　背面《そとも》の　大き御門に　よろしなへ　神さび立てり　名ぐはし　吉野の山は　影面の

天皇	年号・干支	西暦	月日	事項
				大き御門ゆ　雲居にそ　遠くありける　高知るや　天の御陰　天知るや　日の御陰の　水こそば　常にあらめ　御井の清水」（52、作者未詳）。
持統	九（乙未）	695	閏2・8	吉野宮に行幸。
			3・12	吉野宮に行幸。
			6・18	吉野宮に行幸。
			8・24	吉野宮に行幸。
			12・5	吉野宮に行幸。
	一〇（丙申）	696	2・3	吉野宮に行幸。
			4・28	吉野宮に行幸。
			6・18	吉野宮に行幸。
			7・10	太政大臣高市皇子没（43）。〔万・二〕高市皇子尊の城上の殯宮の時に、柿本朝臣人麻呂の作る歌一首　短歌を并せたり（199―201）。↓181ページ参照）。
	一一（丁酉）	697	2・―	軽皇子立太子か。〔書紀・三十〕二月の丁卯の朔、甲午（二十八日）に、直広壱当麻真人国見を以て東宮大傅とす。直広参路真人跡見をもて春宮大夫とす。直大肆巨勢朝臣粟持をもて亮とす。〔続紀・一〕天之真宗豊祖父天皇（文武天皇）……高天原広野姫天皇（持統天皇）十一年に立ちて皇太子と為る。〔釈日本紀引用私記〕王子枝別記曰、文武天皇少名珂瑠皇子。天武天皇皇太子草壁皇子尊之子也。持統天皇十一年春二月丁卯朔壬午（十六日也）、立為二皇太子一。
			4・7	吉野宮に行幸。
			6・26	天皇の病のために、公卿ら仏像を造る。
文武	元		8・1	譲位。皇太子軽皇子即位。17日、即位の宣命あり。〔続紀・一〕庚辰（十七日）、詔して曰はく、「現《あき》つ御神と大八島国知ろしめす天皇が大命らまと詔《の》りたまふ大

天皇	年号・干支	西暦	月日	事項
文武				命を、集侍《うごな》はれる皇子等《みこたち》王等《おほきみたち》百官人等《ももつかさびとたち》、天の下の公民《おほみたから》、諸《もろもろ》聞こし食さへと詔る。高天の原に事始めて遠天《とほすめ》皇祖《ろぎ》の御世御世、中今に至るまでに、天皇《すめら》が御子の生《あ》れ坐さむ弥継々に大八島国知らさむ次《つぎて》と、天つ神の御子ながらも天に坐す神の依さし奉りしまにま、聞こし看《め》し来る此の天つ日嗣高御座の業と、現つ御神と大八島国知ろしめす倭根子天皇命の授け賜ひ負せ賜ふ貴き高き広き厚き大命を受け賜はり恐み坐して、此の食国天の下を調へ賜ひ平《ことむ》け賜ひ、天の下の公民を恵み賜ひ撫で賜はむとなも神ながら思ほしめさくと詔りたまふ天皇が大命を諸聞こし食さへと詔る。是を以ちて百官人等四方の食国を治め奉れと任け賜へる国々の宰《みこともち》どもに至るまでに、天皇が朝庭《みかど》の敷き賜ひ行ひ賜へる国の法を過ち犯すこと無く、明き浄き直き誠の心以ちて御称《みた》へ称へて緩怠《おこた》ること無く、務め結《しま》りて仕へ奉れと詔りたまふ大命を諸聞こし食さへと詔る。……」と。
	二（戊戌）	698	8・19	藤原朝臣の姓を鎌足の子不比等が継ぎ、意美麻呂《おみまろ》等は旧姓中臣に復せしむ。
			10・4	薬師寺の堂塔ほぼ完成する。
	三（己亥）	699	1・27	難波宮に行幸。
			7・21	弓削皇子没。 〔万・二〕弓削皇子薨りましし時に、置始東人の作る歌一首 短歌を并せたり「やすみしし　わが大君　高光る　日の皇子　ひさかたの　天つ宮に　神ながら　神と座せば　そこをしも　あやにかしこみ　昼はも　日のことごと　夜はも　夜のことごと　臥し居嘆けど　飽き足らぬかも」(204)、「大君は神にし座せば天雲の五百重が下に隠り給ひぬ」(205)。
	四（庚子）	700	3・10	道照和尚没。遺教により火葬する。天下の火葬の始まり。
			4・4	明日香皇女没。 〔万・二〕明日香皇女木瓲《きのへ》の殯宮の時に、柿本朝臣人麻呂の作る歌一首 短歌を并せたり(196—198)。
			6・17	刑部親王・藤原不比等・粟田真人らに律令を撰定させる。
			8・26	右大臣多治比嶋を左大臣に任命する(公卿補任)。
	五（辛丑）	701	1・1	大極殿に拝朝の盛儀。

天皇	年号・干支	西暦	月日	事項
文武	大宝元			〔続紀・二〕乙亥の朔、天皇、大極殿に御して朝を受く。其の儀《のり》、正門に烏形の幢を樹て、左に日像《にっしょう》・青竜・朱雀の幡《はた》、右に月像《ぐゎっしょう》・玄武・白虎の幡。蕃夷の使者左右に陳列す。文物の儀、ここに備れり。
			1・15	大納言大伴御行没。
			1・23	遣唐使を任命。少録に山上憶良の名あり。 〔続紀・二〕丁酉(二十三日)、守民部尚書直大弐粟田朝臣真人を以ちて遣唐執節使と為し、左大弁直広参高橋朝臣笠間を大使と為し、右兵衛率直広肆坂合部宿祢大分を副使と為し、……進大肆白猪史阿麻留・无位山於《やまへの》億良《おくら》を少録と為す。
			2・20	吉野離宮に行幸。
			3・21	対島より黄金が献上されたことを瑞祥として、大宝と建元。大宝令を施行し、官名や位階の制を改正。大納言阿倍御主人を右大臣に、中納言石上麻呂・藤原不比等・紀麻呂を大納言に任命する。
			4・12	遣唐使拝朝。
			5・7	遣唐執節使粟田真人に節刀を授く。
			6・8	大宝令完成か。 〔続紀・二〕己酉(八日)、勅すらく、「凡そ其の庶《もろもろ》の務一《もは》ら新令に依れ。又、国宰《くにのみこともち》郡司、大税を貯へ置くこと必ず須らく法の如くすべし。……」と。
			6・29	持統太上天皇、吉野離宮に行幸。
			7・21	左大臣多治比嶋没。
			8・3	大宝律令完成。 〔続紀・二〕癸卯(三日)、三品刑部親王、正三位藤原朝臣不比等、……等をして律令を撰定せしめ、是に始めて成る。大略浄御原の朝庭を以ちて准正と為す。……戊申(八日)、明法博士を六道に遣して(西海道を除く)、新令を講ぜしむ。
			9・18	天皇、紀伊国に行幸。10月8日、牟婁温泉に到着。
			12・27	大伯皇女没(41)。

天皇	年号・干支	西暦	月日	事項
文武	大宝二(壬寅)	702	—・—	この年、首皇子(のちの聖武天皇)誕生。
			2・1	大宝律を施行。 〔続紀・二〕二月戊戌の朔、始て新律を天下に頒つ。
			6・29	粟田真人・山上憶良ら遣唐使筑紫を発す。 〔続紀・二〕乙丑(二十九日)、遣唐使等去年筑紫より海に入り、風浪暴《あら》険《あらし》く海を渡ることを得ざりき。是に至りて発つに及ぶ。
			7・11	天皇、吉野離宮に行幸。
			10・10	持統太上天皇、参河国に行幸。11月25日、帰京。
			12・22	持統太上天皇没(58)。 〔続紀・二〕乙巳(十三日)、太上天皇不予、天下に大赦し、一百人の出家を度し、四畿内をして金光明経を講ぜしむ。甲寅(二十二日)、太上天皇崩《かむあが》りたまふ。
	大宝三(癸卯)	703	1・2	使を七道に派遣して政治を巡察させる。
			1・20	忍壁親王を知太政官事に任命する。
			閏4・1	右大臣阿倍御主人没。
			7・5	庚午年籍を以後の戸籍原簿と定める。 〔続紀・三〕甲午(五日)、詔して曰はく、「籍帳の設は国家の大いなる信なり。時を逐ひて変更せば、詐偽必ず起らむ。宜しく庚午年籍を以ちて定として、更に改易むること無かるべし」と。
			12・17	持統太上天皇を飛鳥の岡に火葬。26日、大内山陵に天武と合葬。
	大宝四(甲辰)	704	1・7	大納言石上麻呂を右大臣に任命する。
	慶雲元		5・10	西楼の上に慶雲が現れたことを瑞祥として、慶雲と改元。
			7・1	遣唐執節使粟田真人、唐より帰国。
	慶雲二(乙巳)	705	4・17	大納言四人を二人とし、中納言三人を復活させる。
			5・8	忍壁親王没。

天皇	年号・干支	西暦	月日	事項
文武			8・11	大伴安麻呂を大納言に任命する。
			9・5	穂積親王を知太政官事に任命する。
			12・20	葛野王没。
	慶雲三(丙午)	706	2・16	大宝令実施の結果を検討して、食封・調庸などの諸制度を改制。
			9・25	難波に行幸。
	慶雲四(丁未)	707	2・19	遷都のことを議す。
			6・15	天皇没(25)。
元明			7・17	母阿閉皇女即位。
			11・12	文武天皇を飛鳥の岡に火葬。20日、桧隈安古山陵に葬る。
	慶雲五(戊申)	708	1・11	武蔵国秩父郡より和銅を献上。よって和銅と改元。
	和銅元		2・11	初めて鋳銭司を置く。
			2・15	遷都の計画を発表。 〔続紀・四〕戊寅(十五日)、詔して曰はく、「……昔、殷王五たび遷りて、中興の号《な》を受け、周后三たび定めて、太平の称《な》を致せり。安んじて以ちて其の久安の宅を遷せるなり。方今、平城の地は、四禽図に叶《かな》ひ、三山鎮《しづ》を作《な》し、亀筮《ぜい》並びに従ふ。宜しく都邑を建つべし。……亦秋収を待ちて後、路橋を造らしめ、子来の義労擾を致すこと勿れ。……」と。
			3・13	右大臣石上麻呂を左大臣に、大納言藤原不比等を右大臣に、大伴安麻呂を大納言に任命する。
			5・11	初めて銀銭の和同開珍が鋳造される。
			6・25	但馬皇女没。
			8・10	初めて銅銭の和同開珍が鋳造される。
			9・20	平城の地を巡幸してその地形を見る。
			9・30	造平城京司を任命。
			12・5	平城の宮地の地鎮祭を行なう。

天皇	年号・干支	西暦	月日	事項
元明	和銅二(己酉)	709	3・5	陸奥・越後の蝦夷が乱暴し、巨勢麻呂を陸奥鎮東将軍、佐伯石湯を征越後蝦夷将軍として討伐させる。
			8・28	平城宮に行幸。9月2日、新京の百姓を巡撫す。
			10・28	全国の今年の調租を免ず。 〔続紀・四〕庚戌(二十八日)、詔して曰はく、「このころ、都を遷し邑を易へて、百姓を揺動す。鎮撫を加ふと雖も、未だ安堵すること能はず。此を念ふ毎に、朕甚だ愍《あはれ》む。宜しく当年の調租並に悉《ことごと》く之を免すべし」と。
	和銅三(庚戌)	710	3・10	平城に遷都。 〔万・一〕或る本、藤原京より寧楽宮に遷る時の歌「大君の　御命《みこと》かしこみ　柔《にき》びにし　家をおき　隠りくの　泊瀬の川に　舟浮けて　わが行く河の　川隈の　八十隈おちず　よろづたび　かへり見しつつ　玉桙の　道行き暮らし　あおによし　奈良の京の　佐保川に　い行き至りて　わが寝たる　衣の上ゆ　朝月夜　さやかに見れば　栲《たへ》の穂に　夜の霜降り　磐床と　川の水凝り　寒き夜を　いこふことなく　通ひつつ　作れる家に　千代までに　来ませ大君よ　われも通はむ」(79)。
			―・―	この年、山階寺を平城京に移し、興福寺と称す。
	和銅四(辛亥)	711	3・6	上野国に多胡郡を設ける。
			7・1	律令を励行させる。 〔続紀・五〕秋七月甲戌の朔、詔して曰はく、「律令を張り設ること、年月已に久し。然れども纔《わづか》に一二を行ひて、悉くに行ふこと能はず。良《まこと》に諸司怠慢にして恪勤を存ぜざるに由りて、遂に名をして員数に充てて、空しく政事を廃せしむ。……」と。
			9・4	造都の役夫の逃亡多く、その防守の法を定める。 〔続紀・五〕丙子(四日)、勅すらく、「このころ聞かくは、諸国の役民、都を造るに労《いたは》しくして、奔《はし》り亡《に》ぐるもの猶多し。禁《いさ》むと雖も止まずと。今、宮垣未だ成らず、防守備らず、宜しく権《かり》に軍営を立て、兵庫を禁守すべし。……」と。
	和銅五(壬子)	712	1・16	帰国する役夫を保護する法を定める。

天皇	年号・干支	西暦	月日	事項
元明			1・28	太安万侶、「古事記」を撰上（古事記序文）。 〔続紀・五〕春正月乙酉（十六日）、詔して曰はく、「諸国の役民にして、郷に還る日、食糧絶え乏しく、多く道路に饉《う》ゑて、溝壑《かうがく》に転塡《てんてん》するもの、其の類少なからず。国司等宜しく勤めて撫養を加へ、量りて賑恤すべし。如《も》し死ぬる者有らば、且つ加《また》埋み葬りて、其の姓名を録《しる》し、本属に報ぜよ」と。 〔記・序〕并せて三つの巻に録し、謹みて献上《たてまつ》る。臣安万侶、誠惶誠恐、頓首頓首。　和銅五年正月二十八日　正五位上勲五等　太朝臣安万侶
			10・1	越後国出羽郡に陸奥国最上・置賜二郡を併せて出羽国を新設する。
			10・29	帰国する役夫らに食糧を売る交易の法を定める。 〔続紀・五〕乙丑（二十九日）、詔して曰はく、「諸国の役夫及び運脚の者、郷に還る日、粮食乏しく少なくして、達することを得るに由無し。宜しく郡稲を割きて、別に便地に貯へ、役夫の到るに随ひて交易せしむるに任かすべし。又行旅の人をして必ず銭を齎《もた》ちて資と為し、因りて重担の労を息《やす》め、亦銭を用うるの便なることを知らしめよ」と。
	和銅六（癸丑）	713	5・2	「風土記」の編纂を諸国に命ずる。 〔続紀・六〕甲子（二日）、畿内七道の諸国の郡郷の名は好き字を着け、其の郡内に生ふる銀銅彩色草木禽獣魚虫等の物、具《つぶさ》に色目を録さしめ、及び土地の沃堉、山川原野の名号所由、又古老の相伝ふる旧聞異事は、史籍に載せて言上せしむ。
			6・23	甕原《みかのはら》離宮に行幸。
			7・7	美濃・信濃二国にわたる木曽路が開通する。 〔続紀・六〕戊辰（七日）、美濃・信濃の二国の堺は、道を経るに険隘にして、往還艱難なり。仍りて吉蘇路《きそぢ》を通《かよ》す。
	和銅七（甲寅）	714	2・10	紀清人・三宅藤麻呂に国史を撰せしむ。
			閏2・1	木曽路を開いた功により、美濃守笠麻呂ら封田等を賜わる。
			閏2・22	甕原離宮に行幸。

天皇	年号・干支	西暦	月日	事項
元明	和銅八(乙卯)	715	5・1	大納言大伴安麻呂没。
			6・25	首皇子立太子。
			1・1	皇太子初めて礼服を着して拝朝。
			3・1	甕原離宮に行幸。
			5・30	相模など東国六国の富民千戸を陸奥国に移住させる。
			6・4	長親王没。
			7・10	甕原離宮に行幸。
			7・27	知太政官事穂積親王没。
元正	霊亀元		9・2	譲位。文武天皇の姉氷高内親王即位。左京職より献上の瑞亀あり、霊亀と改元。 〔続紀・六〕庚辰(二日)、天皇、位を氷高内親王に禅り、詔して曰はく、「……今精華漸《やや》く衰へ、耄期斯に倦み、深く閑逸を求めて高く風雲を踏み、累《わざはひ》を釈《と》きて塵を遺《わす》ること、将に脱屣《だっし》と同じくせむとす。因りて此の神器を以ちて皇太子に譲らむと欲すれども、而《しか》も年歯幼稚にして、未だ深宮を離れず。……」と。
			9・―	志貴親王没か(万葉)。続紀には霊亀2年8月11日没とある。 〔万・二〕霊亀元年、歳次乙卯秋九月、志貴親王の薨《かむあが》りましし時の歌一首 短歌を并せたり(230―234)。↓193ページ参照。
			―・―	この年、里を郷と改称、郷を二十三の里に分割する。
	霊亀二(丙辰)	716	5・16	諸国の高句麗人を集め、武蔵国に高麗郡を置く。
			8・11	志貴親王没。万葉では霊亀元年9月没という。 〔続紀・七〕甲寅(十一日)、二品志貴親王薨ず。……天智天皇の第七の皇子なり。宝亀元年、追尊して春日宮に御《あめのしたしらしめ》し天皇と称す。
			8・20	遣唐使任命。押使多治比県守、同行の留学生に下道(吉備)真備・阿倍仲麻呂・僧玄昉ら。
	霊亀三(丁巳)	717	2・11	難波宮に行幸。
			3・3	左大臣石上麻呂没。右大臣藤原不比等が公卿の筆頭となる。

天皇	年号・干支	西暦	月日	事項
元正	養老元		4・23	百姓がみだりに僧尼になることを禁じ、僧行基らの活動を禁圧。
			9・11	美濃国に行幸。
			11・17	美濃国当耆郡多度山の美泉の水は病や傷をいやし老を養うところから、養老と改元。
	養老二（戊午）	718	2・7	美濃国の美泉に行幸。
			3・10	長屋王・安倍宿奈麻呂を大納言に、多治比池守・巨勢祖父・大伴旅人を中納言に任命する。
			9・23	法興寺（元興寺）を平城京に移す。
			―・―	この年、藤原不比等に命じて、改めて律令を撰し、各十巻とする。
			―・―	この年、薬師寺を平城京に移す。この年、大伴家持誕生。
	養老三（己未）	719	6・10	皇太子（聖武）、初めて朝政を聴く。
			7・13	初めて按察使を置く。
	養老四（庚申）	720	3・4	隼人が叛き、大伴旅人を征隼人持節大将軍として討伐させる。
			5・21	舎人親王、「日本書紀」三十巻、系図一巻を撰上。 〔続紀・八〕癸酉（二十一日）、……是より先、一品舎人親王勅を奉《う》けて日本紀を修む。是に至りて功成り、紀卅巻・系図一巻を奏上す。
			8・3	右大臣藤原不比等没（63）。
			8・4	舎人親王を知太政官事に、新田部親王を知五衛及授刀舎人事に任命する。12日、大伴旅人を京に召還する。
			9・29	蝦夷が叛き、多治比県守を持節征夷将軍として討伐させる。
	養老五（辛酉）	721	1・5	長屋王を右大臣に任命し、多治比池守を大納言に、藤原武智麻呂を中納言に任命する。
			1・23	佐為王・山田三方・山上憶良・紀清人・刀利宣令らに、退朝の後、東宮に侍講させる。
			10・24	参議藤原房前を内臣に任命する。
			12・7	元明太上天皇没（61）。13日、太上天皇を大和国添上《そうのかみ》郡椎山《なほやま》陵に葬る。
	養老六（壬戌）	722	1・20	穂積老を佐渡に配流。 〔続紀・九〕壬戌（二十日）、正四位上多治比真人三宅麻呂は謀反を誣告し、正五位上穂積朝臣老は乗輿《みこし》を指《し》

天皇	年号・干支	西暦	月日	事項
元正	養老七(癸亥)	723		斥《せき》すと云ふに坐《つみ》して並に斬刑に処せられる。而《しか》も皇太子の奏《まうし》に依りて、死一等を降して、……老を佐渡の島に配流す。
			閏4・25	墾田百万町歩の開墾を計画する。
			2・2	満誓沙弥を筑紫に遣し、観世音寺を造らせる。
			4・17	墾田の開発をすすめ、三世一身法を定める。 〔続紀・九〕辛亥(十七日)、太政官奏すらく、「このころ百姓漸に多く、田地窄狭なり。望み請ふ。天下に勧め課して、田疇を開闢せむことを。其れ新に溝池を造り、開墾を営む者あらば、多少に限らず給ひて三世に伝へむ。若し旧《もと》の溝池に逐はば、其の一身に給はむことを」と。奏するを可《ゆる》したまふ。
			5・9	吉野離宮に行幸(万907—909、194ページ参照)。
			7・7	太安麻呂没。
聖武	養老八(甲子) 神亀元	724	2・4	譲位。皇太子首親王即位。神亀と改元。右大臣長屋王を左大臣に任命する。
			3・1	吉野離宮に行幸(万315 316、198ページ参照)。
			4・7	蝦夷が叛き、藤原宇合を持節大将軍として討伐させる。
			10・5	紀伊国に行幸。8日、玉津島頓宮に至り、留まること十余日。12日、離宮を岡の東に造る(万917—919、194ページ参照)。 〔続紀・九〕壬寅(十六日)、……詔して曰はく、「山に登り海を望《なが》むるに、此の間《ころ》最《もと》も好し。遠く行くに労《いたは》しからずして、以ちて遊覧するに足れり。故に弱浜《わかのはま》の名を改めて、明光《あかの》浦と為す。宜しく守戸《もりべ》を置きて荒穢すること勿《なか》らしむべし。春秋の二時に官人を差遣《つかは》して、玉津島の神・明光浦の霊を奠祭せしむ」と。
			10・23	和泉国所石頓宮を経て帰京。
			11・8	五位以上の者及び富者に瓦葺・丹塗を許す。 〔続紀・九〕甲子(八日)、太政官奉言すらく、「上古は淳朴にして、冬は穴、夏は巣を以ちてせり。後世の聖人は代ふるに宮室を以ちてす。亦京師有りて、帝王居と為し、万国の朝する所なり。是れ壮麗なるに非ずは、何を以ちてか徳を表さむ。其の板屋草舎は、中古の遺制にして、営み難く破れ易くして、空しく民の財《たから》を殫《つく》す。請ふ、有司に仰せて、五位已上及び庶人の営《いとなみ》に堪へたる者をして、瓦舎《かはらや》を構へ立て、塗りて赤

天皇	年号・干支	西暦	月日	事項
聖武				白と為さむことを」と。奏するを可《ゆる》したまふ。
	神亀二(乙丑)	725	―・―	この年、陸奥国に多賀城を築造する。
			3・―	甕原《みかはら》離宮に行幸(万葉)。 〔万・四〕二年乙丑の春三月、三香原離宮に幸しし時に、娘子を得て作る歌一首 短歌を并せたり 笠朝臣金村(546―548)。
			5・―	吉野離宮に行幸(万葉)。 〔万・六〕神亀二年乙丑夏五月、吉野離宮に幸しし時に、笠朝臣金村の作る歌一首 短歌を并せたり(920―922)。 山部宿祢赤人の作る歌二首短歌を并せたり(923―927)。↓195ページ参照。
			10・10	難波宮に行幸。
	神亀三(丙寅)	726	10・7	播磨国印南野に行幸。
			10・26	式部卿藤原宇合を知造難波宮事に任命する。
			―・―	この年、行基、山崎橋を造る。
	神亀四(丁卯)	727	5・4	甕原離宮に行幸す。
			閏9・29	夫人藤原光明子に皇子誕生、基親王《もといのみこ》という。
			10・6	阿倍広庭を中納言に任命。この時、中納言大伴旅人が大宰帥に任ぜられたか。
			11・2	基親王を皇太子に立てる。 〔続紀・十〕己亥(二日)、天皇、中宮に御《いま》す。太政官及び八省各表を上《たてまつ》りて、皇子の誕育を賀し奉り、並に玩好の物を献る。……詔して曰はく、「朕神祇の祐《たすけ》に頼《よ》り、宗廟の霊《みたま》を蒙《かがふ》りて、久しく神器を有《たも》ち、新に皇子を誕ぜり。宜しく立てて皇太子と為すべし。百官に布告して、咸《ことごと》に知聞せしめよ」と。
			11・14	大納言多治比池守、百官を率て皇太子を拝す。
			12・20	渤海使が入京。 〔続紀・十〕丁亥(二十日)、……渤海郡王の使、高斉徳《かうさいとこ》等八人入京す。丙申(二十九日)、使を遣して高斉徳等に衣服冠履を賜ふ。渤海郡は旧高麗国なり。淡海朝廷《あふみのみかど》の七年冬十月に、唐将李勣《りしやく》伐ちて高麗を滅せり。

天皇	年号・干支	西暦	月日	事項
聖武				其の後朝貢久しく絶えたり。是に至りて渤海郡王は寧遠《ねいえん》将軍高仁義《かうにんぎ》等二十四人を遣して朝聘せしむ。而《しか》して蝦夷の境に著き、仁義以下十六人並に殺害せられ、首領斉徳等八人僅かに死を免れて来れり。
	神亀五（戊辰）	728	8・―	皇太子病臥。〔続紀・十〕甲申（二十一日）、勅すらく、「皇太子の病に寝《こや》りて、日を経るに愈えず。三宝の威力に非るよりは、何ぞ能く患苦《げんく》を解脱せむ。……」と。
			9・13	皇太子没（2）。〔続紀・十〕壬子（十九日）、那富《なほ》山に葬る。時に年二なり。天皇甚だ悼惜したまふ。之が為に廃朝すること三日なり。
			―・―	難波宮に行幸（万葉）。この年、安積皇子誕生。
	神亀六（己巳）	729	2・10	左大臣長屋王の謀叛を密告するものあり。11日、その罪を糾問。12日、長屋王自尽させらる（46）。〔続紀・十〕辛未（十日）、左京の人従七位漆部造君足・无位中臣宮処連東人等、密《みそかごと》を告ぐらく、「左大臣正二位長屋王は私に左道を学び、国家を傾けむと欲りす」と。其の夜、使を遣して三関を固く守らしめ、因りて式部卿従三位藤原朝臣宇合……等を遣し、六衛の兵《つはもの》を将《ひき》ゐて、長屋王の宅を囲ましむ。壬申（十一日）、……巳の時に、一品舎人親王・新田部親王・大納言従二位多治比真人池守・中納言正三位藤原朝臣武智麻呂……等を遣し、長屋王の宅に就きて、其の罪を窮問せしむ。癸酉（十二日）、王をして自尽せしむ。其の室、二品吉備内親王・男従四位下膳夫王・无位桑田王・葛木王・鈎取王等、同じく亦自ら経《わなき》す。……甲戌（十三日）、使を遣して長屋王・吉備内親王の屍を生馬《いこま》山に葬らしむ。
	天平元		3・4	藤原武智麻呂を大納言に任命する。
			8・5	京職大夫藤原麻呂らの献上した図負える亀を瑞祥として、天平と改元。
			8・10	夫人藤原光明子を皇后とする。〔続紀・十〕壬午（二十四日）、五位及び諸司の長官《かみ》を内裏に喚《め》し入る。而して知太政官事一品舎人親王勅を宣べて曰はく、「天皇《すめら》が大命らまと親王《みこたち》等又汝王等臣《おみたち》等に語らひ賜へと勅《の》りたまはく、皇朕《すめらわれ》高御座に坐《いま》し初《そ》めしゆり今年に至るまで六年に成りぬ。此の間に天つ位に嗣ぎ坐すべき次《つぎ》として皇太子《ひつぎのみこ》侍りつ。是に由りて其の母と在《いま》す藤原夫人を皇后《おほきさき》と定め賜ふ。……然も朕《わ》が時のみには有らず、難波高津宮に天の下知らし

天皇	年号・干支	西暦	月日	事項
聖武				めし大鷦鷯天皇《おほさざきのすめらみこと》、葛城《かづらきの》曽豆比古《そつびこ》の女子《むすめ》伊波乃比売命皇后と御相ひ坐して食国天の下の政《まつりごと》を治め賜ひ行ひ賜ひけり。今めづらかに新しき政には有らず。本ゆり行ひ来し迹事《あとごと》ぞと詔りたまふ勅《おほみこと》を聞こしめさへと宣りたまふ」と。
	天平二（庚午）	730	4・17	皇后宮職に施薬院を置く。
			9・28	諸国の防人を廃止。
			10・1	大伴旅人を大納言に任ず（公卿補任）。 〔万・十七〕天平二年庚午冬十一月、大宰帥大伴卿の、大納言に任《ま》けらえて 帥を兼ぬること旧の如し 京に上る時に、傔従等……各々所心を陳《の》べて作る歌十首（3890―3899）。
	天平三（辛未）	731	7・25	大納言大伴旅人没（67）。
			8・11	諸司の選挙によって、藤原宇合・多治比県守・藤原麻呂・鈴鹿王・葛城王・大伴道足の六人を参議とする。
			11・22	畿内に惣管、諸道に鎮撫使を置く。
	天平四（壬申）	732	8・17	大使多治比広成ら、遣唐使任命。同日、節度使を任命。藤原房前を東海・東山二道の節度使に、多治比県守を山陰道節度使に、藤原宇合を西海道節度使に任ず。
	天平五（癸酉）	733	2・30	出雲国風土記撰録奏上（出雲国風土記）。
			3・21	遣唐大使多治比広成ら拝朝。
			4・3	遣唐使の四船、難波を進発。
			｜・｜	この年、山上憶良没か（74）。
	天平六（甲戌）	734	1・17	大納言藤原武智麻呂を右大臣に任命する。
			2・1	天皇、朱雀門前で歌垣を覧る。 〔続紀・十一〕二月癸巳の朔、天皇朱雀門に御して歌垣を覧《みそなは》す。男女二百四十余人、五品已上の風流有る者皆其の中に交雑《まじは》れり。正四位下長田王、従四位下栗栖王、門部王、従五位下野中王等を頭と為し、本末《もとすゑ》を以ちて唱和す。難波曲《なにはぶり》・倭部曲・浅茅原曲・広瀬曲・八裳刺《やつもさす》曲の音を為して、都中の士女をして縦覧せしむ。歓《よろこび》を極めて罷《や》めぬ。歌垣に奉《つかへまつ》れる男女等に禄を賜ふこと差《しな》有り。

天皇	年号・干支	西暦	月日	事項
聖武	天平一一(己卯)	739	3・2	〔続紀・十三〕丙子(十日)、左兵庫従八位下大伴宿祢子虫、刀を以ちて右兵庫頭外従五位下中臣宮処連東人を斫り殺せり。初め子虫長屋王に事《つか》へて頗《すこぶ》る恩遇を蒙れり。是に至りて適《たまたま》東人と共に比寮に任ず。政事の隙に相共に碁を囲む。語長屋王に及ぶや、憤発して罵り、遂に剣を引き斫りて之を殺せり。東人は即ち長屋王の事を誣告したる人なり。 甕《みか》原《はら》離宮に行幸。
			3・23	再び甕原離宮に行幸。
			3・28	石上乙麻呂、久米連若売と通じた罪により土佐国に配流。
	天平一二(庚辰)	740	2・7	難波宮に行幸。
			5・10	右大臣橘諸兄の相楽の別荘に行幸。
			8・29	大宰少弐藤原広嗣上表して、僧玄昉と下道真備とを除くべきことを奏す。
			9・3	広嗣反乱の兵をおこす。朝廷は大野東人を大将軍として討伐させる。
			10・29	伊勢国に行幸。 〔続紀・十三〕己卯(二十六日)、大将軍大野朝臣東人等に勅して曰はく、「朕意へる有るに縁《よ》りて、今月の末、暫く関の東に往かむ。其の時に非ずと雖も事已むことを能はず。将軍之を知るとも驚恠すべからず」と。 壬午(二十九日)、伊勢国に行幸す。……是の日、山辺郡竹谿村堀越頓宮《かりみや》に到る。 癸未(三十日)、車駕、伊賀国名張郡に到る。
			11・1	広嗣誅殺され、反乱終る。聖武天皇の行幸続く。 〔続紀・十三〕十一月甲申の朔、伊賀郡安保頓宮に到り宿る。 乙酉(二日)、伊勢国壱志郡河口頓宮に到る。之を関宮と謂ふ(万1029、288ページ参照)。 乙未(十二日)、河口従《よ》り発ち、壱志郡に到りて宿る。 丁酉(十四日)、進みて鈴鹿郡赤坂頓宮に至る。 丙午(二十三日)、赤坂従《よ》り発ちて朝明郡に到る。

天皇	年号・干支	西暦	月日	事項
聖武				戊申(二十五日)、桑名郡石占《いはうら》頓宮に至る。 己酉(二十六日)、美濃国当伎郡に到る。 十二月癸丑の朔、不破郡不破頓宮に到る。 戊午(六日)、不破従《よ》り発ちて坂田郡横川頓宮に至る。 己未(七日)、横川従り発ちて犬上頓宮に到る。 辛酉(九日)、犬上従り発ちて蒲生郡に到りて宿る。 壬戌(十日)、蒲生郡の宿従り発ちて野洲頓宮に到る。 癸亥(十一日)、野洲従り発ちて志賀郡禾津《あはつ》頓宮に到る。 乙丑(十三日)、志賀山寺に幸して礼仏したまふ。 丙寅(十四日)、禾津従り発ちて山背国相楽郡玉井頓宮に到る。
			12・15	天皇、恭仁宮に到り、ここに都を造らせる。
	天平一三(辛巳)	741	1・1	恭仁宮で朝政をとる。 〔続紀・十四〕癸未の朔、天皇始めて恭仁宮に御して朝を受けたまふ。宮垣未だ就《な》らず、繞《めぐ》らすに帷帳《とばり》を以ちてす。
			3・24	全国に国分寺・国分尼寺の造営を正式に布告(2月14日の誤りといわれる)。 〔続紀・十四〕乙巳(二十四日)、詔して曰はく、「……宜しく天下の諸国をして各七重の塔一区を敬ひ造り、並びに金光明最勝王経妙法蓮華経各一部を写さしむべし。朕又別に金字の金光明最勝王経を擬ひ写して塔毎に各一部を置かしむ。冀《こひねが》ふ所は聖法の盛なること天地と共に永く流はり、擁護の恩幽明に被りて恒に満ちむことなり。其れ造塔の寺は兼ねて国の華たり。必ず好処を択びて、実《まこと》に長久にすべし。……又国毎に僧寺には封五十戸・水田十町、尼寺には水田十町を施せ。僧寺には必ず廿の僧有らしめ、其の寺の名を金光明四天王護国之寺と為し、尼寺には一十の尼ありて、其の寺の名を法華滅罪之寺と為せ。……」と。
			閏3・9	平城宮の兵器を恭仁宮に移す。
			閏3・15	五位以上は許可なく平城京にとどまり住むことを禁ず。
			8・28	平城京の東西二市を恭仁宮に移す。

天皇	年号・干支	西暦	月日	事項
聖武			9・30	宇治・山科に行幸。
			12・10	能登国を越中国に併合。
	天平一四(壬午)	742	1・5	大宰府を廃す。
			8・11	近江国甲賀郡紫香楽村に離宮を造る司を任命する。
			8・27	紫香楽宮に行幸。
			12・29	紫香楽宮に行幸。
	天平一五(癸未)	743	4・3	紫香楽宮に行幸。
			5・5	皇太子みずから五節を舞う。この日、右大臣橘諸兄を左大臣に、藤原豊成を中納言に、藤原仲麻呂を参議に任命する。 〔続紀・十五〕癸卯(五日)、群臣を内裏に宴す。皇太子親《みづか》ら五節を儛ひたまふ。右大臣橘宿祢諸兄詔を奉《う》けて、太上天皇に奏して曰はく、「天皇が大命に坐せ、奏し賜はく、掛けまくも畏き飛鳥浄御原宮に大八洲知ろしめしし聖の天《すめ》皇《ら》命《みこと》天の下を治め賜ひ平げ賜ひて思ほし坐《まさ》く、上下を斉《ととの》へ和《やはら》げて動き無く静かに有らしむるには礼と楽と二つ並べてし平けく長く有るべしと神ながらも思ほし坐して此の舞を始め賜ひ造り賜ひきと聞こし食して天地と共に絶ゆること無く弥《いや》継に受け賜はり行かむ物として皇太子斯の王《みこ》に学《なら》はし頂き荷《もた》しめて我が皇《おほきみ》天皇の大前に貢《たてまつ》る事を奏《まを》す」と。
			5・27	墾田を私財とすることを許す いわゆる墾田永世私有令。
			7・26	紫香楽宮に行幸。
			10・15	天皇、盧舎那大仏の造営を発願。 〔続紀・十五〕辛巳(十六日)、詔して曰はく、「……天平十五年歳《ほし》癸未に次《やど》る十月の十五日を以ちて、菩薩の大願を発して盧舎那仏の金銅の像一軀を造り奉る。国の銅を尽して象《かた》を鎔《とか》し、大山を削りて以ちて堂を構へ、広く法界に及して朕が知識と為す。遂に同じく利益を蒙ふりて共に菩提を致さしめむ。……」と。
			10・19	盧舎那大仏のための寺地を開く。
			11・2	四ケ月ぶりに紫香楽宮より恭仁宮に還御。

天皇	年号・干支	西暦	月日	事項
聖武	天平一六(甲申)	744	12・26	筑紫に鎮西府を置く。
			閏1・1	天皇、群臣に恭仁・難波両京の優劣を問う。 〔続紀・十五〕乙丑の朔、詔して百官を朝堂に喚《め》し会《つど》へ、問ひて曰はく、「恭仁・難波の二京何れを定めて都と為む。各其の志を言へ」と。是に於きて恭仁京の便宜を陳ぶる者、五位已上廿四人、六位已下百五十七人なり。難波京の便宜を陳ぶる者、五位已上廿三人、六位已下一百卅人なり。
			閏1・4	市中にて定京のことを問わせる。 〔続紀・十五〕戊辰(四日)、従三位巨勢朝臣奈弖麻呂・従四位上藤原朝臣仲麻呂を遣はし、市《いち》に就きて定京の事を問はしむ。市人は皆恭仁京を以ちて都と為さむことを願ふ。但し難波を願ふ者一人、平城を願ふ者一人有り。
			閏1・11	難波宮に行幸。この日、安積親王脚病によって途中から帰京。
			閏1・13	安積親王没(17)(万475—480、228ページ参照)。
			2・24	紫香楽宮に行幸。
			2・26	難波宮を都と定める。
	天平一七(乙酉)	745	1・7	大伴家持、従五位下に昇叙。
			1・21	行基を大僧正に任ずる。
			5・2	諸司の官人にどこを都にすべきか問えば、皆平城と答えたという。
			5・4	四大寺の僧たちに同じく問い、同じ答を得る。
			5・11	天皇、平城宮にもどる。
			6・5	また大宰府を置く。
			8・23	東大寺の寺域に大仏造営のため基壇を設ける(東大寺要録)。 〔東大寺要録・二〕八月……廿三日、天皇信楽《しがらき》宮より車駕を平城宮に廻らす。大和国添上郡山金里に更に彼の事を移し、同じ盧舎那仏像を創らんと、天皇御袖を以ちて土を入れ持ち運びて御座に加ふ。公主・夫人命婦・采女・文武官人等、土を運び御座を築き堅む。

天皇	年号・干支	西暦	月日	事項
聖武			8・28	難波宮に行幸。
			11・2	玄昉を筑紫観世音寺に左遷する。
	天平一八(丙戌)	746	3・10	大伴家持を宮内少輔に任命する。
			6・18	玄昉没。
			6・21	大伴家持を越中守に任命する。
			9・—	大伴家持の弟書持没(万葉)。
			9・29	恭仁京大極殿を山背国の国分寺に施入。
			10・6	天皇・元正太上天皇・皇后、東大寺に行幸。大仏の塑像(原型)完成供養を行なう。
	天平一九(丁亥)	747	9・29	東大寺大仏の鋳造を開始する(東大寺要録)。
	天平二〇(戊子)	748	3・22	藤原豊成に従二位を授け、大納言に任命する。藤原仲麻呂は正三位を授けられる。
			4・21	元正太上天皇没(69)。
			4・28	太上天皇を佐保山陵に火葬。
	天平二一(己丑)	749	2・2	大僧正行基没(80)。
			2・22	陸奥国より黄金献上。
			4・1	東大寺に行幸して、盧舎那大仏を拝す。この日、大伴家持従五位上を授けられる。〔続紀・十七〕四月甲午の朔、天皇東大寺に幸し、盧舎那仏の像の前殿に御して、北面に像に対ふ。皇后・太子並に侍す。群臣百寮及び士庶分頭《ぶんつ》して、殿の後に行列す。勅して左大臣橘宿祢諸兄を遣はして、仏に白《まを》さく、「三宝《ほとけ》の奴《やつこ》と仕へ奉《まつ》る天皇《すめら》が命《おほみこと》らまと盧舎那仏の像《みかた》の大前に奏《まを》し賜へと奏さく、此の大倭国は天地の開闢《はじめ》より以来《このかた》に黄金《くがね》は人国より献ることはあれども、斯《こ》の地《くに》には無き物と念へるに、聞し看《め》す食国の中の東《ひむかし》の方陸奥国の守従五位上百済王敬福い郡《くぬ》内《うち》小田郡に黄金出でたりと奏して献れり。此を聞し食し驚き悦び貴び念ほさくは、盧舎那仏の慈み賜ひ福《さき》はへ賜ふ物にありと念へ、受け賜はり恐まり戴き持ち、百官《もゝつかさ》の人等を率ゐて礼拝《をろが》み仕へ奉る事を掛けまくも畏き三宝の大前に恐み恐みも奏し賜はくと奏す」と。従三位中務卿石上朝臣乙麻呂宣る。↓245ページ参照。

天皇	年号・干支	西暦	月日	事　　項
聖武	天平感宝元		4・14	東大寺に行幸して盧舎那大仏を拝す。この日、左大臣橘諸兄に正一位を授け、大納言藤原豊成を右大臣に任命する。産金を記念して天平感宝と改元。
孝謙	天平勝宝元		7・2	譲位。皇太子阿倍内親王即位。この日、藤原仲麻呂を大納言に任命する。橘奈良麻呂は参議に任ぜられる。天平勝宝と改元。
			7・13	諸寺の墾田の限度を定める。 〔続紀・十七〕乙巳(十三日)、諸寺の墾田の地限を定む。大安、薬師、興福、大倭国の法華寺、諸《もろもろ》の国分金光明寺には、寺別《ごと》に一千町、大倭国の国分金光明寺には四千町、元興寺には二千町、弘福、法隆、四天王、崇福、新薬師、建興、下野の薬師寺、筑紫の観世音寺には、寺別に五百町、諸国の法華寺には、寺別に四百町、自余の定額の寺は、寺別に一百町なり。
			8・10	大納言藤原仲麻呂を兼紫微令に任命する。
			9・7	紫微中台の官位を制定する。
			10・24	東大寺大仏本体の鋳造完了(東大寺要録)。
	天平勝宝二(庚寅)	750	1・16	橘宿祢諸兄に朝臣の姓を授ける。
			9・24	遣唐使任命、大使は藤原清河、副使は大伴古麻呂。
			10・18	元正太上天皇を奈保山陵に改葬。
	天平勝宝三(辛卯)	751	1・14	東大寺に行幸。
			7・17	大伴家持を少納言に任命する(万葉)。 〔万・十九〕七月十七日を以ちて少納言に遷任せらる。仍りて別を悲しぶる歌を作りて朝集使掾久米朝臣広縄の館に贈り貽《のこ》す二首(4248・4249、234ページ参照)
			8・—	聖武太上天皇病気。
			11・7	吉備真備を遣唐副使に任命する。
			11・—	「懐風藻」成る(懐風藻序)。
	天平勝宝四(壬辰)	752	3・3	遣唐使拝朝。

天皇	年号・干支	西暦	月日	事項
孝謙			閏3・9	遣唐大使・副使らに節刀を授ける。
			4・9	東大寺盧舎那大仏の開眼会を行なう。 〔続紀・十八〕乙酉（九日）、盧舎那大仏の像成りて始めて開眼す。是の日東大寺に行幸す。天皇親《みずか》ら文武百官を率ゐ、斎《をがみ》を設けて大きに会《つど》はしむ。其の儀一《もは》ら元旦に同じ。五位已上は礼服を著け、六位已下は当色なり。僧一万を請ず。既にして雅楽寮及び諸寺より種々《くさぐさ》の音楽並に咸《ことごと》に来集す。復《また》王臣諸氏の五節《ごせち》・久米儛・楯伏《たてふし》・踏歌《あられはしり》・袍袴等の歌舞あり。東西より声を発し、庭を分けて奏す。作《な》す所の奇偉勝《あ》げて記すべからず。仏法東帰より斎会の儀、未だ嘗《かつ》て此《かく》の如く盛なること有らず。
			5・1	少僧都良弁、東大寺別当に任ぜられる（東大寺要録）。
			11・3	参議橘奈良麻呂を但馬・因幡按察使に任命する。
	天平勝宝五（癸巳）	753	1・1	遣唐副使大伴古麻呂、唐朝において新羅使と席次を争う。 〔続紀・十九〕（勝宝六年正月三十日）副使大伴宿祢古麻呂唐国より至れり。古麻呂奏して曰はく、「大唐の天宝十二載、歳《ほし》癸巳に在《やど》れる正月の朔癸卯に、百官諸蕃朝賀し、天子蓬莱宮の含元殿に於きて朝を受く。是の日、我を以ちて西畔第二吐蕃の下に次で、新羅使を以ちて東畔第一大食国の上に次づ。古麻呂論じて曰はく、古自《よ》り今に至るまで、新羅の大日本国に朝貢すること久し。而るに今東畔の上に列して、我反りて其の下に在り。義《ことわり》得べからずと。時に将軍呉懐宝、古麻呂が肯《がへ》んぜざる色を見知り、即ち新羅使を引きて西畔第二吐蕃の下に次で、日本の使を以ちて東畔第一大食国の上に次づ」と。
	天平勝宝六（甲午）	754	1・5	東大寺に行幸あり、燈二万をともす。
			1・16	遣唐副使大伴古麻呂帰国、唐僧鑑真・法進ら八人を伴う。
			4・5	聖武太上天皇、東大寺大仏の前で鑑真から戒律を受ける。鑑真を少僧都に任命（東大寺要録）。大伴家持を兵部少輔に任命する。
			11・1	大伴家持を山陰道巡察使に任命する。
	天平勝宝七（乙未）	755	1・4	天平勝宝七年を天平勝宝七歳と改める。
			2・―	防人交替の年に当り、新たに東国諸国から徴して筑紫に派遣する（万葉）。

天皇	年号・干支	西暦	月日	事項
孝謙				〔万・二十〕天平勝宝七歳乙未二月、相替りて筑紫に遣はさるる諸国の防人等の歌（4321―4330、4337―4359、4363―4394、4401―4407、4413―4424）二月六日―二十三日。↓242ページ参照。防人の情と為りて思を陳べて作る歌一首短歌を并せたり（4398―4400、235ページ参照）。
			9・―	東大寺に戒壇院を建つ（東大寺要録）。
			10・25	鑒真を大僧都に任命する（東大寺要録）。
	天平勝宝八（丙申）	756	2・2	左大臣橘諸兄致仕する。〔続紀・二十〕（天平宝字元年六月二十八日）是れより先、去にし勝宝七歳の冬十一月、太上天皇不予の時に、左大臣橘朝臣諸兄の祇承の人佐味宮守告げて曰はく、「大臣飲酒の庭にて言辞礼无《ゐやな》し。稍に反状有り云々《しかしか》」と。太上天皇優容して咎めず。大臣之を知りて、後の歳致仕せり。
			2・24	難波に行幸。〔続紀・十九〕戊申（二十四日）、難波に行幸す。是の日河内国に至り、智識寺の南の行宮に御す。……壬子（二十八日）大きに雨降る。……是の日行きて難波宮に至り、東南の新宮に御す。
			3・1	聖武太上天皇、難波の堀江に行幸。
			4・14	聖武太上天皇病気により大赦。
			5・2	聖武太上天皇没（56）。遺詔により道祖王立太子。
			5・10	大伴古慈斐・淡海三船、朝廷を誹謗した罪で拘禁。13日放免。〔続紀・十九〕癸亥（十日）、出雲国守従四位上大伴宿祢古慈斐、内竪《ないじゅ》淡海真人三船、朝廷《みかど》を誹謗し、人臣の礼无《ゐやな》きに坐して左右衛士府に禁《とど》めらる。〔万・二十〕族に喩す歌一首 短歌を并せたり（4465―4467）〈左注〉右は、淡海真人三船の讒言に縁《つな》りて、出雲守大伴古慈斐宿祢解任せらる。是を以ちて家持此の歌を作れり。↓236ページ参照。〔続紀・三十四〕（宝亀八年八月十九日）大和守従三位大伴宿祢古慈斐薨ず。……勝宝年中に、従四位上衛門督に累遷す。俄かに出雲守に遷さる。疎外せられてより意常に欝々たり。紫微内相藤原仲満《なかまろ》、誣るに誹謗を以ちてし、土佐守に左降せらる。

天皇	年号・干支	西暦	月日	事項
孝謙			5・19	聖武太上天皇を佐保山陵に葬る。
			6・21	太上天皇の七七忌。遺品を東大寺に施入する。正倉院のはじまり(正倉院文書)。 〔正倉院文書・国家珍宝帳〕先帝陛下の奉為《おほんため》に、国家の珍宝たる種々の翫好及び御帯・牙笏・弓箭・刀剣、兼ねて書法・楽器等を捨して東大寺に入れ、盧舎那仏及び諸《もろもろ》の仏・菩薩、一切の賢聖に供養せん。……右の件のものは皆是れ、先帝翫弄の珍、内司供擬の物なり。疇昔を追感して目に触るれば崩摧す。謹みて以ちて盧舎那仏に奉献す。伏して願はくは、此の善因を用《も》て冥助に資し奉り、早く十聖に遊び、普《あまね》く三途を済《すく》ひ、然る後に鑾《らん》を花蔵《けぞう》の宮に鳴らし、蹕《ひつ》を涅槃《ねはん》の岸に住《とど》めんことを。天平勝宝八歳六月廿一日
	天平勝宝九 (丁酉)	757	1・6	橘諸兄没(74)。
			3・29	皇太子道祖王を廃する。
			4・4	大炊王立太子。 〔続紀・二十〕辛巳(四日)、天皇、群臣を召して問ひて曰はく、「当《まさ》に誰《いづ》れの王を立てて以ちて皇嗣《ひつぎのみこ》となすべきか」と。右大臣藤原朝臣豊成、中務卿藤原朝臣永手等言《まを》して曰はく、「道祖王の兄塩焼王立つべし」と。摂津大夫文室真人珍努、左大弁大伴宿祢古麻呂等言して曰はく、「池田王立つべし」と。大納言藤原朝臣仲麻呂言して曰はく、「臣を知るは君に若《し》くは莫《な》く、子を知るは父に若くは莫し。唯天意の択ぶ所の者を奉ぜむのみ」と。勅して曰はく、「宗室の中、舎人・新田部両親王は是れ尤《もと》も長ぜり。茲《ここ》に因りて、前に道祖王を立てしかども、勅教に順《したが》はず、遂に淫志を縦《ほしいまま》にせり。然らば則ち舎人親王の子の中を択ぶべし。然れども船王は閨房修らず。池田王は孝行闕くること有り。塩焼王は太上天皇責むるに無礼を以ちてせり。唯大炊王、未だ長壮ならずと雖も、過悪を聞かず。此の王を立てむと欲す。諸卿の意《こころ》に於きて如何に」と。右大臣已下奏して曰はく、「唯勅命なり。是を聴かむ」と。是より先、大納言仲麻呂、大炊王を招きて田村第に居らしむ。是の日、内舎人……を遣はして、大炊王を迎へ、立てて皇太子と為す。
			5・20	大納言藤原仲麻呂を紫微内相に任命する。この日、養老律令を施行。 〔続紀・二十〕丁卯(二十日)、……又勅して曰はく、「頃年《としごろ》、人を選ぶに格《きゃく》に依りて階《きざみ》を結び、人々位高くして任官に不便なり。今自り以後《のち》、宜しく新令に依るべし。去《い》にし養老年中に、朕《わ》が外祖故太政大臣、勅を

天皇	年号・干支	西暦	月日	事項
孝謙				奉《う》けて律令を刊修す。宜しく所司《そじ》に告げて早く施行せしむべし」と。
			6・9	諸氏に対して五ケ条の禁令を定め、諸氏がひそかに兵力を結集すること禁ずる。〔続紀・二十〕乙酉(九日)、五条を制勅す。「諸氏の長等、或は公事を顧みずして恣《ほしいまま》に己が族《うから》を集む。今自り以後《のち》、更に然ることを得ず(其の一)。王臣の馬の数、格に依りて限り有り。此れに過ぐる以外の馬を蓄《か》ふことを得ず(其の二)。令に依るに、随身の兵、各儲の法有り。此れに過ぐる以外は亦蓄ふことを得ず(其の三)。武官を除く以外は京裏に兵を持することを得ざること、前に已に禁断せり。然れども猶止まず。宜しく所司に告げて固く禁断を加ふべし(其の四)。京裏は廿騎已上にて集行することを得ず(其の五)。宜しく所司に告げて厳かに禁断を加ふべし。若し犯す者有らば、違勅の罪に科せむ」。と
			6・16	大幅な人事移動あり。兵部卿橘奈良麻呂は右大弁に、兵部卿には石川年足が任ぜられた。大伴家持を兵部大輔に、左大弁大伴古麻呂を陸奥按察使鎮守将軍に任命。
			6・28	橘奈良麻呂・大伴古麻呂に謀反の企てありとの密告あり。
			7・2	天皇・皇太后、諸王臣に勅して邪心を戒しめる。その夜再び密告あり。
			7・4	橘奈良麻呂・大伴古麻呂ら捕えられる。奈良麻呂・古麻呂ほか黄文王・道祖王・多治比犢養・小野東人・賀茂角足ら獄中に死し、安宿王は佐渡へ配流、信濃守佐伯大成・土佐守大伴古慈斐は任国に配流、佐伯全成は訊問を受けて自殺した。
			7・12	右大臣藤原豊成を大宰員外帥に左降。
	天平宝字元		8・18	駿河国から糸で字を書く蚕が献上されたのを瑞祥として天平宝字と改元。
	天平宝字二（戊戌）	758	1・5	畿内及び七道に問民苦使を派遣。
			6・16	大伴家持を因幡守に任命する。
淳仁			8・1	譲位。皇太子大炊王即位。
			8・9	草壁皇子に、岡宮御宇天皇の尊号を贈る。
			8・25	紫微内相藤原仲麻呂を太保に任じ、恵美押勝の姓《かばね》名《な》を賜う。 この日、官名を唐風に改称。

天皇	年号・干支	西暦	月日	事項
淳仁			10・25	〔続紀・二十一〕甲子(二十五日)、……是の日……勅を奉けて官号を改め易《か》ふ。太政官は綱紀を惣《す》べ持ちて邦国を治むることを掌り、天徳を施して万物を生育するが如し。故に改めて乾政《けんじゃう》官と為す。太政大臣を大師と曰ひ、左大臣を大傅と曰ひ、右大臣を大保と曰ひ、大納言を御史大夫と曰ふ。紫微中台は……坤宮《こんぐう》官と為す。中務省は勅語《みことのり》を宣伝すること、必ず信《まこと》あるべし。故に改めて信部省と為す。式部省は文官の考賜を惣べ掌る。故に改めて文部省と為す。治部省は僧尼賓客、誠に礼《らい》を尚ぶべし。故に改めて礼部《らいぶ》省と為す。民部省は政を民に施して惟《こ》れ仁貴《たっと》しと為す。故に改めて仁部《にんぶ》省と為す。兵部省は武官の考賜を惣べ掌る。故に改めて武部《むぶ》省と為す。刑部省は窮鞫《くこく》して罪を定むること、義を用うるべきを要す。故に改めて義部省と為す。大蔵省は財物を出納するに応《まさ》に節制あるべし。故に改めて節部《せちぶ》省と為す。宮内省は諸の産業を催し供御を廻聚す。智水周《あまね》く流れて物を生ずるに相似たり。故に改めて智部省と為す。
				国司の任期を六年に改める。
	天平宝字三(己亥)	759	1・1	万葉集最後の歌が作られる(万葉)。 〔万・二十〕三年春正月一日、因幡国の庁にして、饗《あへ》を国郡の司等に賜ふ宴の歌一首(4516)〈左注〉右の一首は、守大伴宿祢家持。↓238ページ参照。
			5・9	諸国に常平倉を置き、米価を調節する。 〔続紀・二十二〕甲戌(九日)、……又勅して曰はく、「このごろ聞けらく、三冬の間に至り市辺に餓人多しと。其の由を尋ね問へば皆曰はく、諸国の調脚、郷に還ることを得ず。或は病に因りて憂苦し、或は粮無くして飢寒すと。朕竊かに茲を念ひて情深く矜愍す。宜しく国の大小に随ひて、公廨《くげ》を割り出して以ちて常平倉と為し、時の貴賤に逐ひて糴糶《ちやくてう》して利を取り、普《あまね》く還脚の飢苦を救ふべし。直に外国の民を霑すのみに非ず。兼ねて京中の穀価を調ふ。……」と。
			6・16	舎人親王を崇道尽敬皇帝と追称する。
			6・18	大宰府に命じて、新羅征伐の準備をする。
			8・3	鑒真、新田部親王の邸跡に唐招提寺を創建する(東大寺要録)。
			11・16	近江国琵琶湖南端に保良宮を造営する。

天皇	年号・干支	西暦	月日	事項
淳仁	天平宝字四（庚子）	760	1・4	恵美押勝を太師(太政大臣)に任命する。
			3・16	万年通宝・大平元宝・開基勝宝の新銭を鋳造する。
			6・7	光明皇后(仁正皇太后)没(60)。
	天平宝字五（辛丑）	761	1・―	下野薬師寺・筑紫観世音寺に戒壇を建つ。
			10・28	平城宮改造のため、都を一時近江の保良宮に移す。
	天平宝字六（壬寅）	762	1・9	大伴家持、信部大輔に任ぜられる。
			2・2	恵美押勝、正一位を授けられる。
			5・23	天皇と孝謙太上天皇と不和、平城京に還御。太上天皇は法華寺に入る。
			6・3	太上天皇が大事を親裁し、小事のみ天皇に委せると宣言する。 〔続紀・二十四〕 庚戌(三日)、五位已上を朝堂に喚《め》し集へて、詔して曰はく、「太上天皇《おほきすめらみこと》の御命《おほみこと》以ちて卿等諸《まへつぎみたちもろもろ》に語らへと宣りたまはく、朕《あが》御《み》祖《おや》大皇后の御命《みこと》以ちて朕に告げたまひしく、岡宮御宇天皇《をかのみやにあめのしたしろしめしすめらみこと》の日継はかくて絶えなむとす。女子の継ぎにはあれども嗣《つ》がしめむと宣りたまひて此の政《まつりごと》を行ひ給ひき。かくして今の帝を立てて住まひくる間にうやうやしく相従ふ事は無くして、とひとの仇の言へる如く言ふまじき辞も言ひぬ。為まじき行《わざ》も為ぬ。凡《おほかた》かく言はるべき朕にはあらず、別宮に御《おほ》坐《ま》し坐さむ時、しかえ言はめや。此は朕が劣《おぢな》きによりてしかく言ふらしと念ほし召せば愧《はぢ》しみいとほしみなも念ほす。又一つには朕が菩提の心を発《おこ》すべき縁《よし》にあるらしとなも念ほす。是《ここ》を以ちて家を出でて仏の弟子となりぬ。但し政事は、常の祀《まつ》り小《いささ》けき事は今の帝行ひ給へ。国家《みかど》の大事、賞罰二つの柄《もと》は朕行はむ。かくの状《さま》聞こし食し悟れと宣りたまふ御命を衆《もろもろ》聞こし食さへと宣りたまふ」と。
			10・14	聖武の夫人県犬養広刀自(安積親王・井上内親王・不破内親王の母)没。
	天平宝字七（癸卯）	763	5・6	大和上鑒真没(77)。
			8・18	儀鳳暦を廃して大衍暦を使用する。
			9・4	少僧都慈訓を解任し、道鏡を少僧都に任命する。
			―・―	この年、藤原宿奈麻呂・佐伯今毛人・石上宅嗣・大伴家持らの恵美押勝暗殺計画が密告され、宿奈麻呂一人罪を

天皇	年号・干支	西暦	月日	事項
淳仁				受ける。 〔続紀・三十四〕(宝亀八年九月十八日)内大臣従二位勲四等藤原朝臣良継薨ず。……時に押勝が男三人並びに参議に任じ、良継の位は子姪の下に在りて、益々忿怨を懐けり。及ち従四位下佐伯宿祢今毛人・従五位上石上朝臣宅嗣・大伴宿祢家持等と、同じく謀りて太師を害せむと欲す。是《ここ》に於て、右大舎人弓削宿祢男広、計を知りて以ちて太師に告ぐ。即ち皆其の身を捕へ、吏に下して之を験ぶるに、良継対へて曰はく、「良継独り謀首したり。他人はかつて預り知らず」と。是に於て、強ひて大不敬なりと劾して、姓を除き位を奪ふ。
	天平宝字八(甲辰)	764	1・21	大伴家持、薩摩守に任ぜられる。佐伯毛人を大宰大弐、石上宅嗣を大宰少弐、佐伯今毛人を営城監に任命する。
			9・2	太師恵美押勝を都督・四畿内・三関・近江・丹波・播磨等国兵事使に任命する。
			9・11	恵美押勝、孝謙太上天皇と衝突して反逆し、近江へ逃げて戦う。
			9・14	大宰員外帥藤原豊成を右大臣に復させる。
			9・18	恵美押勝、脱出路を断たれ、琵琶湖上に捕えられて、斬殺される(59)。
			9・20	道鏡を大臣禅師に任命する。
			9・22	恵美押勝の改めた官名を旧に復する。
			10・9	天皇廃せられ、淡路国に配流。孝謙太上天皇重祚。
称徳	天平神護元(乙巳)	765	1・7	天平神護と改元。
			3・5	寺院以外の墾田開発を禁止。
			10・22	淳仁天皇、淡路に没(33)。 〔続紀・二十六〕庚辰(二十二日)、淡路公、幽憤に勝《た》へず垣を踰《こ》えて逃ぐ。守佐伯宿祢助・掾高屋連並木等、兵を率ゐて之を邀《さへぎ》る。公還りて明日、院中に薨ず。
			閏10・2	道鏡に太政大臣禅師の位を授ける。
			11・27	右大臣藤原豊成没(62)。
	天平神護二(丙午)	766	1・8	藤原永手を右大臣に任命する。大納言に白壁王・藤原真楯、中納言に吉備真備が任ぜられ、参議に石上宅嗣が加

天皇	年号・干支	西暦	月日	事項
				わる。
称徳			3・12	大納言藤原真楯没(52)。この日、吉備真備を大納言に任命。
			10・20	道鏡に法王の位を授ける。右大臣藤原永手を左大臣に、大納言吉備真備を右大臣に任命する。
	天平神護三(丁未)	767	3・20	初めて法王宮職を置く。
	神護景雲元		8・16	この夏、皇居や伊勢神宮の上空に七色また五色の雲が立ったのを瑞祥として、神護景雲と改元。
			8・29	大伴家持、大宰少弐に任ぜられる。
	神護景雲二(戊申)	768	11・―	春日神社創建。(春日古社記)
	神護景雲三(己酉)	769	2・17	陸奥国の桃生城・伊治城の周辺に坂東の百姓を移す。 〔続紀・二十九〕丙辰(十七日)、勅すらく、「陸奥国桃生・伊治の二城は営造已に畢りぬ。その土沃壌にして其の毛豊饒なり。宜しく坂東八国をして各部下の百姓に募らしめ、如《も》し情農桑を好み彼の地利に就く者有らば、則ち願に任せて移徙し、便に随ひて安置し、法外優復して民をして遷ることを楽《ねが》はしむべし」と。
			6・19	中臣清麻呂に大中臣朝臣の姓を賜う。
			9・25	和気清麻呂、宇佐八幡宮へ使者に立ち、道鏡即位の神託の偽りであることを奏上し、大隅へ流される。
	神護景雲四(庚戌)	770	1・―	阿倍仲麻呂、唐に客死(70)。
			3・28	葛井・船・津・文・武生・蔵六氏の男女二百三十人、歌垣に供奉する。
			6・16	大伴家持、民部少輔に任ぜられる。
			8・4	天皇没(53)。白壁王を皇太子とする。
			8・21	道鏡を造下野薬師寺別当に左遷。
			9・6	和気清麻呂を召還する。
			9・16	大伴家持、左中弁兼中務大輔に任ぜられる。
光仁	宝亀元		10・1	皇太子白壁王即位。宝亀と改元。
	宝亀二(辛亥)	771	1・23	他戸親王立太子。

天皇	年号・干支	西暦	月日	事項
光仁			2・22	左大臣藤原永手没(58)。
			3・13	大納言大中臣清麻呂を右大臣に、藤原良継を内臣に任命する。
			10・27	武蔵国を初めて東海道に属させる。 〔続紀・三十一〕己卯(二十七日)、太政官奏すらく、「武蔵国は山道に属すと雖も、兼ねて海道を承けたり。公使繁多くして、祗供堪へ難し。其の東山の駅路は、上野国新田駅より下野国足利駅に達《いた》る。此れ便道なり。而るに枉りて上野国邑楽郡より五ケ駅を経て武蔵国に到り、事畢りて去る日、又同じ道を取りて下野国に向へり。今東海道は、相模国夷参駅より下総国に達るまで、其の間四駅にして往還便ち近し。而るに此を去りて彼に就くこと損害極めて多し、臣等商量《かむが》ふるに、東山道を改めて東海道に属せば、公私所を得て、人馬息《いこ》ふことあらむ」と。奏するを可《ゆる》したまふ。
	宝亀三(壬子)	772	2・16	大伴家持、式部員外大輔を兼任する。
			3・2	皇后井上内親王、天皇を呪い殺そうとした罪により廃せられる。
			4・7	道鏡没。
			5・25	歌経標式成立(歌経標式跋文)。
			5・27	皇太子他戸親王、母井上内親王の罪により廃せられる。
	宝亀四(癸丑)	773	1・2	山部親王、立太子。
	宝亀五(甲寅)	774	3・5	大伴家持、相模守に任ぜられる。
			9・4	大伴家持、左京大夫に任ぜられ、上総守を兼任する。
	宝亀六(乙卯)	775	4・27	井上内親王・他戸王共に没。
			6・19	佐伯今毛人を遣唐大使に任命する。
			10・2	前右大臣吉備真備没(83)。
			10・13	初めて天長節を行なう。
			11・27	大伴家持、衛門督に任ぜられる。
	宝亀七(丙辰)	776	3・6	大伴家持、伊勢守に任ぜられる。

天皇	年号・干支	西暦	月日	事項
光仁	宝亀八(丁巳)	777	7・7	参議大伴駿河麻呂没。
			1・3	内臣藤原良継を内大臣に任命する。
			6・1	遣唐大使佐伯今毛人病気で、副使小野石根に代行させる。この月に出発。
			8・19	大伴古慈斐没(83)。
			9・18	内大臣藤原良継没(62)。
	宝亀九(戊午)	778	3・3	大納言藤原魚名を内臣に任命する。30日、内臣を忠臣と改称。
	宝亀一〇(己未)	779	1・1	忠臣藤原魚名を内大臣に任命する。
			5・3	唐使朝見して、唐朝の書と貢物を献上する。
	宝亀一一(庚申)	780	2・1	大伴家持、参議に任命される。9日、右大弁を兼任する。
			3・16	冗官を省く。百姓のうち弓馬に堪えうる者を兵とし、他は農につかせる。
			3・22	陸奥の伊治公呰麻呂叛し、参議兼陸奥按察使紀広純を殺す。
			3・28	中納言藤原継縄を征東大使とし、大伴益立・紀古佐美を征東副使として討伐させる。
桓武	天応元(辛酉)	781	1・1	天応と改元。
			4・3	譲位。皇太子山部親王即位。
			4・4	皇弟早良《さわら》親王、立太子
			4・14	大伴家持、春宮大夫を兼任する。
			5・7	大伴家持、左大弁に任ぜられる。春宮大夫を兼ねることもとの如し。
			6・23	右大臣大中臣清麻呂致仕する。
			6・24	大納言石上宅嗣没(53)。
			6・27	内大臣藤原魚名を左大臣に任命する。
			8・8	これより前、大伴家持、母の死に会って解任されたが、左大弁兼春宮大夫に復する。
			11・15	大伴家持、従三位を授けられる。
			12・23	光仁太上天皇没(73)。大伴家持は山作司に任ぜられる。

天皇	年号・干支	西暦	月日	事項
桓武	天応二(壬戌)	782	閏1・1	因幡守氷上川継謀反、露見して逃走。14日、捕えられ、その母不破内親王も共に配流。
			閏1・19	大伴家持、川継の叛に連坐して解任される。
			5・17	大伴家持、すでに復官し、参議として再び春宮大夫に任ぜられる。
			6・14	左大臣藤原魚名免官。
			6・17	大伴家持、陸奥按察使鎮守将軍を兼任し、陸奥多賀城に赴く。
			6・21	大納言藤原田麻呂を右大臣に任命する。
	延暦元		8・19	延暦と改元。
	延暦二(癸亥)	783	3・19	右大臣藤原田麻呂没(62)。
			6・10	寺院の新設、寺領の拡大を禁止する。
			7・19	大納言藤原是公を右大臣に任命。大伴家持を中納言に任命する。
			7・25	前左大臣藤原魚名没(63)。
			12・2	富氏・寺院の土地集積を禁止する。
	延暦三(甲子)	784	2・21	大伴家持を持節征東将軍に任命する。
			6・10	中納言藤原種継・左大弁佐伯今毛人らを、造長岡宮使に任命する。
			11・11	長岡宮に遷都。
			12・2	長岡宮の造営に功のあった者に位を賜い、役夫を出した国に今年の田租を免除する。藤原種継、正三位に昇叙。
			12・13	王臣・寺家の山林藪沢の利を独占することを禁止する。
	延暦四(乙丑)	785	4・7	大伴家持、陸奥按察使鎮守将軍として政策建言。 〔続紀・三十八〕辛未(七日)、中納言従三位兼春宮大夫陸奥按察使鎮守将軍大伴宿祢家持等言さく、「名取より以南一十四郡は、山海に僻在して、塞を去ること懸かに遠し。徴し発すること有るに属しては、機急に会はず。是に由りて権《かり》に多賀、階《しな》上《かみ》の二郡を置き、百姓を募り集めて、人兵を国府に足し、防禦を東西に設く。誠に是れ預《あらかじ》め不虞に備へて、鋒《さき》を万里に推す者なり。但し以ちて、徒らに開設の名ありて、未だ統領の人を任ぜず。百姓願望して心を係くる所無し。望み請ふらくは、建てて真の郡と為し、官員を備へ置

天皇	年号・干支	西暦	月日	事項
桓武				かむことを。然らば則ち民は統摂の帰することを知り、賊は窺窬の望みを絶たむ」と。之を許しき。
			7・17	淡海三船没（64）。
			8・28	中納言大伴家持没（68）。
			9・23	中納言藤原種継、賊に射られ翌日没（49）。
			9・24	種継を暗殺した大伴継人・大伴竹良ら数十人捕えられる。大伴家持も主謀者の一人と判明、官位を奪われ、私財を没収された。
				〔続紀・三十八〕（八月）庚寅（二十八日）、中納言従三位大伴宿祢家持死す。……死して後二十余日、其の屍未だ葬らざるに、大伴継人、竹良等種継を殺し、事発覚して獄に下りき。之を案験するに、事家持等に連れり。是に由りて追ひて名を除く。其の息永主等は並びに流に処せらえき。
			9・28	皇太子早良親王廃せられ、乙訓寺に幽閉（日本紀略）。
			10・―	早良親王淡路配流の途路に没（36）（日本紀略）。
			11・25	安殿《あて》親王を皇太子とする。
	延暦一一（壬申）	792	3・18	高橋氏文成立。
	延暦一三（甲戌）	794	10・28	新京（山背国葛野郡）に遷都。
			11・8	新京を平安京と名づけ、山背国を山城国と改称する。
	延暦二五（丙戌）	806	3・15	天皇、病重し。
			3・17	種継暗殺事件によって処刑された大伴家持らを赦し、本位に復させる。
				〔後紀・十三〕辛巳（十七日）、勅すらく、「延暦四年の事に縁りて配流されし輩、先に已に放ち還せり。今、思ふ所あり。存亡を論ぜず、宜しく本位に叙すべし。大伴宿祢家持を従三位に復す。……」と。
				この日、天皇没（70）。
平城	大同元		5・18	皇太子安殿親王即位。大同と改元。
	大同二（丁亥）	807	2・13	古語拾遺成立。
嵯峨	弘仁年間	809〜822		日本霊異記（景戒）成る。

資料編

〇古事記―三巻。和銅五年(七一二)、太安万侶(おおのやすまろ)の選上。成立の次第は序文に詳しいが、天武天皇の勅によって稗田阿礼(ひえだのあれ)の誦習した帝皇日継と先代旧辞とを元明天皇の詔を受けた安万侶が整理編集したもの。内容は神代から推古朝までの皇室中心の歴史伝承。原文は種々な用法による漢字表記の変体漢文。なお、訓読文は日本古典文学大系本によった。

＊高御産巣日神―書紀には「高皇産霊尊」とある。生成力を神格化した神。「高」は天上界的要素を示す。

＊神産巣日神―書紀には「神皇産霊尊」とある。同じく生成力の神格化。「神」は幽冥界的要素を示す。

＊宇摩志阿斯訶備比古遅神―「りっぱな葦の芽の男の神」の意味の神名。

＊天之常立神―天上界の恒久的存在を意味する神名。

＊別天つ神―特別な存在の天上界の神。

＊豊雲野神―天上と地上との間の存在を神格化した神。

＊宇比地邇神―泥土の神。神の原質の出現。

＊妹須比智邇神―砂土の神。同じく神の原質を表す。前項の神と一対であることを「妹」で表す。

＊角杙神―角ぐむ芽の形の神。原質から現れた最初の形を表す。

＊妹活杙神―前項の神の生き〱とした働きを表す。

＊意富斗能地神―男の性の部分の出現を表す。

＊大斗乃弁神―女の性の部分の出現を表す。

＊於母陀流神―外形の完備を表す。

＊妹阿夜訶志古泥神―外形完備への讃嘆を表す。以上の四対神で人体の形を持った神の出現への発展経過を示す。

古事記

天地初発および国土生成

天地《あめつち》初めて発《ひら》けし時、高天の原に成れる神の名は、天之御中主神《あめのみなかぬしの》。高の下の天を訓《よ》みてアマと云ふ。下はこれに効へ。次に高御産巣日神《たかみむすひの》。次に神産巣日神《かみむすひの》。この三柱《みはしら》の神は、並独神《みなひとりがみ》と成り坐して、身を隠したまひき。

次に国稚《わか》く浮きし脂《あぶら》のごとくして、久羅下那州多陀用弊流《くらげなすただよへる》時、流の字以上の十字は音を以ゐよ。葦牙《あしかび》のごとく萌《も》え騰《あが》る物に因りて成れる神の名は、宇摩志阿斯訶備比古遅神《うましあしかびひこぢの》。この神の名は音を以ゐよ。次に天之常立神《あめのとこたちの》。常を訓みてトコと云ひ立を訓みてタチと云ふ。この二柱の神もまた、独神と成りまして、身を隠したまひき。

上の件《くだり》の五柱の神は、別天《ことあま》つ神。

次に成れる神の名は、国之常立神《くにのとこたちの》。常・立を訓むことまた上のごとくせよ。次に豊雲野神《とよくもののの》。この二柱の神もまた独神と成り坐して、身を隠したまひき。

次に成れる神の名は、宇比地邇神《うひぢにの》、次に妹須比智邇神《いもすひぢにの》。この二神の名は音を以ゐよ。次に角杙神《つのぐひの》、次に妹活杙神《いくぐひの》。二柱 次に意富斗能地神《おほとのぢの》、次に妹大斗乃弁神《おほとのべの》。この二神の名もまた、音を以ゐよ。次に於母陀《おもだ》流《るの》神、次に妹阿夜訶志古泥神《あやかしこねの》。この二神の名は皆音を以ゐよ。次に伊邪那岐神《いざなきの》、次に妹伊邪那美神《いざなみの》。この二神の名もまた、音を以ゐること上のごとくせよ。

上の件の国之常立神以下《よりしも》、伊邪那美神以前《よりさき》を、并《あは》せて神世《かみよ》七代《ななよ》と称《い》ふ。上の二柱の独神は、各一代と云ふ。次に雙《たぐ》へる十神は、各二神を合せて一代と云ふ。

ここに天つ神 諸《もろもろ》の命《みこと》以ちて、伊邪那岐命、伊邪那美命、二柱の神に、「この多陀用弊流国を修《をさ》め理《つく》り固め成《な》せ。」と詔《の》りて、天《あめ》の沼矛《ぬぼこ》を賜ひて、言依《ことよ》さし賜ひき。故《かれ》、二柱の神、天の浮橋《うきはし》に立たし立を訓みてタシと云ふ。て、その沼矛を指し下ろして画《か》きたまへば、塩許々袁々呂々邇《こをろこをろに》この七字は音を以ゐよ。画《か》き鳴《な》し鳴を訓みてナシと云ふ。て引き上げたまふ時、その矛の末《さき》より垂《しただ》り落つる塩、累《かさ》なり積もりて島と成りき。これ淤能碁呂島《おのごろじま》なり。淤より以下の四字は音を以ゐよ。

その島に天降り坐して、天の御柱《みはしら》を見立て、八尋殿《やひろどの》を見立てたまひき。ここにその妹伊邪那美命に問《と》曰ひたまはく、「汝が身は如何《いかに》か成れる。」ととひたまへば、「吾が身は、成り成りて成り合はざる処一処《ひとところ》あり。」と答《こた》曰へたまひき。ここに伊邪那岐命詔りたまはく、「我が身は、成り成りて成り余れる処一処あり。故《かれ》、この吾が身の成り余れる処を以ちて、汝が身の成り合はざる処に刺し塞《ふた》ぎて、国土《くに》を生み成さむと以為《おも》ふ。生むこと奈何《いかに》。」とのりたまへば、生を訓みてウムと云ふ。下はこれに効へ。伊邪那美命、「然《しか》善けむ。」と答曰へたまひき。ここに伊邪那岐命詔りたまひしく、「然らば吾《あれ》と汝《いまし》とこの天の御柱を行き廻《めぐ》り逢ひて、美斗能麻具波比《みとのまぐはひ》この七字は音を以ゐよ。為《せ》む。」とのりたまひき。

*伊邪那岐神、次に妹伊邪那美神―たがいにいざないあう男女の神。この両神によって人間の生活(人生)の根拠が示されている。

*命以ちて―おことばで。
*天の沼矛―玉でかざった神聖なほこ。
*言依さし賜ひき―ご委任になった。
*故―そこで。
*天の浮橋―天上界から浮いてかかっている橋。
*画きたまへば―かきまわされると。
*塩―海水。
*淤能碁呂島―しぜんと固まってできた島。所在は明らかでない。
*天の御柱―神聖な柱を見定めて。
*八尋殿―大きなりっぱな御殿。

*成り成りて―次第にできあがって。

*美斗能麻具波比―婚姻。「みと」は婚姻の場所の美称。「まぐはひ」は「目合」から転じて婚姻性交の意。

かく期《ちぎ》りて、乃ち「汝は右より廻り逢へ、我は左より廻り逢はむ。」と詔りたまひ、約《ちぎ》り竟《を》へて廻る時、伊邪那美命、先に「阿那邇夜志愛袁登古袁《あなにやしえをとこを》。この十字は音を以ゐよ。下はこれに効へ。」と言ひ、後《のち》に伊邪那岐命、「阿那邇夜志愛袁登売袁《えをとめを》。」と言ひ、各《おのおの》言ひ竟へし後、その妹に告曰《つ》げたまひしく、「女人《をみな》先に言へるは良《よ》からず。」とつげたまひき。然れども久美度《くみど》邇《に》この四字は音を以ゐよ。興して生める子は、水蛭子《ひるこ》。この子は葦船に入れて流し去《う》てき。次に淡島《あはしま》を生みき。こもまた、子の例《たぐひ》には入れざりき。

ここに二柱の神、議《はか》りて云ひけらく、「今吾が生める子良からず。なほ天つ神の御所《みもと》に白《まを》すべし。」といひて、すなはち共に参上《まゐのぼ》りて、天つ神の命《みこと》を請ひき。ここに天つ神の命以ちて、布斗麻邇邇《ふとまにに》この五字は音を以ゐよ。卜相《うらな》ひて、詔りたまひしく、「女《をみな》先に言へるに因りて良からず。また還り降りて改め言へ。」とのりたまひき。故ここに反《かへ》り降りて、更にその天の御柱を先のごとく往き廻りき。ここに伊邪那岐命、先に「阿那邇夜志愛袁登売袁。」と言ひ、後に妹伊邪那美命、「阿那邇夜志愛袁登古袁。」と言ひき。かく言ひ竟へて御合《みあひ》して、生める子は、淡道之穂之狭別《あはぢのほのさわけの》島。別を訓みてワケと云ふ。下はこれに効へ。次に伊予之二名《いよのふたなの》島を生みき。この島は、身一つにして面《おも》四つあり。面ごとに名あり。故、伊予国は愛比売《えひめ》この三字は音を以ゐよ。下はこれに効へ。と謂ひ、讃岐国《さぬきの》は飯依比古《いひよりひこ》と謂ひ、粟国《あはの》は大宜都比売《おほげつひめ》この四字は音を以ゐよ。と謂ひ、土左国《とさの》は建依別《たけよりわけ》と謂ふ。次に隠伎之三子《おきのみつごの》島を生みき。また

*阿那邇夜志愛袁登古袁—ああ、いとしい男よ。「をとこ」は成人した男子。

*久美度—寝所。
*水蛭子—ひるのように、ぐにゃぐにゃした骨なし子。
*淡島—所在不明。

*布斗麻邇—太占。古くは鹿の肩の骨を朱桜(ははか)の皮で焼いて、その骨の焼けたひびわれで占った(天の岩屋戸の条)。

*御合して—結婚なさって。
*淡道之穂狭別島—淡路島を擬人化した称。
*伊予之二名島—四国を「伊予」で代表させた言い方。「二名」は意味不明。
*愛比売—りっぱな女性。
*飯依比古—食物の霊のよりつく男性。
*大宜都比売—食物を司どる女性。
*建依別—雄々しい霊のよりつく男性の族長。
*隠伎之三子島—隠岐島。同島は島前・島後に分かれ、島前が三つの島から成っているので、島後を親、島前を三つ子とした称。

の名は天之忍許呂別《あめのおしころわけ》。許呂の二字は音を以ゐよ。次に筑紫島《つくしのしま》を生みき。この島もまた、身一つにして面四つあり、面毎に名あり。故、筑紫国は白日別《しらひわけ》と謂ひ、豊国《とよのくに》は豊日別と謂ひ、肥国《ひのくに》は建日向日豊久士比泥別《たけひむかひとよくじひねわけ》久より泥までは音を以ゐよ。と謂ひ、熊曽国《くまそのくに》は建日別と謂ふ。曽の字は音を以ゐよ。次に伊伎島《いきのしま》を生みき。また の名は天比登都柱《あめひとつばしら》比より都までは音を以ゐよ。天を訓むこと天《あめ》のごとくせよ。と謂ふ。次に津島《つしま》を生みき。またの名は天之狭手依比売《あめのさでよりひめ》と謂ふ。次に佐度島《さどのしま》を生みき。次に大倭豊秋津島《おほやまととよあきづしま》を生みき。またの名は天御虚空豊秋津根別《あまつみそらとよあきづねわけ》と謂ふ。故、この八島《やしま》を先に生めるに因りて、大八島国《おほやしまぐに》と謂ふ。

（上巻）

大国主神

故《かれ》、この大国主神《おほくにぬしのかみ》の兄弟《あにおと》、八十神《やそがみ》坐《ま》しき。然れども皆国は大国主神に避《さ》りき。避りし所以《ゆゑ》は、その八十神、各稲羽《いなば》の八上比売《やがみひめ》を婚《よば》はむの心ありて、共に稲羽に行きし時、大穴牟遅神《おほなむちのかみ》に帒《ふくろ》を負《おほ》せ、従者《ともびと》として率《ゐ》て往きき。ここに気多《けた》の前《さき》に到りし時、裸《あかはだ》の菟《うさぎ》伏せりき。ここに八十神、その菟に謂ひしく、「汝為《なれせ》むは、この海塩《うしほ》を浴《あ》み、風の吹くに当りて、高山の尾の上《へ》に伏せれ。」といひき。故、その菟八十神の教に従ひて伏しき。ここにその塩乾《かは》くまにまに、その身の皮悉《ことごと》に風に吹き拆《さ》かえき。故、痛み苦しみて泣き伏せれば、最後《いやはて》に来りし大穴牟遅神、その菟を見て、「何しかも汝《な》は泣き伏せる。」と言ひしに、菟答へ言《まを》ししく、「僕《われ》淤岐《おき》の島にありて、こ

*筑紫島—九州を「筑紫」で代表させた言い方。
*白日別—明るい太陽の意の擬人化表現か。
*建日向日豊久士比泥別—名義未詳。
*熊曽国—熊本県の南部から鹿児島県一帯の称。
*天比登都柱—絶海の孤島を一本の柱にたとえた表現。
*津島—対馬。
*天之狭手依比売—名義未詳。
*大倭豊秋津島—大和国を中心にした、当時の意識での本州。豊かに穀物のみのる島の意。
*大八島国—わが国を対内的にいう称。対外的には「日本」(公式令)。
*避りき—退いて譲った。
*稲羽—因幡。今の鳥取県東部地方。
*八上比売—因幡国八上郡に因んだ名の姫。
*大穴牟遅神—大国主神の別名。
*気多の前—因幡国気多郡の岬。
*汝為むは—おまえがすることは。
*尾の上—山の頂。
*塩—海水。
*拆かえき—裂かれた。
*何しかも汝は泣き伏せる—どうしておまえは泣き伏しているのだ。
*淤岐の島—沖の島か隠岐島か不明。

の地《ところ》に度《わた》らむとすれども、度らむ因《よし》無かりき。故、海の和邇《わに》この二字は音を以ゐよ。下はこれに効へ。を欺《あざむ》きて言ひしく、『吾《あ》と汝《な》と競べて、族《うがら》の多き少きを計《かぞ》へてむ。故、汝はその族の在りのまにまに、悉に率て来てこの島より気多の前まで、皆列《な》み伏し度れ。ここに吾《あれ》その上を蹈《ふ》みて、走りつつ読み度らむ。ここに吾が族と孰《いづ》れか多きを知らむ。』といひき。かく言ひしかば、欺かえて列《な》み伏せりし時、吾その上を蹈みて、読み度り来て、今地《つち》に下りむとせし時、吾云ひしく、『汝《な》は我に欺かえつ。』と言ひ竟《を》はるすなはち、最端《いやはし》に伏せりし和邇、我《あ》を捕へて悉に我が衣服《きもの》を剝《は》ぎき。これに因りて泣き患《うれ》ひしかば、先に行きし八十神の命《みこと》以ちて、『海塩を浴み、風に当りて伏せれ。』と誨《をし》へ告《の》りき。故、教のごとく為しかば、我が身悉に傷《そこな》はえつ。」とまをしき。ここに大穴牟遅神、その菟に教へ告りたまひしく、「今急《すみや》かにこの水門《みなと》に往き、水を以ちて汝が身を洗ひて、すなはちその水門の蒲黄《かまのはな》を取りて、敷き散らして、その上に輾《こい》転《まろ》べば、汝が身本《もと》の膚《はだ》のごと、必ず差《い》えむ。」とのりたまひき。故、教のごと為《せ》しに、その身、本のごとくになりき。これ稲羽の素菟《しろうさぎ》なり。今者《いま》に菟神と謂ふ。故、その菟、大穴牟遅神に白《まを》ししく、「この八十神は、必ず八上比売を得じ。袋を負へども、汝命《いましみこと》獲たまはむ。」とまをしき。

ここに八上比売、八十神に答へて言ひしく、「吾は汝《いまし》たちの言《こと》は聞かじ。大穴牟

*和邇—鮫（さめ）のことか。

*族—血縁の一族。

*読み度らむ—数え渡ろう。

*言い竟はるすなはち—言い終るやいなや。

*水門—河口。

*蒲黄—黄色の花粉のついた蒲の穂。
*輾転べば—横になってころげまわれば。
*差えむ—なおるだろう。
*素菟—ここに初めてしろ菟と記される。記伝は「素はもしくは裸の義にはあらじか」という。出雲系神話なので神聖性のある「白」を使わなかったとの説もある。
*袋を負へども—袋を背負って賤しい姿をしているけれども。

遅神に嫁《あ》はむ。」といひき。故ここに八十神怒りて、大穴牟遅神を殺さむと共に議《はか》りて、伯耆国《ははきのくに》の手間の山本に至りて云ひしく、「赤き猪《ゐ》この山にあり。故、和礼この二字は音を以ゐよ共に追ひ下しなば汝《なれ》待ち取れ。もし待ち取らずば、必ず汝《なれ》を殺さむ。」と云ひて、火を以ちて猪に似たる大石を焼きて、転《まろ》ばし落としき。ここに追ひ下すを取る時、すなはちその石に焼き著《つ》かえて死にき。ここにその御祖《みおや》の命《みこと》、哭《な》き患《うれ》ひて、天《あめ》に参上《まゐのぼ》りて、神産巣日之《かみむすひの》命に請《まを》しし時、すなはち𧏛貝比売《きさがひひめ》と蛤貝《うむぎ》比売とを遣はして、作り活《い》かさしめたまひき。ここに𧏛貝比売、岐佐宜《きさげ》この三字は音を以ゐよ集めて、蛤貝比売、待ち承《う》けて、母《おも》の乳汁《ちしる》を塗りしかば、麗《うるは》しき壮夫《をとこ》壮夫を訓みて、ヲトコと云ふ。に成りて、出で遊行《あそ》びき。

ここに八十神見て、また欺きて山に率《ゐ》て入りて、大樹《おほき》を切り伏せ、茹矢《ひめや》をその木に打ち立て、その中に入らしむるすなはち、その氷目矢《ひめや》を打ち離ちて、拷《う》ち殺しき。ここにまた、その御祖の命、哭きつつ求《ま》げば、見得て、すなはちその木を折りて取り出で活かして、その子に告げて言ひしく、「汝《いまし》ここにあらば、遂に八十神の為に滅ぼさえなむ。」といひて、すなはち木国《きの》の大屋毘古《おほやびこ》神の御所《みもと》に違《たが》へ遣《や》りき。ここに八十神覓《ま》ぎ追ひ到りて、矢刺《やざ》し乞ふ時に、木の俣《また》より漏《く》き逃がして云《の》りたまひしく、「須佐能男命《すさのをのみこと》の坐《ま》します根の堅州国《かたすくに》に参向ふべし。必ずその大神、議りたまひ

*伯耆国―今の鳥取県西部地方。
*手間の山本―天万(てま)郷の山の麓。
*和礼―われわれ。この二字音読みの細注を記した理由は不明。
*待ち取れ―待ちうけて捕えよ。
*追ひ下すを取る時―八十神が石を追い落すのを、大穴牟遅神が待ち捕えた時。
*御祖の命―母神。ここは刺国若比売(さしくにわかひめ)をさす。
*𧏛貝比売―キサガヒすなわち赤貝の擬人化表現。
*蛤貝比売―ウムギすなわちはまぐりの擬人化表現。
*作り活かさしめたまひき―治療して生き返らせなさった。
*岐佐宜集めて―けずりそいだ貝の粉を集めて。
*待ち承けて―待って受け取って。
*母の乳汁―はまぐりの出す母乳のような汁。
*茹矢―意義未詳。くさび状の矢か。
*求げば―探すと。
*見得て―見つけ出すことができて。
*木国―紀伊国。
*違へ遣りき―八十神を避けて逃がしてやった。
*矢刺し乞ふ時に―弓に矢をつがえて大穴牟遅神の引き渡しを迫った時に。
*木の俣より漏き逃がして―大屋毘古の神が木のまたの間から、こっそりと逃がして。
*根の堅州国―地下にある堅い土の国。

＊須勢理毘売—名義未詳。
＊目合して—目を見合わせて。心を通じ合わせて。
＊葦原色許男—大国主神の別名。
＊蛇の比礼—蛇を退ける力を持ったひれ。「ひれ」は女性が頸から肩にかけた細長い織物。
＊鳴鏑—鏑のついた矢。空中を飛ぶ時、鏑の穴に風が入って音を発する。
＊廻し焼きき—まわり中から焼いた。
＊内は富良富良外は須夫須夫—内部はほら穴になっていて、外部はつぼんで閉じている。
＊喪具—葬式の道具。

なむ。」とのりたまひき。故、詔《の》りたまひし命のまにまに、須佐之男命の御所に参到れば、その女《むすめ》須勢理毘売《すせりびめ》出で見て、目合《まぐはひ》して、相《あ》婚ひたまひて、還り入りて、その父に白ししく、「いと麗しき神来ましつ。」とまをしき。ここにその大神出で見て、「こは葦原色許男《あしはらしこを》と謂《い》ふぞ。」と告りたまひて、すなはち喚《よ》び入れて、その蛇《へみ》の室《むろや》に寝しめたまひき。ここにその妻須勢理毘売命、蛇の比礼《ひれ》二字は音を以ゐよ。をその夫《ひこぢ》に授けて云《の》りたまひしく、「その蛇咋《く》はむとせば、この比礼を三たび挙《ふ》りて打ち撥《はら》ひたまへ。」とのりたまひき。故、教のごとせしかば、蛇自《おのづ》から静まりき。故、平《やす》く寝て出でたまひき。また来る日の夜は、呉公《むかで》と蜂との室に入れたまひしを、また呉公《むかで》蜂《はち》の比礼を授けて、先《さき》のごと教へたまひき。故、平く出でたまひき。また鳴鏑《なりかぶら》を大野の中に射入れて、その矢を採《と》らしめたまひき。故、その野に入りし時、すなはち火を以ちてその野を廻《もとほ》し焼きき。ここに出でむ所を知らざる間に、鼠《ねずみ》来て云ひけらく、「内は富良富良《ほらほら》この四字は音を以ゐよ。外《と》は須夫須夫《すぶすぶ》この四字は音を以ゐよ。」といひき。かく言へる故に、そこを蹈《ふ》みしかば、落ちて隠《かく》り入りし間に火は焼け過ぎき。ここにその鼠、その鳴鏑を咋ひ持ちて、出で来て奉りき。その矢の羽は、その鼠の子ども皆喫《く》ひつ。

　ここにその妻須世理《すせり》毘売は、喪具《はふりつもの》を持ちて、哭きて来、その父の大神は、已《すで》に死にぬと思ひてその野に出で立ちたまひき。ここにその矢を持ちて奉りし時、家に率て入りて、八田間《やたま》の大室《おほむろや》に喚び入れて、その頭《かしら》の虱《しらみ》を取らしめたまひき。故ここにその頭を見れば、呉公多《さは》なりき。ここにその妻、牟久《むく》の木の実と赤土《はに》とを取りて、その夫に授けつ。故、その木の実を咋ひ破り、赤土を含《ふふ》みて唾《つば》き出だしたまへば、その大神、呉公を咋ひ破りて唾き出だすと以為《おも》ほして、心に愛《は》しく思ひて寝ましき。ここにその神の髪を握りて、その室の椽《たりき》ごとに結ひ著けて、五百引《いほびき》の石《いは》をその室の戸に取り塞《さ》へて、その妻須世理毘売を負ひて、すなはちその神の生大刀《いくたち》と生《いく》弓矢《ゆみや》と、またその天《あめ》の詔琴《のりごと》を取り持ちて逃げ出でます時、その天の詔琴樹《き》に払《ふ》れて地動《つちとよ》み鳴りき。故、その寝ませる大神、聞き驚きて、その室を引き仆《たふ》したまひき。然れども椽に結ひし髪を解かす間に、遠く逃げたまひき。故ここに黄泉比良坂《よもつひらさか》に追ひ至りて、遥《はろばろ》に望《みさ》けて、大穴牟遅神を呼ばひて謂ひしく、「その汝《いまし》が持てる生大刀・生弓矢を以ちて、汝が庶兄弟《ままあにおと》をば、坂の御尾《みを》に追ひ伏せ、また河の瀬に追ひ撥ひて、意礼《おれ》二字は音を以ゐよ。大国主神となり、また宇都志国玉《うつしくにたまの》神となりて、その我が女須世理毘売を嫡妻《むかひめ》として、宇迦能《うかの》山三字は音を以ゐよ。の山本に、底津石根《そこついはね》に宮柱布刀斯理《ふとしり》、この四字は音を以ゐよ。高天の原に氷椽多迦斯理《ひぎたかしり》この四字は音を以ゐよ。て居れ。この奴《やつこ》。」といひき。故、その大刀・弓を持ちて、その八十神を追ひ避《さ》くる時に、坂の御尾ごとに追ひ伏せ、河の瀬ごとに追ひ撥ひて、始めて国を作りたまひき。

（上巻）

*八田間—広く大きなへや。
*牟久の木の実—椋(むく)の実。
*椽—垂木(たるき)。棟から軒にわたした材木。
*五百引の石—五百人で動かす石。
*生大刀—豊かな生命力を与える呪力を持った刀。
*天の詔琴—神聖な託宣の琴。
*黄泉比良坂—黄泉国と現実の国との境界の坂。
*遥に望けて—はるかに遠く見やって。
*坂の御尾—坂のはずれの所。
*意礼—おまえ。卑称の第二人称。
*宇都志国玉神—現実の、国の神霊。
*嫡妻—正妻。
*宇迦能山—出雲国宇賀郷の山。
*底津石根—地底の岩。
*布刀斯理—太く掘り立て。
*氷椽—神社の社殿の棟の両端にV字形に長く延ばした木。
*この奴—こいつめ。

沙本毘古王の反逆

この天皇《すめらみこと》、沙本毘売《さほびめ》を后《きさき》と為《し》たまひし時、沙本毘売命《の》の兄《いろせ》、沙本毘古王《の》、その伊呂妹《いろも》に問ひて曰ひけらく、「夫《を》と兄といづれか愛《は》しき。」といへば、「兄ぞ愛しき。」と答《こた》曰へたまひき。ここに沙本毘古王謀《はか》りて曰ひけらく、「汝《いまし》まことに我を愛しと思はば、吾と汝と天の下治《し》らさむ。」といひて、すなはち八塩折の紐小刀《ひもがたな》を作りて、その妹に授けて曰ひけらく、「この小刀を以ちて、天皇の寝たまふを刺し殺せ。」といひき。故《かれ》、天皇、その謀《はかりごと》を知らしめさずて、その后の御膝を枕《ま》きて、御寝《みね》し坐《ま》しき。ここにその后、紐小刀を以ちて、その天皇の御頸《みくび》を刺さむと為て、三度《みたび》挙《ふ》りたまひしかども、哀《かな》しき情《こころ》に忍びずて、頸を刺すこと能はずして、泣く涙御面に落ち溢れき。すなはち天皇、驚き起きたまひて、その后に問ひて曰りたまひしく、「吾は異《け》しき夢《いめ》見つ。沙本の方より暴雨《はやさめ》零り来て、急《には》かに吾が面に沾《そそ》きつ。また錦色の小さき蛇《へみ》、我が頸にまつはりつ。かくの夢は、これ何の表《しるし》にか有らむ。」とのりたまひき。ここにその后、争はえじと以為《おも》ほして、すなはち天皇に白《まを》して言ひしく、「妾《あ》が兄沙本毘古王、妾《あれ》に問ひて曰ひしく、『夫と兄といづれか愛しき。』といひき。この面《まのあたり》問ふに勝《あ》へざりし故《ゆゑ》に、妾、『兄ぞ愛しき。』と答曰へき。ここに妾に誂《あとら》へて曰ひけらく、『吾と汝と共に天の下を治らさむ。故、天皇を殺すべし。』

*この天皇―垂仁天皇。

*伊呂妹―同母の妹。

*八塩折の紐小刀―何度もくり返し鍛えたひもつきの小刀。

*挙りたまひしかども―手を振りあげたが。

*争はえじ―抗弁することはできないだろう。

*面問ふに勝へざりし故に―面と向かって問うのに気おくれがしたので。

*誂へて―たのみこんで。

と云ひて、八塩折の紐小刀を作りて妾に授けつ。ここを以ちて御頸を刺さむと欲《おも》ひて、三度挙りしかども、哀しき情忽ちに起りて、頸を得刺さずて、泣く涙の御面に落ち沾きき。必ずこの表に有らむ。」とまをしたまひき。

ここに天皇、「吾は殆《ほとほと》に欺かえつるかも。」と詔りたまひて、すなはち軍《いくさ》を興して沙本毘古王を撃ちたまひし時、その王、稲城《いなぎ》を作りて待ち戦ひき。この時沙本毘売命、その兄に得忍びずて、後《しり》つ門《と》より逃げ出でて、その稲城に納《い》りましき。この時、その后妊身《はら》ませり。ここに天皇、その后の懐妊《はら》ませること、また愛《め》で重みしたまふこと三年になりぬるに忍びたまはざりき。故、その軍を廻《もとほ》して、急《には》かに攻迫《せ》めたまはざりき。かく逗留《とどこほ》れる間に、その妊ませる御子既に産《あ》れましつ。故、その御子を出して、稲城の外に置きて、天皇に白さしめたまひつらく、「若《も》しこの御子を、天皇の御子と思ほし看さば、治め賜ふべし。」とまをさしめたまひき。ここに天皇詔りたまひしく、「その兄を怨みつれども、なほその后を愛《うつく》しむに得忍びず。」とのりたまひき。故、すなはち后を得たまはむ心有りき。ここを以ちて軍士《いくさびと》の中の力士《ちからびと》の軽く捷《はや》きを選《え》り聚《あつ》めて、宣りたまひしく、「その御子を取らむ時、すなはちその母王《ははみこ》をも掠《かそ》ひ取れ。髪にもあれ手にもあれ、取り獲むまにまに、掬《つか》みて控《ひ》き出すべし。」とのりたまひき。ここにその后、予《かね》てその情を知らしめして、悉《ことごと》にその髪を

*殆に欺かえつるかも―すんでのことで、だまされるところだった。
*軍を興して―兵を出動させて。
*稲城を作りて―稲を積んで作った城。記伝は、稲を収め置く堅固な城という。
*得忍びずて―思う心にたえられないで。
*治め賜ふべし―引き取って養育して下さい。
*力士―力の強い男。
*掠ひ取れ―奪い取れ。

剃り、髪以ちてその頭を覆ひ、また玉の緒を腐《くた》して、三重に手に纏《ま》かし、また酒以ちて御衣《みけし》を腐し、全き衣《みけし》のごと服しき。かく設《ま》け備へて、その御子を抱きて、城《き》の外《と》に刺し出したまひき。ここにその力士ども、その御子を取りて、すなはちその御《み》祖《おや》を握《と》りき。ここにその御髪を握《と》れば、御髪自《おのづか》ら落ち、その御手を握れば、玉の緒また絶え、その御衣を握れば、御衣すなはち破れつ。ここを以ちてその御子を取り獲て、その御祖を得ざりき。故、その軍士ども、還り来て奏言《まを》しけらく、「御髪自ら落ち、御衣易《やす》く破れ、また御手に纏かせる玉の緒もすなはち絶えき。故、御祖を獲ずて、御子を取り得つ。」とまをしき。ここに天皇悔い恨みたまひて、玉作りし人どもを悪《にく》まして、その地《ところ》を皆奪ひたまひき。故、諺《ことわざ》に「地《ところ》得ぬ玉作り。」と曰ふなり。

また天皇、その后に命詔《みことの》りしたまひしく、「凡そ子の名は必ず母の名づくるを、何とかこの子の御名をば称《まを》さむ。」とのりたまひき。ここに答へて白ししく、「今、火の稲城を焼く時に当りて、火中《ほなか》に生れましつ。故、その御名は本牟智和気《ほむちわけ》の御子と称すべし。」と白しき。また命詔りしたまひしく、「いかにして日足《ひた》し奉《まつ》らむ。」とのりたまへば、答へて白ししく、「御母《みおも》を取り、大湯坐《ゆゑ》、若湯坐を定めて、日足し奉るべし。」とまをしき。故、その后の白せしまにまに日足し奉りき。またその后

*髪以ちてその頭を覆ひ—剃った髪で、元のように頭をおおって。
*玉の緒—多数の玉を貫いて結んでいるひも。
*地得ぬ玉作り—自分の土地を持っていない玉作り。
*稲城を焼く—稲城を焼くことは書紀に記されているが、御子が火中に生れた記事は書紀にない。
*本牟智和気—火の精霊の主長。
*日足し奉らむ—養育する。
*御母—乳母。
*湯坐—赤ん坊に湯をつかわせる女性。

に問ひて曰《の》りたまひしく、「汝の堅めし美豆能小佩《みつのをひも》は誰かも解かむ。美豆能三字は音を以ゐよ。」とのりたまへば、答へて白ししく、「旦波比古多多須美智宇斯王《たにはのひこたたすみちのうしの》の女、名は兄《え》比売、弟《おと》比売、この二はしらの女王《ひめみこ》、浄《きよ》き公民《たみ》なり。故、使ひたまふべし。」とまをしき。然して遂にその沙本比古王を殺したまひしかば、その伊呂妹もまた従ひき。

（中巻、垂仁天皇条）

倭建命

大帯日子淤斯呂和気天皇《おほたらしひこおしろわけのすめらみこと》、纒向《まきむく》の日代宮《ひしろのみや》に坐《ま》しまして、天の下治らしめしき。この天皇、吉備臣《きびのおみ》らの祖、若建吉備津日子《わかたけきびつひこ》の女《むすめ》、名は針間之伊那毘能大郎女《はりまのいなごのおほいらつめ》を娶《めと》して、生みませる御子、櫛角別王《くしつぬわけの》。次に大碓命《おほうすの》。次に小碓命《をうすの》、亦の名は倭《やまと》男具那命《をぐなの》。具那の二字は音を以ゐよ。次に倭根子命《やまとねこの》。次に神櫛王《かむくしの》。五柱……（中略）……

天皇、小碓命に詔りたまひしく、「何しかも汝《いまし》の兄《いろせ》は、朝夕の大御食《みけ》に参出来《まゐでこ》ざる。専《もは》ら汝泥疑《ねぎ》教へ覚せ。」とのりたまひき。泥疑の二字は音を以ゐよ。下はこれに効へ。かく詔りたまひてより後、五日に至りて、なほ参出ざりき。ここに天皇、小碓命に問ひ賜ひしく、「何しかも汝の兄は、久しく参出ざる。若《も》し未だ誨《をし》へず有りや。」ととひたまへば、「すでに泥疑為《ねぎつ》。」と答へ白しき。また「いかにか泥疑つる」と詔りたまへば、答へて白しけらく、「朝けに厠《かはや》に入りし時、待ち捕へてつかみひしぎて、その枝を引き闕《か》き

*美豆能小佩―りっぱな腰ひも。
*旦波比古多多須美智宇斯王―日子坐王（開化天皇の子）と息長水依比売との間の子。
*浄き公民―忠誠な良民。
*大帯日子淤斯呂和気天皇―景行天皇。
*纒向―大和国城上郡巻向。今の奈良県桜井市穴師の付近。
*吉備臣―吉備地方の豪族。吉備は今の岡山県から広島県東部へかけての地。
*針間之伊那毘能大郎女―播磨(はりま)国、印南(いなみ)郡に因んだ名。
*大碓命―大碓命と小碓命は、書紀に「一日同胞而双生。天皇異之、則誥於碓」とある。
*倭男具那命―倭のすぐれた少年の意の名称。
*泥疑教へ覚せ―慰撫して、説きさとせ。

*薦に裹みて投げ棄てつ—むしろにくるんで投げすてた。神をむしろにくるんで、ねぎらい送る儀礼を背景にした行為。
*熊曽建—熊曽の勇者。
*取れ—討滅せよ。殺せ。

*御髪を額に結ひたまひき—髪を額に結うのは少年の習俗。
*倭比売命—景行天皇の妹。伊勢大御神宮に斎宮として仕えていた。
*御室楽—新築落成の祝宴。
*動みて—騒いでいて。
*童女の髪のごと、その結はせる御髪を梳り垂れ—童女の髪は垂髪である。

*己が中に坐せて—二人の間にすわらせて。

*椅—きざはし。階段。
*背皮—背中。ここは着物の背。

て、薦《こも》に裹《つつ》みて投げ棄《う》てつ。」とまをしき。
　ここに天皇、その御子の建《たけ》く荒き情を惶《かしこ》みて詔りたまひしく、「西の方に熊曽建《くまそたける》二人あり。これ伏《まつろ》はず礼《ゐや》なき人どもなり。故、その人どもを取れ。」とのりたまひて遣はしき。この時に当りて、その御髪を額《ぬか》に結ひたまひき。ここに小碓命、その姨《をば》倭比売命の御衣御裳《みそみも》を給はり、劒《つるぎ》を御懐《みふところ》に納れて幸行《い》でましき。故、熊曽建の家に到りて見たまへば、その家の辺に軍《いくさ》三重に囲《かく》み、室《むろ》を作りて居りき。ここに御室楽《みむろうたげ》せむと言ひ動《とよ》みて、食物《をしもの》を設《ま》け備へき。故、その傍《かたはら》を遊び行《ある》きて、その楽の日を待ちたまひき。ここにその楽の日に臨《な》りて、童女《をとめ》の髪のごと、その結はせる御髪を梳《けづ》り垂れ、その姨の御衣御裳を服《け》して、既に童女の姿になりて、女人《をみな》の中に交《まじ》り立ちて、その室の内に入り坐しき。ここに熊曽建兄弟《あにおと》二人、その嬢子《をとめ》を見感《みめ》でて、己《おの》が中に坐《ま》せて盛りに楽《うた》げしつ。故、その酣《たけなは》なる時に臨りて、懐より劒を出《いだ》し、熊曽の衣の衿《くび》を取りて、劒以ちてその胸より刺し通したまひし時、その弟建《おとたける》、見畏《みかしこ》みて逃げ出でき。すなはち追ひてその室の椅《はし》の本に至りて、その背皮《そびら》を取りて、劒を尻《しり》より刺したまひき。ここにその熊曽建白言《まを》しつらく、「その刀《たち》をな動かしたまひそ。僕《われ》白言すことあり。」とまをしき。ここに暫《しま》し許して押し伏せたまひき。ここに「汝《いま》命《みこと》は誰ぞ。」と白言しき。ここに詔りたまひつらく、「吾は纒向の日代宮に坐しまして、大八島国知らしめす、大帯日子淤斯呂和気天皇の御子、名は倭男具那王ぞ。意礼《おれ》熊曽建二人、伏はず礼なしと聞こしめして、意礼を取殺《と》れと詔りたまひて遣はせり。」とのりたまひき。ここにその熊曽建白しつらく、「信《まこと》に然《しか》ならむ。西の方に吾二人を除《お》きて、建く強き人なし。然るに大倭《おほやまとの》国に、吾二人に益《まさ》りて建き男は坐《を》しけり。ここを以ちて吾《われ》御名を献らむ。今より後は、倭建御子《やまとたけるのみこ》と称《たた》ふべし。」とまをしき。この事白し訖《を》へつれば、すなはち熟苽《ほぞち》のごと振り折《た》ちて殺したまひき。故、その時より御名を称へて、倭建命と謂ふ。然して還り上ります時、山の神、河の神、また穴戸《あなど》の神を、皆言向け和して参上《まゐのぼ》りたまひき。

すなはち出雲国に入り坐して、その出雲建を殺さむと欲《おも》ひて到りまして、すなはち友と結《な》りたまひき。故、ひそかに赤檮《いちひ》以ちて、詐刀《こだち》に作り、御佩《みはかし》と為て、共に肥《ひの》河《かは》に沐《かはあみ》したまひき。ここに倭建命、河より先に上《あが》りまして、出雲建が解き置ける横刀《たち》を取り佩《は》きて、「刀《たち》を易《か》へむ。」と詔りたまひき。故、後《のち》に出雲建、河より上りて、倭建命の詐刀を佩きき。ここに倭建命、「いざ刀合はさむ。」と誂《あとら》へて云《の》りたまひき。ここに各その刀を抜きし時、出雲建詐刀をえ抜かざりき。すなはち倭建命、その刀を抜きて出雲建を打ち殺したまひき。ここに御歌よみしたまひしく

やつめさす　出雲建が　佩ける刀　黒葛《つづら》多纏《さはま》き　さ身なしにあはれ

*大八島国—90ページ参照。
*意礼—94ページ参照。
*大倭国—大和国をほめて言った表現。
*熟瓜—熟した瓜。
*穴戸の神—海峡の神。固有名詞ではない。
*赤檮—いちいがしやくぬぎなどの類。
*詐刀—偽の刀、すなわち木刀。
*肥河—今の斐伊川。
*やつめさす—出雲の枕詞。書紀には「やくもたつ」とある。
*黒葛—つづらふじ。「つづらをたくさん巻いて(外見りっぱなのに)」の意。
*さ身—中味。「さ」は接頭語。

とうたひたまひき。故、かく撥《はら》ひ治めて、参上りて覆奏《かへりごとまを》したまひき。

ここに天皇、また頻《し》きて倭建命に詔りたまひしく、「東の方十二道《とをまりふたみち》の荒ぶる神、またまつろはぬ人どもを言向け和平《やは》せ。」とのりたまひて、吉備臣《きびのおみ》等の祖、名は御《み》鉏友耳建日子《すきともみみたけひこ》を副へて遣はしし時、比比羅木《ひひらぎ》の八尋矛《やひろほこ》比比羅の三字は音を以ゐよ。を給ひき。故、命《みこと》を受けて罷《まか》り行《い》でましし時、伊勢の大御神宮《おほみかみの》に参入りて、神の朝廷《みかど》を拝《をろが》みて、すなはちその姨倭比売命に白したまひけらくは、「天皇既に吾死ねと思ほす所以《ゆゑ》か、何しかも西の方の悪しき人どもを撃ちに遣はして、返り参上り来し間、未だ幾時《いくだ》も経《あ》らねば、軍衆《いくさびとども》を賜はずて、今更に東の方十二道の悪しき人どもを平《ことむ》けに遣はすらむ。これに因りて思惟《おも》へば、なほ吾既に死ねと思ほしめすなり。」とまをしたまひて、患《うれ》ひ泣きて罷ります時に、倭比売命、草那芸剣《くさなぎのたち》那芸の二字は音を以ゐよ。を賜ひ、また御嚢《みふくろ》を賜ひて、「もし急《とみ》の事あらば、この嚢の口を解きたまへ。」と詔りたまひき。

故、尾張国に到りて、尾張国造《くにのみやつこ》の祖、美夜受《みやず》比売の家に入り坐しき。すなはち婚《まぐは》ひせむと思ほししかども、また還り上らむ時に婚ひせむと思ほして、期《ちぎ》り定めて東《あづま》の国に幸でまして、悉《ことごと》に山河の荒ぶる神、また伏はぬ人どもを言向け和平したまひき。

故ここに相武《さがむの》国に到りましし時、その国造詐《いつは》りて白ししく、「この野の中に大沼

*頻きて—重ねて。

*東の方十二道—東方の十二国。しかしどの国をさすか明らかでない。十二は単なる説話的数字か。

*言向け—平定せよ。

*比比羅木の八尋矛—ひいらぎで作った長いほこ。神聖な霊力を持つと信じられていた。

*神の朝廷—神殿。

*未だ幾時も経らねば—まだ、いくらも時がたっていないのに。

*草那芸劒—名の由来は後出。剣をもらって行くのは、この説話に倭比売にまつわる神剣霊威譚的性格があることを示す。

*国造—大和朝廷の勢力下に入った、その地の世襲の豪族の称。

*相武国—相模(さがみ)国のこと。書紀はこの事件を駿河(するが)国のことと記す。

あり。この沼の中に住める神、いと道速振《ちはやぶ》る神なり。」とまをしき。ここにその神を看行《みそな》はしに、その野に入り坐しき。ここにその国造、火をその野に著けき。故、欺かえぬと知らして、その姨倭比売命の給ひし嚢の口を解き開《あ》けて見たまへば、火打《ひうち》その裏《うら》にありき。ここにまづその御刀《みはかし》以ちて草を苅り撥《はら》ひ、その火打以ちて火を打ち出でて、向火《むかひび》を著けて焼き退《そ》けて、還り出でて皆その国造どもを切り滅して、すなはち火を著けて焼きたまひき。故、今に焼遣《やきつ》と謂ふ。

それより入り幸でまして、走水《はしりみづ》の海を渡りたまひし時、その渡《わたり》の神浪を興して、船を廻《めぐ》らしてえ進み渡りたまはざりき。ここにその后、名は弟橘比売命《おとたちばなひめのみこと》白したまひしく、「妾《あれ》、御子に易《かは》りて海の中に入らむ。御子は遣はさえし政《まつりごと》を遂げて覆奏したまふべし。」とまをして、海に入りたまはむとする時に、菅畳《すがだたみ》八重《やへ》、皮畳八重、絁《きぬ》畳八重を波の上に敷きて、その上に下《お》り坐しき。ここにその暴浪《あらなみ》自《おのづか》ら伏《な》ぎて、御船え進みき。ここにその后歌ひたまひしく、

さねさし　相武の小野に　燃ゆる火の　火中《ほなか》に立ちて　問ひし君はも

とうたひたまひき。故、七日の後、その后の御櫛海辺に依りき。すなはちその櫛を取りて、御陵を作りて治め置きき。

それより入り幸《い》でまして、悉に荒ぶる蝦夷《えみし》どもを言向け、また山河の荒ぶる神ど

*道速振る—威力をふるう。
*看行はしに—ごらんになりに。
*向火—向こうから焼き進んでくる火に対して、こちら側からもつけた火。
*焼遣—相模に該当地はない。今の静岡県焼津市のことか。
*走水—今の東京湾・浦賀水道。
*菅畳八重—すげで作った敷き物。「八重」は何枚も重ねたさま。これらを波の上に敷くのは婚礼の儀式であり、入水する姫は海神の妻として供されることを示す。
*さねさし—相模の枕詞。この歌謡にひかれて、事件を相模国でのこととしたのであろう。書紀にはこの歌謡はない。
*蝦夷—古代、北関東以北に住み、大和朝廷に服従しなかった者の称。えぞ。

もを平和《やは》して、還り上り幸でます時、足柄《あしがら》の坂本に到りて、御粮食《かれひを》す処に、その坂の神、白き鹿《か》に化《な》りて来立ちき。ここにすなはちその咋《く》ひ遺《のこ》したまひし蒜《ひる》の片端を以ちて、待ち打ちたまへば、その目に中《あた》りてすなはち打ち殺したまひき。故、その坂に登り立ちて、三たび歎かして、「阿豆麻波夜《あづまはや》。阿より下の五字は音を以ゐよ。」と詔云《の》りたまひき。故、その国を号けて阿豆麻と謂ふ。

すなはちその国より越えて、甲斐《かひ》に出でまして、酒折《さかをりの》宮に坐しし時、歌曰《うた》ひたまひしく、

新治《にひばり》　筑波《つくは》を過ぎて　幾夜か寝つる

とうたひたまひき。ここにその御火焼《みひたき》の老人《おきな》、御歌に続ぎて歌曰《うた》ひしく、

かがなべて　夜には九夜《ここのよ》　日には十日を

とうたひき。ここを以ちてその老人を誉《ほ》めて、すなはち東《あづま》の国造を給ひき。

その国より科野《しなのの》国に越えて、すなはち科野の坂の神を言向けて、尾張国に還り来て、先の日に期りたまひし美夜受比売の許《もと》に入り坐しき。ここに大御食《みけ》献りし時、その美夜受比売、大御酒盞《おほみさかづき》を捧げて献りき。ここに美夜受比売、その意須比《おすひ》の襴《すそ》意須比の三字は音を以ゐよ。に、月経《つきのさはり》著きたりき。故、その月経を見て御《み》歌曰《うたよ》みしたまひしく、

ひさかたの　天《あめ》の香具《かぐ》山　とかまに　さ渡る鵠《くび》　弱細《ひはぼそ》　手弱腕《たわやがひな》を　枕《ま》かむとは

*足柄の坂本—足柄峠のふもと。
*御粮—携帯用の干した飯。
*蒜—ゆり科の食用植物。野びる。
*阿豆麻波夜—わが妻よ。
*酒折宮—今、山梨県甲府市の東に酒折神社がある。
*新治—常陸(ひたち)国の地名。筑波の枕詞とする説もある。
*御火焼—かがり火をたく老人。
*かがなべて—日数をかぞえて。
*東の国造—東国の地理をよく知っていたことを賞して与えられた称号で、現実の地位が与えられたわけではない。
*科野の坂—信濃(しなの)国と美濃(みの)国の境の峠。
*意須比—着衣の上につける外衣。
*とかまに—するどく鳴いて。
*鵠—くぐひの略。くぐひは大白鳥のこと。
*弱細—(くぐひのくびのように)細いなよやかな。

我《あれ》はすれど　さ寝むとは　我は思へど　汝が著《け》せる　襲《おすひ》の裾《すそ》に　月立ちにけり

とうたひたまひき。ここに美夜受比売、御歌に答へて曰《い》ひしく、

高光る　日の御子　やすみしし　我《わ》が大君　あらたまの　年が来経《きふ》れば　あらたまの　月は来経往《きへゆ》く　諾《うべ》な諾な諾な　君待ち難《がた》に　我が著せる　襲の裾に　月立たなむよ

といひき。故、ここに御合《みあひ》したまひて、その御刀《みはかし》の草那芸劒を、その美夜受比売の許に置きて、伊服岐能《いぶきの》山の神を取りに幸《い》行でましき。

ここに詔りたまひしく、「この山の神は、徒手《むなで》に直《ただ》に取りてむ。」とのりたまひて、その山に騰《のぼ》りましし時、白猪《しろゐ》山の辺に逢へり。その大きさ牛の如くなりき。ここに言挙げして詔りたまひしく、「この白猪に化《な》れるは、その神の使者《つかひ》ぞ。今殺さずとも、還らむ時に殺さむ。」とのりたまひて騰り坐しき。ここに大氷雨《ひさめ》を零らして、倭建命を打ち惑《まど》はしき。この白猪に化れるは、その神の使者にあらずて、その神の正身に当りしを、言挙によりて惑はさえつるなり。故、還り下り坐して、玉倉部《たまくらべ》の清水に到りて息《いこ》ひ坐しし時、御心ややに寤《さ》めましき。故、その清水を号けて、居寤《ゐさめ》の清水《しみづ》と謂ふ。

其地《そこ》より発《た》たして、当芸野《たぎの》の上に到りましし時、詔りたまひしく、「吾が心、恒に虚《そら》より翔《かけ》り行かむと念《おも》ひつ。然るに今吾が足え歩まず、当芸当芸斯玖《たぎたぎしく》当より下の六字は音を以ゐよ。

*やすみしし—わが大君の枕詞。
*あらたまの—年月の枕詞。
*月立たなむよ—月が立っているのでしょうよ。「立たなむ」は「立たらむ」の音転。

*伊服岐能山—今の伊吹山。
*徒手—素手で。
*直に—面と向かって。まっこうから。
*白猪山の辺に逢へり—白い猪が、ひょっこりと命に出会った。
*正身—本人自身。

*玉倉部—今の滋賀県坂田郡米原町の東、醒が井の地か。

*当芸野—今の岐阜県養老郡あたりの野。
*虚より—空を。
*当芸当芸斯玖—足もとがおぼつかなく。

なりぬ。」とのりたまひき。故、其地を号けて当芸と謂ふ。其地よりやや少し幸行《い》でますに、いと疲れませるに因りて、御杖を衝《つ》きてややに歩みたまひき。故、其地を号けて杖衝坂《つゑつきざか》と謂ふ。尾津の前《さき》の一つ松の許に到り坐ししに、先に御食《みをし》したまひし時、其地に忘れたまひし御刀、失せずてなほありき。ここに御歌曰みしたまひしく、

尾張に　直に向へる　尾津の崎なる　一つ松　あせを　一つ松　人にありせば
大刀《たち》佩けましを　衣《きぬ》著せましを　一つ松あせを

とうたひたまひき。其地より幸《い》でまして、三重村に到りましし時、亦詔りたまひしく、「吾が足は三重の勾《まがり》のごとくしていと疲れたり。」とのりたまひき。故、其地を号けて三重と謂ふ。それより幸行でまして、能煩野《のぼの》に到りましし時、国を思《しの》ひて歌《う》曰《た》ひたまひしく、

倭は　国のまほろば　たたなづく　青垣《あをかき》　山隠《やまごも》れる　倭しうるはし

とうたひたまひき。又歌曰ひたまひしく、

命《いのち》の　全《また》けむ人は　畳薦《たたみこも》　平群《へぐり》の山の　熊白檮《かし》が葉を　髻華《うず》に挿《さ》せ　その子

とうたひたまひき。この歌は国思《くにしの》ひ歌なり。また歌曰《うた》ひたまひしく、

愛《は》しけやし　吾家《わぎへ》の方《かた》よ　雲居《くもゐ》起《た》ち来《く》も

とうたひたまひき。こは片歌《かたうた》なり。この時御病《やまひ》いと急《には》かになりぬ。ここに御歌曰《よ》み

*杖衝坂—今の四日市市采女町から鈴鹿市石薬師町へ越える坂。
*尾津—今の三重県桑名市多度町。
*あせを—歌謡のはやしことば。元は「吾兄を」の意。
*三重村—今の三重県四日市市付近。
*三重の勾—語義不明。
*能煩野—今の三重県亀山市付近。
*まほろば—すぐれた所。
*たたなづく—たたみ重ねたように続く。
*青垣—青い垣根(のような)。
*畳薦—平群の「へ(重)」にかかる枕詞。
*平群の山—平群郡(今の奈良県生駒郡)の地の山。
*髻華—かんざし。
*国思ひ歌—望郷歌。書紀では景行天皇が熊襲征伐の後、日向国で歌ったと記す。
*片歌—五七七の三句からなる歌体。

したまひしく、

嬢子《をとめ》の　床の辺に　我が置きし　つるぎの大刀《たち》　その大刀はや

と歌ひ竟《を》ふるすなはち崩《かむあが》りましき。ここに駅使《はゆまづかひ》を貢上《たてまつ》りき。

ここに倭に坐す后たちまた御子たち、諸《もろもろ》下り到りて、御陵《みはか》を作り、すなはち其地の那豆岐《なづき》田那より下の三字は音を以ゐよ。に匍匐《は》ひ廻《もとほ》りて、哭為《なきま》して歌《うた》曰ひたまひしく、

なづきの田の　稲幹《いながら》に　稲幹に　匍《は》ひ廻《もとほ》ろふ　野老蔓《ところづら》

とうたひたまひき。ここに八尋白智鳥《やひろしろちどり》に化りて、天《あめ》に翔《かけ》りて浜に向きて飛び行《い》でましき。智の字は音を以ゐよ。ここにその后また御子たち、その小竹《しの》の苅杙《かりくひ》に、足きり破れども、その痛きを忘れて哭きて追ひたまひき。この時に歌曰ひたまひしく、

浅小竹《あさじの》原　腰なづむ　空は行かず　足よ行くな

とうたひたまひき。またその海塩《うしほ》に入りて、那豆美《なづみ》此の三字は音を以ゐよ。行きましし時に、歌ひたまひしく、

海処《うみが》行けば　腰なづむ　大河原《おほかはら》の　植ゑ草《ぐさ》　海処はいさよふ

とうたひたまひき。また飛びてその礒《いそ》に居たまひし時に、歌曰ひたまひしく、

浜つ千鳥　浜よは行かず　磯伝ふ

とうたひたまひき。この四歌は、皆その御葬《みはふり》に歌ひき。故、今に至るまでその歌

*那豆岐田―語義未詳。御陵の周囲の田か。

*稲幹―稲の茎

*野老蔓―山いものつる。

*八尋白智鳥―大きな白い鳥。

*腰なづむ―腰にまつわって行き悩む。

*足よ行くな―徒歩で行くよ。

*大河原の植ゑ草―広い河の水面に生え浮かんでいる草(のように)。

は、天皇の大御葬に歌ふなり。故、その国より飛び翔り行きて、河内国《かふちの》の志幾《しき》に留まりましき。故、其地に御陵を作りて鎮《しづ》まり坐さしめき。すなはちその御陵を号けて、白鳥《しらとり》の御陵と謂ふ。然るにまた其地より更に天に翔りて飛び行でましき。およそこの倭建命、国を平《ことむ》けに廻《めぐ》り行でましし時、久米直《くめのあたへ》の祖、名は七拳脛《ななつかはぎ》、恒に膳夫《かしはで》として、従ひ仕へ奉りき。

(中巻、景行天皇条)

石之日売の嫉妬

その大后《おほきさき》 石之《いはの》日《ひ》売命《めのみこと》、いと多《まね》く嫉妬《ねた》みたまひき。故《かれ》、天皇《すめらみこと》の使はせる妾《みめ》は、宮の中にえ臨《ゆ》かず、言立《ことだ》てば、足母阿賀迦邇《あしもあがかに》嫉妬みたまひき。母より下の五字は音を以ゐよ。ここに天皇、吉備《きび》の海部直《あまべのあたへ》の女、名は黒日売、その容姿《かたち》端正《うるは》しと聞こし看《め》して、喚上《めさ》げて使ひたまひき。然るにその大后の嫉《ねた》みを畏《かしこ》みて、本《もと》つ国に逃げ下りき。天皇、高台《たかどの》に坐《ま》して、その黒日売の船出でて海に浮かべるを望み瞻《み》て歌《うた》曰ひたまひしく、

沖方《おきへ》には　小《を》船《ぶね》連《つら》らく　くろざやの　まさづ子《こ》吾妹《わぎも》　国へ下らす

とうたひたまひき。故、大后この御歌を聞きて、大《いた》く忿《いか》りまして、人を大浦に遣はして、追ひ下ろして、歩《かち》より追ひ去《や》りたまひき。ここに天皇、その黒日売を恋ひたまひて、大后を欺きて曰《の》りたまひしく、「淡道《あはぢ》島を見むと欲《おも》ふ。」とのりたまひて、幸《い》行でましし時、淡道島に坐して、遥《はろばろ》に望《みさ》けて歌《うた》曰ひたまひしく、

*志幾—今の大阪府八尾市。
*膳夫—食膳を司る人。
*大后—皇后。
*石之日売命—仁徳天皇の后。葛城襲津彦（かつらぎそつひこ）の女。
*言立てば—ふだんと違ったことを言ったりしたりすると。
*足母阿賀迦邇—足もあがくばかりに。
*くろざやの—語義未詳。まさづ子の枕詞か。
*まさづ子—語義未詳。
*歩より—徒歩で。

おしてるや　難波の崎よ　出で立ちて　我が国見れば　淡島《あはしま》　自凝島《おのごろしま》　檳榔《あぢまさ》の
島も見ゆ　放《さけ》つ島見ゆ

とうたひたまひき。すなはちその島より伝ひて、吉備国に幸行《い》でましき。ここに黒日売、その国の山方《やまがた》の地《ところ》に大坐《おほま》しまさしめて、大御飯《おほみけ》を献りき。ここに大御《おほみ》羹《あつもの》を煮《に》むとして、其地《そこ》の菘菜《あをな》を採《つ》む時に、天皇その嬢子《をとめ》の菘《あをな》を採める処に到り坐して歌《う》曰《た》ひたまひしく、

山方に　蒔ける菘菜も　吉備人《きびひと》と　共にし採めば　楽しくもあるか

とうたひたまひき。天皇上り幸《い》でます時、黒日売御歌を献りて曰ひしく、

倭方《やまとへ》に　西風《にし》吹き上げて　雲離れ　退《そ》き居りとも　我《われ》忘れめや

といひき。また歌《う》曰《た》ひけらく、

倭方に　往くは誰が夫《つま》　隠水《こもりづ》の　下よ延《は》へつつ　往くは誰が夫

とうたひき。

これより後時《のち》、大后豊　楽《とよのあかり》したまはむとして、御綱柏《みつながしは》を採りに、木国《きのくに》に幸行《い》でまし間に、天皇、八田若郎女《やたのわきいらつめ》と婚《まぐは》ひしたまひき。ここに大后、御綱柏を御船に積み盈《み》てて、還り幸《い》でます時、水取　司《もひとりのつかさ》に駈使《つか》はえし吉備国の児島《こじま》の仕丁《よぼろ》、これ己が国に退《まか》るに、難波の大渡に、後れたる倉人女《くらびとめ》の船に遇《あ》ひき。すなはち語りて云ひし

*おしてるや―難波の枕詞。
*淡島―89ページ参照。
*自凝島―88ページ参照。
*檳榔の島―あじまさの生えている島。「あじまさ」はやし科の喬木。びんろうじゅ。
*放つ島―放れている島。本国へ帰った黒日売を暗示するか。
*大坐しまさしめて―天皇の御座所を定めて。
*大御羹―天皇の召しあがる熱い食物。

*菘菜―青い葉の副食物。

*雲離れ―雲が風で離れ離れになるように。ここまで序詞。

*隠水―地面の下を隠れ流れる水。
*下よ延へつつ―人目を忍んで、隠れながら先へ行く。
*豊楽―御酒宴。
*御綱柏―延喜式造酒司に三津野柏とあり、酒宴に用いるらしい。うこぎ科の常緑喬木のかくれみの。
*木国―紀伊国。
*八田若郎女―丸邇(わに)氏の宮主矢河枝比売の子。仁徳天皇の庶妹。
*水取司―飲料水や製氷を扱う役所。
*仕丁―下級の男子の使用人。
*倉人女―物品の出納を扱う女か。令制の職掌名にはない。

く、「天皇は、比日《このごろ》八田若郎女と婚ひしたまひて、昼夜《ひるよる》戯れ遊びますを、もし大后はこの事聞こし看さねかも、静かに遊び幸行《い》でます。」といひき。ここにその倉人女、この語る言《こと》を聞きて、すなはち御船に追ひ近づきて、状《ありさま》を具《つぶ》さに、仕丁の言の如く白しき。ここに大后大《いた》く恨み怒りまして、その御船に載せし御綱柏は、悉《ことごと》に海に投げ棄《う》てたまひき。故、其地《そこ》を号けて御津前《みつのさき》と謂ふ。すなわち宮に入り坐さずて、その御船を引き避《よ》きて、堀江に泝《さかのぼ》り、河のまにまに山代に上り幸《い》でましき。この時歌曰《うた》ひたまひしく、

つぎねふや　山代河《やましろがは》を　河上り　我が上れば　河の辺に　生《お》ひ立《だ》てる　烏草樹《さしぶ》を　烏草樹《さしぶ》の木　其《し》が下に　生ひ立てる　葉広　五百箇真椿《ゆつまつばき》　其《し》が花の　照り坐《いま》し　其《し》が葉の　広《ひろ》り坐すは　大君ろかも

とうたひたまひき。すなはち山代より廻《めぐ》りて、奈良の山口《の》に到り坐して歌曰《うた》ひたまひしく、

つぎねふや　山代河を　宮上り　我が上れば　あをによし　奈良を過ぎ　小楯《をだて》　倭を過ぎ　我が見が欲し国は　葛城高宮《かづらきたかみや》　吾家《わぎへ》のあたり

とうたひたまひき。かく歌ひて還りたまひて、暫《しま》し筒木《つつき》の韓人《からびと》、名は奴理能美《ぬりのみ》の家に入り坐しき。

*御津前―大阪市南区三津寺町の辺。
*御船を引き避きて―船着場を避けて。
*河―山代川。今の淀川。
*つぎねふや―山代の枕詞。
*烏草樹を―「烏草樹」はしゃくなげ科の灌木、しゃしゃんぼ。「を」は間投助詞。
*葉広五百箇真椿―広い葉のたくさん繁っているつばき。
*広り坐す―広やかにゆったりとしていらっしゃるのは。
*奈良の山口―奈良山の入り口。歌意からして山代国側の入り口。165ページ参照。
*宮上り―宮をめあてに川をのぼり。
*小楯―倭にかかる枕詞。
*葛城高宮―葛城地方の高宮の地。今の御所市森脇の辺か。
*筒木―今の京都府京田辺市付近。
*韓人―百済から渡来の人。

天皇、大后山代より上り幸《い》でましぬと聞こし看して、舎人《とねり》名は鳥山と謂ふ人を使はして、御歌を送りて曰《の》りたまひしく、

山代に　い及《し》け鳥山　い及けい及け　吾《あ》が愛妻《はしづま》に　い及き遇《あ》はむかも

とのりたまひき。また続ぎて丸邇臣口子《わにのおみくちこ》を遣はして歌曰《うた》ひたまひしく、

御諸《みもろ》の　その高城《たかき》なる　大猪子《おほゐこ》が　腹にある　肝向《きもむ》かふ　心をだにか　相思《おも》はずあらむ

とうたひたまひき。また歌曰ひたまひしく、

つぎねふ　山代女《やましろめ》の　木鍬《こくは》持ち　打ちし大根《おほね》　根白《ねじろ》の　白腕《しろただむき》　枕《ま》かずけばこそ知らずとも言はめ

とうたひたまひき。故、この口子《の》臣、この御歌を白す時、大《いた》く雨ふりき。ここにその雨を避《よ》けず、前《さき》つ殿戸《とのど》に参伏《まゐふ》せば、違《たが》ひて後《しり》つ戸に出でたまひ、後つ殿戸に参伏せば、違ひて前つ戸に出でたまひき。ここに匍匐《は》ひ進み赴きて、庭中に跪《ひざまづ》きし時、水潦《にはたづみ》腰に至りき。その臣、紅《あか》き紐《ひもつ》著けし青摺《あをずり》の衣を服《き》たり。故、水潦紅き紐に払《ふ》れて、青皆紅き色に変《な》りき。ここに口子臣の妹、口日売《くちひめ》、大后に仕へ奉れり。故、この口日売歌曰《うた》ひけらく、

山代の　筒木の宮に　物申す　吾《あ》が兄《せ》の君は　涙ぐましも

*舎人―天皇、皇子の身辺の雑用を司った従者。
*い及け―追いつけ。
*い及き遇はむかも―追いついて会ってくれよ。
*御諸―「御諸」は神の坐す聖域で、多くは山。ここは葛城の三室山。
*高城―山上の一区画。
*大猪子―「原」の名。所在不明。
*腹―「原」をかけた語。
*肝向かふ―心にかかる枕詞。
*大根―だいこん。
*枕かずけばこそ―枕として共寝することもなかったのならばこそ。「け」は過去の助動詞「き」の未然形。
*前つ殿戸―家の前の方の戸口。
*水潦―庭にたまる雨の水。

とうたひき。ここに大后、その所由《ゆゑ》を問ひたまひし時、答へて白しけらく、「僕《あ》が兄口子臣なり。」とまをしき。

ここに口子臣、またその妹口日売、また奴理能美三人《みたり》議りて、天皇に奏《まを》さしめて云ひしく、「大后の幸行《い》でましし所以《ゆゑ》は、奴理能美が養《か》へる虫、一度は匐《は》ふ虫になり、一度は鼓《つづみ》になり、一度は飛ぶ鳥になりて、三色《みくさ》に変る奇《あや》しき虫あり。この虫を看行《みそな》はしに入り坐ししにこそ。更に異心《ことごころ》なし。」といひき。かく奏《まを》す時に、天皇詔りたまひしく、「然らば吾《あれ》も奇異《あや》しと思ふ。故、見に行かむと欲《おも》ふ。」とのりたまひて、大宮より上り幸でまして、奴理能美の家に入り坐しし時、その奴理能美、己が養へる三種《みくさ》の虫を大后に献りき。ここに天皇、その大后の坐せる殿戸に御立ちしたまひて、歌曰《うた》ひたましく、

つぎねふ　山代女の　木鍬持ち　打ちし大根　さわさわに　汝《な》が言へせこそ
打ち渡す　やがはえなす　来入り参来《まゐく》れ

とうたひたまひき。この天皇と大后の歌ひたまひし六《む》歌は、志都《しつ》歌の歌返《うたひかへ》しなり。

天皇、八《や》田若郎女《たのわきいらつめ》を恋ひたまひて、御歌を賜ひ遣はしたまひき。その歌に曰《い》ひしく、

八田の　一本菅《ひともとすげ》は　子持たず　立ちか荒れなむ　あたら菅原《すがはら》　言《こと》をこそ　菅原
と言はめ　あたら清《すが》し女《め》

*鼓—まゆのこと。
*飛ぶ鳥—蛾のこと。
*虫—蚕(かいこ)のこと。
*さわさわに—「さわさわ」は(大根が)さわやかに白いことと、(汝が)さわがしく言うことにかけてある。
*汝が言へせこそ—あなたが言いたてるからこそ。「せ」は敬語の助動詞「す」の未然形。
*打ち渡す—ずっと遠く見渡される。
*やがはえなす—たくさんの生い茂った樹木のように、(多勢でやって来たのだ)。
*志都歌—宮廷で歌われる歌曲名の一つ。静かな調子の歌曲か。
*歌返し—調子をかえて歌い返す意か。
*あたら菅原—惜しい菅だ。
*言をこそ—ことばでは菅原・というが、実は。

といひき。ここに八田若郎女、答へて歌曰《うた》ひたまひしく、

八田の　一本菅は　ひとり居りとも　大君し　よしと聞《きこ》さば　ひとり居りとも

とうたひたまひき。故、八田若郎女の御名代《みなしろ》と為て、八田部を定めたまひき。

天皇、その弟速総別王《はやぶさわけの》を媒《なかびと》と為て、庶妹女鳥王《めどりの》を乞ひたまひき。ここに女鳥王、速総別王に語りて曰ひけらく、「大后の強きに因りて、八田若郎女を治め賜はず。故、仕へ奉らじと思ふ。吾は汝命《いましみこと》の妻に為らむ。」といひて、すなはち相婚《あ》ひき。ここを以ちて速総別王、復奏《かへりごとまを》さざりき。ここに天皇、女鳥王の坐《いま》す所に直《ただ》に幸《い》でまして、その殿戸の閾《しきみ》の上に坐しき。ここに女鳥王、機《はた》に坐して服《みそ》織りたまへり。ここに天皇歌曰ひたまひしく、

女鳥の　わがおほきみの　織ろす機　誰《た》が料《たね》ろかも

とうたひたまひき。女鳥王答へて歌曰ひたまひしく、

高行くや　速総別の　御襲料《みおすひがね》

とうたひたまひき。故、天皇その情《こころ》を知りたまひて、宮に還り入りましき。この時、その夫速総別王到来《き》まし時、その妻女鳥王歌曰ひたまひしく、

ひばりは　天《あめ》にかける　高行くや　速総別　さざき取らさね

とうたひたまひき。天皇この歌を聞きたまひて、すなはち軍《いくさ》を興して殺さむとした

*御名代―御名を冠した部民で、その名の人物の経済的基盤として設定されるもの。
*速総別王―天皇の異母弟で、母は桜井の田部連の祖、島垂根の女、糸井比売。
*女鳥王―八田若郎女の同母妹。
*閾―敷居。
*機―はたおりの機械。
*織ろす機―織っていらっしゃる機。
*御襲料―おすひを作る材料。
*さざき―みそさざい。仁徳天皇（おおさざきのみこ

まひき。ここに速総別王、女鳥王、共に逃げ退《そ》きて、倉椅山《くらはしやま》に登りき。ここに速総別王歌曰ひたまひしく、

はしたての　倉椅山を　さがしみと　岩かきかねて　わが手取らすも

とうたひたまひき。また歌曰ひたまひしく、

はしたての　倉椅山は　さがしけど　妹とのぼれば　さがしくもあらず

とうたひたまひき。故、そこより逃げ亡《う》せて宇陀《うだ》の蘇邇《そに》に到りし時、御軍追ひ到りて殺しき。

その将軍《いくさのきみ》山部大楯連《おほたてのむらじ》、その女鳥王の御手に纏《ま》かせる玉釧《たまくしろ》を取りて、己が妻に与へき。この後、豊楽《とよのあかり》為たまはむとする時、氏氏の女等《をみなども》、皆朝参《みかどまゐ》りしき。ここに大楯連の妻、その王の玉釧を、己が手に纏きて参赴きき。ここに大后石之日売命、自ら大御酒の柏《かしは》を取りて、諸《もろもろ》の氏氏の女等に賜ひき。ここに大后、その玉釧を見知りたまひて、御酒の柏を賜はずて、すなはち引き退けたまひて、その夫大楯連を召し出して詔りたまひしく、「その王等《みこたち》、礼《ゐや》なきに因りて退《しぞ》け賜ひき。こは異《け》しき事無くこそ。それの奴《やっこ》や、己が君の御手に纏かせる玉釧を膚もあたたけきに剝《は》ぎ持ち来て、すなはち己が妻に与へつる。」とのりたまひて、すなはち死刑《ころすつみ》を給ひき。

（下巻、仁徳天皇条）

*倉椅山―今の奈良県桜井市倉橋の東南方の、音羽山のことという。
*はしたての―倉にかかる枕詞。「はしたて」は、はしごを立てるの意。
*さがしみと―けわしいので。
*宇陀の蘇邇―今の奈良県宇陀郡曽爾村。
*玉釧―玉で飾った腕輪。
*朝参りしき―宮中に参内した。
*王等―速総別と女鳥王。
*こは異しき事―これはあたりまえのことである。
*それの奴や―そこのやつめは。
*己が君の―自分の主君の。
*膚もあたたけきに―殺して、まだ体のぬくもりも冷めないうちに。

日本書紀

気長足姫尊《おきながたらしひめのみこと》（神功皇后《じんぐう》）

気長足姫尊は、稚日本根子彦大日日天皇《わかやまとねこひこおほひひのすめらみこと》の曽孫《ひひこ》、気長宿禰王《おほきみ》の女《みむすめ》なり。母《いろは》をば葛城高顙《かつらきのたかぬか》媛と曰《まう》す。足仲彦《たらしなかつひこ》天皇の二年に、立ちて皇后《きさき》に為りたまふ。幼《わか》くして聡《さと》明く叡《さか》智しくいます。貌容壮麗《はなはだかほよし》。父《かぞ》の王《みこと》、異《あや》びたまふ。

九年の春二月に、足仲彦天皇、筑紫の橿日《かしひ》宮に崩《かむあが》りましぬ。時に皇后、天皇の神の教《みこと》に従はずして早く崩りたまひしことを傷みたまひて、以為《おもほ》さく、祟る所の神を知りて、財宝《たから》の国を求めむと欲《おもほ》す。ここを以て、群臣《まへつきみたち》及び百寮《つかさつかさ》に命《みことおほ》せて、罪を解《はら》へ過《あやまち》を改めて、更に斎宮《いはひのみや》を小山田邑《をやまだのむら》に造らしむ。

三月の壬申《みづのえさる》の朔《ついたちのひ》に、皇后、吉日を選びて斎宮に入りて、親《みづか》ら神主《かむぬし》と為りたまふ。すなはち武内宿禰《たけしうちのすくね》に命《みことのり》して琴撫《ひ》かしむ。中臣烏賊津使主《なかとみのいかつのおみ》を喚《め》して、審神者《さには》にす。よりて千繒《ちはた》高繒を以て、琴頭尾《ことかみことしり》に置きて、請《ねぎまう》して曰《まう》さく、「先の日に天皇に教へたまひしは誰《いづれ》の神ぞ。願はくはその名をば知らむ」とまうす。七日七夜に逮《いた》りて、すなはち答へて曰《のたま》はく、「神風の伊勢国の百伝《ももづた》ふ度逢県《わたらひのあがた》の拆鈴《さくすず》五十《い》鈴宮《すずのみや》に所居《ま》す神、名は撞賢木《つきさかき》厳之御《いつのみ》魂天疎《たまあまさかるむかつ》向津媛命《ひめのみこと》」と。亦問ひまうさく、「この神を

○日本書紀―三十巻。養老四年（七二〇）、舎人親王らによって撰進された官撰正史の最初の書物。神代から持統朝までを記述する。古事記と相違して対外的な国家意識が強い。原文は漢文。なお、訓読文は日本古典文学大系本によった。

＊気長足姫尊―古事記では「息長帯日売命」。

＊稚日本根子彦大日日天皇―開化天皇。

＊気長宿禰―開化天皇の御子日子坐王の子、山代の大筒木真若王の子、迦邇米雷王の子という系譜が古事記開化天皇条にある。「気長」は近江国坂田郡の地名。

＊葛城高顙媛―天日矛の子孫という系譜が古事記応神天皇条にある。

＊足仲彦天皇―仲哀天皇。

＊九年―仲哀天皇の九年。当該文章は神功皇后摂政前紀。

＊橿日宮―今の福岡市香椎が遺跡地。

＊財宝の国―新羅をさす。

＊斎宮―神を祭る巫女のいみこもる宮。

＊小山田邑―所在不詳。

＊神主―神を祭る主人役。司祭。

＊武内宿禰―景行朝から仁徳朝にかけて、朝廷に仕えて活躍が伝えられ、三百歳の長寿を保ったとされる人物。古事記孝元天皇条に孝元天皇の後裔と記す。132ページ参照。

＊審神者―神託の意味を説く人。

＊千繒高繒―幣帛としてつみあげたたくさんの織物。

＊百伝ふ―「度逢」にかかる枕詞。

＊拆鈴―「五十鈴」にかかる枕詞。

＊五十鈴宮―後の伊勢神宮。

＊撞賢木厳之御魂天疎向津媛命―突きたてた賢木のように厳めしい神霊の向津媛。「撞賢木」「天疎」は枕詞。

除《お》きてまた神有《いま》すや」と。答へて曰《のたま》はく、「幡荻穂《はだすすきほ》に出し吾《われ》や、尾田《をだ》の吾田節《あがたふし》の淡《あはの》郡《こほり》に所居《を》る神有り」と。問ひまうさく、「亦有《いま》すや」と。答へて曰《のたま》はく、「天事代《あめにことしろ》虚事代玉籤入彦厳之《そらにことしろたまくしいりびこいつの》事代《ことしろのかみ》 神有り」と。問ひまうさく、「亦有《いま》すや」と。答へて曰《のたま》はく、「有ること無きこと知らず」と。ここに、審神者の曰《まう》さく、「今答へたまはずしてまた後に言《のたま》ふこと有《ま》しますや」と。すなはち対《こた》へて曰《のたま》はく、「日向国《ひむかのくに》の橘小門《たちばなのをど》の水底に所居《ゐ》て、水葉《みなは》も稚《わかやか》に出で居る神、名は表筒男《うはつつのを》、中筒男、底筒男の神有《ま》す」と。問ひまうさく、「亦有《ま》すや」と。答へて曰《のたま》はく、「有ることとも無きこととも知らず」と。遂にまた神有《ま》すとも言《のたま》はず。時に神の語《こと》を得て、教の随《まにま》に祭る。然して後に、吉備臣《きびのおみ》の祖鴨別《おやかものわけ》を遣して、熊襲国を撃たしむ。未だしばらくも経《へ》ずして、自《おの》づからに服ひぬ。また荷持田村《のとりたのふれ》荷持、これをば能登利《のとり》と云ふ。に、羽白熊鷲《はしろくまわし》といふ者有り。その為人《ひととなり》、強《こは》く健《たけ》し。また身に翼《つばさ》有りて、能《よ》く飛びて高く翔《かけ》る。ここを以て、皇命《おほみことのり》に従はず。つねに人民《おほみたから》を略盗《かす》む。戊子《つちのえねのひ》に、皇后、熊鷲を撃たむと欲《おもほ》して、橿日宮より松峡《まつをの》宮に遷《うつ》りたまふ。時に、飄風《つむじかぜ》忽ちに起りて、御笠堕風《ふけおと》されぬ。故、時人、その処を号《なづ》けて御笠《みかさ》と曰ふ。辛卯《かのとうのひ》に、層増岐野《そそきの》に至りて、すなはち兵《いくさ》を挙《こぞ》りて羽白熊鷲を撃ちて滅《ころ》しつ。左右《もとこひと》に謂《かた》りて曰《のたま》はく、「熊鷲を取り得つ。我が心すなはち安し」とのたまふ。故、その処を号けて安《やす》と曰ふ。丙申《ひのえさるのひ》に、転《うつ》りまして

*幡荻穂に出し吾や—はだすすきの穂のように、現われ出でた吾。
*尾田の吾田節の淡郡—所在未詳。
*天事代虚事代玉籤入彦厳之事代神—名義未詳。天空に在って、言語、託宣を司る貴い男性の神の意か。
*日向国の橘小門—朝日のさす国の、橘のみなと。「橘」は所在未詳。
*表筒男、中筒男、底筒男—住吉三神。
*荷持田村—所在未詳。肥前国と筑前国に比定地がある。
*松峡宮—今の福岡県朝倉郡三輪町栗田に遺跡地がある。
*御笠—今の福岡県筑紫郡太宰府町水城の辺。古く、御笠郡笠郷。
*層増岐野—今の福岡県朝倉郡の地名。
*安—今の福岡県朝倉郡北部の地。古く筑前国夜須郡。

山門県《やまとのあがた》に至りて、すなはち土蜘蛛《つちぐも》田油津媛《たぶらつひめ》を誅《つみな》ふ。時に田油津媛が兄夏羽《いろねなつは》、軍《いくさ》を興《おこ》して迎へ来《まう》く。然るにその妹の誅《ころ》されたることを聞きて逃げぬ。

夏四月の壬寅《みづのえとら》の朔甲辰《ついたちきのえたつのひ》に、北、火前国《ひのみちのくちのくに》の松浦県《まつらのあがた》に到りて、玉嶋里《たましまの》の小《を》河《がは》の側《ほとり》に進食《みをし》す。ここに、皇后、針を勾《ま》げて鉤《ち》を為《つく》り、粒《いひぼ》を取りて餌《ゑ》にして、裳《み》の縷《いと》を抽取《と》りて緡《つりのを》にして、河の中の石の上に登りて、鉤を投げて祈《うけ》ひて曰はく、「朕《われ》、西、財《たから》の国を求めむと欲《おもほ》す。もし事を成すこと有らば、河の魚鉤飲《いをく》へ」とのたまふ。よりて竿《さを》を挙げて、すなはち細鱗魚《あゆ》を獲《え》つ。時に皇后の曰《のたま》はく、「希見《めづら》しき物なり」とのたまふ。希見、これをば梅豆邏志《めづらし》と云ふ。故、時人、その処を号けて、梅豆邏国《めづらのくに》と曰ふ。今、松浦と謂《い》ふは訛《よこなば》れるなり。ここを以て、その国の女人《をみな》、四月の上旬に当《いた》る毎《ごと》に、鉤を以て河中に投げて、年魚《あゆ》を捕《と》ること、今に絶えず、ただし男夫《をのこ》のみは釣るといへども、魚を獲ること能はず。

既にして皇后、すなはち神の教《みこと》の験《しるし》有ることを識《しろ》しめして、更に神祇《あまつかみくにつかみ》を祭《いの》り祀《まつ》りて、躬《みづか》ら西を征《う》ちたまはむと欲《おもほ》す。ここに神田《みとしろ》を定めて佃《つく》る。時に儺《な》の河の水を引《まか》せて、神田に潤《つ》けむと欲して、溝《うなで》を掘る。迹驚岡《とどろきのをか》に及《いた》るに、大磐塞《いはふさが》りて、溝を穿《とほ》すこと得ず。皇后、武内宿禰を召して、剱鏡《たちかがみ》を捧《ささ》げて神祇を禱祈《いの》りましめて、溝を通さむことを求む。すなはち当時《とき》に、雷電霹靂《かむとき》して、その磐を蹴《ふ》み裂き

*山門県―今の福岡県山門郡山川村。
*土蜘蛛―大和朝廷に服従しなかった土着豪族の蔑称。
*火前国―肥前国
*松浦県―今の佐賀県東西松浦郡の地。200ページ参照。
*玉嶋里―今の東松浦郡浜崎玉島町付近。
*祈ふ―あらかじめ、結果を予測しておき、そのとおりになるかならないかで吉凶をうらなう。
*神田―神への供御のための田。
*儺の河―今の那珂川。
*迹驚岡―今の福岡県筑紫郡那珂町安徳の辺か。
*雷電霹靂―雷が激しく鳴ること。

*裂田溝―所在未詳。
*霊―霊魂の活躍。
*髻―古代の男子の髪型の一つ。
*必に―残らず。まったく。

て、水を通さしむ。故、時人、その溝を号けて裂田溝《さくたのうなで》と曰ふ。皇后、橿日浦に還り詣りて、髪《みぐし》を解きて海に臨みて曰《のたま》はく、「吾、神祇の教《みこと》を被《う》け、皇祖《おほみおや》の霊《みたまのふゆ》を頼《かうぶ》りて、滄海《あをきうなはら》を浮渉《わた》りて、躬《みづか》ら西を征たむとす。ここを以て、頭を海水《うしほ》に滌《すす》がしむ。もし験有らば、髪自《おの》づからに分れて両《ふたつ》に為《な》れ」とのたまふ。すなはち海《わた》に入れて洗《すす》ぎたまふに、髪自らに分れぬ。皇后、すなはち髪を結分《あ》げたまひて、髻《みづら》にしたまふ。よりて、群臣《まへつきみたち》に謂《かた》りて曰はく、「それ師《いくさ》を興《おこ》し衆《もろもろ》を動《うごか》すは、国の大事なり。安《やす》さも危《あやふ》さも成り敗れむこと、必《ふつく》に斯《これ》に在り。今征伐《う》つ所有り。事を以て群臣に付《さづ》く。もし事成らずは、罪群臣に有らむ。これ、甚だ傷《いた》きことなり。吾婦女《たをやめ》にして、加以《また》不肖《をさな》し。然れども暫く男《ますらを》の貌《すがた》を仮りて、強《あながち》に雄《をを》しき略《はかりこと》を起さむ。上は神祇の霊を蒙《かうぶ》り、下は群臣の助《たすけ》に藉《よ》りて、兵甲《つはもの》を振《おこ》して嶮《たか》き浪を度《わた》り、艫船《ふね》を整へて財土《たからのくに》を求む。もし事成らば、群臣、共に功《いさをしきこと》有り。事就《な》らずは、吾独《ひとり》罪有れ。既にこの意《こころ》有り。それ共に議《はか》らへ」とのたまふ。群臣、皆曰《まう》さく、「皇后、天下《あめのした》が為に、宗廟社稷《くにいへ》を安みせむ所以《ゆゑ》を計ります。また罪臣下《おのら》に及ぶまじ。頓首《つつし》みて詔《みことのり》を奉《うけたまは》りぬ」とまうす。

秋九月の庚午《かのえうま》の朔己卯《つちのとのうのひ》に、諸国に令《みことのり》して、船舶《ふね》を集《つど》へて兵甲を練《ね》らふ。時に軍卒《いくさびとども》集ひ難し。皇后の曰《のたま》はく、「必ず神の心《みこころ》ならむ」とのたまひて、すなはち

*大三輪社―今の福岡県朝倉郡三輪町の大己貴(おおなむち)神社。
*吾瓮海人烏麻呂―阿閉島(山口県下関市の西北、藍島)の海人の烏麻呂。
*西海―朝鮮航路。
*磯鹿―今の福岡県志賀島。
*名は草―名草という人名とする説もある。
*帯雲にして―雲があって。海に雲があると、その下に人の住む島があることが多い。
*斧鉞を執りて―大将軍となって。斧鉞は天子が征討将軍に権威の象徴として与える。
*三軍―大軍。
*節無く―調子を失って乱れ。
*内顧みれば―妻子を思うならば。
*和魂―おだやかに機能する神霊。神霊の活躍を和、荒の二作用に分けて考えたもの。
*依網吾彦男垂見―出自未詳。依網は摂津国(今の大阪府と兵庫県にまたがる)の地名。
*伊覩県―今の福岡県糸島郡の辺。
*撝ぎたまひて―招き寄せなさって。

大三輪社《おほみわのやしろ》を立てて、刀矛《たちほこ》を奉《たてまつ》りたまふ。軍衆《いくさびと》自づからに聚《あつま》る。ここに、吾瓮海人《あへのあま》烏摩呂《をまろ》といふをして、西海《にしのみち》に出でて、国有りやと察《み》しめたまふ。還りて曰《まう》さく、「国も見えず」とまうす。また磯鹿《しか》の海人、名は草《くさ》を遣して視《み》しむ。日を数《へ》て還りて曰《まう》さく。「西北に山有り。帯雲《くもゐ》にして、横に絚《わた》れり。蓋《けだ》し国有らむか」とまうす。ここに吉日を卜《うら》へて、臨発《たちたまは》むとすること日有り。時に皇后、親ら斧鉞《をのまさかり》を執《と》りて、三軍《みたむろのいくさ》に令《のりごと》して曰《のたま》はく、「金鼓《かねつづみ》節《わきだめ》無く、旌旗《はた》錯《まが》ひ乱れむときには、士卒《いくさのひとども》整はず。財《たから》を貪《むさぼ》り多欲《ものほしみ》して、私《わたくし》を懐《おも》ひて内顧《うちかへり》みれば、必《ふつく》に敵《あた》の為《ため》に虜《と》られなむ。それ敵少くともな軽《あなづ》りそ。敵強くともな屈《お》ぢそ。すなはち姧《をか》し暴《しの》がむをばな聴《ゆる》しそ。自ら服《まつろ》はむをばな殺しそ。遂に戦《たたかひ》に勝たば必ず賞《たまひもの》有らむ。背《に》げ走らば自づから罪有らむ」とのたまふ。既にして神の誨《をし》ふること有りて曰《のたま》はく、「和魂《にきみたま》は王身《みついで》に服《したが》ひて寿命《みいのち》を守らむ。荒魂《あらみたま》は先鋒《さき》として師船《みいくさのふね》を導かむ」とのたまふ。和魂、これをば珥岐瀰《にきみ》多摩《たま》と云ふ。荒魂、これをば阿邏瀰多摩《あらみたま》と云ふ。すなはち神の教《みこと》を得て、拝礼《ゐやま》ひたまふ。よりて依網吾彦男《よさみのあびこを》垂見《たるみ》を以て祭《いはひ》の神主とす。時に、適《たまたま》皇后の開胎《うむがつき》に当れり。皇后、すなはち石を取りて腰に挿《さしはさ》みて、祈りたまひて曰《まう》したまはく、「事竟《を》へて還らむ日に、茲土《ここ》に産《あ》れたまへ」とまうしたまふ。その石は、今伊覩県《いとのあがた》の道の辺に在り。既にして荒魂を撝《を》ぎたまひて、軍《いくさ》の先鋒として、和魂を請ぎて王船の鎮《しづめ》としたま

*和珥津—今の対島（長崎県）の上県郡鰐浦の地。
*帆舶—帆をあげた船。
*随船潮浪—船とともに押し寄せた浪。
*逮ぶ—流れ寄せた。
*讋ぢて—気を失って。
*素組して—白い綬（ひも）をくびにかけて。素旆とともに降伏のしるし。
*図籍を封めて—土地の図面と人民の戸籍を封印して。これをすることは支配権放棄のしるし。
*馬梳—馬の毛を洗うはけ。

ふ。

冬十月の己亥《つちのとゐ》の朔辛丑《かのとのうしのひ》に、和珥津《わにのつ》より発《た》ちたまふ。時に飛廉《かぜのかみ》は風を起し、陽《うみの》侯《かみ》は浪を挙《あ》げて、海の中の大魚《おほいを》、悉《ふつく》に浮びて船を扶《たす》く。すなはち大きなる風順《おひかぜ》に吹きて、帆舶《ほつむ》波《なみ》に随ふ。艫楫《かぢかい》を労《いたつ》かずして、すなはち新羅《しらき》に到る。時に随船潮浪《ふななみ》、遠く国の中に逮《みちおよ》ぶ。すなはち知る、天神地祇《あまつかみくにつかみ》の悉《ふつく》に助けたまふか。新羅の王《こきし》、ここに、戦戦《おぢ》慄慄《わなな》きて厝身無所《せむすべなし》。すなはち諸人《もろもろのひと》を集へて曰はく、「新羅の、国を建《た》てしより以来《このかた》、未だ嘗《むかし》も海水《うしほ》の国に凌《のぼ》ることを聞かず。若《けだ》し天運《よのかぎり》尽きて、国、海《わた》と為らむとするか」といふ。この言《こと》未だ訖《をは》らざる間《あひだ》に、船師《ふないくさ》海《わた》に満ちて、旌旗《はた》日に耀《かかや》く。鼓吹《つづみふえ》声を起して、山川悉《ふつく》に振ふ。新羅の王、遥に望《おせ》りて以為《おも》へらく、非《おもひの》常《ほか》の兵《つはもの》、将《まさ》に己《おの》が国を滅さむとすと。讋《お》ぢて志《こころ》失《まど》ひぬ。乃今《いまし》醒《さ》めて曰はく、「吾聞く、東《ひむかしのかた》に神国有り。日本《やまと》と謂《い》ふ。亦聖王《ひじりのきみ》有り。天皇《すめらみこと》と謂ふ。必ずその国の神兵《みいくさ》ならむ。豈《あに》兵《いくさ》を挙げて距《ふせ》くべけむや」といひて、すなはち素旆《しろきはた》あげて自《みづか》ら服《まつろ》ひぬ。素組《しろきくみ》して面縛《みづからとらは》る。図籍《しるしへふみた》を封《ゆひかた》めて、王船《みふね》の前に降す。よりて、叩頭《の》みて曰《まう》さく、「今より以後、長く乾坤《あめつち》に与《ひと》しく、伏《したが》ひて飼部《みまかひ》と為《な》らむ。それ船柂《ふなかぢ》を乾《ほ》さずして、春秋に馬梳《うまはたけ》及び馬鞭《うまのむち》を献《たてまつ》らむ。また海《わた》の遠きに煩《いたつ》かずして、年毎に男女の調《みつき》を貢《たてまつ》らむ」とまうす。すなはち重ねて誓ひて曰《まう》さく、「東に出づる日の、更に西に出づるに非ずは、また阿利那礼河《ありなれがは》の返りて逆《さかしま》に流れ、河の石の昇りて星辰《あまつみかほし》と為るに及《いた》るを除《お》きて、殊に春秋の朝《ゐや》を闕《か》き、怠りて梳《くし》と鞭《むち》との貢《みつき》を廃《や》めば、天神地祇、共に討《つみな》へたまへ」とまうす。時に或《あるひと》の曰はく、「新羅の王を誅さむ」といふ。ここに、皇后の曰《のたま》はく、「初め神の教《みこと》を承りて、将《まさ》に金銀《こがねしろがね》の国を授《う》けむとす。また三軍《みたむろのいくさ》に号令《のりごと》して曰ひしく、『自ら服はむをば殺《こ》しそ』といひき。今既に財の国を獲つ。亦人自《おの》づから降《まつろ》ひ服《したが》ひぬ。殺すは不祥《さがな》し」とのたまひて、すなはちその縛《ゆはひつな》を解きて飼部としたまふ。遂にその国の中に入りまして、重宝の府庫《たからくら》を封め、図籍文書《しるしのふみ》を収《とりをさ》む。すなはち皇后の所杖《つ》ける矛《みほこ》を以て、新羅の王《こきし》の門に樹《た》て、後葉《のちのよ》の印《しるし》としたまふ。故、その矛、今なほ新羅の王の門に樹てり。ここに新羅の王波沙《はさ》寐錦《むきむ》、すなはち微叱己知波珍干岐《みしこちはとりかんき》を以て質《むかはり》として、よりて金・銀・彩色《うるはしきいろ》、及び綾《あやきぬ》・羅《うすはた》・縑絹《かとりのきぬ》を齎《もたら》して八十艘《やそかはら》の船に載《のせい》れて、官軍《みいくさ》に従はしむ。ここを以て、新羅の王、常に八十船《やそふね》の調《みつき》を以て日本国《わがみかど》に貢《たてまつ》る、それこの縁《ことのもと》なり。ここに、高麗《こま》・百済《くだら》、二《ふたつ》の国の王、新羅の、図籍を収めて日本国に降《まつ》りぬと聞きて、密《ひそか》にその軍《みいくさの》勢《いきほひ》を伺《うかが》はしむ。すなはちえ勝つまじきことを知りて、自ら営《いほり》の外に来て、叩頭《まうき》み《の》て款《まう》して曰さく、「今より以後は、永く西蕃《にしのとなり》と称《い》ひつつ、朝貢《みつきたてまつること》絶たじ」とまうす。故、よりて、内官家屯倉《うちつみやけ》を定む。これ所謂三韓《いはゆるみつのからくに》なり。皇后、新羅より還

*阿利那礼河—所在未詳。新羅国の河名か。

*金銀の国—新羅国をさす。

*波沙寐錦—波沙は新羅本紀に記す第五代の伝説的王。寐錦は王号。

*微叱己知波珍干岐—微叱己知は第十五代の奈勿王の子。波珍干岐は新羅十七等官位の第四位。

*彩色—美しい色の鉱産物。

*羅—うすい絹織物。

*縑絹—固く織った絹織物。

*八十艘—たくさんの船。

*西蕃—王化の及ばぬ西方の国あるいは種族。

*内官家屯倉—朝廷の直轄領の屯倉(みやけ)になぞらえて、朝貢国としての朝鮮諸国をいう。

*三韓—ふつうは馬韓、弁韓、辰韓をさすが、ここは百済、新羅、高麗をいう。

りたまふ。

十二月の戊戌《つちのえいぬ》の朔辛亥《かのとゐのひ》に、誉田《ほむた》天皇を筑紫に生《あ》れたまふ。故、時人、その産処《みうみのところ》を号《なつ》けて宇瀰《うみ》と曰ふ。（巻九）

物部氏滅亡

秋七月に、蘇我馬子宿禰大臣《そがのうまこのすくねのおほおみ》、諸皇子《もろもろのみこたち》と群臣《まへつきみたち》とに勧めて、物部守屋大連《もののべのもりやのおほむらじ》を滅さむことを謀る。（中略）大連、みづから子弟《やから》と奴軍《やつこいくさ》とを率《ゐ》て、稲城《いなき》を築きて戦ふ。ここに、大連、衣揩《きぬすり》の朴《えのき》の枝間《また》に昇りて、臨《のぞ》み射ること雨の如し。その軍、強《こは》く盛りにして、家にみち野にあふれたり。皇子等と群臣の衆《いくさ》と、怯弱《よわ》くして恐怖《おそ》りて、三たび却還《しりぞ》く。

この時に、厩戸皇子《うまやとのみこ》、束髪於額《ひさごはな》して、古の俗《ひと》、年少児《わらは》の年、十五六の間は、束髪於額す。十七八の間は、分けて角子《あげまき》にす。今また然り。軍の後に随《したが》へり。みづから忖度《はか》りて曰はく、「将《はた》、敗らるること無からむや。願《ちかひこと》にあらずは成し難けむ」とのたまふ。すなはち白膠《ぬり》木《で》をきり取りて、とく四天王の像に作りて、頂髪《たきふさ》に置きて、誓を発《た》てて言《のたま》はく、白膠木、これをば農利泥《ぬりで》といふ。「今もし我をして敵《あた》に勝たしめたまはば、必ず護世《ごせ》四王の奉為《みため》に、寺塔《てら》を起立《た》てむ」とのたまふ。蘇我馬子大臣、また誓を発てて言はく、「凡そ

＊誉田天皇—応神天皇。
＊宇瀰—今の福岡県粕屋郡宇美町。

＊秋七月—用明天皇の二年七月。西歴五八七年。当該文章は崇峻天皇即位前紀。
＊蘇我馬子宿禰—蘇我稲目の子。蝦夷の父。宿禰は敬称。
＊物部守屋—物部尾輿（おこし）の子。仏教受容に反対して蘇我氏と対立した。
＊奴軍—私有民から成る兵。
＊衣揩—今の大阪府布施市衣摺（きずり）の地。
＊厩戸皇子—聖徳太子。135ページ参照。
＊束髪於額して—ひさごはなの形に髪を結って。
＊角子—髪を左右に分け、耳の上で巻いて結びあげる形。
＊将—もしかすると。
＊白膠木—和名抄に「和名泥天（ぬで）」とあるもの。仏典にいう霊木。
＊頂髪—頭の頂で髪を束ねたところ。たぶさ。
＊護世四王—世を護る四天王。
＊寺塔—後の四天王寺。

諸天王《しょてんわう》・大神王等《だいじんわうたち》、我を助け衛《まも》りて、利益《か》つこと獲《え》しめたまはば、願はくは当《まさ》に諸天と大神王との奉為に、寺塔を起てて、三宝を流通《つた》へむ」といふ。誓ひ已《をは》りて種種《くさぐさ》の兵を厳《よそ》ひて、進みて討伐《う》つ。ここに迹見首《とみのおびと》赤檮《いちひ》ありて、大連を枝の下に射堕《おと》して、大連并せてその子等を誅す。これによりて、大連の軍、忽然《たちまち》に自《おの》づからに敗れぬ。軍こぞりて悉《ことごとく》に皁衣《くろきぬ》を被《き》て、広瀬の勾原《まがりのはら》に馳猟《かりするまね》して散《あか》れぬ。この役《えだち》に、大連の児息《こ》と眷属《やから》と、あるいは葦原に逃げ匿《かく》れて、姓《うぢ》を改め名を換ふる者あり。あるいは逃げ亡《う》せて向《い》にけむ所を知らざる者あり。時の人、相謂《かた》りて曰はく、「蘇我大臣の妻は、これ物部守屋大連の妹《いろも》なり。大臣、みだりに妻の計《はかりこと》を用ゐて、大連を殺せり」といふ。乱を平《しづ》めて後に、摂津国にして、四天王寺を造る。大連の奴《やつこ》の半《なかば》と宅《いへ》とを分けて、大寺の奴・田荘《たどころ》とす。田一万頃《よろづしろ》を以て、迹見首赤檮に賜ふ。蘇我大臣、また本願のままに、飛鳥《あすか》の地にして、法興寺《ほふこうじ》を起つ。

物部守屋大連の資人《つかひびと》捕鳥部万《とりべのよろづ》、万は名なり。一百人を将《ひきゐ》て、難波の宅を守る。しかうして大連滅びぬと聞きて、馬に騎《の》りて夜逃げて、茅渟県《ちぬのあがた》の有真香邑《ありまかむら》に向《ゆ》く。よりて婦《め》が宅を過ぎて、遂に山に匿る。朝庭《みかど》議りて曰はく、「万逆《さかしまなる》心を懐《いだ》けり。故、この山の中に隠る。早《すみやか》に族《やから》を滅すべし。な怠りそ」といふ。万、衣裳《きものや》弊れ垢つき、形色《かほ》憔悴《かし》けて、弓を持ち剱《つるぎ》を帯《は》きて、独りみづから出で来れり。有司《つかさ》、数百

*諸天王・大神王—いずれも仏教を護持する存在。
*迹見首赤檮—大和国添下郡登美郷の人。用明天皇の舎人。
*三宝—仏教のこと。

*皁衣—黒衣。令制では家人、奴婢の衣。
*広瀬の勾原—所在未詳。古の大和国広瀬郡の地か。

*田荘—私有田。
*田一万頃—一しろは高麗尺の六尺四方を五箇分の広さ。
*資人—令制用語の借用で、ここは近侍者の意。
*捕鳥部万—ここ以外に他に見えない。
*茅渟県—茅渟にある天皇直轄領。茅渟は和泉国(今の大阪府南部)一帯の地名。
*有真香邑—今の大阪府貝塚市久保付近。

*弊れ—やぶれ。

*衛士―令制用語の借用で、ここは兵士の意。
*篁薮―竹むら。
*揺く―ゆれ動く。
*擬ひて―弓に矢をつがえて。
*殺し虜ふることの際―殺すか捕えるかの区別。
*刀子―小刀。
*河内国司―「国司」は令制用語の借用で、ここは討伐隊の隊長の意。
*符―上官から下の者に出す書類。
*梟せ―くしにさして高くかかげよ。
*大雨―水びたしになるほどの雨。
*嚙ひ挙げて―くわえあげて。

の衛士《いくさびと》を遣はして万を囲む。万、すなはち驚きて篁薮《たかぶる》に匿《かく》る。縄を以て竹につけて、引き動かして他《ひと》をして己《おの》が入る所を惑《まど》はしむ。衛士等、詐《あざむ》かれて、揺《あゆ》く竹を指して馳せて言はく、「万、ここにあり」といふ。万、すなはち箭《や》を発《はな》つ。一つとして中《あた》らざることなし。衛士等、恐りて敢へて近づかず。万、すなはち弓を弛《はづ》して腋《わき》にかきはさみて、山に向ひて走《に》げ去《ゆ》く。衛士等、すなはち河を夾《はさ》みて追ひて射る。皆中つること能はず。ここに、一《ひとり》の衛士ありて、とくに馳せて万に先《さきだ》ちぬ。しかうして河の側《かたはら》に伏して、擬《さしまかな》ひて膝に射中《いあ》てつ。万、すなはち箭を抜く。弓を張りて箭を発つ。地《つち》に伏して号《よば》ひて曰はく、「万は天皇《すめらみこと》の楯として、その勇《いさみ》を効《あらは》さむとすれども、推問《と》ひたまはず。翻《かへ》りてこの窮《きはまり》に逼迫《せ》めらるることを致しつ。共に語るべき者来れ。願はくは殺し虜《とら》ふることの際《わきだめ》を聞かむ」といふ。衛士等、競ひ馳せて万を射る。万、便《たちまち》に飛ぶ矢を払ひふせきて、三十余人《みそあまりのひと》を殺す。なほ、持たる剣を以て、三《みきだ》にその弓を截《うちき》る。また、その剣を屈《おしま》げて、河水裏《かはなか》に投《なげい》る。別《こと》に刀子《かたな》を以て、頸《くび》を刺して死ぬ。河内国司《かふちのくにのみこともち》、万の死ぬる状《ありさま》を以て、朝庭《みかど》に牒《まう》し上ぐ。朝庭、符《おしてふみ》を下したまひて称《のたま》はく、「八段《やきだ》に斬りて八つの国に散らし梟《くしさ》せ」とのたまふ。河内国司、すなはち符の旨《むね》によりて、斬り梟す時に臨みて、雷鳴り大雨《ひちさめ》ふる。

ここに万が養《か》へる白犬あり。俯《ふ》し仰ぎてその屍の側《ほとり》を廻り吠《ほ》ゆ。遂に頭を嚙《く》ひ挙げて、古冢《ふるはか》に収め置く。横《よこさま》に枕の側《かたはら》に臥して、前に飢ゑ死ぬ。河内国司、その犬をとがめ異《あやし》びて、朝庭に牒し上ぐ。朝庭、哀不忍《いとほし》聴《が》りたまふ。符を下したまひて称《ほ》めて曰はく、「この犬、世に希聞《めづら》しき所なり。後に観《しめ》すべし。万が族をして、墓を作りて葬《かく》さしめよ」とのたまふ。これによりて、万が族、墓を有間香邑に雙《なら》べ起《つく》りて、万と犬とを葬しぬ。河内国司言《まう》さく、「餌香《ゑがの》川原に、斬《ころ》されたる人あり。計《かぞ》ふるに将《まさ》に数百なり。頭身《かしらむくろ》既に爛《ただ》れて、姓字《かばねな》知り難し。ただ衣《きもの》の色を以て、身を収め取る。ここに桜井田部連胆渟《いぬ》が養へる犬あり。身頭《むくろ》を嚙《く》ひ続けて、側に伏して固く守る。己が主《あるじ》を収めしめて、すなはち起ちて行く」とまうす。

八月の発卯《みづのとう》の朔甲辰《ついたちきのえたつのひ》に、炊屋《かしきや》姫尊《ひめのみこと》と群臣《まへつきみ》と、天皇を勧め進《たてまつ》りて、即天皇《あまつひつぎし》之位《ろしめ》さしむ。蘇我馬子宿禰を以て大臣とすること故《もと》のごとし、卿大夫《まへつきみたち》の位、また故のごとし。

（巻二十一）

山背大兄王自経

戊午《つちのえうまのひ》に、蘇我臣入鹿、独り謀りて、上宮《かみつみや》の王《みこ》たちを廃《す》てて、古人《ふるひと》大兄を立てて天皇とせむとす。時に、童謡《わざうた》有りて曰はく、

岩の上《へ》に　小猿米焼く　米だにも　食《た》げて通らせ　山羊《かましし》の老翁《をぢ》

*餌香川―今の大阪府羽曳野市を流れる恵我川で、石川の下流。

*桜井田部連胆渟―出自経歴未詳。

*炊屋姫尊―後の推古天皇。
*天皇―崇峻天皇。以上の記事は崇峻即位前紀として記されたもの。
*山背大兄王―聖徳太子の皇子。推古天皇崩御の後、田村皇子（舒明天皇）と皇位を争ってやぶれた。
*戊午に―皇極天皇の二年（六四三）十月十二日に。
*蘇我臣入鹿―蘇我蝦夷の子。大化の改新のとき、中大兄に殺された。
*上宮の王たち―聖徳太子の御子たち。ここは特に山背大兄王をさす。
*古人大兄―舒明天皇の皇子。母は蘇我馬子の女、法提郎媛（ほてのいらつめ）。
*童謡―世を諷刺し、異変の前兆などを暗示する歌。
*岩の上に―上宮家の滅亡を暗示する歌。意味は後述されている。

蘇我臣入鹿、深く上宮の王たちの威名《いきほひな》ありて、天下《あめのした》に振《ましま》すことを忌《にく》みて、独り僭《ひところ》ひ立たむことを謀《はか》る。是《こ》の日に、茨田池《まむたのいけ》の水、還りて清《す》みぬ。

十一月の丙子《ひのえね》の朔《ついたちのひ》に、蘇我臣入鹿、小徳巨勢徳太臣《せうとくこせのとこだのおみ》・大仁土師娑婆連《だいにんはじのさばのむらじ》を遣りて、山背大兄王《やましろのおほえのみこ》たちを斑鳩《いかるが》に掩《おそ》はしむ。或本に云はく、巨勢徳太臣、倭馬飼首《やまとのうまかひのおびと》を以て将軍《いくさのきみ》とすといふ。是に、奴三成《やつこみなり》、数十《とをあまり》の舎人《とねり》と、出でて拒《ふせ》き戦ふ。土師娑婆連、箭《や》に中《あた》りて死ぬ。軍《いくさ》の衆《ひとども》恐り退く。軍の中の人、相謂《かた》りて曰はく、「一人当千《ひとりひとちなみ》といふは、三成を謂《い》ふか」といふ。山背大兄、仍《よ》りて馬の骨を取りて、内寝《よどの》に投げ置く。遂にその妃《みめ》、并《なら》びに子弟《みうがら》たちを率《ゐ》て間《ひとま》を得て逃げ出でて、膽駒《いこま》山に隠れたまふ。三輪文《みわのふみ》屋君《やのきみ》、舎人田目連《とねりためのむらじ》及びその女《むすめ》、菟田諸石《うだのもろし》、伊勢阿部堅経《いせのあべのかたぶ》従《みとも》につかへまつる。巨勢徳太臣ら、斑鳩宮を焼く。灰の中に骨を見《み》でて、誤りて王死せましたりと謂《おも》ひて、囲みを解きて退き去る。これによりて、山背大兄王たち、四五日《よかいつか》の間、山に淹留《とどま》りたまひて、得喫飯《ものもえまうのぼ》らず。三輪文屋君、進みて勧めまつりて曰さく、「請ふ。深草屯《みや》倉《け》に移向《ゆ》きて、ここより馬に乗りて、東国《あづまのくに》に詣《いた》りて、乳部《みぶ》を以て本《もと》として、師《いくさ》を興《おこ》して還りて戦はむ。その勝たむこと必《かなら》じ」といふ。山背大兄王たち対《こた》へて曰《のたま》はく、「卿《いまし》が噵《い》ふ所の如くならば、その勝たむこと必ず然らむ。但し吾が情《こころ》に冀《ねが》はくは、十年百姓《おほみたから》を役《つか》はじ。一《ひとり》の身の故を以て、豈《あに》万民《おほみたから》を煩労《わづら》はしめむや。又後世《のちのよ》に、

*僭ひ立たむ—臣下の者が分限をこえて自分を君主になぞらえようとする。
*茨田池—今の大阪府寝屋川市付近にあった池。
*小徳—推古天皇十一年制定の十二階冠位の第二位。
*巨勢徳太臣—大化五年、左大臣。斉明四年没。
*大仁—十二階冠位の第三位。
*土師娑婆連—名不明。
*斑鳩—斑鳩宮。今の法隆寺東院。
*倭馬飼首—名不明。
*奴三成—奴隷の三成。三成は人名。
*舎人—私的な主従関係で仕えた従者。令制の舎人とは異なる。
*内寝—寝殿。
*間—すき。
*膽駒山—今の奈良県と大阪府との境の生駒山。
*三輪文屋君—経歴未詳。
*田米連—名不明。
*菟田諸石—未詳。
*伊勢阿部堅経—未詳。
*深草屯倉—今の京都市伏見区付近の屯倉。
*乳部—皇子の養育のために設けられた部。
*必じ—必定だ。
*百姓・万民・民—人民。

民《おほみたから》の吾が故によりて、己《おの》が父母《かぞいろは》を喪《ほろぼ》せりと言はむことを欲りせじ。豈それ戦ひ勝ちて後に、方《まさ》に丈夫《ますらを》と言はむや。それ身を損《す》てて国を固めば、亦丈夫にあらずや」とのたまふ。人有りて遥《はるか》に上宮の王たちを山中に見る。還りて蘇我臣入鹿に啓《い》ふ。入鹿、聞きて大きに懼《お》づ。速《すみやか》に軍旅《いくさ》を発《おこ》して、王の在します所を高向臣国押《たかむくのおみくにおし》に述《かた》りて曰はく、「速に向《ゆ》きて彼《か》の王を求《かす》べ捉《から》むべし」といふ。国押報《こた》へて曰はく、「僕《やつかれ》は天皇の宮を守りて、敢《あ》へて外《と》に出でじ」といふ。入鹿すなはち自ら往かむとす。時に、古人大兄皇子、喘息《いわ》けて来《いでま》して問ひたまはく、「何処《いづち》か向《ゆ》く」とのたまふ。入鹿、具《つぶさ》に所由《よし》を説く。古人皇子の曰《のたま》はく、「鼠《ねずみ》は穴に伏《かく》れて生き、穴を失ひて死ぬと」とのたまふ。入鹿、これによりて行くことを止む。軍将《いくさのきみ》たちを遣りて、膽駒に求めしむ。つひに覓《もとめう》ること能はず。ここに、山背大兄王たち、山より還りて、斑《いかる》鳩寺《がでら》に入ります。軍将たち、すなはち兵を以て寺を囲む。ここに、山背大兄王、三輪文屋君をして軍将たちに謂《かた》らはしめて曰《のたま》はく、「吾、兵を起して入鹿を伐《う》たば、その勝たむこと定《うつむな》し。然るに一つの身の故によりて、百姓を残《やぶ》り害《そこな》はむことを欲りせじ。ここを以て、吾が一つの身をば、入鹿に賜ふ」とのたまひ、終《つひ》に子弟《うから》・妃妾《みめ》と一時《もろとも》に自ら経《わな》きて倶《とも》に死《みう》せましぬ。時に、五つの色の幡蓋《はたきぬがさ》、種々《くさぐさ》の伎楽《おもしろきおと》、空に照灼《てりひか》りて、寺に臨《のぞ》み垂れり。衆人《もろひと》仰ぎ観《み》、称嘆《なげ》きて、遂に入鹿に指

*高向臣国押—皇極四年六月、大化改新の際に蘇我氏についた漢直(あやのあたい)を説得した人物。

*求べ捉む—かすめ捕える。

*喘息けて—息をきらして。

*鼠は穴に伏れて…—鼠は自分の居場所の穴にかくれていれば生きのびられるが、穴を出たら災難にあって殺される。入鹿を鼠にたとえて諌めた。

*定し—必定だ。ウツナシとも訓む。ウツは現の意。ムはモの転。ナシは甚しいの意。

*幡蓋—はたきぬがさ。「はた」は旗。「きぬがさ」は絹織物で作られた長い柄の傘。

し示す。その幡蓋ら、変りて黒き雲に為りぬ。これによりて、入鹿見ること得るに能はず。蘇我大臣蝦《え》夷《みし》、山背大兄王たち総て入鹿に亡さるといふことを聞きて、嗔《いか》り罵《の》りて曰はく「噫《あ》、入鹿、極甚《はなは》だ愚癡《おろか》にして、専 行暴悪《たくめあしきわざ》す。儞《い》が身命《いのち》、亦殆《あやふ》からずや」といふ。時の人、前の謡《わざうた》の応《こたへ》を説きて曰はく、「『岩の上に』といふを以ては、上宮に喩ふ。『小猿』といふを以ては、林臣《はやしのおみ》に喩ふ。林臣は入鹿ぞ。『米焼く』といふを以ては、上宮を焼くに喩ふ。『米だにも、食《た》げて通らせ、山羊《かましし》の老翁《をぢ》』といふを以ては、山背王の頭髪《みぐし》斑雑毛《ふふき》にして山羊に似たるに喩ふ。又その宮を棄捨《す》てて深き山に匿《かく》れし相《しるし》なり」といふ。　(巻二十四)

*専―もっぱら。
*儞―おまえ。
*応―意味。こころ。
*林臣―入鹿をさす。『法王帝説』に入鹿を「林太郎」と記す。
*斑雑毛―白毛まじりの毛。

記紀歌謡

古事記歌謡

この大神、初め須賀《すが》の宮を作らしし時に、其地《そこ》より雲立ち騰《のぼ》りき。しかして、御歌をよみましき。その歌に曰《い》ひしく

1 八雲《やくも》立つ　出雲八重垣　妻籠《ご》みに　八重垣作る　その八重垣を

この八千矛《やちほこ》神、高志《こし》国の沼河比売《ぬなかはひめ》を婚《よば》はむとして幸行《い》でましし時に、その沼河比売の家に到りて歌はして曰ひしく、

2 八千矛の　神の命は　八島国　妻枕《ま》きかねて　遠々し　高志の国に　賢《さか》し女《め》を　ありと聞かして　麗《くは》し女を　ありと聞こして　さ婚《よ》ばひに　あり立たし　婚ひに　あり通はせ　大刀《たち》が緒も　いまだ解かずて　襲《をすひ》をも　いまだ解かねば　嬢子《をとめ》の　寝《な》すや板戸を　押《お》そぶらひ　わが立たせれば　引《ひ》こづらひ　わが立たせれば　青山に　鵼《ぬえ》は鳴きぬ　さ野つ鳥　雉《きぎし》は響《とよ》む　庭つ鳥　雞《かけ》は鳴く　うれたくも　鳴くなる鳥か　この鳥も　打ちやめこせね　いしたふや　あま馳使《はせづかひ》　事の　語り言《ごと》も　こをば

〇古事記歌謡―古事記に収められている歌謡は一一三首である。その中、沼河比売の連続する二首を一首と数え、木梨之軽太子の歌に二首を連続して記すものがあるので、一一二首とも一一一首とも数えられる。本書は便宜上日本古典文学大系の番号を記した。なお、本文の訓読は、西宮一民氏『古事記』（桜楓社）によった。

*この大神―建速須佐之男命。

*須賀―出雲国風土記、大原郡に「須我」の地名がある。記は、須佐之男命が宮を造るべき地を求めていたところ、この地に到って「吾此地に来て、我が御心すがすがし」と言ってここに宮を造ったので、今に須賀というという。

*記1―紀には次の通り。（1）
八雲立つ　出雲八重垣　妻ごめに　八重垣作る　その八重垣ゑ

*八千矛神―大国主神の別名。

*高志国―越の国。

*沼河比売―神名帳に越後国頸城郡「奴奈川神社」があり、和名抄に同郡沼川（奴乃加波）郷の名がある。

*いまだ解かねば―真福寺本は「いまだ解かね」。

*その神―大国主神。
*須勢理毘売命―須佐之男命の娘。大国主神が八十神の迫害を逃れて根の堅州国の須佐之男命のもとへ行き、目合(まぐわい)して結婚し、須佐之男命の試練を経て、嫡妻とした。93ページ参照。
*日子遅―夫。
*あたね舂き―アタネは原文「阿多尼」。契沖はアカネの音通とし、宣長も「阿加泥」の誤写としてアカネ説。土橋寛氏は「阿多弖」の誤写として、アタテはアヰタテ(藍蓼)のヰの脱落形と見る。
*弟宇迦斯―神武天皇の大和平定の軍は熊野から吉野を経て宇陀に入った。宇陀に兄ウカシと弟ウカシが居り、兄ウカシは神武をだまして殺そうと図り、弟ウカシがそれを密告して兄ウカシは殺された。

また、その神の嫡《おほきさき》妻須勢理毘売命《すせりびめのみこと》、甚《いた》く嫉妬《うはなりねたみ》しましき。故《かれ》、その日子遅《ひこぢ》の神わびて、出雲より倭国《やまとのくに》に上り坐《ま》さむとして、束装《よそひ》し立たす時に、片御手は御馬《みま》の鞍に繋《か》け、片御足はその御鐙《みあぶみ》に蹈《ふ》み入れて、歌はして曰ひしく、

4

ぬばたまの　黒き御衣《みけし》を　まつぶさに　取り装《よそ》ひ　沖つ鳥　胸《むな》見る時
羽《は》たたきも　これは適《ふさ》はず　辺つ波　背《そ》に脱き棄《う》て　鴗鳥《そにどり》の　青き御衣
を　まつぶさに　取り装ひ　沖つ鳥　胸見る時　羽たたきも　こも適は
ず　辺つ波　背に脱き棄て　山県《やまがた》に　蒔きし　あたね舂《つ》き　染木が汁に
染衣《しめころも》を　まつぶさに　取り装ひ　沖つ鳥　胸見る時　羽たたきも　こし
よろし　いとこやの　妹《いも》の命《みこと》　群《むら》鳥の　わが群れ去《い》なば　引け鳥の　わ
が引け去なば　泣かじとは　汝《な》は言ふとも　山処《やまと》の　一本薄《ひともとすすき》　項傾《うなかぶ》し
汝が泣かさまく　朝雨の　霧に立たむぞ　若草の　妻の命《みこと》　事の　語り
言も　こをば

然《しか》してその弟宇迦斯《おとうかし》が献れる大饗《おほあへ》は、悉《ことごと》にその御軍《みいくさ》に賜ひき。この時に、歌ひて曰ひしく、

9 宇陀《うだ》の　高城《たかき》に　鴫羂張《しぎわな》る　わが待つや　鴫は障《さや》らず　いすくはし　鯨《くぢら》
障る　前妻《こなみ》が　肴乞《なこ》はさば　立柧棱《たちそば》の　実の無けくを　こきしひゑね
後妻《うはなり》が　肴乞《な》はさば　柃《いちさかき》　実の多けくを　こきだひゑね　ええ　しや
ごしや　こはいのごふそ　ああ　しやごしや　こは嘲笑ふそ

其地《そこ》より幸行《い》でまして、忍坂《おさか》の大室《おほむろや》に到りましし時に、尾生ふる土雲八十《やそ》建《たける》、その室《むろや》に在りて待ちいなる。故《かれ》しかして、天つ神の御子の命《みこと》以ちて、饗《あへ》を八十建に賜ひき。ここに八十建に宛《あ》てて、八十膳夫《やそかしはで》を設《ま》けて、人毎に刀佩《たちは》けて、その膳夫等に誨《をし》へて曰《の》らししく、「歌を聞かば、一時共《もろとも》に斬れ。」といひき。故、その土雲を打たむとすることを明せる歌に曰ひしく、

10 忍坂《おさか》の　大室屋に　人多《さは》に　来入り居り　人多《さは》に　入り居りとも　みつ
みつし　久米の子が　頭椎《くぶつつ》い　石椎《いしつつ》いもち　撃ちてし止まむ　みつみつ
し　久米の子らが　頭椎い　石椎いもち　今撃たばよらし

如此《かく》歌ひて、刀《たち》を抜き一時《もろとも》に打殺しき。

然《しか》る後に、登美毘古《とみびこ》を撃たむとしたまひし時に、歌ひて曰ひしく、

11 みつみつし　久米の子らが　粟生《あはふ》には　臭韮《かみら》一本《ひともと》　其《そ》ねが本　其根《そね》芽つ

*宇陀―奈良県宇陀郡の地。
*記9―紀には次の通り。(7)
　宇陀の高城に　鴫羂張る　わが待つや
　鴫は障らず　いすくはし　鯨障り　こな
　みが　な乞はさば　立そばの　実の無け
　くを　こきしひゑね　うはなりが　な乞
　はさば　いちさかき　実の多けくを　こ
　きだひゑね
紀には続いて「是謂㆓来目歌㆒。今楽府奏㆓此歌㆒者、猶有㆓手量大小、及音声巨細㆒。此古之遺式也」とある。
*其地よりいでまして―神武が宇陀から。
*忍坂―奈良県桜井市忍坂の地。
*大室―自然の岩窟や、土に掘った穴倉の住居。大室屋に同じ。
*土雲―土蜘蛛。文化の低い土着民を動物的に表現したもの。家を建てることを知らぬ穴居民族をいったもので、手足の長いことは未開人の姿の表象であった。
*八十建―多くの勇猛な者。
*いなる―未詳。獣が恐ろしい声でほえることか。ウナルと関係があろう。
*明せる歌に曰ひしく―アカシテウタヨミシタマヒシク、…ウタヒケラクとも訓む。
*記10―紀には次の通り。(9)
　忍坂の　大室屋に　人さはに　入り居り
　とも　人さはに　来入り居りとも　みつ
　みつし　久米の子らが　頭椎い　石椎い
　もち　撃ちてし止まむ
*登美毘古―トミノナガスネビコ。トミは旧奈良県生駒郡富雄村(今、奈良市に編入)の地。紀に、ナガスネヒコとの戦いに苦戦した時、金色のトビが飛来して天皇の弓の弭に止まり、そのまばゆい光に敵は目がくらんで戦意を失った。その地をトビの邑と名づけ、それがトミと訛ったという。

なぎて　撃ちてし止まむ
また歌ひて曰ひしく、
12 みつみつし　久米の子らが　垣下《かきもと》に　植ゑし椒《はじかみ》　口ひひく　われは忘れじ　撃ちてし止まむ
また歌ひて曰ひしく、
13 神風《かむかぜ》の　伊勢の海の　生石《おひし》に　這ひ廻《もとほ》ろふ　細螺《しただみ》の　い這ひ廻《もとほ》り　撃ちてし止まむ

ここに、その伊須気余理比売命《いすけよりひめのみこと》の家、狭井河の上《へ》に在り。天皇《すめらみこと》、其の伊須気余理比売の許に幸行《い》でまして、一宿《ひとよ》御寝《みね》坐しき。後にその伊須気余理比売、宮の内に参入《まゐ》りし時に、天皇御歌よみしたまひて曰ひしく、

19 葦原の　しけしき小屋《をや》に　菅畳《すがだたみ》　いやさや敷きて　わが二人寝し

故《かれ》、天皇崩《かむあが》りましし後に、その庶兄当芸志美美命《ままあにたぎしみみのみこと》、その嫡后《おほきさき》伊須気余理比売に娶《あは》しし時に、その三はしらの弟《おと》を殺さむとして謀《はか》りし間に、その御《み》祖《おや》伊須気余理比売、患へ苦しみて、歌を以ちてその御子等《たち》に知らしめたまひき。歌ひたまひて曰ひしく、

*記11―紀には次の通り。(13)
みつみつし　久米の子らが　垣本に　粟生には　臭韮一本　其のが本　其根芽つなぎて　撃ちてし止まむ
*記12―紀には次の通り。(14)
みつみつし　久米の子らが　垣本に　植ゑし椒　口ひひく　われは忘れず　撃ちてし止まむ
*記13―紀には次の通り。(8)
神風の　伊勢の海の　大石にや　い這ひ廻る　細螺の　細螺の　吾子よ吾子よ　細螺の　い這ひ廻り　撃ちてし止まむ　撃ちてし止まむ
*伊須気余理比売命―神武天皇の皇后。記に三島溝咋(みぞくい)の娘勢夜陀多良比売に三輪山の大物主神が生ませた子で、富登多多良伊須須岐比売命、またの名を比売多多良伊須気余理比売とある。紀では姫蹈鞴五十鈴姫命(ひめたたらいすずひめのみこと)。神代紀第八段に大三輪の神の子といい、事代主神と三嶋の溝樴姫(みぞくいひめ)又の名玉櫛姫(神武紀には三嶋溝橛耳神の女玉櫛媛)との子という。
*狭井河―奈良県桜井市三輪山の狭井神社の北を東から西へ流れるひとまたぎの小川。
*天皇―神武天皇。
*庶兄当芸志美美命―記に、神武天皇が日向にいまし時阿多の小椅君の妹、名は阿比良比売を娶って生ませた子とある。皇后伊須気余理比売の生んだ皇子たちにとって「庶兄」。神武紀には「娶二日向国吾田邑吾平津媛一、為レ妃。生二手研耳命一」とある。
*其の三はしらの弟―記には、日子八井命、次に神八井耳命、次に神沼河耳命の名がある。神武紀には神八井命と神渟名川耳尊と二人の名しかないが、綏靖紀に神渟名川耳天皇は神武の第三子だという。

20 狭井川《さゐ》よ　雲立ち渡り　畝火山《うねび》　木《こ》の葉さやぎぬ　風吹かむとす

また歌ひたまひて曰ひしく、

21 畝火山　昼は雲とゐ　夕されば　風吹かむとぞ　木の葉さやげる

ここに還り上り坐《ま》し時に、その御祖息長帯日売命《みおやおきながたらしひめのみこと》、待酒を醸《か》みて献らしき。しかしてその御祖、御歌よみして曰ひしく、

39 この御酒《みき》は　わが御酒ならず　酒の司《くしかみ》　常世《とこよ》にいます　岩立たす　少名《すくな》御神《みかみ》の　神寿《かむほ》き　寿き狂ほし　豊寿き　寿き廻《もとほ》し　奉り来し　御酒ぞ　浅《あ》さず飲《を》せ　ささ

かく歌はして、大御酒《みき》献らしき。ここに建内宿禰命《たけしうちのすくねのみこと》、御子の為に答へまつりて歌ひて曰ひしく、

40 この御酒を　醸《か》みけむ人は　その鼓　臼に立てて　歌ひつつ　醸みけれかも　舞ひつつ　醸みけれかも　この御酒の　御酒の　あやにうた楽し　ささ

此《こ》は、酒楽《さかくら》の歌なり。

ある時、天皇、近淡海国《ちかつあふみの》に越え幸《い》でまし時に、宇遅野《うぢの》の上《へ》に御立たしま

*畝火山―162ページ参照。
*還り上り坐しし時―品陀和気命（ほむだわけのみこと）後の応神天皇）が建内宿禰に連れられて越前の角鹿（敦賀）に禊に行って帰った時。
*息長帯日売命―仲哀天皇の皇后、神功皇后。品陀和気命の母。
*少名御神―少名毘古那神。記によれば、神産巣日神の御子で、指の間からこぼれ落ち、出雲の三保の崎に至り、大国主神と相並んで国作りし、のち常世の国に渡った。紀、神代上第八段一書第六に、「夫大己貴命、与二少彦名命一戮レ力一レ心、経二営天下一」とあり、造り終えて熊野の御碕（島根県八束郡八雲村熊野）から「常世郷」に去ったという。また粟島から粟がらにはじかれて常世郷に至ったという。
*記39―紀には、「神寿き寿き狂ほし」と「豊寿き寿き廻し」の句の順序が逆になっている。あとは全く同じ。(32)
*建内宿禰命―記に、孝元天皇の皇子比古布都押之信命が木（紀伊）国造の祖宇豆比古の妹山下影日売を娶って生んだ子とある。孝元紀には彦太忍信命を武内宿禰の祖父とする。また、景行紀三年の条に屋主忍男武雄心命が紀伊国に住み、紀直の遠祖菟道彦の娘影媛を娶って生んだ子という。紀によれば、成務天皇三年に大臣となり、以来仲哀・神功・応神・仁徳五代に仕えた。
*記40―紀には次の通り。(33)
この御酒を　醸みけむ人は　その鼓　臼に立てて　歌ひつつ　醸みけめかも　この御酒の　あやにうた楽し　ささ
*天皇―応神天皇。
*宇遅野―今の京都府宇治市の、宇治川北岸のあたりの野か。

して、葛野《かづの》を望《みさ》けて歌ひたまひて曰ひしく、

41 千葉の　葛野を見れば　百千足《ももちだ》る　家庭《やには》も見ゆ　国の秀《ほ》も見ゆ

天皇崩《かむあが》りましし後に、木梨之軽太子《きなしのかるのひつぎのみこ》、日継《ひつぎ》知らしめすに定まれるを、未だ位に即《つ》きたまはざりし間《ほと》に、その伊呂妹《いろも》軽大郎女《かるのおほいらつめ》に姧《たは》けて、歌ひたまひて曰ひしく、

78 あしひきの　山田を作り　山高み　下樋《したび》を走《わし》せ　下訪《したど》ひに　わが訪ふ妹《いも》を　下泣きに　わが泣く妻を　今夜《こぞ》こそは　安く肌触れ

こは志良宜《しらげ》歌なり。

故《かれ》、大前小前《おほまへをまへの》宿禰《すくね》、その軽太子《かるのひつぎのみこ》を捕へて、率《ゐ》て参出《まゐで》て貢進《たてまつ》りき。その太子、捕へらえて歌ひたまひて曰ひしく、

83 天飛《あまだ》む　軽の嬢子《をとめ》　甚《いた》泣かば　人知りぬべし　波佐《はさ》の山の　鳩の　下泣きに泣く

また天皇、長谷《はつせ》の百枝槻《ももえつき》の下《もと》に坐《いま》して、豊楽《とよのあかり》したまひし時に、伊勢国の三《み》重婇《へのうねめ》、大御盞《おほみうき》を指挙《ささ》げて献りき。しかして、その百枝槻の葉、落ちて大御盞に浮きき。その婇、落葉の盞に浮けるを知らずて、猶《なほ》大御《み》酒《き》を献りき。天皇

*葛野―『和名抄』に山城国葛野郡葛野郷がある。京都市街から北の地域。
*記41―紀には応神天皇六年二月の条にある。(34)
*天皇―允恭天皇。
*木梨之軽太子―允恭天皇の第一皇子。母は皇后忍坂大中津比売命。
*軽大郎女―軽太子の同母妹。別名衣通郎女(そとおしのいらつめ)。
*記78―紀には、次の通り。(69)
あしひきの　山田を作り　山高み　下樋を走せ　下泣きに　わが泣く妻　片泣きにわが泣く妻　今夜こそ　安く肌触れ
*志良宜歌―尻上げ歌の意という。最後の句を高い調子で歌う唱謡法の一種。また、シラゲは精白の意で、もみすり歌だという説もある。
*大前小前宿禰―履中即位前紀及び安康即位前紀に、物部大前宿禰がある。小前宿禰はその弟ともいい、また物部大前が実名で、大前小前はその美称ともいう。
*波佐の山―所在不明。軽の地の近くの山であろう(軽→183ページ参照)。
*記83―紀には、次の通り。(71)
天飛む　軽嬢子　甚泣かば　人知りぬべみ　幡舎(はさ)の山の　鳩の　下泣きに泣く
*天皇―雄略天皇。
*長谷―万葉・紀では「泊瀬」。今は奈良県桜井市に含まれ、桜井市街の東へ、初瀬川に沿った渓谷の地。雄略即位前紀に「設三壇於泊瀬朝倉一、即天皇位。遂定レ宮焉」とある。
*三重婇―伊勢国の三重郡から貢進された采女。

その盞に浮ける葉を看行《みそな》はして、その婇を打ち伏せ、刀《たち》以ちてその頸《くび》に刺し充《あ》てて、斬らむとしたまひし時に、その婇、天皇に白《まを》して曰ひしく、「吾《あ》が身をな殺したまひそ。白すべき事有り。」といひて、即ち歌ひて曰ひしく、

100
纏向《まきむく》の　日代《ひしろ》の宮は　朝日の　日照る宮　夕日の　日がける宮　竹の根
の　根足《ねだ》る宮　木《こ》の根の　根蔓《ねば》ふ宮　八百土《やほに》よし　い杵築《きづき》の宮　真木栄《さ》
く　檜《ひ》の御門　新嘗屋《にひなへや》に　生ひ立《だ》てる　百足《ももだ》る　槻《つき》が枝《え》は　上《ほ》つ枝《え》は
天《あめ》を覆《お》へり　中つ枝は　東《あづま》を覆へり　下《し》づ枝は　鄙《ひな》を覆へり　上《ほ》つ枝の
枝の末葉《うらば》は　中つ枝に　落ち触らばへ　中つ枝の　枝の末葉は　下《しも》つ枝
に　落ち触らばへ　下《し》づ枝の　枝の末葉は　蚕衣《ありきぬ》の　三重の子が　捧《ささ》が
せる　瑞玉盞《みづたまうき》に　浮きし脂《あぶら》　落ちなづさひ　水《みな》こをろこをろに　こしも
あやに畏《かしこ》し　高光る　日の御子　事の語り言も　こをば

日本書紀歌謡

（允恭天皇）八年春二月、藤原に幸《いでま》す。密《しのび》に衣通《そとほしの》郎姫《いらつめ》の消息《あるかたち》を察《み》たまふ。是《こ》夕《よひ》、衣通郎姫、天皇を恋《しの》ひたてまつりて独り居《はべ》り。それ天皇の臨《い》でませることを知らずして、歌よみして曰《い》はく、

*纏向の日代の宮―景行天皇の皇居。記に「大帯日子淤斯呂和気天皇（景行天皇）、纏向の日代宮に坐して天の下治らしめしき」（98ページ参照）とあり、景行紀、四年十一月の条に「則更都二於纏向一。是謂二日代宮一」とある。桜井市穴師の兵主神社の参道の途中南側に宮址を伝えている。

○日本書紀歌謡―日本書紀に収められている歌謡は一二八首である。その通し番号を記した。なお、本文の訓読は、日本古典文学大系本『日本書紀』によった。

*衣通郎姫―允恭紀、七年十二月の条に、皇后忍坂大中姫の妹、弟姫とあり、「弟姫容姿絶妙無レ比。其艶色徹レ衣而晃之。是以、時人号曰二衣通郎姫一也」とある。天皇は、弟姫が姉皇后の心を思いやって辞退するのを無理に召し、藤原に宮を建てて住まわせた。

65

わが背子が　来べき宵なり　ささがねの　蜘蛛《くも》の行なひ　今宵著《しる》しも

(雄略天皇)六年春二月、壬子の朔《ついたち》の乙卯(四日)、天皇、泊瀬《はつせ》の小野《をの》に遊びたまふ。山野の体勢《なり》を観《みそなは》して、慨然《はげ》みて感《みおもひ》を興して歌よみして曰《のたま》はく、

77

隠国《こもりく》の　泊瀬の山は　出で立ちの　よろしき山　走《わし》り出の　よろしき山
の　隠国の　泊瀬の山は　あやにうら麗《ぐは》し　あやにうら麗し

太子《ひつぎのみこ》、甫《はじ》めて鮪《しび》が曽《いむさき》に影媛《かげひめ》を得たることを知りぬ。悉《ことごとく》に父子《かぞこ》の無敬《ゐやな》き状《かたち》を覚りたまひて、赫然《おもほて》りて大きに怒りたまふ。此の夜、速《すみや》かに大伴金村連《おほとものかなむらのむらじ》の宅《いへ》に向《い》でまして、兵《いくさ》を会《つど》へて計策《はかり》たまふ。大伴連、数千《ちあまり》の兵を将《ゐ》て、路に傲《た》へて、鮪臣《しびのおみ》を乃楽《なら》山に戮《ころ》しつ。一本に云はく、鮪、影媛が舎《いへ》に宿り、即夜《その》戮されぬといふ。この時に、影媛、戮さるる処に逐《お》ひ行きて、是の戮し已《を》へつるを見つ。驚き惶《かしこ》みて失所《こころまどひ》して、悲びの涙目に盈《み》てり。遂に歌を作りて曰はく、

94

石《いす》の上《かみ》　布留《ふる》を過ぎて　薦《こも》枕　高橋過ぎ　物多《さは》に　大宅《おほやけ》過ぎ　春日《はるひ》　春《かす》
日《が》を過ぎ　妻ごもる　小《を》佐保を過ぎ　玉笥《け》には　飯さへ盛り　玉盌《もひ》に
水さへ盛り　泣き沾《そぼ》ち行くも　影媛あはれ

(推古天皇二十一年)十二月、庚午の朔《ついたち》に、皇太子《ひつぎのみこ》、片岡に遊行《い》でます。時に飢ゑたる者《ひと》、道の垂《ほとり》に臥《こや》せり。仍《よ》りて姓名《かばねな》を問ひたまふ。しかるに言《まう》さず。

*泊瀬―179ページ参照。
*泊瀬の山―泊瀬の地の山の総称。
*太子―のちの武烈天皇。
*鮪―大臣平群臣真鳥の子。真鳥の大臣は仁賢天皇崩後、国政をほしいままにして、日本に王たらんとし、驕慢にして臣節が無かったという。その子鮪は、皇太子が求婚した影媛を以前奸していた。
*影媛―大連物部連麁鹿火の娘。
*大伴金村連―室屋の孫。談(かたり)の子。平群真鳥をも討ち、政を太子に返し、武烈天皇即位と共に大連となり、武烈没後は継体天皇擁立の立役者となり、武烈・継体・安閑・宣化・欽明五代に大連として仕えた。
*乃楽山―奈良山。165ページ参照。
*石の上布留―石上(いそのかみ)は、奈良県天理市の石上神宮付近から西方一帯にかけて広く称した地名。布留は同市布留町一帯の地で、広い地名の石上の中に含まれていた。
*高橋―奈良市杏(からもも)町高橋。神名帳に「高橋神社」がある。天理市の北東方に続く地。
*大宅―奈良市白毫寺の地。高円山の西麓。
*春日―奈良市の春日山以西の地。今の奈良市の中心部一帯。
*小佐保―奈良市北部、佐保川北側一帯の地。
*皇太子―聖徳太子。用明天皇の皇子。母は皇后穴穂部間人(はしひと)皇女。名は厩戸皇子。豊聡耳皇子とも。伯母推古天皇即位と共に皇太子として政を執る。冠位十二階・憲法十七条を制定。仏教への帰依深く経典の研究にすぐれた。推古二十九(六二一)年没(三十年と記す文献もある)。四十九歳。
*片岡―『大和志』に「葛下郡片岡、在㆓片岡荘今泉村㆒」とある。今、北葛城郡香芝町今泉。国鉄和歌山線の志都美駅の西方。また、式内社「片岡坐神社」が王子町王子にある。

皇太子、視《み》そなはして飲食《をしもの》与へたまふ。即ち衣裳《みけし》を脱《ぬ》きたまひて、飢ゑたる者に覆ひて言《のたま》はく、「安らに臥《ふ》せれ」とのたまふ。則《すなは》ち歌ひて曰《のたま》はく、

104 しなてる　片岡山に　飯に飢《ゑ》て　臥《こや》せる　その旅人《たひと》あはれ　親無しに　汝《なれ》生《な》りけめや　さす竹の　君はや無き　飯に飢て　臥せる　その旅人あはれ

(大化五年三月)皇太子《ひつぎのみこ》、造媛《みやつこひめ》徂逝《し》ぬと聞きて、愴然傷《い》怛《た》みたまひて、哀泣《かなし》みたまふこと極めて甚《にへさ》なり。ここに、野中川原《のなかのかはらの》史満《ふびとみつ》、進みて歌を奉る。歌ひて曰はく、

113 山川に　鴛鴦《をし》二つ居て　偶《たぐひ》よく　偶へる妹を　誰か率《ゐ》にけむ　其の一

114 本ごとに　花は咲けども　何とかも　愛《うつく》し妹が　また咲き出来《こ》ぬ　其の二

(白雉四年)是歳《ことし》、太子《ひつぎのみこ》、奉《まう》請して曰《まう》さく、「冀《ねが》はくは倭《やまと》の京《みやこ》に遷《うつ》らむ」とまうす。天皇、許したまはず。皇太子、乃《すなは》ち皇祖母尊《すめみおやのみこと》・間人皇后《はしひとのきさき》を奉《ゐてたてまつ》り、并《あは》せて皇弟《すめいろどたち》等を率て、往きて倭の飛鳥河辺行宮《あすかのかはらのかりみや》に居《ま》します。時に、公卿大夫《まへつきみたち》・百官《つかさつかさ》の人等《ども》、皆随《したが》ひて遷る。是に由りて、天皇、恨みて国位《くに》を捨《さ》りたまはむと欲《おもほ》して、宮を山碕に造らしめたまふ。乃ち歌を間人皇后に送りて曰《のたま》はく、

115 鉗着《かなき》け　吾《あ》が飼ふ駒は　引出《で》せず　吾が飼ふ駒を　人見つらむか

*万葉集巻三に、「上宮聖徳皇子、出二遊竹原井一之時、見二竜田山死人一悲傷御作歌一首」がある。
　家にあらば妹が手枕かむ草枕旅に臥せるこの旅人あはれ(四一五)

*大化五年—六四九年。

*皇太子—中大兄皇子。のちの天智天皇。162ページ参照。

*造媛—孝徳朝右大臣蘇我倉山田石川麻呂の娘。遠智娘(おちのいらつめ)とも。中大兄皇子の妃、大田皇女・鸕野皇女(持統天皇)・建皇子(夭逝)の母。父大臣が反逆の誣告によって死せることを悲しみ、嘆きの余り死した。

*野中川原史満—名をマロとも。伝未詳。帰化人の家の出身。

*白雉四年—六五三年。

*太子—中大兄皇子。のちの天智天皇。162ページ参照。

*倭の京に遷らむ—大化元(六四五)年孝徳天皇は難波に都を遷し、白雉二(六五一)年難波長柄豊碕宮が完成した。その都を再び大和へ還そうというのである。

*皇祖母尊—先帝皇極天皇。天智天皇・天武天皇の生母、孝徳天皇の姉。のち重祚して斉明天皇となる。

*間人皇后—孝徳天皇の皇后。間人皇女。舒明天皇と皇極天皇の皇女、天智天皇の同母妹、天武天皇の同母姉にあたる。

*山碕—京都府乙訓郡大山崎町大山崎の地という。

（斉明天皇四年）五月、皇《み》孫《まご》 建王《たけるのみこ》、年《みとし》 八歳《やつ》にして薨《う》せましぬ。今城《いまき》の谷の上に、殯《もがり》を起《た》てて収む。天皇、本より皇孫の有順《みさおか》なるを以て、器《こと》 重《にあが》めたまふ。故《かれ》、不忍哀《あからしび》したまひ、傷《いた》み慟《まど》ひたまふこと極めて甚《にへさ》なり。群臣《まへつきみたち》に詔《みことのり》して曰《のたま》はく、「万歳《よろづとせ》 千秋《ちあき》の後に、要《かなら》ず朕《わ》が陵《みささぎ》に合せ葬《はぶ》れ」とのたまふ。すなはち歌よみして曰《のたま》はく、

116　今城なる　小《を》丘《むれ》が上に　雲だにも　著《しる》くし立たば　何か嘆かむ　其の一

117　射ゆ鹿《し》猪《し》を　認《つな》ぐ川辺の　若草の　若くありきと　吾《あ》が思《も》はなくに　其の二

118　飛鳥川　漲《みなぎ》らひつつ　行く水の　間《あひだ》もなくも　思ほゆるかも　其の三

（斉明天皇四年）冬十月、庚戌の朔の甲子（十五日）、紀温湯《きのゆ》に幸《いでま》す。天皇、皇《み》孫《まご》 建王《たけるのみこ》を憶《おも》ほしいでて、愴《い》爾《た》み悲泣《かなし》びたまふ。乃ち口号《くつうた》して曰はく、

119　山越えて　海渡るとも　おもしろき　今城の中《うち》は　忘らゆましじ　其の一

120　水門《みなと》の　潮《うしほ》の下《くだ》り　海下《うなくだ》り　後《うしろ》も暗《くれ》に　置きてか行かむ　其の二

121　愛《うつく》しき　吾《あ》が若き子を　置きてか行かむ　其の三

（斉明天皇七年）冬十月、癸亥の朔の己巳（七日）、天皇の喪《みも》、帰りて海に就《ゆ》く。ここ

＊斉明天皇四年―六五八年。
＊建王―中大兄皇子の子。母は蘇我倉山田石川麻呂の娘遠智娘（おちのいらつめ）。天智紀、七年二月の条に「唖不レ能レ語」とある。
＊今城―欽明紀、七年七月の条に「倭国今来郡言」、皇極紀、元年に蘇我蝦夷と入鹿のために「預造ニ双墓於今来一」とある。今、吉野郡大淀町に今木の地名があり、御所市古瀬から吉野へ越える道にあたる。今城の谷は古瀬あたりの谷であろうか。
＊朕が陵―斉明天皇越智崗上陵は高市郡高取町車木小字天皇山の丘陵の山頂にある。
＊飛鳥川―飛鳥の南、吉野と境する丘陵から発し、栢森・稲淵を経て、飛鳥の地を貫いて藤原京址を北西方へ斜めに流れ、末は大和川に注ぐ。
＊紀温湯―162ページ参照。
＊斉明天皇七年―六六一年。

に、皇太子《ひつぎのみこ》、一所《ある》に泊《は》てて、天皇を哀慕《しの》ひたてまつりたまふ。乃ち口号《くつうた》して曰《のたま》はく、

123 君が目の　恋《こほ》しきからに　泊てて居て　かくや恋ひむも　君が目を欲《ほ》り

(天智天皇十年)十二月、癸亥の朔の乙丑(三日)、天皇、近江宮《あふみのみや》に崩《かむあが》りましぬ。癸酉(十一日)に、新宮《にひみや》に殯《もがり》す。時に、童謡《わざうた》して曰《い》はく、

126 み吉野《えしの》の　吉野《えしの》の鮎《あゆ》　鮎こそは　島辺も良《え》き　え苦しゑ　水葱《なぎ》の下《もと》　芹《せり》の下　吾《あれ》は苦しゑ　其の一

127 臣《おみ》の子の　八重の紐解く　一重だに　いまだ解かねば　御子の紐解く

其の二

*天皇の喪―斉明天皇は、百済救援の軍の大本営、筑紫の朝倉宮にこの年七月二十四日没した。

*皇太子―中大兄皇子。のちの天智天皇。162ページ参照。

*天智天皇十年―六七一年。

*童謡―人事を諷刺し、時の事変の前兆などを暗にうたう歌。天智天皇の弟大海人皇子(のちの天武天皇、167ページ参照)は、天智の譲位の申し出を辞し、出家して吉野に退いた。天智没後、大海人皇子に同情し期待する世人の諷刺歌である。

風《ふ》土《ど》記《き》

常陸国《ひたちのくに》風土記

筑波《つくは》の郡《こほり》　東は茨城《うばらき》の郡、南は河内の郡、西は毛野《けぬ》河、北は筑波岳《やま》なり。

古老《ふるおきな》のいへらく、筑波の県《あがた》は、古《いにしへ》、紀の国と謂ひき。美万貴《みまき》の天皇のみ世、采女臣《うねめのおみ》の友属筑箪命《ともがらつくはのみこと》を紀の国の国　造《くにのみやつこ》に遣はしき。時に筑箪命いひしく、「身《わ》が名をば国に着けて、後の代に流伝《つた》へしめむと欲《おも》ふ」といひて、すなはち、本の号《な》を改めて、さらに筑波と称《い》ふといへり。国　俗《くにぶり》の説《ことば》に、握　飯《にぎりいひ》筑波の国といふ。（以下は略《はぶ》く）

古老のいへらく、昔、神祖《みおや》の尊《みこと》、諸神《もろがみ》たちのみ処《もと》に巡り行《い》でまして、駿河《するが》の国福慈《ふじ》の岳《やま》に到りまし、卒《つひ》に日暮に遇《あ》ひて、遇宿《やどり》を請欲《こ》ひたまひき。この時、福慈の神答へけらく、「新粟《わせ》の初嘗《にひなへ》して、家内諱忌《やぬちものいみ》せり。今日の間《ほど》は冀《ねが》はくは許し堪《あ》へじ」とまをしき。ここに、神祖の尊、恨み泣きて詈告《の》りたまひけらく、「すなはち汝《いまし》が親ぞ。何ぞ宿さまく欲りせぬ。汝が居《す》める山は、生涯《いき》の極み、冬も夏も雪ふり霜おきて、冷寒重襲《さむさしき》り、人民《ひと》登らず、飲食《おしもの》な奠《まつ》りそ」とのりたまひき。さらに、筑波の岳に登りまして、また客止《やどり》を請ひたまひき。この時、筑波の神答へけらく、「今夜《こよひ》は新粟《にひな》嘗《へ》すれども、敢《あ》へて尊旨《みこと》に奉《つかへまつ》らずはあらじ」とまをしき 。ここに、飲食を設《ま》けて、

○風土記—地方の風土、産物、文化などを記した文書。この場合は文学史上の作品として、和銅六年（七一三）元明天皇の命によって編纂された諸国の風土記をさす。現在、常陸、出雲、播磨、豊後、肥前の諸国のものが成書として完全にあるいは部分的に存在する他は、他書に引用された部分が逸文として存在するのみである。原文は和文脈を交えた漢文体が多い。なお、訓読文は日本古典文学大系本による。

*筑波郡—今の筑波郡北半部から新治郡の西南部にかけての地域。

*茨城の郡—今の東茨城・西茨城両郡の南部と新治郡の大部分。

*河内の郡—今の筑波郡南半分から稲敷郡西部にわたる地域。

*毛野川—今、鬼怒川の東を流れている小貝川をさす。

*紀の国—城柵（き）の国の意。

*美万貴の天皇—崇神天皇。

*友属—同族。

*筑箪命—他に見えない。

*握飯—握り飯が付くの意で「筑波」にかかる枕詞。

*神祖の尊—祖先の神。

*福慈の岳—富士山。

*新粟の初嘗—新穀の祭。粟は脱穀しない稲実。

*諱忌—家にこもって、外来者を近づけず潔斉する。

*許し堪へじ—応じかねる。

敬《ゐや》び拝《をろが》み祇《つつし》み承《つかへまつ》りき。ここに、神祖の尊、歓然《よろこ》びて謌《うた》ひたまひしく、

愛《は》しきかも我《あ》が胤《すゑ》　巍《たか》きかも神宮《かむつみや》　天地《あめつち》と並斉《ひと》しく　日月《ひつき》と共同《とも》に、人民《たみぐさ》集ひ

賀《ほ》ぎ　飲食《みけみき》富豊《ゆたけ》く　代々に絶ゆることなく　日《ひ》に日《け》に弥《いや》栄え　千秋万歳《ちあきよろづよ》に　遊《たの》

楽窮《しみつき》じ

とのりたまひき。ここをもちて、福慈の岳は常に雪ふりて登臨《のぼ》ることを得ず。その筑波の岳は、往集《ゆきつど》ひて歌ひ舞ひ飲《さけの》み喫《ものくら》ふこと、今に至るまで絶えざるなり。（以下は略く）

それ筑波岳は、高く雲に秀《ひい》で、最頂《いただき》は西の峯崢《みねさか》しく嶮《たか》く、雄《を》の神と謂《い》ひて登臨《のぼ》らしめず。唯《ただ》、東の峯は四方《よも》磐石《いはほ》にして、昇り降《くだ》りは峡《けは》しく屹《そばだ》てるも、その側《かたはら》に泉流れて冬も夏も絶えず。坂より東の諸国《くにぐに》の男女《をとこをみな》、春の花の開《ひら》くる時、秋の葉の黄《もみ》づる節《をり》、相携《たづさ》ひ駢闐《つらな》り、飲食を齎賚《もちき》て、騎《うま》にも歩《かち》にも登臨り、遊楽《たの》しみ栖遅《あそ》ぶ。その唱《うた》にいはく、

筑波嶺《つくはね》に　逢はむと　いひし子は　誰《た》が言聞けば　神嶺《かみね》　あすばけむ

筑波嶺に　廬《いほ》りて　妻なしに　我《わ》が寝《ね》む夜ろは　早やも　明けぬかも

詠《うた》へる歌甚《いと》多くして載車《のす》るに勝《た》へず。俗《くにひと》の諺《ことわざ》にいはく、筑波峯《ね》の会《つどひ》に嬥《つまどひ》の財《たから》を

＊西の峯―男体山という。

＊東の峯―女体山という。

＊坂―足柄山。

＊騎にも歩にも―馬ででも徒歩ででも。

＊神嶺あすばけむ―神山の遊びをしたのだろう（私には逢ってくれないのに）。一説に本文を「誰がこと聞けばか、み寝逢はずけむ」として、「逢って寝てくれなかったのだろう」と解する。

＊嬥の財―（男からの）求婚のしるしの贈り物。

得ざれば、児女《むすめ》とせずといへり。

香島郡　東は大海、南は下総と常陸との堺なる安是《あぜ》の湖《みなと》、西は流海《ながれうみ》、北は那賀と香島との堺なる阿多可《あたか》奈《な》の湖なり。

（中略）

その南に童子女《うなゐ》の松原あり。古、年少《わか》き僮子《うなゐ》ありき。俗、加味乃乎止古《かみのをとこ》・加味乃乎止売といふ。男を那賀《なか》の寒田《さむた》の郎子《いらつこ》と称《い》ひ、女を海上《うなかみ》の安是の嬢子《いらつめ》と号《なづ》く。竝《とも》に形容端正《かたちきらきら》しく、郷里《むらざと》に光華《かかや》けり。名声《な》を相聞きて、望念《ねがひ》を同存《おなじ》くし、自愛《つつし》む心滅《うせ》ぬ。月を経《へ》、日を累《かさ》ねて、嬥歌《うたがき》の会《つどひ》俗、宇太我岐《うたがき》といひ、又、加我毗《かがひ》といふ に、邂逅《たまさか》に相遇《あ》へり。時に、郎子歌ひけらく、

いやぜるの　安是の小松に　木綿《ゆふ》垂《し》でて　吾《わ》を振り見ゆも　安是小島《あぜこしま》はも

嬢子、報へ歌ひけらく

潮《うしほ》には　立たむと言へど　汝夫《なせ》の子が　八十島隠《やそしまがく》り　吾を見さ走《ばし》り

すなはち、相語らまく欲《おも》ひ、人の知らむことを恐りて、遊《うたがき》の場《には》より避け、松の下に蔭《かく》りて、手携はり、膝を役《つら》ね、懐《おもひ》を陳《の》べ、憤《いきどほり》を吐く。既に故《ふる》き恋の積れる疹《やまひ》を釈《と》き、また、新しき歓びの頻《しきり》なる咲《ゑまひ》を起こす。時に、玉の露杪《こぬれ》にやどる候《とき》、金《あき》の風丁《かぜきをふきな》す

*香島郡―今の鹿島郡とほぼ同じ地域。
*安是の湖―今の利根川の河口付近。
*流海―今の霞が浦およびそれに接続する利根川一帯。
*阿多可奈の湖―今の那珂川の河口付近。称。
*その南―前文の続きで、「その」は「軽野」をさす。
*童子女の松原―所在未詳。
*僮子―垂髪の少年少女。
*加味乃乎止古―神に奉仕する男。
*那賀の寒田―今の鹿島郡神栖(かみす)村の地。
*海上の安是―前出の安是の湖の地。
*嬥歌―収獲豊饒を予祝するため、一定の日時、場所に男女が集まり、歌い舞い、性を解放する行事。211ページ参照。
*いやぜるの―安是にかかる枕詞。語義未詳。
*木綿―神への幣帛としてこうぞの繊維で作った造花ようのもの。
*吾を振り見ゆも―私に向かって振るのが見えるよ。
*安是小島―安是の嬢子の比喩。
*潮には立たむ―湖の寄せる浜辺に立っていよう。
*八十島隠り吾を見さ走り―たくさんの島(人々)の間に見えなくなってしまった私を見て、(あなたが)走ってくるよ。
*憤―つもっていた恋情。
*杪―梢。

節《とき》なり。皎々《あきら》けき桂月《つき》の照らす処は、唳《な》く鶴《たつ》が西洲《かへるす》なり。颯々《さや》げる松颸《まつかぜ》の吟《うた》ふ処は、度《わた》る雁《かり》が東岵《ゆくやま》なり。山は寂寞《しづ》かにして巌《いはほ》の泉旧《しみづふ》り、夜は蕭条《さび》しくして烟《けぶ》れる霜新《あらた》なり。近き山には、自《おのづか》ら黄葉《もみちば》の林に散る色を覧《み》、遥《はる》けき海には、唯蒼波《あをなみ》の磧《いそ》に激《たぎ》つ声を聴くのみなり。茲宵《こよひ》ここに、楽しみこれより楽しきはなし。偏《ひと》へに語らひの甘き味《あぢはひ》に沈《おぼ》れ、頓《ひたぶる》に夜の開《あ》けむことを忘る。俄かにして、鶏《とり》鳴き、狗《いぬ》吠えて、天暁《そらあ》け、日明《あきら》かなり。ここに、僮子《うなゐ》たち、為むすべを知らず、遂に人の見むことを愧《は》ぢて、松の樹と化成《な》れり。郎子を奈美《なみ》松と謂ひ、嬢子を古津《こつ》松と称《い》ふ。古より名を着けて、今に至るまで改めず。

出雲国《いづものくに》風土記

意宇《おう》の郡

意宇と号くる所以《ゆゑ》は、国引きまししし八束水臣津野命《やつかみづおみつののみこと》、詔《の》りたまひしく、「八雲立つ出雲の国は、狭布《さの》の稚国《わかくに》なるかも。初国《はつくに》小《ち》さく作らせり。故《かれ》、作り縫はな」と詔りたまひて、「栲衾《たくぶすま》、志羅紀《しらき》の三埼《みさき》を、国の余りありやと見れば、国の余りあり」と詔りたまひて、童女《をとめ》の胸鉏《むなすき》取らして、大魚《おふを》のきだ衝《つ》き別《わ》けて、はたすすき穂振り別けて、三身《みつみ》の綱うち挂《か》けて霜黒葛《しもつづら》繰《く》るや繰るやに、河船《かはふね》のもそろもそろに、国来《くにこ》々々

*丁す節—木々を吹きさらす季節。杪候と丁節が対句。このあたりの文は、四六駢儷体で対句が多い。
*頓に—全く。
*奈美松—見るなの松。
*古津松—屑(くず)松。利用できない意。
*意宇の郡—今の松江市、安来市と能義郡の大部分、八束郡の大部分を合わせた地域。
*八束水臣津野命—古事記によれば須佐之男命の四世孫、大国主命の祖父にあたる。しかし本来はそれらとは無関係な、この地域の人々の祖先神であろう。
*八雲立つ—出雲にかかる枕詞。たくさんの雲がわきたって現われるの意。
*狭布—巾のせまい布の意で「稚国」の修飾語。
*栲衾—志羅紀(新羅)にかかる枕詞。たくの布で作った寝具。白色なのでシラキにかかる。
*童女の胸鉏取らして—若い女性の胸のような広幅の鋤をお取りになって。
*きだ衝き別けて—魚のえらを突きさすように土地を突き返して。
*穂振り別けて—土地を鋤で掘り分けて。
*三身の綱—三本の綱。
*霜黒葛—霜のおりたかずらの実。黒いので「くる」にかかる枕詞。
*繰るや繰るやに—たぐりたぐりして。
*もそろもそろに—そろりそろりと。

*去豆―今の島根県平田市小津。
*折絶―海岸の折れ曲った奥の方。湾の最奥部。
*八穂爾―八穂爾は八百土の意で、杵でつきかためるので「杵築」にかかる。
*支豆支の御埼―今の大社町日の御碕。
*加志―杙。
*佐比売山―三瓶山。
*北門―北の出入口。
*薗の長浜―今の神門郡西北部の海岸。
*佐伎の国―今の大社町鷺浦の地か。
*多久―今の八束郡鹿島町講武の地。
*狭田の国―鹿島町佐陀本郷付近。
*農波の国―今の八束郡島根村野波の地。
*宇波―今の松江市の東北端手角(たすみ)の地。
*闇見の国―松江市本庄町新庄のクテミ谷の地。
*高志―北陸地方の古称。
*都々―所在未詳。
*三穂の埼―今の島根県八束郡美穂関町。
*夜見の嶋―今の鳥取県の弓が浜。
*火神岳―今の鳥取県の大山(だいせん)。
*「おゑ」―神が活動を止めて鎮座の状態に入るときに発する語。「おわ」ともいう。

と引き来縫《ぬ》へる国は、去豆《こつ》の折絶《をりたえ》より、八穂爾支豆支《やほにきつき》の御埼なり。かくて、堅め立てし加志《かし》は、石見《いはみ》の国と出雲の国との堺なる、名は佐比売《さひめ》山、是《これ》なり。また、持ち引ける綱は、薗《その》の長浜、是なり。また、「北門《きたど》の佐伎《さき》の国を、国の余ありやと見れば、国の余あり」と詔りたまひて、童女の胸鉏取らして、大魚のきだ衝き別けて、はたすすき穂振り別けて、三身の綱うち挂けて霜黒葛繰るや繰るやに、河船のもそろもそろに、国来々と引き来縫へる国は、多久《たく》の折絶より、狭田《さだ》の国、是なり。また、「北門の農波《ぬなみ》の国を、国の余ありやと見れば、国の余あり」と詔りたまひて、童女の胸鉏取らして、大魚のきだ衝き別けて、はたすすき穂振り別けて、三身の綱うち挂けて、霜黒葛繰るや繰るやに、河船のもそろもそろに、国来々と引き来縫へる国は、宇波《たしみ》の折絶より、闇見《くらみ》の国、是なり。また、「高志《こし》の都都《つつ》の三崎を、国の余ありやと見れば、国の余あり」と詔りたまひて、童女の胸鉏取らして、大魚のきだ衝き別けて、はたすすき穂振り別けて、三身の綱うち挂けて、霜黒葛繰るや繰るやに、河船のもそろもそろに、国来々と引き来縫へる国は、三穂《みほ》の埼なり。持ち引ける綱は、夜見《よみ》の嶋なり。堅め立てし加志《かし》は、伯耆《ははき》の国なる火神岳《ひのかみだけ》、是なり。「今は、国は引き訖《を》へつ」と詔りたまひて、意宇の社《もり》に御杖《みつゑ》衝き立てて「おゑ」と詔りたまひき。故、意宇といふ。謂《い》はゆる意宇の社は、郡家《こほりのみやけ》の東北の辺《ほとり》、田の中にある塾《こやま》、是なり。囲《かく》み八歩《あし》ばかり、その上に一《ひと》もとの茂れるあり。

（中略）

安来《やすき》の郷《さと》 郡家《こほりのみやけ》の東北のかた廿七里一百八十歩なり。神須佐乃烏命《かむすさのをのみこと》、天の壁立《かきたち》廻《めぐ》りましき。その時、此処《ここ》に来まして詔りたまひしく、「吾が御心は、安《やす》平けくなりぬ」と詔りたまひき。故、安来といふ。

すなはち、北の海に毘売埼《ひめさき》あり。飛鳥《あすか》の浄御原《きよみはら》の宮に御宇《あめのしたしろ》しめし天皇《すめらみこと》の御世、甲戌《きのえいぬ》の年七月十三日、語臣《かたりのおみ》猪《ゐ》麻呂の女子《むすめ》、件《くだり》の埼に逍遥《もとほりあそ》びて、邂逅《たまさか》に和爾《わに》に遇《あ》ひ、賊《そこな》はれて皈《かへ》らざりき。その時、父の猪麻呂、賊はれし女子を浜上《はまべ》に斂《をさ》めて、太《いた》く苦憤《うれへいきどほ》り、天に号《さけ》び地に踊《をど》り、行きて吟《さまよ》ひ居て嘆き、昼も夜も辛苦《たしな》みて、斂めし所を避ることなし。かくする間《ほど》に、数日《あまたひ》を経歴《へ》たり。然《しか》して後、慷慨《うれた》む志《こころ》を興し、箭《や》を磨《す》り、鋒《ほこ》を鋭《と》くし、便《たより》の処を撰びて居りて、すなはち、擡《をろが》み訴《うた》へまをしけらく「天神《あまつかみ》千《ち》五百《いほ》万《よろづ》はしら、地祇《くにつかみ》千五百万はしら、并《ならび》に、当国《このくに》に静まり坐す三百九十九社《やしろ》、また海若《わたつみ》たち、大神の和《にき》み魂《たま》は静まりて、荒み魂は皆悉《ことごと》に猪麻呂が乞《こひの》むところに依《よ》り給へ。良《まこと》に神霊《みたま》有らませば、吾《われ》に傷《そこな》はしめ給へ。ここをもて神霊の神たるを知らむ」とまをせり。その時、須臾《しまし》ありて、和爾百余《ももあまり》、静かに一つの和爾を囲繞《かく》みて、徐《おもぶる》に率《ゐ》て依り来て、居《を》る下《もと》に従《つ》きて、進まず退かず、なほ囲繞めるのみな

*郡家―郡役所。
*安来の郷―今の安来市安来町から島田にかけての地。
*天の壁立―国土のはて。
*毘売埼―今の安来市の東北、十神島の対岸の埼。
*飛鳥の浄御原の宮に御宇しめしし天皇―天武天皇。167ページ参照。
*甲戌の年―天武三年（六七四）。
*和爾―さめ（鮫）のこと。
*斂めて―葬って。
*慷慨む―恨む。
*便の所―復讐するのに都合のよい場所。
*三百九十九社―出雲国の神社総数であることが、巻首に記されている。
*海若―海神。
*居る下に従きて―猪麻呂の居る場所から離れずに。

り。その時、鉾を挙げて中央《まなか》なる一つの和爾を刃《さ》して、殺し捕ること已《すで》に訖《を》へぬ。然して後、百余の和爾解散《あら》けき。殺割《さ》けば、女子の一脛《かたはぎ》屠《ほふ》り出でき。よりて、和爾をば殺割《さ》きて串《くし》に挂《か》け、路の垂《ほとり》に立てき。安来の郷の人、語の臣与《あたふ》が父なり。その時より以来、今日に至るまで、六十歳《むそとせ》を経たり。

播磨国《はりまのくに》風土記

神前《かむざき》の郡

右、神前と号《なづ》くる所以《ゆゑ》は、伊和の大神のみ子建石敷命《たけいはしきのみこと》、（山埼《やまさき》の村）神前山に在《いま》す。すなはち、神の在すに因りて名と為し、故、神前の郡といふ。

堲岡《はにをか》の里生野《いくの》、大川内《おほかふち》、湯川《ゆかは》、粟鹿川内《あはかかふち》、波自加《はじか》の村土は下の下なり。堲岡と号くる所以は、昔、大汝命《おほなむちのみこと》と小比古尼命《すくなひこねのみこと》と相争ひて、のりたまひしく、「堲の荷を担《にな》ひて遠く行くと、屎下《くそま》らずして遠く行くと、この二つの事、何《いづ》れか能《よ》く為む」とのりたまひき。大汝命のりたまひしく、「我《あ》は屎下らずして行かむ」とのりたまひき。小比古尼命のりたまひしく、「我は堲の荷を持ちて行かむ」とのりたまひき。かく相争ひて行でましき。数日逕《ひかずへ》て、大汝命のりたまひしく、「我は行きあへず」とのりたまひて、即《やが》て坐《ゐ》て、屎下りたまひき。その時、小比古尼命、咲《わら》ひてのりたまひしく、「然《しか》苦

*語の臣与が父―猪麻呂をさす。
*六十歳を経たり―出雲国風土記選述の年は天平五年（七三三）で、甲戌の年（六七四）から六十年めにあたる。
*神前の郡―今の兵庫県神前郡とほぼ同じ地域。
*伊和の大神―今の兵庫県津名郡一宮町伊和を本拠とした神。大汝命（おおなむちのみこと）と同神化される傾向も見られる。
*山埼の村―今の津名郡福崎町山崎の地。この部分、「神前山」の傍書の本文への誤入。
*神前山―山崎の地の北にある山。
*堲岡の里―今の津名郡市川町から北の市川の流域の地。
*生野…―生野以下波自加の村までの地名は、堲岡の里の標題の下に以下の文で説明を施す地名。
*小比古尼命―大汝命とともに国土経営に当った神。少彦名命。
*堲―粘土。
*行きあへず―行くことにたえられない。
*然苦し―同じく苦しい。

し」とのりたまひて、また、その聖をこの岡に擲《なげう》ちましき。故、聖岡と号く。また、屎下りたまひし時、小竹《ささ》、その屎を弥《はじ》き上げて、衣《みそ》に行《は》ねき。故、波自賀の村と号く。その聖と屎とは、石と成りて今に亡《う》せず。

丹後国風土記（逸文）

丹後《たにはのみちのしり》の国の風土記に曰《い》はく、丹後の国丹波《たには》の郡《こほり》。郡家《こほりのみやけ》の西北の隅の方に比治《ひぢ》の里あり。この里の比治山の頂《いただき》に井あり。その名を真奈井《まなゐ》と云ふ。今は既に沼となれり。この井に天女《あまつをとめ》八人《やたり》降り来て水浴《みかはあ》みき。時に老夫婦《おきなとおみなと》あり。その名を和奈佐《わなさ》の老夫《おきな》・和奈佐の老婦《おみな》と曰《い》ふ。この老等《おきなら》、この井に至りて、竊《ひそ》かに天女一人《ひとり》の衣裳《きもの》を取り蔵《かく》しき。やがて衣裳ある者は皆天に飛び上《あが》りき。ただ、衣裳なき女娘《をとめ》一人留まりて、すなはち身は水に隠して、独《ひとり》懐愧《は》ぢ居りき。ここに、老夫天女に謂《い》ひけらく、「吾《あ》は児《こ》なし。請ふらくは、天女娘《あまつをとめ》、汝《いまし》、児と為りませ」といひき。（天女、答へけらく、「妾独人間《あれひとりひとのよ》に留まりつ。何《なに》ぞ敢へて従はざらむ。請ふらくは衣裳を許したまへ」といひき。老夫、「天女娘、何《いかに》ぞ欺かむと存《おも》ふや」と曰へば、天女の云ひけらく、「凡《すべ》て天人《あめひと》の志《こころばへ》は、信《まこと》を以ちて本《もと》と為す。何ぞ疑心《うたがひ》多くして、衣裳を許さざる」といひき。老夫答へけらく、「疑多く信なきは率土《ひとのよ》の常なり。故《かれ》、この心

*波自賀の村―今の津名郡神崎町福本の初鹿野（はじかの）。

○丹後国風土記（逸文）―今は散逸して、この説話の他には「天の椅立」「浦嶼子」の伝説を断片的に伝えるのみ。この説話は「古事記裏書」「元々集」などが伝えたもの。

*丹波の郡―今の京都府中郡の地。

*比治の里―中郡の西部、峰山村付近の地。

*比治山―峰山村鱒留の菱山。

*真奈井―菱山の比沼麻奈為神社に遺跡地がある。

*和奈佐―地名かと思われるが未詳。

*（天女…許して）―（ ）の部分は後の補入か。

*何ぞ欺かむと存ふや―何とかして私を欺こうと思っているのだろう。

を以ちて、許さじと為《おも》ひしのみ」といひて、遂に許して）すなはち相副へて宅《いへ》に往き、すなはち相住むこと十余歳《とせあまり》なりき。ここに、天女、善く酒を醸《か》み為《つく》りき。一杯《ひとつき》飲めば、吉《よ》く万《よろづ》の病除《い》ゆ。その一坏の直《あたひ》の財《たから》は車に積みて送りき。時に、その家豊かに、土形《ひぢかた》富めりき。故、土形の里と云ひき。こを中間《なかつよ》より今時《いま》に至りて、すなはち比治の里と云ふ。後、老夫《おきな》婦《おみな》等、天女に謂ひけらく、「汝は吾が児にあらず。暫《しまら》く借《かり》に住めるのみ。早く出で去《ゆ》きね」といひき。ここに、天女、天《あめ》を仰ぎて哭慟《なげ》き、地《つち》に俯《うつぶ》して哀吟《かな》しみ、やがて老夫等に謂ひけらく、「妾は私意《わがこころ》から来つるにあらず。こは老夫等が願へるなり。何ぞ猒悪《いと》ふ心を発《おこ》して忽《たちまち》に出だし去《す》つる痛きことを存《おも》ふや」といひき。老夫、増《ますます》発瞋《いか》りて去《ゆ》かむことを願《もと》む。天女、涙を流して、微《すこ》しく門《かど》の外《と》に退き、郷人《さとびと》に謂ひけらく、「久しく人間《ひとのよ》に沈みて天に還ることを得ず。また、親故《したしきもの》もなく、居らむ由《すべ》を知らず。吾《あれ》、何《いか》にせむ、何にせむ」といひて、涙を拭《のご》ひて嗟歎《なげ》き、天を仰ぎて哥《うた》ひしく、

天の原　ふり放け見れば　霞立ち　家路まとひて　行くへ知らずも

遂に退き去きて荒塩《あらしほ》の村に至り、すなはち村人等に謂ひけらく、「老夫老婦の意《こころ》を思へば、我が心、荒塩に異なることなし」といへり。よりて比治の里の荒塩の村と云ふ。また丹波の里の哭木《なきき》の村に至り、槻《つき》の木に拠《よ》りて哭《な》きき。故、哭木の村と云ふ。

*酒を醸み為りき—米をかんで吐き、唾液を混じえて発酵させて酒を作った。

*土形—土地。

*荒塩の村—中郡峰山町久次の地。

*荒塩に異なることなし—海の荒れくるう潮のようだ。

*丹波の里—中郡峰山町の北部、丹波の地。

*哭木の村—峰山町の名木神社が遺称地。

また、竹野《たかの》の郡船木《ふなき》の里の奈具《なぐ》の村に至り、すなはち村人等に謂ひけらく、「此処にして、我が心なぐしく成りぬ。古事《ふること》に平善《たひらけ》きをば奈具志《なぐし》と云ふ。」といひて、すなはちこの村に留まり居りき。こは、謂はゆる竹野の郡の奈具の社に坐す豊宇《とよう》賀《か》能売命《のめのみこと》なり。

*竹野の郡船木の里―今の京都府竹野郡弥栄町船木の地。
*奈具の村―船木付近とされるが所在未詳。
*なぐしくなりぬ―おだやかになった。
*豊宇賀能売命―穀物の女神。

懐 風 藻

〔懐風藻―漢詩集一巻。近江朝から奈良朝天平時代まで、作者六十四人百二十篇の詩を収める。成立は序文によれば、天平勝宝三（七五一）年冬十一月。撰者は未詳。養老期より神亀末年までの長屋王が奈良朝詩壇のパトロンであった。長屋王以前を前期とするが、ここには六朝詩の影響が強く、長屋王時代以後の後期は初唐詩の影響が著しい。なお、本文、訓読文ともに、日本古典文学大系本によった。

懐風藻序

逖《とほ》く前修に聴き、遐《はろか》に載籍を観るに、襲山降蹕《そのみねかうひつ》の世に、橿原建邦の時に、天造草創にして、人文未だ作《おこ》らずありき。神后坎《じんごうかん》を征し、品帝乾《ほんていけん》に乗じたまふに至りて、百済《くだら》入朝して、竜編を馬厩《ばきう》に啓《ひら》き、高麗《こま》上表して、烏冊《うさく》を鳥文に図《あが》く。王仁《わに》始めて蒙を軽島に導き、辰尒《しんに》終《つひ》に教を訳田《をさだ》に敷く。遂に俗《よ》を洙泗《しゆし》の風に漸《すす》め、人を斉魯《せいろ》の学に趨《おもぶ》かしむ。聖徳太子に逮《およ》びて、爵を設《ま》け官を分かち、肇めて礼義《らいぎ》を制《さだ》めたまふ。然《しか》すがに専《もは》らに釈教を崇《たふと》み、未だ篇章に遑《いとま》もなかりき。淡海《あふみの》先帝の命を受けたまふに及至《およ》びて、帝業を恢開《くわいかい》し、皇猷《くわういう》を弘闡《こうせん》したまふ。道は乾坤《けんこん》に格《いた》り、功《いさをし》は宇宙に光《て》れり。既にして以為《おも》ほしけらく、風《ふり》を調《ととの》へ俗《よ》を化《すす》むることは、文より尚《たふと》きことは莫《な》く、徳を潤《ぬ》らし身を光らすことは、孰《いづれ》か学より先ならむと。爰《ここ》に則ち庠《しやう》序を建て、茂《も》才を徴《め》し、五礼《らい》を定め、百度を興したまふ。憲章法則、規模弘遠、夐古《けいこ》より以来《このかた》、未だ有らず。是に三階平煥《へいくわん》、四海殷昌《いんしやう》、旒纊《りうくわう》無為、

*襲山降蹕―日本書紀神代下第九段本文に「天降二於日向襲之高千穂峯一」とある。
*橿原建邦―神武紀に「辛酉年春正月庚辰朔、天皇即二帝位於橿原宮一」とある。
*人文未レ作―文選序に「斯文未レ作…観二乎人文一」とある。
*神后―神功皇后。
*品帝―誉田(ほむた)天皇。すなわち応神天皇。
*百済入朝―応神紀、十五年八月の条に「百済王遣二阿直伎一、貢二良馬二匹一。即養二於軽坂上厩一、…阿直伎亦能読二経典一」とある。
*高麗上表―応神紀二十八年九月の条に「高麗王遣レ使朝貢。因以上レ表」とある。
*王仁―応神紀、十六年二月の条に「王仁来之。則太子菟道稚郎子師之。習二諸典籍於王仁一。莫レ不二通達一」とある。記に和邇吉師。
*軽島―応神記に「品陀和気命、坐二軽嶋之明宮一、治二天下一也」とあり、応神天皇の宮があった。今、奈良県橿原市大軽町付近。
*辰尒―敏達紀元年五月の条に「天皇、執二高麗表疏一、授二於大臣一。…諸史、於二三日内一、皆不レ能レ読。爰有二船史祖王辰尒一、能奉二読釈一。由是、天皇与二大臣一倶為讃美曰、勤乎辰尒。懿哉辰尒。汝若不レ愛二於学一、誰能読解。宜従レ今始、近二侍殿中一」とある。
*訳田―敏達紀五年の条に「遂営二宮於訳語田一。是謂二幸玉宮一」とある。敏達記に他田宮、霊異記・帝王編年記に磐余訳語田宮。
*洙泗の風・斉魯の学―孔子の学。
*礼義―冠位十二階を礼義で代表させた。
*淡海先帝―天智天皇。
*五礼―吉礼(祭祀)、凶礼(喪葬)、賓礼(賓客)、軍礼(軍旅)、嘉礼(冠婚)。
*巌廊―高くけわしい廊下(また、ひさし)。宮殿をさす。

巌廊暇《いとま》多し。旋《しばしば》文学の士《をのこ》を招き、時《よりより》に置醴《ちれい》の遊を開きたまふ。此の際《きは》に当りて、宸翰《しんかん》文を垂らし、賢臣頌を献る。雕《てう》章麗筆、唯に百篇のみに非ず。但し時に乱離を経、悉《ことごと》煨燼《わいじん》に従ふ。言《ここ》に湮《いん》滅を念ひ、軫悼《しんたう》して懐《こころ》を傷ましむ。茲《こ》れ自《よ》り以降《のち》に、詞人間出す。竜潜の王子、雲鶴を風筆に翔《かけ》らせ、鳳翥《ほうしよ》の天皇、月舟を霧《む》渚《しよ》に泛《う》かべたまひ、神納言《しんのなごん》が白髪《はくびん》を悲しび、藤 太政《とうのだいじやう》が玄造を詠める、茂実《もじつ》を前朝に騰《あ》げ、英声を後代に飛ばす。余《われ》薄官の余間《よかん》を以ちて、心を文囿《いう》に遊ばす。古人の遺跡を閲《み》、風月の旧遊を想ふ。音塵眇焉《はるけし》と雖《いへど》も、余翰斯《ここ》に在り。芳題を撫でて遥《はろか》に憶《おも》ひ、涙《なみた》の泫然《なが》るることを覚《し》らず。縟藻《じよくさう》を攀《よ》ぢて遐《はろか》に尋ね、風声の空しく墜《お》ちなむことを惜しむ。遂に乃《すなは》ち魯《ろ》壁《へき》の余《よ》蠹《と》を収め、秦灰《しんくわい》の逸文を綜《す》べたり。遠く淡海《あふみ》より、云《ここ》に平都《へいと》に曁《およ》ぶまで、凡《すべ》て一百二十篇、勒《ろく》して一巻と成す。作者六十四人、具《つぶさ》に姓名を題《しる》し、并《あは》せて爵里を顕《あら》はし、篇首に冠《かがふ》らしむ。余《わ》が此の文を撰ぶ意《こころ》は、将《まさ》に先哲の遺風を忘れずあらむが為なり。故《かれ》懐風を以ちて名づくる云尓《ぞ》。時に天平勝宝三年歳辛卯《はししんばう》に在《やど》る冬十一月なり。

大《おほ》友《とも》皇《のみ》子《こ》

＊乱離—世の乱れ。壬申の乱をさす。
＊竜潜の王子—まだ天子の位につかない王子。大津皇子をさす。
＊雲鶴を風筆に翔らせ—大津皇子の詩「述志」一首。
　天紙風筆画㆓雲鶴　山機霜杼織㆓葉錦㆒
＊鳳翥の天皇—鳳凰の飛び上るような気品の高い天皇。文武天皇をさす。
＊神納言—中納言大神高市麻呂。
＊藤太政—太政大臣藤原史(不比等)。
＊余—編者。
＊薄官—地位の低い、薄給の官史。
＊文囿—文の苑。
＊音塵—ここは故人の消息。
＊余翰—残った詩文。
＊縟藻—美しい詩文。
＊風声—文学的名声。故人の詩文をいう。
＊魯壁の余蠹—魯の国の孔子の遺宅の壁から古文尚書などを得たという故事による。
＊秦灰の逸文—秦の始皇帝が医薬・卜筮・種樹に関する以外の書を集めて焼いたという故事による。
＊平都—平城京。
＊爵里—官名・爵位と郷里。

○大友皇子—伝記に曰わく、「皇太子者、淡海帝之長子也。魁岸奇偉、風範弘深、眼中精耀、顧盼煒燁。唐使劉徳高、見而異曰、此皇子、風骨不㆑似㆓世間人㆒。実非㆓此国之分㆒。…年甫弱冠、拝㆓太政大臣㆒、総㆓百揆㆒以試之。皇子博学多通、有㆓文武材幹㆒。始親㆓万機㆒、群下畏服、莫㆑不㆓粛然㆒。年二十三、立為㆓皇太子㆒。…太子天性明悟、雅愛㆓博古㆒。下㆑筆成㆑章、出㆑言為㆑論。時議者、歎㆓其洪学㆒。未㆑幾文藻日新。会㆓壬申年之乱㆒、天命不㆑遂。時年二十五」という。詩二編。

侍宴

1 皇明光㆓日月㆒
帝徳載㆓天地㆒
三才並泰昌
万国表㆓臣義㆒

宴《うたげ》に侍《じ》す

皇明《くわうめい》日《ひ》月《つき》と光《て》らひ
帝徳天地《あめつち》と載せたまふ
三才並《みな》泰昌《たいしやう》
万国《ばんこく》臣義を表はす

大津《おほつの》皇子《みこ》

臨終

7 金烏臨㆓西舎㆒
鼓声催㆓短命㆒
泉路無㆓賓主㆒
此夕離㆑家向

臨終

金烏《きんう》西舎《せいしや》に臨《て》らひ
鼓声《こせい》短命を催《うなが》す
泉路《せんろ》賓主《ひんしゆ》無し
此の夕《ゆふへ》家を離《さか》りて向かふ

葛《かど》野《のの》王《おほきみ》

遊龍門山

11 命㆑駕遊㆓山水㆒

竜門山に遊ぶ

駕《が》を命《おほ》せて山水に遊び

*皇明光日月、帝徳載天地—「皇明日月を光らし、帝徳天地を載す」「皇明日月よりも光り、帝徳天地に載(え)つ」などと訓む説もある。
*万国表臣義—よろずの国は来貢などして臣下たるの義を表わし示す。
○大津皇子—伝記に曰わく、「皇子者、浄御原帝之長子也。状貌魁梧、器宇峻遠。幼年好㆑学、博覧而能属㆑文。及㆑壮愛㆑武、多力而能撃㆑剣。性頗放蕩、不㆑拘㆓法度㆒、降㆑節礼㆑士。由㆑是人多附託。時有㆓新羅僧行心㆒、解㆓天文卜筮㆒。詔㆓皇子㆒曰、太子骨法、不㆓是人臣之相㆒、以㆑此久在㆓下位㆒、恐不㆑全㆑身。因進㆓逆謀㆒。迷㆓此詿誤㆒、遂図㆓不軌㆒。嗚呼惜哉。蘊㆓彼良才㆒、不㆘以㆓忠孝㆒保㆖身、近㆓此姧豎㆒。卒以㆓戮辱㆒自終。古人慎㆓交遊㆒之意、因以深哉。時年二十四」という。170ページ参照。
*鼓声—鼓は鐘と共に打って時刻を告げるもの。
*泉路—黄泉への道。死出の旅路。
○葛野王—伝記に曰わく、「王子者、淡海帝之孫、大友太子之長子也。母浄御原帝之長女十市内親王。…高市皇子薨後、皇太后引㆓王公卿士於禁中㆒、謀㆑立㆓日嗣㆒。時群臣各挟㆓私好㆒、衆議紛紜。王子進奏曰、我国家為㆑法也、神代以来、子孫相承、以襲㆓天位㆒。若兄弟相及、則乱従㆑此興。仰論㆓天心㆒、誰能敢測。然以㆓人事㆒推之、聖嗣自然定矣。此外誰敢間然乎。弓削皇子在㆑座、欲㆑有㆑言。王子叱之、乃止。皇太后嘉㆓其一言定㆒㆑国。特閲授㆓正四位㆒、拝㆓式部卿㆒。時年三十七」という。詩二篇。
*竜門山—奈良県吉野郡吉野町上市の東北方にある竜門岳。ここから真南に下れば吉野離宮のあった宮滝である。

長忘冠冕情　長く忘る冠冕《くわんべん》の情
安得㆓王喬道㆒　安《いづく》にか王喬《わうけう》が道を得て
控㆑鶴入㆓蓬瀛㆒　鶴《たづ》を控《ひ》きて蓬瀛《ほうえい》に入らむ

文《もん》武《む》天《てん》皇《わう》

詠月　月を詠む

月舟移㆓霧渚㆒　月舟《げつしう》霧《む》渚《しよ》に移り
楓槭泛㆓霞浜㆒　楓槭《ふうしゆく》霞《か》浜《ひん》に泛《う》かぶ
台上澄㆓流耀㆒　台上流耀《りうえう》澄み
酒中沈㆓去輪㆒　酒中去輪《きよりん》沈む
水下斜陰砕　水下《くだ》りて斜陰砕け
樹除秋光新　樹除《このはち》りて秋光新《あらた》し
独以㆓星間鏡㆒　独り星間の鏡を以ちて
還浮㆓雲漢津㆒　還《さら》に雲漢の津《わたり》に浮かぶ

大神《おほみわの》朝臣《あそみ》高市《たけち》麻呂《まろ》

*冠冕—大夫以上のつける冠。高位高官の人をいう。
*得王喬道—周の王子喬のような仙人の術を体得して。
*蓬瀛—蓬萊と瀛州。仙人の住むという海中の山。

○文武天皇—懐風藻に詩三篇。179ページ参照。

*月舟—月を舟にたとえた。
*楓槭—桂の木で作った櫂(かい)。月のこと。
*台上—楼上。
*流耀—流れる月の光。
*去輪—動き行く月の輪。
*斜陰—水に斜めに映る月の光。
*秋光—秋の月光。

○大神高市麻呂—旧姓は三輪。壬申の乱に功あり。持統六(六九二)年伊勢行幸を官を賭して諫止したが、入れられず、野に下る。時に中納言であった。大宝二(七〇二)年従四位上長門守、同三年左京大夫。慶雲三(七〇六)年二月没。五十歳。贈従三位。詩一篇。

18

従駕応詔

臥レ病已白髪
意謂入二黄塵一
不期逐二恩詔一
従レ駕上林春
松巌鳴泉落
竹浦笑花新
臣是先進輩
濫陪後車賓

駕に従ふ、応詔

病に臥《ふ》して已《すで》に白髪《しらが》
意《こころ》に謂《おも》へらく黄塵《よみぢ》に入らむと
不期《おもはぬ》に恩詔を逐《お》ひ
駕《が》に従ふ上林《じやうりん》の春
松巌鳴泉《しようがんめいせん》落ち
竹浦笑花《ちくほせうくわ》新《あらた》し
臣は是れ先進の輩《ともがら》
濫《みだ》りて陪《はべ》る後車の賓《まらひと》

*黄塵—ここは黄泉の塵。
*上林—漢の禁苑、上林苑から、天子の御苑。
*先進の輩—素朴な野人。
*後車—天子の後に従う従者の車。

釈《しやく》　弁《べん》　正《しやう》

○釈弁正—伝記に曰わく、「弁正法師者、俗姓秦氏。性滑稽、善二談論一。少年出家、頗洪二玄学一。太宝年中、遣二学唐国一。時遇二李隆基竜潜之日一。以レ善二囲棊一、屢見二賞遇一。有二子朝慶朝元一。法師及慶在レ唐死。元帰二本朝一、仕至二大夫一。天平年中、拝二入唐判官一。到二大唐一見二天子一。天子以二其父故一、特優詔厚賞賜。還二至本朝一尋卒」という。詩二篇。

27

在唐憶本郷

日辺瞻二日本一
雲裏望二雲端一
遠遊労二遠国一
長恨苦二長安一

唐《もろこし》に在りて本郷《もとつくに》を憶《おも》ふ

日辺《につぺん》日本を瞻《み》
雲裏《うんり》雲端《うんたん》を望む
遠遊遠国に労《いたつ》き
長恨《ちやうこん》長安に苦しぶ

*日辺—日の出るあたりに。

藤原《ふぢはら》朝臣《のあそみ》史《ふひと》

29

元日応詔

正朝観㆓万国㆒
元日臨㆓兆民㆒
斉㆑政敷㆓玄造㆒
撫㆑機御㆓紫宸㆒
年華已非㆑故
淑気亦惟新
鮮雲秀㆓五彩㆒
麗景耀㆓三春㆒
済済周行士
穆穆我朝人
感㆑徳遊㆓天沢㆒
飲㆑和惟㆓聖塵㆒

元日、応詔

正朝《せいてう》万国《ばんこく》を観《め》し
元日兆民に臨む
政《せい》を斉《とと》へて玄造《げんざう》を敷き
機《き》を撫《な》でて紫宸《ししん》に御《いでま》す
年華已《すで》に故《ふる》きに非《あら》ず
淑気《しゆくき》も亦惟《こ》れ新《あらた》し
鮮雲五彩に秀《ひ》で
麗景三春に耀《かかや》く
済《せい》々周行《しうかう》の士《をのこ》
穆《ぼく》々我が朝の人
徳に感《かま》けて天沢《てんたく》に遊び
和を飲みて聖塵《せいぢん》を惟《おも》ふ

○藤原史―不比等とも。鎌足の第二子。文武四(七〇〇)年律令撰定にあたる。大宝元(七〇一)年正三位。和銅元(七〇八)年正二位、右大臣。養老四(七二〇)年八月没。年六十三歳。正一位太政大臣を追贈された。男の子は武智麻呂・房前・宇合・麻呂。女の子は、宮子は文武天皇の夫人となり聖武天皇を生み、光明子は聖武の皇后となる。ために外戚として栄えた。詩五篇。

*正朝―元日。

*斉政―文選、陸士衡の詩に「奄斉㆓七政㆒」とあり、李善注に「七政、日月五星各異㆑政也」とある。天文をととのえることは天子の政治の意。

*撫機―「機」は北斗星。これを手にすることは天子の政治の意。

*周行士―周の朝廷に列する官人たち。

*感徳―天子の仁徳に感じること。

*飲和―天子のいつくしみという水を飲む、めぐみを受けること。

○大伴旅人―懐風藻に詩一篇。198ページ参照。

大伴《おほとも》宿禰《のすくね》旅人《たびと》

44
初春侍宴
寛政情既遠
迪古道惟新
穆穆四門客
済済三徳人
梅雪乱㆓残岸㆒
煙霞接㆓早春㆒
共遊聖主沢
同賀撃壌仁

初春宴《うたげ》に侍す
寛政の情《こころ》既に遠く
迪古《てきこ》の道惟《こ》れ新《あらた》し
穆《ぼく》々四門の客《まらひと》
済《せい》々三徳の人
梅雪残岸に乱れ
煙霞早春に接《つらら》く
共に遊ぶ聖主の沢《たく》
同《とも》に賀《ほ》く撃壌の仁

中臣朝臣人足《なかとみのあそみひとたり》

45
遊吉野宮
惟山且惟水
能智亦能仁
万代無㆑埃所
一朝逢㆑柘民

吉野宮《よしののかりみや》に遊ぶ
惟《こ》れ山にして且《また》惟れ水
能《よ》く智にして亦能く仁
万代埃《ちり》無き所にして
一朝柘《つみ》に逢ひし民あり

*既遠—すでに遠い昔から続いている。
*三徳—①正直・剛克・柔克(尚書)、②至徳・敏徳・孝徳(周礼)、③天徳・地徳・人徳(大戴礼)、④和・仁・勇(中庸)などあり。
*撃壌—堯帝の仁政をたたえて、芸文類聚に「天下大和、百姓無事、有㆓五十老人㆒、撃㆓壌於道㆒、観者嘆曰、大哉帝之徳也、老人曰、吾日出而作、日入而息…帝何力有㆑於㆑我哉」とある。
○中臣人足—生没年未詳。慶雲四(七〇七)年従五位下。翌和銅元年造平城宮司次官。のち累進して左中弁兼神祇伯。五十歳で没。詩二篇。
*惟山具惟水、能智亦能仁—論語、雍也の「子曰、智者楽㆑水、仁者楽㆑山」による。
*一朝逢柘民—吉野川のほとりに住む美稲(うましね)が柘(つみ)の枝の化身の柘枝媛に逢って相通じたという伝説による。

*方丈―史記、秦始皇本紀に「海中有ニ三神山一、名曰ニ蓬萊方丈瀛州一、僊人居レ之」とある。
*桃源賓―陶淵明の桃花源記に見える故事による。

風波転入レ曲
魚鳥共成レ倫
此地即方丈
誰説桃源賓

風波転《いよよ》曲《しらべ》に入り
魚鳥共に倫《とも》を成す
此れの地《ところ》は即ち方丈
誰か説《い》はむ桃源の賓《ひん》

69

長《なが》屋《やの》王《おほきみ》

〇長屋王―天武天皇の皇孫。高市皇子の子。母は御名部皇女。慶雲元(七〇四)年正四位上。宮内卿・式部卿・大納言を経て養老二(七一八)年右大臣。神亀元(七二四)年左大臣。同六年二月、藤原氏の讒言にあって、自尽した。五十四歳(尊卑文脈には四十六歳)。漢詩文を好み、佐保の邸宅でしばしば詩宴を開き、新羅の使を招いたりもした。詩三篇。万葉集に短歌五首。
*作宝楼―長屋王の佐保の邸宅。
*金谷―晋の石崇の別荘のあった所。
*積草―積草池。長安の離宮の池の名。
*嶺高闇雲路、魚驚乱藻浜―「嶺は高くして雲路に闇く、魚は驚きて藻浜に乱る」とも訓める。

初春於作宝楼置酒

景麗金谷室
年開積草春
松烟双吐レ翠
桜柳分含レ新
嶺高闇雲路
魚驚乱藻浜
激泉移ニ舞袖一
流声韵ニ松筠一

初春、作《さ》宝《ほ》楼《ろう》にして置《ち》酒《しゆ》す

景《かげ》は麗《うるは》し金谷《きんこく》の室《むろ》
年は開く積草《せきさう》の春
松烟《しょうえん》双《なら》びて翠《みどり》を吐き
桜柳《あうりう》分きて新《あらた》しきことを含《ふふ》む
嶺《みね》は高し闇雲《あんうん》の路
魚は驚く乱藻《らんさう》の浜
激泉に舞《ぶ》袖《しう》を移せば
流声松筠《ゐん》に韵《ひび》く

安倍朝臣広庭《あべのあそみひろには》

秋日於長王宅宴新羅客

秋日長王が宅《いへ》にして新羅の客を宴す

71 山牖臨㆓幽谷㆒
松林対㆓晩流㆒
宴庭招㆓遠使㆒
離席開㆓文遊㆒
蟬息涼風暮
雁飛明月秋
傾㆓斯浮菊酒㆒
願慰㆓転蓬憂㆒

山牖《さんいう》幽谷に臨み
松林《しょうりん》晩流に対《む》かふ
宴庭遠使を招《を》き
離席文遊を開く
蟬《せみ》は息《や》む涼風の暮
雁は飛ぶ明月の秋
斯《こ》れの浮菊《ふきく》の酒を傾ぶけて
願はくは転蓬《てんぽう》の憂を慰めむ

藤原朝臣総前《ふぢはらのあそみふささき》

侍宴

宴に侍す

87 聖教越㆓千禩㆒
英声満㆓九垠㆒
無為自無事

聖教千禩《し》を越え
英声九垠《ぎん》に満つ
無為にして自《おのづか》らに無事

○安倍広庭―御主人(みうし)の子。慶雲元(七〇四)年従五位上。伊勢守・宮内卿・左大弁を経て、参議、知河内和泉事を兼ねる。神亀四(七二七)年中納言。天平四(七三二)年二月没。七十四歳。詩二篇。万葉集に短歌四首。

*長王宅―長屋王の佐保の邸宅。

*山牖―山の家の格子窓。

*晩流―秋の夕べの水の流れ。

*離席―別離(送別)の宴席。

*浮菊酒―菊の花を浮かせた酒。

*転蓬―文選、曹子建の詩に「転蓬離㆓本根㆒、飄颻随㆓長風㆒」とある。

○藤原総前―房前とも。不比等の第二子。藤原北家の祖。慶雲二(七〇五)年従五位下。中務卿・中衛大将・東海東山二道節度使を歴任、天平九(七三七)年四月参議民部卿正三位で没。五十七歳。詩三篇。万葉集に短歌一首。

垂拱勿二労塵一　垂拱《すゐきよう》して労塵勿《な》し
斜暉照レ蘭麗　斜暉《き》蘭を照らして麗《うるは》しく
和風扇レ物新　和風物を扇《あふ》ぎて新《あらた》し
花樹開二一嶺　花樹一嶺に開き
糸柳飄二三春一　糸柳《しりう》三春に飄《ひるが》へる
錯謬殷湯網　錯謬《さくびう》殷湯《いんたう》の網
繽紛周池蘋　繽紛《ひんぷんしうち》周池の蘋《みくさ》
鼓枻遊二南浦一　枻《ふなだな》を鼓《う》ちて南浦に遊《ぼ》び
肆レ筵楽二東浜一　筵《むしろ》を肆《の》べて東浜《ひん》に楽しぶ

藤原朝臣宇合《ふぢはらのあそみうまかひ》

秋日於左僕射長王宅宴　秋日左僕射《さぼくや》長王が宅《いへ》にして宴《うたげ》す

90 帝里烟雲乗二季月一　帝里《ていり》の烟雲季月《えんうんきげつ》に乗り
王家山水送二秋光一　王家《わうか》の山水秋光を送る
霑レ蘭白露未レ催レ臭　蘭を霑《ぬ》らす白露《はくろ》未だ臭《か》を催《うなが》さね
泛レ菊丹霞自有レ芳　菊を泛《う》かべる丹霞《たんか》自らに芳《にほひ》有り

*垂拱勿労塵―漢書、董仲舒伝に「垂拱無為、而天下太平」とある。

*一嶺―嶺いっぱいに。

*錯謬殷湯網―殷湯の網は、殷の湯王が三方の禽獣網を取り除いてわが網に入れといった至徳の政治の故事をいう。「錯謬」云々は、宮廷の庭に禽獣が飛び乱れ駆けめぐっているさまをいう。

*周池―周の宮廷の池。

*南浦・東浜―楚辞、河伯に「子交レ手兮東行、送二美人兮南浦一」とある。また、周の太公望が紂を避けて東海の浜に居た故事もある。

○藤原宇合―懐風藻に詩六篇。213ページ参照。

*左僕射―左大臣。「僕射」は宰相。

*季月―各季節の終りの月。秋の季月は九月。

石壁蘿衣猶自短
山扉松蓋埋然長
遨遊已得レ攀二龍鳳一
大隠何用覓二仙場一

石壁《せきへき》の蘿衣《らい》猶《なほ》自し短く
山扉《さんぴ》の松 蓋《しようがい》埋《こも》りて然《しか》も長し
遨遊《がういう》已《すで》に竜 鳳《りようほう》に攀《よ》づることを得たり
大隠《たいいん》何ぞ用ゐむ仙場を覓《もと》むることを

石上《いそのかみの》朝臣《あそみ》乙麻呂《おとまろ》

116

贈掾公之遷任入京

余含南裔怨
君詠北征詩
詩興哀二秋節一
傷哉槐樹衰
弾レ琴顧二落景一
歩レ月誰逢稀
相望天垂別
分後莫二長違一

掾《じよう》の公《きみ》が遷任して京《みやこ》に入らむとするに贈る
余《われ》は含《ふふ》む南裔の怨《うらみ》
君は詠《うた》ふ北征の詩《うた》
詩興秋節を哀《あはれ》ぶ
傷《いた》きかも槐樹《くわいじゆ》の衰ふることは
琴を弾きて落景を顧み
月に歩みて誰にか逢ふことの稀《まれ》らなる
相望みて天垂《てんすゐ》に別る
分れて後に長《とこしへ》に違《たが》ふこと莫《なか》れ

*石壁蘿衣—石垣にからまるつたかずらを衣にたとえたもの。
*山扉松蓋—山荘の門の扉の上にかぶさるように茂る松の枝。
*攀竜鳳—竜や鳳凰にとりすがること。貴人のそば近くに侍ること。
*大隠—文選、王康琚の詩に「小隠隠二陵藪一、大隠隠二朝市一」とある。真の隠者。
〇石上乙麻呂—伝記に曰わく、「石上中納言者、左大臣第三子也。地望清華、人材穎秀、雍容閒雅、甚善二風儀一。雖レ勗二志典墳一、亦頗愛二篇翰一。嘗有二朝譴一、飄二寓南荒一。臨レ淵吟レ沢、写二心文藻一。遂有二銜悲藻両巻一。今伝二於世一。…其後授二従三位中納言一。自レ登二台位一、風采日新。芳猷雖レ遠、遺列蕩然。時年若干」という。父は石上麻呂。神亀元(七二四)従五位下。天平十(七三八)年従四位下左大弁。翌十一年藤原宇合の未亡人久米若売と通じた罪で土佐国に流された。同十三年頃許され、常陸守・右大弁を経て、天平勝宝二(七五〇)年従三位中納言兼中務卿で没。詩四篇。
*南裔怨—南国土佐の辺地に流寓する怨。
*天垂—天の果て。天涯。

万葉集

〇万葉集—二十巻。成立・編者ともに未詳。ほとんど各巻は、分類・配列・用字など不統一で、一時期に一つの編纂方針でまとめたものではない。それらを全体的に整理したのは大伴家持であろう。そして最終的にまとめられたのは宝亀から延暦にかけての時期(七七〇～七八五年)と推定される。歌数は四五三六首。短歌四二〇七、長歌二六五、旋頭歌六二、仏足石歌体一、連歌一。他に漢詩文がある。その約半分が作者未詳歌である。作者の明記されたうち最古のものは仁徳朝の磐姫皇后作と伝える歌であるが、推古朝までは伝承の時代。万葉時代は舒明朝（六二九～六四一年）からとする。最も新しいものは天平宝字三(七五九)年正月の大伴家持の歌。その間約一三〇年。これを四期に区分する。

第一期

雄《いう》略《りやく》天《てん》皇《わう》

天皇《すめらみこと》の御製歌《おほみうた》

1
籠《こ》もよ　み籠持ち　ふくしもよ　みぶくし持ち　この岡に　菜摘ます児
家告らせ　名告らさね　そらみつ　大和の国は　おしなべて　われこそ
居れ　しきなべて　われこそ坐《ま》せ　われこそは　告らめ　家をも名をも
（巻一）

舒《じよ》明《めい》天《てん》皇《わう》

〇第一期—舒明天皇即位の年から壬申の乱まで四十四年間。大化改新以来、中大兄皇子すなわち天智天皇による中央集権の古代国家建設のたくましい力が、歌においても皇室を中心とするこの期の特徴となって現われた。歌は、古代の歌謡から生まれて来たばかりの素朴でいかにも健康なすがすがしい味わいを持っている。この時代に先だつ伝承の時代からは、雄略天皇の歌をここに収録した。

〇雄略天皇—第二十一代。名は大泊瀬命、大長谷若建命。允恭天皇第五皇子。母は皇后忍坂大中姫命。記・紀にこの天皇をめぐる説話歌謡が多い。「倭の五王」の一人武に擬せられる。倭王武は四七八年宋に遣使上表、四七九年斉と、五〇二年梁と交渉を持っている。紀によれば四五六年泊瀬の朝倉宮に即位、在位二十三年、四七九年八月没。歌は長歌一首、短歌一首(舒明作の異伝)。

*家告らせ名告らさね—原文「家吉閑名告紗根」。イヘキカナ　ノラサネ、イヘキカナナノラサネ、またイヘノラヘとも訓む。

*われとそは—原文「我許背歯」。ワレニコソハ、ワニコソハなどニを補って訓む説がある。

〇舒明天皇—第三十四代。名は田村皇子。敏達天皇の孫。押坂彦人大兄皇子の皇子。推古天皇の没後、蘇我蝦夷に推されて即位。皇居は飛鳥の高市岡本宮。皇后宝皇女（皇極・斉明天皇）に中大兄皇子（天智天皇）・大海人皇女(はしひとのひめみこ)(孝徳皇后)・大海人皇子（天武天皇）があり、夫人蘇我馬子の娘法提郎媛(ほてのいらつめ)に古人大兄皇子がある。在位十三年、六四一年十月没。四十九歳。歌数二、長歌一・短歌一。

天皇《すめらみこと》香具山に登りて望国《くにみ》したまふ時の御製歌《おほみうた》

2 大和には　群《むら》山あれど　とりよろふ　天《あめ》の香具山　登り立ち　国見をすれば　国原《くにはら》は　煙《けぶり》立ち立つ　海原《うなはら》は　かまめ立ち立つ　うまし国そ　あきづ島　大和の国は　（巻一）

岡本天皇《をかもとのすめらみこと》の御製歌一首

1511 夕されば小倉《をぐら》の山に鳴く鹿は今夜《こよひ》は鳴かず寝《い》ねにけらしも　（巻八）

中《なかつ》皇命《すめらみこと》

天皇《すめらみこと》、内野《うちの》に遊猟《みかり》したまふ時に、中皇命の間人連《はしひとのむらじ》老《おゆ》に献らしむる歌

3 やすみしし　わが大君の　朝《あした》には　取り撫《な》でたまひ　夕《ゆふべ》には　い倚《よ》り立たしし　御執《みと》らしの　梓《あづさ》の弓の　金弭《かなはず》の　音すなり　朝狩に　今立たすらし　夕狩に　今立たすらし　御執らしの　梓の弓の　金弭の　音すなり　（巻一）

反歌

4 たまきはる宇智《うち》の大野に馬並《な》めて朝踏ますらむその草深野　（巻一）

*香具山—奈良県橿原市の東部、桜井市との境にある。畝傍山・耳成山と共に大和三山の一。平野を前に深山を後に控えた地形が天から神の里に降る足がかりと考えるに適し、古代から祭祀の場として利用され、天から降って来た山と言い伝えられて、天ノ香具山とよばれる。高さ一四七メートル。

*とりよろふ—意味不明。草木が生い茂って美しくとり装う意、円満具足の意、都に近く寄りそう意、群山を周囲にめぐらし身を固めている意などの解が考えられる。

*小倉の山—飛鳥地方の東に連なる山及びその付近の山の一つであろう。諸説がある。

〇中皇命—間人皇女(はしひとのひめみこ)。舒明天皇の皇女。母は皇極・斉明天皇。天智天皇の妹、天武天皇の姉。大化元(六四五)年叔父孝徳天皇の皇后となる。天智四(六六五)年二月没。なお、中皇命は斉明天皇とする説もあるが、「皇命」を「天皇」と同義にし難いこと、巻一・一〇〜一二の左注はむしろ斉明でないことを示していること、また巻一の三、四の歌を献らしめた間人老との関係などから、この説は採らない。歌数五、長歌一・短歌四。

*内野—奈良県宇智郡の野。今は郡内の全町村が五条市に併合された。

*間人連老—伝未詳。孝徳紀白雉五(六五四)年二月の条に遣唐使判官として見える「小乙下中臣間人連老」と同一人か。

*献らしむる歌—中皇命の作で間人老が献上の使をしたとする説、老の作とする説、中皇命の作を老が修正したとする説がある。

*金弭—原文「奈加弭」で、中弭・長弭・鳴(奈利)弭とする説があるが、いずれも疑問がある。

中皇命の、紀の温泉《ゆ》に往《いでま》しし時の御歌　〈三首中の二首〉

10 君が代もわが代も知るや磐代《いはしろ》の岡の草根をいざ結びてな　（巻一）

11 わが背子《せこ》は仮廬《かりほ》作らす草《かや》無くは小松が下の草《かや》を刈らさね　（巻一）

右は、山上憶良大夫《やまのうへのおくらのまへつきみ》の類聚歌林《るいじゆかりん》を検《かむが》ふるに曰はく、天皇の御製歌《おほみうた》云々。

有《あり》間《まの》皇《み》子《こ》

有間皇子の、自ら傷《いた》みて松が枝《え》を結ぶ歌二首

141 磐代の浜松が枝を引き結びま幸《さき》くあらばまた還り見む　（巻二）

142 家にあれば笥《け》に盛る飯を草枕旅にしあれば椎《しひ》の葉に盛る　（巻二）

天《てん》智《ち》天《てん》皇《わう》

中大兄《なかのおほえ》 近江宮御宇天皇《あふみのみやにあめのしたしらしめししすめらみこと》の三山の歌

13 香具山は　畝火《うねび》を愛《を》しと　耳梨《みみなし》と　相あらそひき　神代より　かくにあるらし　古《いにしへ》も　然《しか》にあれこそ　うつせみも　妻を　あらそふらしき　（巻一）

*紀の温泉—和歌山県西牟婁(にしむろ)郡白浜町の湯崎温泉の崎の湯がそれという。
*磐代—和歌山県日高郡南部(みなべ)町岩代。
*類聚歌林—山上憶良が編纂した歌集。集中この書からの引用が九ケ所ある。古歌を分類し、作歌事情なども注記されていたものらしいが、今に伝わらない。
○有間皇子—孝徳天皇の皇子。母は阿倍倉梯麻呂の娘、小足媛(おたらしひめ)。斉明四（六五八）年十一月、反逆を企てて捕えられ、天皇行幸先の紀伊国牟婁温湯(むろのゆ)に連行、尋問された後、藤白坂(和歌山県海南市)で絞首された。時に十九歳。歌数、短歌二。
○天智天皇—第三十八代。名は葛城皇子、中大兄皇子とも。舒明天皇の皇子。母は皇極(斉明)天皇。天武天皇の同母兄。皇極四(六四五)年蘇我入鹿を討ち、大化改新を断行した。孝徳・斉明二代の皇太子として実権をふるい、斉明天皇没後も皇太子のまま称制、六六七年三月近江遷都、翌年正月即位。皇権を確立させ、律令制国家を推進した。六七一年十二月没。四十六歳。（五十八歳説も）。歌数四、長歌一・短歌三。
*近江宮—大津宮。大津市錦織に宮跡らしい遺構が発見され、発掘が進められている。
*香具山—161ページ参照。
*畝火—畝傍山。奈良県橿原市（旧高市郡畝傍町）にある。高さ一九九メートル。
*愛しと—原文「雄男志等」で、雄々シトであるとする説がある。愛シは集中例がないが惜しと同源の語と考えられる。ヲヲシの解釈によって、男山二山の争い、女山二山の争い、女山である香具山と男山である耳成山とのあらそいとの三説に分れる。
*耳梨—耳成山。橿原市(旧磯城郡耳成村)の北部にある。高さ一三九メートル。

反歌

14 香具山と耳梨山とあひし時立ちて見に来《こ》し印南国原《いなみくにはら》 (巻一)

15 わたつみの豊旗雲に入日見し今夜《こよひ》の月夜《つくよ》さやに照りこそ (巻一)

右の一首の歌は、今案《かむが》ふるに反歌に似ず。但し、旧本この歌を以ちて反歌に載す。故に、今も猶この次《つぎて》に載す。また紀に曰はく、天豊財重日《あめとよたからいかしひ》足姫天皇《たらしひめのすめらみこと》の先の四年乙巳、天皇を立てて皇太子《ひつぎのみこ》としたまふといへり。

天皇の、鏡王女《かがみのおほきみ》に賜ふ御歌一首

91 妹が家《いへ》も継ぎて見ましを大和なる大島の嶺《ね》に家もあらましを (巻二)

(一に云ふ、妹があたり継ぎても見むに)(一に云ふ、家居らましを)

額《ぬか》田《たの》王《おほきみ》

額田王の歌 未詳

7 秋の野のみ草刈り葺き宿れりし宇治の宮処《みやこ》の仮廬《かりいほ》し思ほゆ (巻一)

右は、山上憶良大夫の類聚歌林を検ふるに曰はく、一書に、戊申の年、比良《ひら》の宮に幸《いでま》すときの大御歌といへり。但し、紀に曰はく、五年の春正

*印南国原—今、兵庫県印南郡があるが、古い印南野はそれより更に東、今の加古川市、加古郡、明石市にかけての野。

*見し—原文「弥之」(元暦校本・類聚古集)、「祢之」(西本願寺本他)とある。

*さやに照りこそ—原文「清明己曽」。「清明」は難訓でいまだ定訓を見ない。主な訓は、①アキラケクコソ(考・略解・攷証・講義・私注など)、②マサヤケクコソ(千樫・赤彦)、③マサヤカニコソ(沢瀉)、④キヨクテリコソ(古義)、⑤サヤニテリコソ(佐佐木選釈・大系)、⑥サヤケカリコソ(森本治吉・塙本)。①〜③のコソは係助詞で下に述部が省略。④〜⑥のコソは願望の助詞。

*天豊財重日足姫天皇の先の四年—皇極天皇四(六四五)年。

*鏡王女—従来額田王の姉とされて来たが、近年その墓が舒明陵の域内にあることから、舒明の皇女か皇妹か、または皇孫かと言われる。初め天智天皇に愛されたが、のち藤原鎌足の正室となる。天武十二(六八三)年七月没。

*大島の嶺—所在未詳。近江大津宮から大和の山は見えようはずがないので、難波宮にあっての作と考え、生駒葛城の連山の中の一峯とすべきであろう。竜田山説、高安山説、信貴山説等がある。

○額田王—次ページ参照

*宇治の宮処—京都府宇治市。大和から近江方面への交通路に当る。行幸の途中、仮の宮を造ったのである。

*類聚歌林—162ページ参照。

*戊申の年—大化四(六四八)年。

*比良—滋賀郡志賀町大字木戸から北へ、北小松にかけての地。宮址は不明。

*五年—斉明天皇五(六五九)年。

月、己卯の朔《ついたち》の辛巳、天皇《すめらみこと》、紀の温湯《ゆ》より至りたまふ。三月、戊寅の朔に、天皇、吉野宮に幸して肆宴《とよのあかり》きこしめす。庚辰の日に、天皇、近江の平《ひら》の浦に幸すといへり。

8

額田王の歌

熟田津《にきたつ》に船乗りせむと月待てば潮《しほ》もかなひぬ今は漕ぎ出でな　（巻一）

右は、山上憶良大夫《やまのうへのおくらのまへつきみ》の類聚歌林《るいじゆかりん》を検《かむが》ふるに曰はく、飛鳥岡本宮御宇《あすかのをかもとのみやにあめのしたしらしめしし》天皇《すめらみこと》の元年己丑、九年丁酉の十二月、己巳の朔の壬午、天皇・大后《おほきさき》、伊予の湯の宮に幸《いでま》す。後岡本宮駅宇《のちのをかもとのみやにあめのしたしらしめしし》天皇の七年辛酉の春正月、丁酉の朔の壬寅、御船西征して始めて海路《うみつぢ》に就く。庚戌、御船、伊予の熟田津の石湯《いはゆ》の行宮《かりみや》に泊《は》つ。天皇、昔日《むかし》より猶し存《のこ》れる物を御覧《みそこなは》して、当時忽ちに感愛の情を起したまふ。所以《そゑ》に歌詠《うた》を製《つく》りて哀傷したまふといへり。即ちこの歌は天皇の御製なり。但し、額田王の歌は別に四首有り。

天皇、内大臣藤原朝臣《うちのおほまへつきみふぢはらのあそみ》に詔《みことのり》して、春山の万花の艶《にほひ》と秋山の千葉の彩《いろどり》とを競《きほ》ひ憐《あは》れびしめたまふ時に、額田王の、歌を以ちて判《ことわ》る歌

○額田王—鏡王の娘。孝徳朝、大海人皇子(天武天皇）の最初の愛を受け、十市皇女《とおちのひめみこ》を生んだ。しかし後、天智天皇に召されたというが確かでない。斉明七（六六一）年西征の途上の「熟田津に船乗りせむと」の歌は西征軍総帥たる天皇の口ぶりがあり、近江朝の風雅の宴につらなり春秋の優劣を競う官人達を前にして判者をつとめるなど、単なる後宮の女性ではなかったと思われる。額田王の歌の左注に時の天皇の作とする異伝が記されていることは天皇に代って歌を詠む立場にあったことを物語る。万葉集中第一流の歌人。生没年未詳。歌数一二、長歌三・短歌九(重出歌を除く)。

*紀の温湯—162ページ参照。

*吉野宮—168ページ参照。

*平の浦—比良の湖岸。

*熟田津—愛媛県松山市道後温泉に近い港であるが、どこか確定できない。和気町・堀江町説と古三津(三津浜)説がある。

*飛鳥岡本宮御宇天皇の元年己丑九年丁酉—舒明天皇九年に、紀には伊予行幸の記事はなく、十一(六三九)年十二月にあり、朔日の干支も合う。

*伊予の湯の宮—松山市道後温泉の西北方の山麓に宮址と伝える所がある。

*後岡本宮馭宇天皇の七年—斉明天皇七（六六一)年。

*石湯—道後温泉。

*内大臣藤原朝臣—藤原鎌足。もと中臣連鎌子といった。中大兄皇子(天智天皇)と組んで皇極四(六四五)年蘇我入鹿を倒し、以後新政府の内臣として大化改新を進めた。天智八(六六九)年十月十五日病床に天皇自らの見舞を受け、大織冠と大臣の位を授けられ、藤原朝臣の姓を賜った。翌日没。

16
冬こもり　春さり来れば　鳴かざりし　鳥も来鳴きぬ　咲かざりし　花も咲けれど　山を茂《しげ》み　入りても取らず　草深み　取りても見ず　秋山の　木の葉を見ては　黄葉《もみち》をば　取りてそしのふ　青きをば　置きてそ歎く　そこし恨めし　秋山われは　（巻一）

額田王の、近江国に下る時に作る歌

17
味酒《うまさけ》　三輪の山　あをによし　奈良の山の　山の際《ま》に　い隠るまで　道の隈《くま》　い積るまでに　つばらにも　見つつ行かむを　しばしばも　見放《さ》けむ山を　情《こころ》無く　雲の　隠さふべしや　（巻一）

反歌

18
三輪山を然《しか》も隠すか雲だにも情《こころ》あらなも隠さふべしや　（巻一）

右の二首の歌は、山上憶良大夫の類聚歌林に曰はく、都を近江国に遷す時に、三輪山を御覧《みそこなは》す御歌なりといへり。日本書紀に曰はく、六年丙寅の春三月、辛酉の朔の己卯、都を近江に遷すといへり。

天皇、蒲生野《かまふの》に遊猟《みかり》したまふ時に、額田王の作る歌

20
あかねさす紫野行き標《しめ》野行き野守は見ずや君が袖振る　（巻一）

*秋山われは―原文「秋山吾者」。一訓、アキヤマソアレハ。秋山がよい、私は。
*三輪山―奈良県桜井市三輪にある山。高さ四六七メートル。優美な円錐形の山容は奈良盆地のどこからも注目される。山そのものが大神神社の御神体になっていて、大和の地主の神として古くから崇拝され、畏怖されて来た。
*奈良の山―奈良山。奈良市の北方に東西に連って、京都府との境をなす丘陵。当時の奈良山越は上つ道の延長である今の奈良坂越と、中つ道の延長であるJR関西本線コース（並行して国道奈良バイパス）と、下つ道の延長である歌姫越の三コースがあったという。
*御覧御歌―天皇や皇太子にのみ使う言い方で、これは天智天皇の歌であるという伝承を記したもの。
*六年丙寅―天智天皇六（六六七）年。丙寅は誤りで、丁卯とあるべきもの。
*蒲生野―近江国蒲生郡の野。今滋賀県近江八幡市武佐・南野、八日市市蒲生野・野口・市辺、蒲生郡安土町内野などにわたる平野。
*遊猟―168ページ参照。

額田王の、近江天皇《あふみのすめらみこと》を思《しの》ひて作る歌一首

488 君待つとわが恋ひ居《を》ればわが屋戸《やど》のすだれ動かし秋の風吹く　(巻四)

天皇《すめらみこと》の大殯《おほあらき》の時の歌二首〈その一首〉

151 かからむの心知りせば大御《おほみ》船《ふね》泊《は》てし泊《とま》りに標結《しめゆ》はましを　額田王　(巻二)

山科《やましな》の御陵《みはか》より退《そ》き散《あら》くる時に、額田王の作る歌一首

155 やすみしし　わご大君の　かしこきや　御陵《みはか》仕ふる　山科の　鏡の山に　夜《よる》はも　夜《よ》のことごと　昼はも　日のことごと　哭《ね》のみを　泣きつつあ　りてや　ももしきの　大宮人は　去《ゆ》き別れなむ　(巻二)

額田王、和《こた》へ奉る歌一首　大和の京より進《たてまつ》り入る

112 古《いにしへ》に恋ふらむ鳥は霍公鳥《ほととぎす》けだしや鳴きし吾《わ》が思へるごと　(巻二)

倭大后《やまとのおほきさき》

天皇の聖躬《みやまひ》不予したまふ時に、大后の奉る御歌一首

*近江天皇―天智天皇。

*天皇―天智天皇。
*大殯―大は尊称。殯は崩御や皇族の薨去の際、本葬するまでの間、仮に棺に収めておくこと。その期間死者を弔うため哭泣し、歌舞を奏し、誄(しのひごと)を捧げる。仮葬の棺を安置する宮殿をアラキノミヤまたはモガリノミヤという。

*山科―京都市東山区の地。天智天皇の御陵は同区山科御陵上御廟野町にある。
*鏡の山―天智天皇山科陵の背後の山。

*和へ奉る―吉野離宮から弓削皇子が贈った歌に答えたもの。172ページ参照。

◎倭大后―天智天皇の皇后。倭姫王(やまとひめのおおきみ)。天智の異母兄古人大兄皇子の娘。天智七(六六八)年二月立后。生没年未詳。歌数四、長歌一、短歌三。
*天皇―天智天皇。

147 天の原振り放《さ》け見れば大君の御寿《みいのち》は長く天足《あま》らしたり　（巻二）

一書に曰はく、近江天皇《あふみのすめらみこと》の聖躰不予《みやまひ》したまひて、御病急《には》かなる時に、大后の奉献《たてまつ》る御歌一首

148 青旗の木幡《こはた》の上を通ふとは目には見れども直《ただ》に逢はぬかも　（巻二）

天皇の崩《かむあが》りましし後の時に、倭大后の作らす歌一首

149 人はよし思ひ止むとも玉かづら影に見えつつ忘らえぬかも　（巻二）

大后の御歌一首

153 鯨魚《いさな》取り　近江の海を　沖放《さ》けて　漕ぎ来る船　辺つきて　漕ぎ来る船
沖つ櫂《かい》　いたくなはねそ　辺つ櫂　いたくなはねそ　若草の　つまの
思ふ鳥立つ　（巻二）

第二期

天《てん》武《む》天《てん》皇《わう》

*青旗の―木幡の枕詞。青々と木の茂る木幡の山をいうのであろう。葬礼の青い旗と解し、次のコハタを小旗とする説がある。

*木幡―京都府宇治市の北方の地。天智天皇陵のある山科の南に接す。集中に「山科の木幡の山」(二四二五)とある。

*近江の海―琵琶湖。

*若草の―ツマの枕詞。若草のようにみずみずしいさまにたとえた。

*つま―夫婦のどちらにもいう。ここは天智天皇をさす。皇后(作者)説もある。

○第二期―壬申の乱平定後、平城遷都まで三十八年間。この期は天武天皇によって皇室の権威がいよいよ高く強大になり。前代を激動の時代とすれば安定の時代といえよう。柿本人麻呂はその時代精神を体して、全身的に皇室讃歌を歌った。長大で修辞の絢爛たる長歌が完成された。この期には人麻呂の他にも、高市黒人・長奥麻呂ら特徴のある専門的歌人が現われた。

○天武天皇―第四十代。名は大海人皇子(おおあまのみこ)。舒明天皇の皇子。母は皇極(斉明)天皇。天智天皇の同母弟。天智紀、八(六六九)年十月に「東宮大皇弟」とあり、兄天智の即位と共に皇太子になったと思われる。天智十(六七一)年正月天智の子大友皇子が太政大臣となり、無冠の東宮は政権から疎外され、同年秋病に倒れた天智の譲位のさそいを辞退し、出家して吉野に入った。天智没後、六七二年六月壬申の乱を起し、近江朝を倒し、都を大和に移して六七三年飛鳥浄御原宮に即位。在位十四年、政治機構を整備し、位階制を改め、国史の編纂に着手するなど、律令制国家の確立に努めた。六八六年九月没。五十六歳か(六十五歳説も)歌数四、長歌一・短歌三。

皇太子《ひつぎのみこ》の答へたまふ御歌　明日香宮御宇天皇《あすかのみやにあめのしたしらしめしすめらみこと》、謚を天武天皇といふ

21
紫草《むらさき》のにほへる妹を憎くあらば人妻ゆゑにわれ恋ひめやも　（巻一）

紀に曰はく、天皇の七年丁卯夏五月五日に、蒲生野に縦猟《かり》したまふ。時に、大皇弟《ひつぎのみこ》・諸王《おほきみたち》・内臣《うちのまへつきみ》及び群臣《まへつきみたち》、悉皆《ことごと》に従《おほみとも》なりといへり。

天皇の御製歌《おほみうた》

25
み吉野の　耳我《みみが》の嶺に　時なくそ　雪は降りける　間《ま》なくそ　雨は降りける　その雪の　時なきがごと　その雨の　間なきがごと　隈《くま》もおちず　思ひつつぞ来《こ》し　その山道を　（巻一）

天皇の、吉野宮に幸しし時の御製歌

27
よき人のよしとよく見てよしと言ひし吉野よく見よよき人よく見　（巻一）

紀に曰はく、八年己卯五月、庚辰の朔の甲申の日に、吉野宮に幸すといへり。

天皇の、藤原夫人《ふぢはらのぶにん》に賜ふ御歌一首

103
わが里に大雪降れり大原の古りにし里に降らまくは後　（巻二）

*明日香宮―飛鳥浄御原宮。奈良県高市郡明日香村大字飛鳥の飛鳥小学校付近という。
*答へたまふ―額田王の歌に答えたもの。
*天皇の七年―天智天皇七(六六八)年。干支は戊辰。
*五月五日―五月五日の狩猟は薬猟といい、鹿茸（ろくじょう）鹿の若角）や薬草をとる野外行楽の行事。
*蒲生野―165ページ参照。
*み吉野の耳我の嶺―吉野郡は奈良県の南大半の山岳地帯をすべて含む。万葉の吉野はその北辺の吉野川流域を中心とした一帯である。耳我の嶺はそこから眺望する吉野連峰中の高峰であろうが不明。金峰山とする説がある。また、飛鳥と吉野との間に横たわる山塊の中に求める説もある。
*来し―原文「来」のみで、クルと訓む説がある。
*吉野宮―吉野離宮。天武朝以後の吉野宮は同一地であったと思われる。この宮址は諸説あるが、吉野町宮滝の地か。他に丹生川上中社付近説、大淀町檜垣本（ひがいもと）付近説など。
*藤原夫人―藤原鎌足の娘。名は五百重娘（いほへのいらつめ）。大原大刀自とも。姉氷上娘と共に天武天皇の夫人となり、新田部皇子を生む。のち異母兄藤原不比等の妻となり、麻呂を生んだ。この歌に答えて「わが岡のおかみに言ひて降らしめし雪のくだけしそこに散りけむ」(一〇四)と歌った。
*大原―奈良県高市郡明日香村小原（おうばら）。鎌足の生誕地と伝える所で、今、小祠がある。鎌足の母大伴夫人の墓もここにある。浄御原宮から一キロと離れていない。

持《ぢ》統《とう》天《てん》皇《わう》

天皇の崩《かむあが》りましし時に、大后《おほきさき》の作らす歌一首

159 やすみしし　わが大君の　夕されば　見《め》したまふらし　明け来れば　問ひたまふらし　神岡《かむをか》の　山の黄葉《もみち》を　今日もかも　問ひたまはまし　明日もかも　見《め》したまはまし　その山を　振り放《さ》け見つつ　夕されば　あやに悲しび　明け来れば　うらさび暮し　荒たへの　衣の袖は　乾《ふ》る時もなし　（巻二）

天皇の御製歌《おほみうた》

28 春過ぎて夏来《きた》るらし白《しろ》たへの衣ほしたり天《あめ》の香具山　（巻一）

草《くさ》壁《かべのみ》皇子《こ》

日並皇子尊《ひなみしのみこのみこと》の、石川女郎《いしかはのいらつめ》に贈り賜ふ御歌一首　女郎、字《あざな》を大名児《おほなこ》といふ

110 大名児を彼方《をちかた》野辺に刈る草《かや》の束《つか》の間《あひだ》もわれ忘れめや　（巻二）

〇持統天皇—第四十一代。名は鸕野讃良皇女（うののさららのひめみこ）。天智天皇の第二皇女。母は蘇我倉山田石川麻呂の娘、遠智娘（おちのいらつめ）。大伯皇女・大津皇子姉弟の母である大田皇女の同母妹。天武天皇の皇后。草壁皇子の母。六八六年天武崩御により称制、皇太子草壁皇子薨去の翌年（六九〇）即位。天武の遺業を継ぐ。称制の三年を含めて在位十一年。六九七年草壁皇子の遺児軽皇子に譲位。大宝二（七〇二）年十二月没。五十八歳。歌数六、長歌二・短歌四。

*神岡—神のいます岡。飛鳥のカムナビ山、三諸のカムナビ山、カムナビの三諸山とも同じ。飛鳥の神岡は明日香村字雷にある小丘雷丘をさす。甘樫丘とする説もある。

*天の香具山—161ページ参照。

〇草壁皇子—天武天皇の第一皇子。年令は高市皇子が第一だが、続紀では草壁を第一とする。天智元（六六二）年に生まれ、第二皇子大津皇子より一歳年上。母は持統天皇。天武十（六八一）年皇太子となり、天武没後、即位を目前にして持統称制三（六八九）年四月没。二十八歳。人麻呂の殯宮挽歌及び舎人達が奉った挽歌が巻二にある。天平宝字二（七五八）年岡宮御宇天皇と追尊された。歌は短歌一首。

*日並皇子尊—天皇と並んで天下を治める皇子のこと。特に草壁皇子に言う。

*石川女郎—天智天皇代に久米禅師に求婚され、天武天皇代に草壁・大津両皇子の求愛を受け、大津皇子の宮の侍女となった。山田郎女ともいう。のち大伴田主と戯れの歌の贈答をしている。

*彼方野辺に刈る草の—ツカを導く序。

大《おほ》津《つの》皇《み》子《こ》

大津皇子の、石川郎女《いしかはのいらつめ》に贈る御歌一首

107 あしひきの山のしづくに妹《いも》待つとわれ立ち濡《ぬ》れぬ山のしづくに　（巻二）

大津皇子、竊《ひそ》かに石川女郎に婚《あ》ふ時に、津《つ》守《もりの》連《むらじ》通《とほる》その事を占へ露はすに、皇子の作らす歌一首

109 大船の津守の占《うら》に告《の》らむとはまさしに知りてわが二人寝し　（巻二）

大津皇子、死を被《たまは》りし時に、磐余《いはれ》の池の陂《つつみ》にして涕《なみた》を流して作らす歌一首

416 ももづたふ磐余の池に鳴く鴨を今日のみ見てや雲隠りなむ　（巻三）

高《たけ》市《ちの》皇《み》子《こ》

十市皇女《とをちのひめみこ》薨《かむあが》りましし時に、高市皇子尊の作らす歌三首　〈その一首〉

158 山吹の立ち儀《よそ》ひたる山清水汲みに行かめど道の知らなく　（巻二）

紀に曰はく、七年戊寅の夏四月、丁亥の朔の癸巳、十市皇女、卒然《にはか》に病発《おこ》りて宮の中に薨《かむあが》りましぬといふ。

○大津皇子―天武天皇の皇子。続紀によれば第二皇子。母は天智天皇の皇女、大田皇女、持統天皇の同母姉。持統の子草壁皇子より一歳年下であった。体格・度量共にすぐれ、文武に秀で、人望が厚かったという。朱鳥元（六八六）年九月父天武没後、反逆を企て、十月二日親友川島皇子の密告により捕えられ、翌日処刑さる。二十四歳。歌数、短歌四。懐風藻に詩四首。151ページ参照。

*石川郎女―169ページ参照。

*津守通―和銅七(七一四)年従五位下、美作守。養老五(七二一)年陰陽師として朝廷から褒賞を受け、同七年従五位上。

*占に告らむ―占いの上に現われるだろう。占いは鹿の肩胛骨や亀甲を焼いて、そのひび割れを見てすることが多かった。

*磐余の池―磐余は奈良県桜井市、香具山の東北から桜井付近にかけての地。神武天皇を神日本磐余彦天皇といい、神功皇后・履中・清寧・継体・用明天皇の皇居の地であった。池は履中紀二年の条に「十一月作二磐余池一」とある。今はその跡もなく、不明。

○高市皇子―天武天皇の皇子。母は胸形君徳善の娘、尼子娘。壬申の乱には十九歳で、総指揮官として天武軍を率いて勝利。天武の皇子中最年長で功績も大であったが、母の身分が低いので位は草壁皇子・大津皇子に次ぐ。持統四(六九〇)年太政大臣。集中「皇子尊」と尊号が付されているので立太子があったとする説がある。同十（六九六）年七月没。四十三歳。歌数、短歌三。

*十市皇女―天武天皇の皇女。母は額田王。天智天皇の皇子大友皇子の妃となり、葛野王を生む。天武天皇七(六七八)年四月急死。

*山吹の立ち儀ひたる山清水―黄色い山吹の花と清水のわく泉で「黄泉」を暗示する。

舎人皇子《とねりのみこ》

舎人皇子の御歌一首

117 大夫《ますらを》や片恋せむと嘆けども醜《しこ》の大夫なほ恋ひにけり　(巻二)

長皇子《ながのみこ》

長皇子と志貴皇子《しきのみこ》と、佐紀宮《さきのみや》にして倶《とも》に宴《うたげ》する歌

84 秋さらば今も見るごと妻恋ひに鹿《か》鳴かむ山そ高野原の上　(巻一)

右の一首は、長皇子。

穂積皇子《ほづみのみこ》

但馬皇女《たぢまのひめみこ》薨りましし後、穂積皇子、冬の日雪の落《ふ》るに、遥かに御墓を見さけまして、悲傷流涕して作らす歌一首

203 降る雪はあはにな降りそ吉隠《よなばり》の猪養《ゐかひ》の岡の寒からまくに　(巻二)

穂積皇子の御歌二首　〈その一首〉

1513 今朝の朝明《あさけ》雁が音《ね》聞きつ春日山黄葉《もみち》にけらしわが心痛し　(巻八)

○舎人皇子—天武天皇の皇子。続紀によれば第三皇子。母は天智天皇の皇女、新田部皇女。持統九(六九五)年浄広弐。養老二(七一八)年一品。同三年新田部皇子と共に皇太子の補佐役に任ぜられた。『日本書紀』編纂事業の総裁として同四年五月完成奏上。同年八月知太政官事。天平七(七三五)年没。天平宝字三(七五九)年追尊して崇道尽敬皇帝と称せられた。歌数、短歌三。

○長皇子—天武天皇の皇子。続紀によれば第四皇子。母は天智天皇の皇女、大江皇女。弓削皇子の同母兄。持統七(六九三)年浄広弐。慶雲元(七〇四)年二品。霊亀元(七一五)年六月一品で没。歌数、短歌五。

*志貴皇子—174ページ参照。

*佐紀宮—佐紀は奈良市佐紀町を中心に、二条町・山陵(みささぎ)町などに及ぶ平城宮址北方の地。長皇子の宮址は不明。

*高野原—佐紀丘陵から西南方にかけての一帯をいったものという。高い野原のあたりと解する説もある。

○穂積皇子—天武天皇の皇子。続紀によれば第五皇子。母は蘇我赤兄の娘、大蕤娘(おおぬのいらつめ)。持統五(六九一)年浄広弐。慶雲二(七〇五)年二品で知太政官事、同三年季禄を右大臣に準じて給う。和銅八(七一五)年正月一品。同年七月没。異母妹但馬皇女と熱烈な愛をかわし、のち大伴坂上郎女を妻とした。歌数、短歌四。

*但馬皇女—173ページ参照。

*吉隠—奈良県桜井市吉隠。同市初瀬と宇陀郡榛原(はいばら)との中間の山地。

*猪養の岡—所在不明。

*春日山—奈良市の東方の春日・御蓋(みかさ)・若草などの山地一帯の総称。主峰を花山(高さ四九七メートル)という。

弓《ゆ》削《げの》皇子《みこ》

吉野宮に幸《いでま》しし時に、弓削皇子の、額田王《ぬかたのおほきみ》に贈《おく》る歌一首

111 古《いにしへ》に恋ふる鳥かもゆづる葉の御井の上より鳴き渡り行く　（巻二）

弓削皇子の、紀皇女《きのひめみこ》を思ふ御歌四首〈その一首〉

122 大船の泊《は》つる泊りのたゆたひに物思ひ痩せぬ人の児ゆゑに　（巻二）

大《おほ》伯《くの》皇《ひめ》女《みこ》

大津皇子、竊《ひそ》かに伊勢の神宮《かむみや》に下りて上り来まししし時に、大伯皇女の作らす歌二首

105 わが背子を大和へ遣《や》るとさ夜ふけて暁《あかとき》露にわが立ち濡れし　（巻二）

106 二人行けど行き過ぎ難き秋山をいかにか君が独り越ゆらむ　（巻二）

大津皇子の薨《かむあが》りましし後に、大来皇女、伊勢の斎宮より京に上る時に作らす歌二首

163 神風《かむかぜ》の伊勢の国にもあらましを何しか来けむ君もあらなくに　（巻二）

○弓削皇子—天武天皇の皇子。続紀によれば第六皇子。母は天智天皇の皇女大江皇女。長皇子の同母弟。持統七(六九三)年浄広弐。文武三(六九九)年七月没。天武の皇子女中万葉集に残した歌数は最も多いが、その生涯の記録は少ない。懐風藻に、高市皇子薨後、皇嗣の選考会議の席で軽皇子(文武天皇)を立てようとする葛野王(大友皇子と十市皇女との子)の発言に反対せんとして葛野王に制せられたことが見える。歌数、短歌八(九)。

*吉野宮—168ページ参照。

*額田王に贈与る歌—額田王の和歌がある。額田王は「古に恋ふらむ鳥はほととぎす」と答えた。額田王・一一二参照。

*紀皇女—174ページ参照。

○大伯皇女—大来皇女とも。天武天皇の皇女。母は天智天皇の皇女、大田皇女。大津皇子の同母姉。斉明七(六六一)年正月八日、百済救援の西征の船中、備前大伯の海上で誕生したと紀にある。天武三(六七四)年十四歳で伊勢斎宮となり、天武没後、朱鳥元(六八六)年十一月帰京。大宝元(七〇一)年十二月没。四十一歳。歌数、短歌六。

*大津皇子—170ページ参照。

164 見まく欲《ほ》りわがする君もあらなくに何しか来けむ馬疲るるに　（巻二）

大津皇子の屍《かばね》を葛城《かつらき》の二上山《ふたかみ》に移し葬《はぶ》る時に、大来皇女の哀《かな》しび傷《いた》みて作らす歌二首

165 うつそみの人なるわれや明日よりは二上山を弟《いろせ》と我《あ》が見む　（巻二）

166 磯の上《うへ》に生ふる馬酔木《あしび》を手折らめど見すべき君がありと言はなくに　（巻二）

右の一首は、今案《かむが》ふるに移し葬る歌に似ず。蓋《けだ》し疑はくは、伊勢の神宮《かむみや》より京に還る時に、路の上に花を見て感傷哀咽《あいえつ》して、この歌を作るか。

但馬皇女《たぢまのひめみこ》

穂積皇子《ほづみのみこ》に勅《みことのり》して近江の志賀の山寺に遣はす時に、但馬皇女の作らす歌一首

115 後《おく》れ居て恋ひつつあらずは追ひ及《し》かむ道の隈廻《くまみ》に標結《しめ》へわが背　（巻二）

但馬皇女、高市皇子《たけちのみこ》の宮に在《いま》す時に、竊《ひそ》かに穂積皇子に接《あ》ひ、事既に形《あら》はれて作らす歌一首

*葛城の二上山―奈良県北葛城郡当麻町の西方、葛城連峰の北端にある。北の雄岳と南の雌岳(四七四メートル)の双峰からなり、雄岳の頂上に大津皇子の墓がある。
*いろせ―原文「弟世」で、ナセとも訓む。また、イモセと訓む説もある。
*京に還る時―大来皇女の帰京は十一月十六日(太陽暦十二月九日)と紀にあるから、アシビの花期に合わない。
○但馬皇女―天武天皇の皇女。母は藤原鎌足の娘氷上娘(ひかみのいらつめ)。異母兄穂積皇子に熱烈な愛を捧げた。和銅元(七〇八)年六月三品内親王で没。歌数、短歌四。
*穂積皇子―171ページ参照。
*近江の志賀の山寺―崇福寺。天智天皇七(六六八)年建立。大津市南滋賀町西方の山腹に寺址と伝える所がある。
*高市皇子―170ページ参照。

116　人言を繁み言痛《こちた》み己《おの》が世に未だ渡らぬ朝川渡る　（巻二）

紀《きの》皇《ひめ》女《みこ》

紀皇女の御歌一首

390　軽の池の浦廻《うらみ》行き廻《み》る鴨すらに玉藻の上に独り寝なくに　（巻三）

川《かは》島《しま》皇子《のみこ》

紀伊国に幸《いでま》しし時に、川島皇子の作らす歌　或は云はく、山上臣憶良《やまのうへのおみおくら》の作なりといふ

34　白波の浜松が枝《え》の手向草《たむけぐさ》幾代までにか年の経ぬらむ（一に云ふ、年は経にけむ）　（巻一）

日本紀に曰はく、朱鳥《あかみとり》四年庚寅の秋九月に、天皇《すめらみこと》、紀伊国に幸すといへり。

志《し》貴《きの》皇子《みこ》

○紀皇女―天武天皇の皇女。母は蘇我赤兄の娘、大蕤娘（おおぬのいらつめ）。穂積皇子の同母妹。生没年未詳。歌はこの一首。

＊軽の池―応神紀の十一年十月の条に軽ノ池を剣池などと共に作ったことが記され、垂仁記には軽ノ池で舟遊びをした記事がある。軽は橿原市大軽・見瀬・石川・五条野一帯の地。池の跡は不明。

○川島皇子―天智天皇の第二皇子。天武天皇十(六八一)年忍壁皇子らと共に帝紀・上古諸事の記録を命ぜられる。同十四年浄大参。親友だった大津皇子の謀反を密告したという。持統天皇五(六九一)年九月没。三十五歳。歌はこの一首。

＊山上臣憶良の作なりといふ―巻九に「山上の歌」として「白波の浜松の木の手向草幾代までにか年は経ぬらむ」(一七一六)があり、左注に「右の一首は、或は云はく、川島皇子の作らす歌なりといふ」とある。

＊朱鳥四年―持統天皇四(六九〇)年。

○志貴皇子―天智天皇の第七皇子。母は越の道君伊羅都売、采女であったか。光仁天皇・湯原王らの父。持統三(六八九)年撰善言司。霊亀元(七一五)年二品。翌二年八月没。宝亀元(七七〇)年春日宮天皇と追尊された。歌数、短歌六。

51

*明日香宮―飛鳥浄御原宮。168ページ参照。
*藤原宮―持統天皇八（六九四）年十二月遷都。以来文武天皇を経て元明天皇の和銅三(七一〇)年平城遷都までの皇居。藤原京は唐の長安に模した日本最初の大都城であった。大極殿の跡は橿原市高殿に土壇が残されてあり、日本最大の朝堂院の遺構が発掘された。
*采女―孝徳紀大化二年の条に「凡采女者貢二郡少領以上姉妹及子女形容端正者二」とある。宮中の雑事に奉仕した女官。
*難波の宮―仁徳天皇の難波高津宮、孝徳天皇の難波長柄豊崎宮とほぼ同地と見られる。大阪市東区法円阪町の付近、大阪城南一帯の台地という。
*石ばしる―石の上を激しく流れる。垂水の枕詞とも。原文「石激」、イハソクと訓む説がある。
○柿本人麻呂―伝未詳。身分は六位以下であったらしい。持統・文武両朝に下級官人として仕え、宮廷歌人的存在であった。皇子女の殯宮に挽歌を歌い、皇子への献歌を詠む。晩年石見国に国司として赴任したことがあったかと言われている。柿本氏は春日(かすが)・和珥(わに)氏と同族で、天理市櫟本(いちのもと)の和邇下(わにした)神社の境内の柿本寺跡に人麻呂の墓と伝えて歌塚がある。万葉集のみならず和歌史上最高の歌人。歌数九一、長歌二〇・短歌七一。「柿本人麻呂歌集」があり、万葉集に四百首近く収められている。
*近江の荒れたる都―近江大津宮（162ページ参照）の廃墟。壬申の乱に焼かれ、都は大和に移り、主なき旧都は荒れるにまかせた。
*畝傍の山の橿原の日知―第一代神武天皇。
*奈良山―165ページ参照。
明日香宮より藤原宮に遷居《うつ》りし後に、志貴皇子の作らす歌

采女《うねめ》の袖吹きかへす明日香風京《みやこ》を遠みいたづらに吹く　（巻一）

慶雲三年丙午、難波《なには》の宮に幸しし時

志貴皇子の作らす歌

64
葦辺《あしべ》行く鴨《かも》の羽《は》がひに霜降りて寒き夕べは大和し思ほゆ　（巻一）

志貴皇子の懽《よろこび》の御歌一首

1418
石《いは》ばしる垂水《たるみ》の上のさ蕨《わらび》の萌《も》え出づる春になりにけるかも　（巻八）

柿本朝臣《かきのもとのあそみ》人麻呂《ひとまろ》

近江の荒れたる都を過ぐる時に、柿本朝臣人麻呂の作る歌

29
玉だすき　畝傍の山の　橿原の　日知《ひじり》の御代ゆ(或は云ふ、宮ゆ)　生《あ》れまし
し　神のことごと　つがの木の　いやつぎつぎに　天の下　知らしめし
しを(或は云ふ、めしける)　天《そら》にみつ　大和を置きて　あをによし　奈良山
を越え(或は云ふ、空みつ大和を置きあをによし奈良山越えて)　いかさまに　思ほ

しめせか(或は云ふ、思ほしけめか) 天離《あまざか》る 鄙《ひな》にはあれど 石走《いはばし》る 近江の国の ささなみの 大津の宮に 天の下 知らしめしけむ 天皇《すめろき》の 神のみことの 大宮は ここと聞けども 大殿は ここと言へども 春草の 繁く生ひたる 霞立ち 春日の霧《き》れる(或は云ふ、霞立ち春日か霧れる夏草か繁くなりぬる) ももしきの 大宮どころ 見れば悲しも(或は云ふ、見ればさぶしも) (巻一)

反歌

30 ささなみの志賀の唐崎《からさき》幸《さき》くあれど大宮人の船待ちかねつ (巻一)

31 ささなみの志賀の(一に云ふ、比良の)大わだよどむとも昔の人にまたもあはめやも(一に云ふ、あはむともへや) (巻一)

日並皇子尊《ひなみしのみこのみこと》の 殯宮《あらきのみや》の時に、柿本朝臣人麻呂の作る歌一首 短歌を并せたり

167 天地《あめつち》の 初めの時 ひさかたの 天の河原に 八百万 千万神の 神集《かむつど》ひ 集ひいまして 神《かむ》はかり はかりし時に 天照らす 日女《ひるめ》の命(一に云ふ、さしのぼる日女の命) 天をば 知らしめすと 葦《あし》原の 瑞穂《みづほ》の国を 天地の 寄り合ひの極《きはみ》 知らしめす 神の命と 天雲の 八重かき別け

*ささなみ—琵琶湖西岸地方一帯の総名か。枕詞的に用いられる。

*天皇—スメロキは主として皇祖の天皇をいい、また皇祖より継ぎ来った歴代の天皇をいう。ここは天智天皇。

*唐崎—大津市下坂本町唐崎。

*日並皇子尊—草壁皇子。169ページ参照。

*殯宮—166ページ参照。また、この時の「皇子尊の宮の舎人等の慟しび傷みて作る歌二十三首」がある。48ページ参照。

て（一に云ふ、天雲の八重雲別けて）　神《かむ》下し　いませまつりし　高照らす　日の皇子は　飛ぶ鳥の　浄《きよみ》の宮に　神《かむ》ながら　太敷きまして　天皇《すめろき》の　敷きます国と　天の原　岩門《いはと》を開き　神《かむ》あがり　あがりいましぬ（一に云ふ、神登りいましにしかば）　わが大君　皇子の命の　天の下　知らしめしせば　春花の　貴《たふと》からむと　望月《もち》の　満《たた》はしけむと　天の下（一に云ふ、食す国）　四方《よも》の人の　大船の　思ひ頼みて　天《あま》つ水　仰ぎて待つに　いかさまに　思ほしめせか　由縁《つれ》もなき　真弓《まゆみ》の岡に　宮柱　太敷きいまし　御殿《みあらか》を　高知りまして　朝ごとに　御言《みこと》問はさぬ　日月《ひつき》の　数多《まね》くなりぬれ　そこゆゑに　皇子の宮人　行方知らずも（一に云ふ、さす竹の皇子の宮人ゆくへ知らにす）　（巻二）

反歌二首

168 ひさかたの天見るごとく仰ぎ見し皇子の御門《みかど》の荒れまく惜しも　（巻二）

169 あかねさす日は照らせれどぬばたまの夜渡る月の隠らく惜しも（或本は、件《くだり》の歌を以ちて後皇子尊《のちのみこのみこと》の殯宮の時の歌の反とす）　（巻二）

或る本の歌一首

*日の皇子―上からの続きは天孫を指すが、それは天武天皇と重ねられる。その天武が日並皇子とも重なって下へ続いて行く、天武とする説と日並皇子とする説に分れているが、これは截然とは分け難い。下への続きは日並皇子であろう。

*飛ぶ鳥の浄の宮―天武天皇の飛鳥浄御原宮。168ページ参照。

*真弓の岡―奈良県高市郡明日香村真弓。ただし草壁皇子の御陵のあるあたりは高取町佐田。当時広く真弓の岡とよんでいたか。

*皇子の宮人―皇子に仕える舎人など。舎人は天皇・皇族などに近侍して護衛・雑役・宿直などに奉仕する下級官人。東宮職員令に「舎人六百人」とある。

*あかねさす日は照らせれど―「天皇はましますが」の意とする譬喩説、実景とする説、日は月との対照として引き立て役に出したとする説などがある。

*ぬばたまの夜渡る月の―隠れる月に皇子をたとえている。また、この句をカクルにかかる序とする説もある。

*後皇子尊―高市皇子。170ページ参照。

170 島の宮勾《まがり》の池の放ち鳥人目に恋ひて池に潜《かづ》かず　（巻二）

吉野宮に幸《いでま》しし時に、柿本朝臣人麻呂の作る歌

36 やすみしし　わが大君の　聞こしめす　天の下に　国はしも　多《さは》にあれ
ども　山川《やまかは》の　清き河内《かふち》と　御心《みこころ》を　吉野の国の　花散らふ　秋津《あきづ》の野
辺に　宮柱　太敷きませば　ももしきの　大宮人は　船並《な》めて　朝川渡
り　舟競《ふなぎほ》ひ　夕川渡る　この川の　絶ゆることなく　この山の　いや高
知らす　水激《たぎ》つ　滝《たぎ》のみやこは　見れど飽かぬかも　（巻一）

反歌

37 見れど飽かぬ吉野の川の常滑《とこなめ》の絶ゆることなくまた還り見む　（巻一）

38 やすみしし　わが大君　神《かむ》ながら　神《かむ》さびせすと　吉野川　たぎつ河内
に　高殿を　高知りまして　登り立ち　国見をせせば　畳《たた》なづく　青垣
山　山神《やまつみ》の　奉《まつ》る御調《みつき》と　春べは　花かざし持ち　秋立てば　黄葉《もみち》かざ
せり（一に云ふ、黄葉《もみちば》かざし）　行き副《そ》ふ　川の神も　大御食《おほみけ》に　仕へ奉ると
上つ瀬に　鵜川を立ち　下つ瀬に　小網《さで》さし渡す　山川も　依りて仕ふ

*島の宮―明日香村島ノ庄にあった日並皇子の宮殿。シマは池や築山のある庭園(林泉)をいう。推古紀、三十四年の条に蘇我馬子が島の大臣と呼ばれるほどの庭園を造ったとある。その島の邸が蝦夷・入鹿の死と共に官没されて離宮になり、後それを皇子の宮としたのであろう。

*勾の池―曲線のおもしろい形の池。島の宮の庭園の中の池の一つ。

*放ち鳥―病気平癒を願い、また死者の追善のため飼っていた鳥を籠から放してやることがあった。

*吉野宮―168ページ参照。

*秋津の野辺―アキヅは吉野離宮のあたりの地名。吉野関係の歌に秋津野・秋津の小野・秋津辺・秋津の川などがある。また「み吉野の蜻蛉の宮」(九〇七)ともある。アキヅの地名は今は残っていない。

*水激つ―原文「水激」で、ミナソソク、ミナギラフ、ミヅハシルなどと訓む説がある。

*吉野の川―吉野川。大台ケ原に発して西北流し、吉野町国樔(くず)で高見川を合せ、屈曲しつつ西流し、宮滝・上市を経て、和歌山県に入って紀ノ川となる。

*常滑の―川岸・川底などの石に水苔がついて、いつもつるつると滑りやすくなっているところ。水苔とする説もある。人麻呂の造語か。

*青垣山―垣根のようにとりまいている青々とした山々。

*大御食―天皇のお食事。

*鵜川を立ち―飼いならした鵜を使って漁をするウカヒの設備をととのえること。

る　神の御代かも　（巻一）

反　歌

39 山川も依りて仕ふる神ながらたぎつ河内《かふち》に船出せすかも　（巻一）

右は、日本紀に曰はく、三年己丑の正月、天皇《すめらみこと》、吉野宮に幸《いでま》す。八月、吉野宮に幸す。四年庚寅の二月、吉野宮に幸す。五月、吉野宮に幸す。五年辛卯の正月、吉野宮に幸す。四月、吉野宮に幸すといへれば、詳《つばひ》らかに何月の従駕に作る歌なるかを知らずといふ。

軽皇子《かるのみこ》、安騎《あき》の野に宿りましし時に、柿本朝臣人麻呂の作る歌

45 やすみしし　わが大君　高照らす　日の皇子　神《かむ》ながら　神《かむ》さびせすと　太敷かす　京《みやこ》を置きて　こもりくの　泊瀬の山は　真木立つ　荒山道《あらやまみち》を　岩が根　禁樹《さへき》押しなべ　坂鳥の　朝越えまして　玉かぎる　夕さり来れば　み雪降る　阿騎《あき》の大野に　旗すすき　小竹《しの》を押しなべ　草枕　旅宿りせす　古《いにしへ》思ひて　（巻一）

短　歌

46 阿騎の野に宿る旅人うち靡《なび》き眠《い》も寝《ぬ》らめやも古《いにしへ》思ふに　（巻一）

*日本紀に曰はく―以下の記事は、持統天皇の吉野行幸の一部である。持統は在位十一年間に三十一回の吉野行幸が記録されている。年表参照。

*軽皇子―第四十二代文武天皇。父は天武天皇と持統天皇の皇子草壁皇子。母は天智天皇の皇女阿閇皇女(元明天皇)。元正天皇の同母弟。持統十一（六九七）年八月即位。在位十一年、慶雲四(七〇七)年六月没。二十五歳。集中に歌はないが懐風藻に詩三首。

*安騎の野―奈良県宇陀郡大宇陀町あたりの山野。アキの地名は今は残っていないが、壬申の乱の時、吉野を進発した大海人皇子の一行が、まず「菟田の吾城(あき)」に着いたと書紀にある。また大宇陀町の西郊に式内社阿紀神社がある。

*泊瀬の山―泊瀬は三輪山の南麓から桜井市初瀬(はせ)町付近一帯の、初瀬川流域の峡谷の地。大和から伊賀・伊勢への通路に当る。泊瀬ノ山は、そのあたりの山の総称。

*古思ひて―軽皇子の亡き父草壁皇子が生前ここで狩をしたことがあった。その折のことを思いやっている。

47 ま草刈る荒野《あら》にはあれど黄葉《もみちば》の過ぎにし君が形見とそ来《こ》し（巻一）

48 東《ひむがし》の野にかぎろひの立つ見えてかへり見すれば月かたぶきぬ（巻一）

49 日並《ひなみし》の皇子の命の馬並《な》めて御猟《みかり》立たしし時は来向かふ（巻一）

天皇《すめらみこと》、雷岳《いかづちのをか》に御遊《いでま》しし時に、柿本朝臣人麻呂の作る歌一首

235 大君は神にし座《ま》せば天雲《あまくも》の雷《いかづち》の上に廬《いほ》らせるかも（巻三）

右は、或る本に云はく、忍壁皇子《おさかべのみこ》に献るといへり。その歌に曰はく、

王《おほきみ》は神にし座せば雲隠《くもがく》る伊加土山《いかづちやま》に宮敷《みやし》きいます

長皇子《ながのみこ》の獦路《かりぢ》の池に遊《いでま》しし時に、柿本朝臣人麻呂の作る歌一首　短歌を并せたり

239 やすみしし　わが大君　高光る　わが日の皇子の　馬並《な》めて　み狩立たせる　若薦《こも》を　猟路の小野に　猪鹿《しし》こそば　い這ひ拜《をろが》め　鶉《うづら》こそ　い這ひ廻《もと》ほれ　猪鹿じもの　い這ひ拝み　鶉なす　い這ひ廻ほり　畏《かしこ》みと　仕へ奉りて　ひさかたの　天見る如く　真澄《まそ》鏡　仰ぎて見れど　春草の　いやめづらしき　わが大君かも（巻三）

反歌一首

*日並の皇子の命―草壁皇子。

*天皇―持統天皇と考えられている。

*雷丘―奈良県高市郡明日香村字雷にある小丘。飛鳥川を隔てて南にある甘樫丘とする説もある。

*忍壁皇子―天武天皇の皇子。続紀によれば第九皇子。母は宍人臣大麻呂の娘、櫰媛娘(かじひめのいらつめ)。壬申の乱では吉野から父天皇と行を共にした。天武十(六八一)年川島皇子らと国史編纂の勅を受けた。同十四年浄大参。文武四(七〇〇)年藤原不比等らと律令撰定の勅を受けた。この時三品とある。大宝三(七〇三)年知太政官事。慶雲二(七〇五)年五月没。集中に歌はないが、人麻呂の献呈歌は巻九にもある。

*長皇子―171ページ参照。

*獦路―奈良県桜井市鹿路(ろくろ)の地か。多武峰の東南の山地。

240 ひさかたの天ゆく月を網に刺しわが大君は蓋《きぬがさ》にせり　（巻三）

或る本の反歌一首

241 大君は神にしませば真木の立つ荒山中に海をなすかも　（巻三）

高市皇子尊《たけちのみこのみこと》の城上《きのへ》の殯宮《あらきのみや》の時に、柿本朝臣人麻呂の作る歌一首　短歌を并せたり

199 かけまくも　ゆゆしきかも（一に云ふ、ゆゆしけれども）　言はまくも　あやに畏《かしこ》き　明日香の　真神《まかみ》の原に　ひさかたの　天つ御門《みかど》を　畏くも　定めたまひて　神《かむ》さぶと　岩隠ります　やすみしし　わが大君の　きこしめす　背面《そとも》の国の　真木《まき》立つ　不破山越えて　高麗《こま》剣　和射見《わざみ》が原の　行《かり》宮に　天降《あも》りいまして　天の下　治めたまひ（一に云ふ、払ひたまひて）　食《を》す国を　定めたまふと　鶏《とり》が鳴く　東《あづま》の国の　御軍士《みいくさ》を　召したまひて　ちはやぶる　人を和《やは》せと　服従《まつろ》はぬ　国を治めと（一に云ふ、払へと）　皇子ながら　任《ま》けたまへば　大御身に　大刀《たち》取り帯《お》ばし　大御手に　弓取り持たし　御軍士を　あどもひたまひ　整ふる　鼓の音は　雷《いかづち》の　声《おと》と聞

*高市皇子尊―170ページ参照。

*城上―奈良県北葛城郡広陵町大塚・三吉のあたりという。異説多く、同郡河合村説、飛鳥説など。

*殯宮―166ページ参照。

*明日香の真神の原―奈良県高市郡明日香村飛鳥の法興寺址（今の安居院）を中心に、その付近一帯。

*不破山―岐阜県不破郡の滋賀県との境をなす山。

*和射見が原―岐阜県不破郡関ケ原。同郡青野ガ原（赤坂町青野のあたり）とも伝える。紀によれば天武天皇は野上（関ケ原町野上）に行宮を設け、高市皇子を総指揮官としてワザミに陣を敷き、天武は野上行宮からワザミへ出かけて軍事を統監したという。

*皇子ながら―皇子として、皇子である尊い身にの意と皇子の心任せにの意と、両説がある。

くまで　吹き響《な》せる　小角《くだ》の音も（一に云ふ、笛の音は）　敵《あた》見たる　虎か吼《ほ》
ゆると　諸人《もろひと》の　おびゆるまでに（一に云ふ、聞き惑《まと》ふまで）　捧げたる　旗
の靡《なび》きは　冬こもり　春さり来れば　野ごとに　着《つ》きてある火の（一に云
ふ、冬ごもり春野焼く火の）　風の共《むた》　靡くが如く　取り持てる　弓《ゆ》弭《はず》の騒き
み雪降る　冬の林に（一に云ふ、木綿《ゆふ》の林）　つむじかも　い巻き渡ると　思
ふまで　聞きの畏く（一に云ふ、諸人《もろひと》の見惑ふまでに）　引き放つ　矢の繁けく
大雪の　乱れて来《きた》れ（一に云ふ、霰《あられ》なすそちより来れば）　服従《まつろ》はず　立ち向ひ
しも　露霜の　消《け》なば消ぬべく　行く鳥の　争ふ間《はし》に（一に云ふ、朝霜の消
なば消とふにうつせみと争ふはしに）　渡会《わたらひ》の　斎《いつき》の宮ゆ　神《かむ》風に　い吹き惑《まと》は
し　天雲を　日の目も見せず　常闇《とこやみ》に　覆ひたまひて　定めてし　瑞穂
の国を　神ながら　太敷きまして　やすみしし　わが大君の　天の下
申したまへば　万代に　然《しか》しもあらむと（一に云ふ、かくしもあらむと）　木綿《ゆふ》
花の　栄ゆる時に　わが大君　皇子の御門を（一に云ふ、さす竹の皇子の御門
を）　神宮《かむみや》に　装《よそ》ひまつりて　使はしし　御門の人も　白たへの　麻衣着《き》
て　埴安《はにやす》の　御門の原に　あかねさす　日のことごと　鹿《しし》じもの　い這
ひ伏しつつ　ぬばたまの　夕《ゆふべ》になれば　大殿を　振り放《さ》け見つつ　鶉《うづら》な

*小角―軍隊で用いた笛の一つで、軍防令に「凡軍団各置ニ鼓二面、大角二口、少角四口」

*木綿の林―木綿は楮(こうぞ)の皮の繊維で、その白さを雪の林にたとえたもの。「布由」と記したのを「由布」と誤り伝えたとする説もある。

*渡会の斉の宮―伊勢神宮。

*神宮に装ひまつる―神宮はなくなった皇子の霊をまつる御殿。皇子の宮殿をそのまま殯宮にしたのであろう。

*白たへの麻衣―祭祀に仕えるための白い麻の衣。喪服。

*埴安の御門の原―埴安は香具山の西麓の地名。ここに高市皇子の「香具山の宮」があった。そのあたりの原をいう。

す　い這ひもとほり　侍《さもら》へど　侍ひ得ねば　春鳥の　さまよひぬれば　嘆きも　いまだ過ぎぬに　思ひも　いまだ尽きねば　言《こと》さへく　百済《くだら》の原ゆ　神葬《はふ》り　葬りいまして　麻裳《あさも》よし　城上の宮を　常《とこ》宮と　高くしまつりて　神ながら　鎮まりましぬ　然れども　わが大君の　万代と思ほしめして　作らしし　香具山の宮　万代に　過ぎむと思へや　天のごと　振り放け見つつ　玉だすき　懸けて偲はむ　畏《かしこ》かれども　（巻二）

短歌二首

200　ひさかたの天《あめ》知らしぬる君ゆゑに日月《ひつき》も知らず恋ひ渡るかも　（巻二）

201　埴安の池の堤の隠《こも》り沼《ぬ》の行方を知らに舎人《とねり》は惑《まと》ふ　（巻二）

柿本朝臣人麻呂の、妻死《みまか》りし後に、泣血哀慟して作る歌二首　短歌を并せたり

207　天《あま》飛ぶや　軽《かる》の路は　吾妹子《わぎもこ》が　里にしあれば　ねもころに　見まく欲しけど　止《や》まず行かば　人目を多み　数《まね》多く行かば　人知りぬべみ　さね葛《かづら》　後《のち》も逢はむと　大船の　思ひ頼みて　玉かぎる　磐垣淵の　隠《こも》りのみ　恋ひつつあるに　渡る日の　暮れ行くがごと　照る月の　雲隠るごと　沖つ藻の　靡きし妹は　黄葉《もみちば》の　過ぎて去《い》にきと　玉梓《たまづさ》の　使の

＊百済の原―奈良県北葛城郡広陵町百済のあたり。高市皇子の葬列は、埴安池のほとりの御殿からここを通って城上の殯宮に向った。

＊舎人―177ページ参照。

＊軽―奈良県橿原市大軽・見瀬・石川・五条野一帯の地。

言へば　梓弓　音に聞きて（一に云ふ、音のみ聞きて）　言はむすべ　せむすべ知らに　音のみを　聞きてあり得ねば　わが恋ふる　千重の一重もなぐさむる　心もありやと　吾妹子が　止《や》まず出で見し　軽の市に　わが立ち聞けば　玉だすき　畝傍《うねび》の山に　鳴く鳥の　声も聞こえず　玉桙《ほこ》の　道行く人も　一人だに　似てし行かねば　すべを無み　妹が名呼びて　袖そ振りつる（或本に、名のみ聞きてありえねばといふ句あり）　（巻二）

短歌二首

208 秋山の黄葉《もみち》を茂み迷《まと》ひぬる妹を求めむ山道《ち》知らずも（一に云ふ、路知らずして）　（巻二）

209 黄葉《もみちば》の散りゆくなへに玉梓《たまづさ》の使を見れば逢ひし日思ほゆ　（巻二）

210 うつせみと　思ひし時に（一に云ふ、うつそみと思ひし）　取り持ちて　わが二人見し　走り出の　堤に立てる　槻《つき》の木の　こちごちの枝《え》の　春の葉の茂きが如く　思へりし　妹にはあれど　頼めりし　児らにはあれど　世の中を　背きし得ねば　かぎろひの　燃ゆる荒野に　白たへの　天領巾《あまひれ》隠り　鳥じもの　朝立ちいまして　入日なす　隠りにしかば　吾妹子が形見に置ける　みどり児の　乞ひ泣くごとに　取り与ふ　物し無ければ

*なぐさむる—原文「遣悶流」。ナグサモル・オモヒヤルとも訓む。

*取り持ちて—原文「取持而」だが、タヅサヘテ・タツサハリテと訓む説がある。

男じもの　腋《わき》挟み持ち　吾妹子と　二人わが寝し　枕付く　つま屋の内に　昼はも　うらさび暮し　夜はも　息づき明かし　嘆けども　せむすべ知らに　恋ふれども　逢ふよしを無み　大鳥の　羽易《はがひ》の山に　わが恋ふる　妹はいますと　人の言へば　岩根さくみて　なづみ来し　良けくもそ無き　うつせみと　思ひし妹が　玉かぎる　ほのかにだにも　見えなく思へば　（巻二）

短歌二首

211　去年《こぞ》見てし秋の月夜《つくよ》は照らせれど相見し妹はいや年離《さか》る　（巻二）

212　衾道《ふすまぢ》を引手《ひきて》の山に妹を置きて山路を行けば生けりともなし　（巻二）

柿本朝臣人麻呂の覊旅《たび》の歌八首〈その三首〉

250　玉藻刈る敏馬《みぬめ》を過ぎて夏草の野島の崎に船近づきぬ　（巻三）

253　稲日《いなび》野《の》も行き過ぎかてに思へれば心恋《こほ》しき加古の島見ゆ（一に云ふ、湖見《みなと》ゆ）　（巻三）

255　天離《あまざか》る鄙《ひな》の長道《ながぢ》ゆ恋ひ来れば明石《あかし》の門《と》より大和島見ゆ（一本に云はく、家《いへ》のあたり見ゆ）　（巻三）

*男じもの―原文「鳥穂自物」。一訓トリホジモノ。『万葉考』の「鳥徳自物」の誤りとする説による。

*羽易の山―所在不明。「春日なる羽買の山ゆ佐保の内へ鳴き行くなるはたれ呼子鳥」（巻十、一八二七）によれば、奈良市春日の地域内の山。春日山、若草山、春日山の一峰など諸説がある。あるいは、引手山と同じく竜王山か。

*衾道―未詳。引手の枕詞か。地名ならば、天理市中山町に仁賢天皇の皇女、継体天皇の皇后手白香皇女衾田墓があるので、そのあたりか。

*引手の山―天理市中山の東方の竜王山（高さ五八五メートル）か。

*敏馬―神戸市灘区岩屋・大石付近。式内汶売（みぬめ）神社がある。神戸港の東方にあたる。

*野島の崎―原文「野嶋之埼」。ノジマガサキとも訓む。野島は兵庫県津名郡北淡（ほくだん）町野島。淡路島の北端の西側。野島の墓浦（ひきのうら）には、昔、海に突き出た岬があったと伝える。

*稲日野―印南野。163ページ参照。

*加古の島―加古川の河口（兵庫県高砂市）にあった島か。今は、この付近に島はない。

*明石の門―兵庫県明石市と淡路島との間の明石海峡。

柿本朝臣人麻呂、近江国より上り来る時に、宇治河の辺に至りて作る歌一首

264 もののふの八十《やそ》宇治川の網代木《あじろき》にいさよふ波の行く方知らずも　（巻三）

柿本朝臣人麻呂の歌一首

266 近江の海《うみ》夕波千鳥汝《な》が鳴けば心もしのに古《いにしへ》思ほゆ　（巻三）

柿本朝臣人麻呂の、筑紫国に下りし時に海路《うみつぢ》にて作る歌二首

303 名ぐはしき印南《いなみ》の海の沖つ波千重に隠りぬ大和島根は　（巻三）

304 大君の遠《とほ》の朝廷《みかど》とあり通ふ島門《しまと》を見れば神代し思ほゆ　（巻三）

柿本朝臣人麻呂の歌四首〈その二首〉

496 み熊野の浦の浜木綿《はまゆふ》百重《ももへ》なす心は思《おも》へど直《ただ》に逢はぬかも　（巻四）

497 古にありけむ人もわがごとか妹に恋ひつつ寝ねかてずけむ　（巻四）

柿本朝臣人麻呂の、石見国《いはみのくに》より妻に別れて上り来る時の歌二首〈その一首〉短歌を并せたり

131 石見の海　角《つの》の浦廻《み》を　浦なしと　人こそ見らめ　潟《かた》なしと（一に云ふ、磯なしと）　人こそ見らめ　よしゑやし　浦は無くとも　よしゑやし　潟は

*宇治川―琵琶湖に発した瀬田川が京都府に入ってからの名。当時は巨椋（おぐら）池に注いでいた。ここで木津川・桂川と合流して淀川となる。

*近江の海―琵琶湖。

*印南の海―明石海峡の西、印南野（163ページ参照）を見るあたりの海。

*み熊野の浦の浜木綿―百重ナスを導く序。

*角―島根県江津市都野津町のあたり。

（一に云ふ、磯は）無くとも　鯨魚《いさな》取り　海辺を指して　和多津《にきたづ》の　荒磯《ありそ》の上に　か青なる　玉藻沖つ藻　朝羽振る　風こそ寄せめ　夕羽振る　波こそ来寄れ　浪の共《むた》　か寄りかく寄る　玉藻なす　寄り寝し妹を（一に云ふ、はしきよし妹がたもとを）　露霜の　置きてし来れば　この道の　八十隈《やそくま》ごとに　万《よろづ》たび　かへりみすれど　いや遠に　里は離《さか》りぬ　いや高に　山も越え来ぬ　夏草の　思ひしなえて　しのふらむ　妹が門見む　靡けこの山　（巻二）

反歌二首

132 石見のや高角山《たかつのやま》の木の際《ま》よりわが振る袖を妹見つらむか　（巻二）

133 笹の葉はみ山もさやにさやげどもわれは妹思ふ別れ来ぬれば　（巻二）

柿本朝臣人麻呂の、石見国に在りて死に臨む時に、自ら傷みて作る歌一首

223 鴨山の岩根し枕《ま》けるわれをかも知らにと妹が待ちつつあるらむ　（巻二）

高市連《たけちのむらじ》　黒人《くろひと》

高市古人《たけちのふるひと》の、近江の旧《ふる》き堵《みやこ》を感傷《いた》みて作る歌〈二首中の一首〉或る書に云はく、

*和多津―所在不明。原文「和多豆」。ワタヅと訓んで江津市渡津とする説がある。
*か青なる―原文「香青生」。一訓、カアヲクオフル。
*風こそ寄せめ―原文「風社依米」。一訓、カゼコソヨラメ。
*波こそ来寄れ―原文「浪社来縁」。一訓、ナミコソキヨセ。
*高角山―ツノの里にある高い山。江津市都野津東方の島星山（高さ四七〇メートル）とする説がある。
*さやげども―原文「乱友」、ミダルトモ・ミダレドモ・マガヘドモ・サワゲドモの諸訓がある。
*鴨山―所在不明。この歌は人麻呂自身の臨終の作でなく、創作であるとする考えもある。鴨山の名は大和にも山城にもあり、各地にありふれた名である。石見国に求めれば、島根県邑智郡邑智町湯抱（ゆがかえ）温泉付近の「鴨山」とする説、益田市高津川河口にあったと伝える「鴨島」とする考えがある。
○高市黒人―伝未詳。持統・文武両朝に人麻呂と同じく宮廷歌人的存在であった。行幸従駕の歌、旅の歌が多く、その自然詠は「叙景歌の曙」と評される。歌数、短歌一八。
*高市古人―歌（三二）の冒頭「古人」によって黒人を誤ったものだろう。
*近江の旧き堵―天智天皇の近江大津宮。162ページ参照。

高市連黒人といへり

32 いにしへの人にわれあれやささなみの古き京《みやこ》を見れば悲しき （巻一）

二年壬寅、太上《おほき》天皇《すめらみこと》の参河国《みかはのくに》に幸《いでま》し時の歌

58 いづくにか船泊《ふなは》てすらむ安礼《あれ》の崎漕ぎ廻《た》み行きし棚無し小舟 （巻一）

右の一首は、高市連黒人。

高市連黒人の覊旅《たび》の歌八首〈その四首〉

270 旅にしてもの恋《こほ》しきに山下《した》の赤《あけ》のそほ船沖に漕ぐ見ゆ （巻三）

271 桜田へ鶴《たづ》鳴き渡る年魚市潟《あゆちがた》潮干にけらし鶴鳴き渡る （巻三）

273 磯の崎漕ぎ廻《た》み行けば近江の海《うみ》八十《やそ》の湊《みなと》に鶴《たづ》さはに鳴く （巻三）

275 何処《いづく》にかわれは宿らむ高島の勝野《かちの》の原にこの日暮れなば （巻三）

長忌寸《ながのいみき》奥麻呂《おきまろ》

二年壬寅、太上天皇の参河国に幸し時の歌

57 引馬野《ひくまの》ににほふ榛《はり》原入り乱れ衣にほはせ旅のしるしに （巻一）

*ささなみ—176ページ参照。
*二年壬寅—大宝二(七〇二)年。
*太上天皇—持統太上天皇。169ページ参照。参河行幸は十月十日から十一月二十二日まで。
*安礼の崎—愛知県宝飯郡御津町御馬の南の出崎か。浜名湖の西の口もとの新居の出崎説、海路からの歌と見ての御前崎説もある。

*山下の—山の下に先程までいたの意か。山の下にいるとする説、赤の枕詞とする説もある。ヤマモトと訓む説がある。
*沖に漕ぐ見ゆ—原文「奥榜所見」。オキヘコグミユ・オキヲコグミユとも訓む。
*桜田—サクラは地名。もと尾張国愛智郡作良郷があった。今、名古屋市南区に元桜田町・桜本町・桜台町・西桜町などがある。
*年魚市潟—アユチは愛智郡の地。現在名古屋市熱田区と南区の西方一帯に当る。その海岸は潮が干ると潟になる遠浅の浜であった。当時の海岸線はもっと湾入していた。
*磯の崎—突き出た所が磯になっている岬。
*高島の勝野の原—琵琶湖の西岸、滋賀県高島郡高島町勝野のあたり。
○長奥麻呂—意吉麻呂とも。伝未詳。大宝元年、二年の行幸従駕歌ほか旅の歌と戯笑歌がある。下級官人であったか。歌数、短歌一四。
*二年壬寅・太上天皇—高市黒人・五八参照。
*引馬野—三河ならば、愛知県宝飯郡御津町御馬・下佐脇の地。行幸が遠江へも及んだとすれば、浜松市北郊に曳馬町がある。
*入り乱れ原文「入乱」。一訓、イリミダリ。

右の一首は、長忌寸奥麻呂。

長忌寸奥麻呂の歌一首

265 苦しくも降り来る雨か三輪《みわ》の崎狭野《さの》の渡りに家もあらなくに　（巻三）

長忌寸意吉麻呂の歌八首〈その二首〉

3824 さし鍋に湯沸かせ子ども櫟津《いちひつ》の檜橋《ひばし》より来《こ》む狐《きつね》に浴むさむ　（巻十六）

右の一首は、伝へて云はく、一時《あるとき》に衆《もろもろ》集ひて宴飲《うたげ》しき。時に夜漏《やろう》三更にして、狐の声聞こゆ。すなはち衆諸《もろびと》興麻呂《おきまろ》を誘ひて曰はく、此の饌具・雑器・狐の声・河・橋等の物に関《か》けて、但《ただ》に歌を作れといへれば、即ち声に応へて此の歌を作りきといへり。

双六の頭《さえ》を詠む歌

3827 一二の目のみにはあらず五六三四さへありけり双六の采《さえ》　（巻十六）

柿本朝臣人麻呂歌集

天を詠む

1068 天の海に雲の波立ち月の船星の林に漕ぎ隠る見ゆ　（巻七）

*三輪の崎―原文「神之埼」、ミワガサキとも訓む。和歌山県新宮市三輪崎町。また、カミノサキと訓んで、大阪府貝塚市の東南の近木川河口付近とする説がある。今、同市神前(こうざき)の地名がある。

*佐野の渡り―三輪崎町の西南、新宮市佐野町。佐野はもと東牟婁郡三輪崎村の中に含まれていた。大阪説によれば、佐野は今、泉佐野市の地。両地名並列と見る。

*櫟津―地名とすれば、奈良県添上郡櫟井(いちい)村か。ここは今、大和郡山市櫟枝(いちえだ)町となっている。その東には天理市櫟本(いちのもと)町もある。イチヒツはこのあたりの川沿いの所であろうか。イチヒツの語には櫃(ひつ)がかくされているとする説がある。

*来む―コムで狐の声を表現した。

*一二の目のみにはあらず―原文「一二之目耳不有」。ヒトフタノメノミニアラズと訓む説がある。

*五六三四さへありけり―原文「五六三四佐倍有来」イツムツミツヨツサヘアリと訓む説がある。

〇柿本人麻呂歌集―万葉集編纂の資料となった歌集の中で最も多くの歌を提供した歌集である。万葉集の巻二・三・七・九・十・十一・十二・十三・十四に見え、多くは左注によって人麻呂歌集所出であることを示すが、巻九にはその左注の及ぶ範囲が定かでないものがあって歌数は確かには示し難い。短歌三一八・長歌二・旋頭歌三五、総計三六五首を数えることができ、また三八〇首とも三九五首とも数えられる。これらは自作他作を混じえており、また後の時代の歌まで含まれている。その表記法に著しい特徴があり、極端にテニヲハなどを略した表記のものがある。

雲を詠む

1088 あしひきの山川の瀬の響《な》るなへに弓《ゆ》月《つき》が嶽に雲立ち渡る　（巻七）

河を詠む

1101 ぬばたまの夜さり来れば巻向《まきむく》の川音高しも嵐かも疾《と》き　（巻七）

葉を詠む

1118 古《いにしへ》にありけむ人もわがごとか三輪の檜《ひ》原《ばら》に挿頭《かざし》折りけむ　（巻七）

所に就きて思を発《おこ》す

1269 巻向《まきむく》の山辺響《とよ》みて行く水の水沫《みなわ》の如し世の人われは　（巻七）

旋頭歌

1281 君がため手《た》力疲れ織りたる衣《きぬ》ぞ　春さらばいかなる色に摺《す》りてばよけむ　（巻七）

1288 水門《みなと》の葦の末《うら》葉を誰か手折りし　わが背子が振る手を見むとわれそ手折りし　（巻七）

*弓月が嶽—巻向の地の東方、三輪山の東北につづく山を巻向山という。巻向山には山頂が二つあり、その一つが弓月が嶽。古の巻向山はその北の穴師山も含めて称したとして、弓月が嶽をこの穴師山とする説もある。

*巻向—奈良県桜井市車谷・穴師一帯の地(旧纏向村)。巻向川はこの地の東方巻向山・穴師山から発し、三輪山北麓を西流し、初瀬川に入る。

*三輪の檜原—三輪山の西北麓の、倭笠縫邑伝承地に檜原神社があり、ここを檜原と称する。泊瀬・巻向・三輪の山々の近辺には檜が繁茂していたらしく、「泊瀬之檜原」「巻向之檜原」も歌われている。

*織りたる衣ぞ—原文「織在衣服叙」。オレルコロモゾ・オレルキヌガネとも訓む。

*いかなる色に—原文「何ゝ」。イカニイカニカ・イカニカイカニと訓む。しかし略解に宣長云として「何色と書るを何々と見たる也と言へり。此説しかり」とあるによる。

忍壁皇子《おさかべのみこ》に献る歌一首　仙人の形を詠む

1682 とこしへに夏冬行けや皮衣《かはごろも》扇放たず山に住む人　（巻九）

舎人皇子《とねりのみこ》に献る歌二首〈その一首〉

1684 春山は散り過ぎぬとも三輪山はいまだ含《ふふ》めり君待ちかてに　（巻九）

弓削皇子《ゆげのみこ》に献る歌三首〈その一首〉

1701 さ夜中と夜は更けぬらし雁が音の聞こゆる空に月渡る見ゆ　（巻九）

紀伊国にして作る歌四首〈その一首〉

1799 玉津島磯の浦廻《うらみ》の真砂《まなご》にもにほひて行かな妹が触れけむ　（巻九）

1812 ひさかたの天《あめ》の香具山《かぐやま》この夕べ霞たなびく春立つらしも　（巻十）

2334 沫雪は千重に降りしけ恋ひしくの日《け》長きわれは見つつ偲はむ　（巻十）

2352 新室《にひむろ》を踏み静む子が手玉《ただま》し鳴るも　玉のごと照らせる君を内にと申せ　（巻十一）

*忍壁皇子—180ページ参照。
*放たず—原文「不放」。ハナタヌと訓む説がある。

*舎人皇子—171ページ参照。

*散り過ぎぬとも—原文「散過去鞆」。チリスギヌレドモ・チリスギヌレド・チリスグレドモ・チリスギユケドモとも訓む。
*三輪山—165ページ参照。
*弓削皇子—172ページ参照。

*玉津島—和歌山市の和歌浦にあった島で、今はその入江が全域陸地化し、古の玉津島は鏡山・奠供(てんぐ)山・雲蓋山などの岡となって残っている。
*にほひて行かな—原文「尓保比去名」。『万葉考』により「弖」を補って訓んだ。一訓、ニホヒニユカナ。
*天の香具山—161ページ参照。

*踏み静む子が—原文「踏静子之」。フミシヅムコシとも訓む。
*手玉し鳴るも—原文「手玉鳴裳」。タダマナラスモとも訓む。

2368 たらちねの母が手離れかくばかり術《すべ》無きことはいまだ為《せ》なくに　（巻十一）

2394 朝影にわが身は成りぬ玉かぎるほのかに見えて去《い》にし子ゆゑに　（巻十一）

2453 春柳葛城山《かつらきやま》に立つ雲の立ちても居ても妹をしそ思ふ　（巻十一）

原文（春楊　葛山　発雲　立座　妹念）

2456 ぬばたまの黒髪山の山草《すげ》に小雨降りしきしくしく思ほゆ　（巻十一）

3127 度会《わたらひ》の大川の辺の若ひさきわが久ならば妹恋ひむかも　（巻十二）

柿本朝臣人麻呂の歌集の歌に曰はく

3253 葦原の　瑞穂の国は　神《かむ》ながら　言挙《ことあげ》せぬ国　然《しか》れども　言挙ぞわがする　言幸《ことさき》く　ま幸く坐《ま》せと　つつみなく　幸く坐《いま》さば　荒磯《ありそ》波　ありても見むと　百重波　千重波しきに　言挙す我は　言挙す我は　（巻十三）

反　歌

3254 磯《し》城《き》島《しま》の日本《やまと》の国は言霊《ことだま》の助くる国ぞま幸くありこそ　（巻十三）

3481 あり衣《きぬ》のさゑさゑ沈み家の妹に物言はず来にて思ひ苦しも　（巻十四）

*春柳―枕詞。春の柳をカヅラにする（カヅラク）意で、カヅラキにかかる。
*葛城山―主峰 金剛山（高さ一一二五メートル）を中心に南北につらなる連峰。奈良県と大阪府との境をなす。
*黒髪山―奈良市の北方、奈良山の東部、佐保山の一部にこの名がある。山中に黒髪社がある。栃木県日光市・岡山県新見(にいみ)市に求める説もある。
*山草―「草」をカヤと訓む例があるように、ここはスゲを指したと思われる。一訓、ヤマクサニ。
*小雨降りしき―初句よりここまで、シクシクを導く序。
*度会の大川―「度会」は三重県度会郡の地。今の伊勢市を含む。大川は宮川か五十鈴川。
*若ひさき―初句よりここまで、同音によってワガヒサナラバを導く序。
*荒磯波―同音でアリにかかる枕詞。
*千重波しきに―原文「千重浪尓敷」。チヘナミニシキと訓む。『万葉考』の「尓敷」を「敷尓」と改めたのによる。百重波千重波はシキニを導く序。
*言挙すわれは―原文「言上為吾」。一訓、コトアゲスワレ。
*磯城島の―ヤマトにかかる枕詞。磯城島の宮のある大和の意でかかるという。欽明天皇の磯城島金刺宮が奈良県桜井市金屋の地にあった。古く崇神天皇の磯城瑞籬宮もあった。
*助くる国ぞ―原文「所佐国叙」。サキハフクニゾとも訓む。

柿本朝臣人麻呂の歌集の中に出づ。上に見ゆること已《すで》に訖《をは》りぬ。

第三期

笠朝臣金村《かさのあそみかなむら》

霊亀元年、歳次《さいし》乙卯秋九月、志貴親王《しきのみこ》の薨《かむあが》りましし時の歌一首　短歌を并せたり

230
梓弓　手に取り持ちて　大夫《ますらを》の　得物矢《さつや》手挾《たばさ》み　立ち向ふ　高円山《たかまとやま》に
春野焼く　野火と見るまで　燃ゆる火を　いかにと問へば　玉桙《ほこ》の　道
来る人の　泣く涙　こさめに降りて　白たへの　衣湿《ひ》ちて　立ち止まり
われに語らく　何しかも　もとなとぶらふ　聞けば　哭《ね》のみし泣かゆ
語れば　心そ痛き　天皇《すめろき》の　神の御子《みこ》の　いでましの　手火《たび》の光そ　こ
こだ照りたる　（巻二）

短歌二首

231
高円《たかまと》の野辺の秋萩いたづらに咲きか散るらむ見る人なしに　（巻二）

*上に見ゆる…―人麻呂の歌に「珠衣のさゐさゐ沈み家の妹に物言はず来にて思ひかねつも」(五〇三)がある。
○第三期―平城遷都の年から聖武天皇の天平五年まで二十四年間。平城京が完成し、国家の体制も整い、その勢力も北に南に伸展し、大陸文化も広く浸透し、都には新しい文化が花開いた。文化の進展は個の自覚を進め、思想も嗜好も複雑になり、歌の世界にも様々な個性が現われた。この期は個性的な歌風の時代である。
○笠金村―伝未詳。行幸従駕の作が多く、宮廷歌人的存在であった。下級官人だが歌人として名が高かったらしく、頼まれて代作もしている。万葉第三期の代表歌人の一人。笠金村歌集の歌は彼の作品と考えられている。歌数四五、長歌一一・短歌三四。
*霊亀元年、歳次乙卯秋九月―志貴皇子の薨時について続紀は霊亀二年八月十五日としている。事実は元年だったが、同月元正天皇が即位されたので薨奏を一年遅らせたという説があるが、疑わしい。年表参照。
*志貴親王―174ページ参照。
*梓弓手に取り持ちて…立ち向ふ―高円山を導く序。
*高円山―奈良市の東南方、春日山の南に、続く山。高さ四六二メートル。前面にひろがる傾斜地が高円の野で、平城京の貴族たちの遊楽の地であった。志貴皇子の墓はこの山の東南麓にある。なお西麓にある白毫寺は、志貴皇子の宮址と伝えている。
*いかにと問へば―原文「以如問者」。ナニカトトヘバとも訓む。
*いでまし―御葬送。

232 三笠山野辺行く道はこきだくも繁《しじ》に荒れたるか久にあらなくに　（巻二）

右の歌は、笠朝臣金村の歌集に出づ。

養老七年癸亥夏五月、芳野《よしの》の離宮《とつみや》に幸《いでま》しし時に、笠朝臣金村の作る歌一首

短歌を并せたり

907 滝《たぎ》の上の　御舟《みふね》の山に　瑞枝《みづえ》さし　繁《しじ》に生ひたる　栂《とが》の木の　いやつぎ
つぎに　万代《よろづよ》に　かくし知らさむ　み吉野の　蜻蛉《あきつ》の宮は　神柄《かむから》か
貴くあるらむ　国柄《くにから》か　見が欲《ほ》しからむ　山川を　清《きよ》み清《さや》けみ　うべし
神代ゆ　定めけらしも　（巻六）

反歌二首

908 毎年《としのは》にかくも見てしかみ吉野の清き河内の激《たぎ》つ白波　（巻六）

909 山高み白木綿《しらゆふ》花に落ち激《たぎ》つ滝《たぎ》の河内は見れど飽かぬかも　（巻六）

山部宿禰《やまべのすくね》赤人《あかひと》

神亀《じんき》元年甲子冬十月五日、紀伊国に幸《いでま》しし時に、山部宿禰赤人の作る歌一首

短歌を并せたり

*三笠山—奈良市街の東方、春日神社の背後の円錐形の山。形が蓋（きぬがさ）に似ているところから御蓋山という（高さ二八三メートル）。今、俗にいう三笠山（若草山）とは別。

*繁に荒れたるか—原文「繁荒有可」。シゲリアレタルカとも訓む。

*芳野の離宮に幸しし時—元正天皇の行幸。続紀によれば養老七（七二三）年五月九日出発、十三日帰京。吉野離宮168ページ参照。

*御舟の山—奈良県吉野郡吉野町の宮滝の東南方に、吉野川を隔ててそびえる山。三船山、船岡山とも。高さ四八七メートル。

*栂の木の—初句よりここまで、トガとツギとの類音によってツギツギを導く序。

*蜻蛉の宮—柿本人麻呂の吉野讃歌に「秋津の野辺に宮柱太敷きませば」（三六）とあり、アキヅノ宮は吉野離宮の別称。

○山部赤人—伝未詳。作歌年時の推定し得るものは神亀元（七二四）年から天平八（七三六）年まで。奈良時代前期に作歌活動をした万葉第三期の歌人。行幸従駕の作が多く、宮廷歌人的存在だったと思われる。特に自然詠に独自の境地を示し、自然歌人と言われる。柿本人麻呂と並び称せられる万葉代表歌人。歌数五〇、長歌一三・短歌三七。

*紀伊国に幸しし時—聖武天皇の行幸。続紀によれば神亀元（七二四）年十月五日に出発し、八日に玉津島頓宮に至り、ここに二十一日まで滞在した。同月二十三日帰京。

＊雑賀野―和歌山市の市街地の南部。聖武の玉津島頓宮は続紀に「造二離宮於岡東一」とあり、この岡は今、東照宮のある権現山の丘陵と見られる。雑賀野はこの岡の東方、和歌浦町の西北に接する一帯の平地。
＊沖つ島―玉津島のこと。
＊玉津島山―191ページ参照。
＊い隠りゆかば―原文「伊隠去者」の「伊」が元暦本・金沢本・紀州本では「伍」とあるので、この字を前の句につけてシホヒミチテカクロヒユカバ（あるいはカクラヒヌレバ）と訓む説に従うべきかと思われるが、それによれば第三句が母音音節を含まぬ字余りになる。
＊和歌の浦―和歌山市和歌浦。雑賀崎寄りに新和歌浦の名所ができているが、古の和歌浦は玉津島が点在していた入江で、今は陸地に化している。旧和歌浦という。
＊赤人の作る歌二首―巻六ではこの前に「神亀二年乙丑夏五月、吉野の離宮に幸しし時に、　笠朝臣金村の作る歌」（九二〇～九二二）があり、この赤人の歌も同じ行幸時の作と考えられている。
＊吉野の宮―168ページ参照。
＊象山―奈良県吉野郡吉野町宮滝の南正面、喜佐谷の西側の山。

917
やすみしし　わご大君の　常宮《とこみや》と　仕へ奉《まつ》れる　雑賀野《さひかの》ゆ　背向《そがひ》に見ゆ
る　沖つ島　清き渚《なぎさ》に　風吹けば　白波騒き　潮干《ふ》れば　玉藻刈りつつ
神代より　然《しか》そ尊き　玉津島山　（巻六）

反歌二首

918
沖つ島荒磯《ありそ》の玉藻潮干満ちい隠りゆかば思ほえむかも　（巻六）

919
和歌の浦に潮満ち来れば潟を無み葦辺をさして鶴《たづ》鳴き渡る　（巻六）

右は、年月を記さず、但し玉津島に従駕《おほみとも》すといへり。これに因《よ》りて今、
行幸の年月を検注して以ちて載す。

山部宿禰赤人の作る歌二首〈その一首〉短歌を并せたり

923
やすみしし　わご大君の　高知らす　吉野の宮は　畳《たた》なづく　青垣隠《ごも》り
川なみの　清き河内そ　春べは　花咲きをり　秋されば　霧立ち渡る
その山の　いやますますに　この川の　絶ゆること無く　ももしきの
大宮人は　常に通はむ　（巻六）

反歌二首

924
み吉野の象山《きさやま》の際《ま》の木末《こぬれ》にはここだも騒く鳥の声かも　（巻六）

925 ぬばたまの夜のふけゆけば久木《ひさき》生ふる清き河原に千鳥しば鳴く　（巻六）

山部宿禰赤人の、不尽《ふじ》の山《やま》を望《みさ》くる歌一首　短歌を并せたり

317 天地《あめつち》の　分れし時ゆ　神《かむ》さびて　高く貴き　駿河《するが》なる　富士の高嶺《たかね》を
天の原　振り放《さ》け見れば　渡る日の　影も隠らひ　照る月の　光も見え
ず　白雲も　い行きはばかり　時じくそ　雪は降りける　語り継ぎ　言
ひ継ぎ行かむ　富士の高嶺は　（巻三）

反　歌

318 田児《たご》の浦ゆうち出でてみれば真白にそ富士の高嶺に雪は降りける（巻三）

山部宿禰赤人の歌六首〈その二首〉

358 武庫《むこ》の浦を漕ぎ廻《み》る小舟粟島を背向《そがひ》に見つつ羨《とも》しき小舟　（巻三）

359 阿倍《あべ》の島鵜《う》の住む磯に寄する波間《ま》なくこのころ大和し思ほゆ　（巻三）

山部宿禰赤人、故《すぎにし》太政大臣藤原家の山池《しま》を詠《うた》ふ歌一首

378 古《いにしへ》の古き堤は年深み池のなぎさに水草《みくさ》生ひにけり　（巻三）

勝鹿《かつしか》の真《ま》間娘子《まのをとめ》の墓を過ぐる時に、山部宿禰赤人の作る歌一首　短歌を并せ

*ひさき—のうぜんかずら科の落葉喬木キササゲという。川辺などに自生し、初夏に暗紫色の斑点のある淡黄色の花を開く、実を薬用にする。また、とうだいぐさ科の落葉喬木アカメガシワのことという。若芽が鮮かな赤色なのでこの名がある。夏、白い花を穂状につける。他に、木の名でなく雑木・柴をさしているとする説がある。

*不尽の山—富士山。集中、不自・布士・布仕・布自と書かれている。

*田児の浦—富士川西岸の静岡県庵原(いはら)郡の蒲原(かんばら)・由比・倉沢あたりの弓なりに続く海浜という。現在有名な田子の浦は別の地。

*武庫の浦—兵庫県尼崎市から西宮市にかけてのあたりの海。

*粟島—所在不明。四国の阿波説、屋島の北の島説、淡路島の属島説など。

*阿倍の島—所在不明。大阪市阿倍野区あたりとする説の他、和歌山・兵庫・愛知などの諸県に求める説がある。

*故太政大臣藤原家—藤原不比等の邸。

*山池—築山と池泉のある庭園。林泉。シマ。

*勝鹿—下総国葛飾郡。東西南北の葛飾郡に分れ、今は千葉県東葛飾郡・松戸市・市川市・東京都葛飾区・江戸川区・埼玉県北葛飾郡など。

*真間娘子—真間のあたりに居たという伝説上の女性。千葉県市川市国府台の南の崖下に真間町がある。今ここに手児奈の墓と伝える手児奈堂がある。

たり　東の俗語に云ふ、可豆思賀能麻末乃弖胡《かづしかのままのてご》

431 古《いにしへ》に　ありけむ人の　倭文機《しつはた》の　帯解き交《か》へて　伏屋《ふせや》立て　妻問《ど》ひしけむ　勝鹿の　真間の手児名《てごな》が　奥つ城《き》を　こととは聞けど　真木《まき》の葉や　茂りたるらむ　松が根や　遠く久しき　言《こと》のみも　名のみもわれは　忘らゆましじ　（巻三）

反　歌

432 われも見つ人にも告げむ勝鹿の真間の手児名が奥つ城処《どころ》　（巻三）

433 勝鹿の真間の入江にうち靡《なび》く玉藻刈りけむ手児名し思ほゆ　（巻三）

山部宿禰赤人の歌四首〈その二首〉

1424 春の野にすみれ摘みにと来しわれそ野を懐しみ一夜《ひとよ》寝にける　（巻八）

1427 明日よりは春菜摘まむと標《し》めし野に昨日も今日も雪は降りつつ　（巻八）

山部宿禰赤人の歌一首

1431 百済《くだら》野の萩の古枝《え》に春待つと居りし鶯鳴きにけむかも　（巻八）

*帯解き交へて―互いに相手の帯を解いてやる。巻九の高橋虫麻呂歌集中の作によると、手児名は男になびかずに死んだと伝えているので、求婚のために男が帯を改めて盛装する意という説がある。また、伏屋のフスにかかる序ともいう。

*手児奈―テゴは人の手に抱かれる幼児の意、また父母の手にある処女の意か。手に技芸ある児とする説もある。ナは主として東国語で人を呼ぶ語について親愛の意を表わす接尾語。またオキナのナに同じく人の意という。

*春菜―春の野草で、つんで食べるもの。ワカナと訓む説がある。

*百済野―奈良県北葛城郡広陵町百済あたりを中心に、曾我川・葛城川流域一帯の野。朝鮮半島からの帰化人による一つの文化圏をなしていた。

大伴宿禰旅人《おほとものすくねたびと》

暮春の月、芳野《よしの》の離宮《とつみや》に幸《いでま》し時に、中納言大伴卿《おほとものまへつきみ》の、勅《みことのり》を奉《うけたま》はりて作る歌一首　短歌を并せたり　奏上を経ざる歌

315
み吉野の　吉野の宮は　山柄し　貴くあらし　川柄し　清《さや》けくあらし
天地《あめつち》と　長く久しく　万代に　変らずあらむ　行幸《いでまし》の宮　（巻三）

反　歌

316
昔見し象《きさ》の小川を今見ればいよよ清《さや》けくなりにけるかも　（巻三）

大宰帥《だざいのそち》大伴卿の、酒を讃《ほ》むる歌十三首

338
験《しるし》なき物を思はずは一坏《つき》の濁れる酒を飲むべくあるらし　（巻三）

339
酒の名を聖と負《おほ》せし古《いにしへ》の大き聖の言のよろしさ　（巻三）

340
古《いにしへ》の七の賢《さか》しき人たちも欲りせしものは酒にしあるらし　（巻三）

341
賢《さか》しみと物言ふよりは酒飲みて酔《ゑひ》泣きするしまさりたるらし　（巻三）

342
言はむすべせむすべ知らず極まりて貴きものは酒にしあるらし　（巻三）

343
なかなかに人とあらずは酒壺《さかつぼ》になりにてしかも酒に染《し》みなむ　（巻三）

344
あな醜《みにくさか》賢しらをすと酒飲まぬ人をよく見ば猿にかも似る　（巻三）

○大伴旅人―安麻呂の長子。家持の父。万葉集では大伴卿とある。和銅三(七一〇)年正五位上左将軍として続紀に初めて見える。以来、中務卿・中納言を歴任。神亀元（七二四）年正三位。同四年頃大宰帥に任ぜられた。この九州在任中が彼の作歌活動の中心である。山上憶良との交友もこの時であった。天平二(七三〇)年冬大納言に任ぜられて帰京、翌年七月没。六十七歳。歌は漢詩文の教養が生かされ、特異な歌風で万葉第三期の代表歌人の一人。歌数七一、長歌一・短歌七〇。

*暮春の月―三月。旅人が中納言に任ぜられたのは養老二(七一八)年三月。それ以後の三月の吉野行幸は、神亀元(七二四)年聖武天皇の行幸がある。

*吉野の離宮―168ページ参照。

*貴くあらし―原文「貴有師」。一訓、タフトカルラシ。

*清けくあらし―原文「清有師」。一訓、サヤケカルラシ。

*象の小川―今、吉野の宮滝の対岸の象山と三船山との間に、喜佐谷がある。吉野の金峰山(きんぷせん)と水分(みくまり)山から発して喜佐谷を北流し、吉野川に注ぐ川。

*大宰帥―大宰府の長官。

*酒の名を聖と負せし―三国志魏志の徐邈(じょばく)伝に「謂二酒清者一為二聖人一。」とある。

*古の七の賢しき人たち―竹林の七賢人。世説新語の任誕篇に「陳留阮籍、譙国嵆康、河内山濤、三人年皆相比、康年少亜レ之。預二此契一者、沛国劉伶、陳留阮咸、河内向秀、琅邪王戎、七人集二于竹林之下一、肆レ意酣暢、故世謂二竹林七賢一」とある。

*酒壺になりにてしかも―酒壺になりたいという話は琱玉集十四、嗜酒篇にある。

345 価《あたひ》なき宝といふとも一坏《つき》の濁れる酒にあにまさめやも　（巻三）

346 夜光る玉といふとも酒飲みて心をやるにあに及《し》かめやも　（巻三）

347 世の中の遊びの道にすずしきは酔泣きするにあるべくあるらし　（巻三）

348 この世にし楽しくあらば来む世には虫に鳥にもわれはなりなむ　（巻三）

349 生ける者つひにも死ぬるものにあればこの世なる間《ま》は楽しくをあらな　（巻三）

350 黙然《もだ》居りて賢しらするは酒飲みて酔泣するになほ及《し》かずけり　（巻三）

大宰帥大伴卿の、凶問に報《こた》ふる歌一首

禍故重畳し、凶問累集す。永《ひたぶる》に崩心の悲しびを懐《むだ》き、独り断腸の泣《なみた》を流す。但し両君の大いなる助に依りて、傾命を纔《わづか》に継げらくのみ　筆の言を尽さぬは、古今嘆く所なり。

793 世の中は空しきものと知る時しいよよますます悲しかりけり　（巻五）

神亀五年六月二十三日

梅花の歌三十二首〈その一首〉序を并せたり

天平二年正月十三日に、帥《そち》の老《おきな》の宅《いへ》に萃《あつ》まりて、宴会を申《ひら》きき。時に、初春の

*価なき宝―『法華経』など仏典に「無価宝珠」とある。

*夜光る玉―『文選』など漢籍に夜光の玉が見られる。

*筆の言を尽さぬ―周易・繫辞に「書不レ尽レ言、言不レ尽レ意、然則聖人之意其不レ可レ見乎」とある。

令月にして、気淑《よ》く風和《やはら》ぎ、梅は鏡前の粉を披《ひら》き、蘭は珮後《はいご》の香《かう》を薫ず。加《しかのみ》之《にあらず》、曙の嶺に雲移り、松は羅《うすもの》を掛けて蓋《きぬがさ》を傾け、夕の岫《くき》に霧結び、鳥は縠《うすもの》に封《こ》めらえて林に迷《まと》ふ。庭には新蝶舞ひ、空には故雁帰る。ここに天を蓋とし、地を座《しきゐ》とし、膝を促《ちかづ》け觴《さかづき》を飛ばす。言《こと》を一室の裏《うち》に忘れ、衿《ころものくび》を煙霞の外に開く。淡然に自《みづか》ら放《ほしきまま》にして、快然に自ら足る。若し翰苑あらぬときには、何を以ちてか情を攄《の》べむ。請ふ落梅の篇を紀《しる》さむ。古と今とそれ何そ異ならむ。園の梅を賦して聊《いささ》かに短詠を成す宜《べ》し。

822
わが園に梅の花散るひさかたの天より雪の流れ来るかも　主人　（巻五）

松浦《まつら》川に遊ぶ序

余《われ》、暫《たまさか》に松浦の県《あがた》に往きて逍遥し、聊《いささ》かに玉島の潭《ふち》に臨みて遊覧せしに、忽ちに魚を釣る女子《をとめ》らに値《あ》ひき。花の容双《かほならび》無く、光《て》れる儀《すがたたぐひ》匹なし。柳の葉を眉《まよ》の中に開き、桃の花を頰《つら》の上に発《ひら》く。意気雲を凌ぎ、風流世に絶えたり。僕《われ》問ひて曰はく、誰が郷誰が家の児らそ、けだし神仙ならむかといふ。娘《をとめ》ら皆咲《ゑ》みて答へて曰はく、児等《われ》は漁夫《あま》の舎《いへ》の児、草の庵《いほ》の微《いや》しき者にして、郷も無く家も無し。何そ称《あ》げ云ふに足らむ。ただ性《ひととなり》水に便《なら》ひ、また心山を楽しぶ。或るときには洛浦《らくほ》に臨みて徒《いたづ》らに玉魚を羨《とも》しび、あるときには巫峡《ふかふ》に臥して空しく

*序―作者については旅人説・山上憶良説・旅人周辺の官人説などがある。
*帥の老―大宰帥大伴旅人。時に六十六歳。
*令月―よい月。初春正月をいう。
*鏡前の粉―鏡台の前のおしろい。
*珮後の香―帯にさげた匂い袋。
*岫―山の穴。
*故雁―前の年の秋から来ている雁。
*天を蓋とし、地を座とし―淮南子原道訓に「以レ天為レ蓋、以レ地為レ輿」とある。
*衿を煙霞の外に開く―着物のえりを開き、くつろいで外の景色に対すること。
*淡然に―こだわるところがないさま。
*快然に自ら足る―蘭亭集序に「快然自足、曽不レ知二老之将一レ至」とある。
*翰苑―文筆。
*主人―この梅花の宴の主人。
*松浦川―佐賀県東松浦郡の玉島川をいう。今の松浦川ではない。
*松浦の県―肥前国松浦郡で、今、佐賀県東・西松浦郡、唐津市、伊万里市及び長崎県北・南松浦郡、松浦市などに分れている。
*忽ちに―思いがけず。ゆくりなくも。
*神仙―ここは仙女。
*何そ称げ云ふに足らむ―名のるほどの者ではない。
*性水に便ひ―生れた時から川に親しんでいる。
*洛浦―洛水の浜。洛水は『文選』洛神賦に見える川の名。ここは玉島川のほとり。
*玉魚―玉は美称。
*巫峡―『文選』高唐賦に見える巫山という一種の神仙峡。ここは玉島川の峡。

烟霞を望む。今邂逅《たまさか》に貴客《うまひと》に相遇《あ》ひ、感応に勝《あ》へず、輙《すなは》ち欵曲《くわんきよく》を陳《の》ぶ。今より後に、あに偕老にあらざるべけむといふ。下官《やつかれ》対《こた》へて曰はく、唯々《をを》、敬《つつし》みて芳命を奉《うけたま》はるといふ。時に日は山の西に落ち、驪馬《りばい》去なむとす。遂に懐抱を申《の》べ、因りて詠歌を贈りて曰はく

853 あさりする海人《あま》の子どもと人は言へど見るに知らえぬうまひとの子と　（巻五）

答ふる詩《うた》に曰はく

854 玉島のこの川上に家はあれど君をやさしみ顕《あら》はさずありき　（巻五）

天平二年庚午冬十二月、大宰帥大伴卿の、京に向ひて上道《みちたち》する時に作る歌五首〈その三首〉

446 吾妹子《わぎもこ》が見し鞆《とも》の浦のむろの木は常世《とこよ》にあれど見し人ぞなき　（巻三）

447 鞆の浦の磯のむろの木見むごとに相見し妹は忘らえめやも　（巻三）

448 磯の上に根延《ねば》ふむろの木見し人をいづらと問はば語り告げむか　（巻三）

右の三首は、鞆の浦を過ぐる日に作る歌なり。

故郷の家に還《かへ》り入りて、即ち作る歌三首

*欵曲―まごころのすみずみまで。
*偕老―夫婦が偕(とも)に長生きすること。転じて夫婦をいう。
*下官―官人が自分をいう謙譲のことば。
*驪馬―純黒の馬。
*懐抱―心の中にいだいている思い。

*天平二年十二月―旅人は同年十一月(『公卿補任』によれば十月)に、大納言に任ぜられて帰京した。
*鞆の浦―広島県福山市鞆町の海岸で、円形の湾。風光絶佳、古来内海航路の要港。
*むろの木―ひのき科の常緑針葉樹。ハイネズ。備後地方ではモロギと呼ばれ、霊木として信仰されているという。イブキとも。
*いづらと問はば―イヅラは広い茫漠とした不定の場所をさす語。不審を抱かせたものについての疑念を、どうしたのか、と感動詞的にいうのに用いる。

451 人もなき空しき家は草枕旅にまさりて苦しかりけり　（巻三）

452 妹として二人作りしわが山斎《しま》は木高《こ》く繁くなりにけるかも　（巻三）

453 吾妹子が植ゑし梅の木見るごとに心咽《む》せつつ涙し流る　（巻三）

山上臣憶良《やまのうへのおみおくら》

山上臣憶良の、大唐《もろこし》に在る時に、本郷《くに》を憶《おも》ひて作る歌

63 いざ子ども早く大和へ大伴の御津の浜松待ち恋ひぬらむ　（巻一）

山上憶良臣の、宴《うたげ》を罷《まか》る歌一首

337 憶良らは今は罷らむ子泣くらむそれその母も吾《わ》を待つらむそ　（巻三）

蓋《けだ》し聞く、四生《ししやう》の起滅は、夢《いめ》の皆空しきが方《ごと》く、三界の漂流《へうる》は環《たまき》の息《や》まぬが喩《ごと》し。所以《そゑ》に、維摩《ゆいま》大士《だいじ》は方丈に在りて、染疾《ぜんしつ》の患《うれ》へを懐《むだ》きしことあり、釈迦能《のう》仁《にん》は双林に坐《いま》して、泥洹《ないをん》の苦しびを免れたまふことなし。故《かれ》に知りぬ、二聖至極《にしやうしごく》すら力負の尋ね至ることを払ふこと能はず、三千世界に誰か能く黒闇《こくあん》の捜ね来ることを逃れむ。二つの鼠競《きほ》ひ走りて、目を度《わた》る鳥旦《あした》に飛び、四つの蛇《へみ》争《いそ》ひ侵して、隙《げき》を過ぐる駒夕に走る。嗟呼《ああ》痛ましきかも。紅顔は三従と長《とほ》く逝き、

*山斎―「山斎」は山荘の意だが、集中「属二目山斎一作歌」と題して庭園を詠む（四五一）。池や築山のある庭園のこと。林泉。
○山上臣憶良―大宝元（七〇一）年遣唐使少録として始めて国史に見え、この時無位、四十二歳。翌二年渡唐。慶雲年間に帰朝。和銅七（七一四）年従五位下。伯耆守、東宮侍講を経て神亀三（七二六）年頃筑前守となり、大宰帥大伴旅人と交遊し多くの優れた歌を作った。帰京後間もなく、天平五（七三三）年七十四歳で没か。憶良の作歌活動は晩年に偏しており、万葉第三期の代表的歌人の一人。歌数七六、長歌一一・短歌六四・旋頭歌一。
*大唐に在る時―大宝二年渡唐の遣唐使の帰朝は慶雲元年七月、同四年三月と養老二年十二月の三回に分れた。憶良は慶雲年間のどちらかで帰国した。
*大伴の御津―大伴は大阪市から堺市に至る一帯の総名、古く大伴氏の所領であった。
*それその母も―原文「其彼母毛」。ソノカノハハモ・ソモソノハハモとも訓む。「彼」を「被」の誤りとしてソヲオフハハモとも訓む説もある。その子を負う意という。
*四生―仏語。胎生・卵生・湿生・化生。あらゆる生物の意。
*三界―仏語。欲界・色界・無色界。
*維摩大士―維摩詰（きつ）。大士は尊称。
*方丈―一丈四方の室。
*釈迦能仁―能仁は釈迦の別称。
*双林―沙羅双樹の林。
*泥洹―死。
*力負の尋ね至ること―『荘子』大宗師篇による。隠れ難いこと、逃れ難いことをいう。
*三千世界―仏語。小千世界・中千世界・大千世界を合せていう。全宇宙。

素質は四徳と永く滅びたり、何そ、偕老の要期《ご》に違ひ、独飛して半路に生きむことを図らむ。蘭室に屏風徒らに張りて、断腸の哀《かな》しび弥《いよいよ》痛く、枕頭に明鏡空しく懸かりて、染筠《ぜんゐん》の涙逾《いよいよ》落つ。泉門一たび掩《おほ》はれて、再び見む由もなし。嗚呼哀しきかも。

愛河《あいが》の波浪は已先《すで》に滅《き》え
苦海の煩悩も亦結ぼほることなし
従来《むかしより》此の穢土《ゑど》を厭離《えんり》す
本願をもちて生を彼《そ》の浄刹に託《よ》せむ

日本挽歌一首

大君の　遠《とほ》の朝廷《みかど》と　しらぬひ　筑紫の国に　泣く子なす　慕ひ来まして　息だにも　いまだ休めず　年月も　いまだあらねば　心ゆも　思はぬ間《あひだ》に　うち靡《なび》き　臥《こや》しぬれ　言はむすべ　せむすべ知らに　石木《いはき》をも　問ひ放《さ》け知らず　家ならば　形《かたち》はあらむを　恨めしき　妹の命《みこと》の　我《あれ》をばも　いかにせよとか　鳰鳥《にほ》の　二人並び居《ゐ》　語らひし　心背《そむ》きて　家離《ざか》りいます　（巻五）

反歌〈五首中の二首〉

＊黒闇―『涅槃経』に不幸・死の象徴として見える黒闇天女。
＊二つの鼠競ひ走り―昼夜が早く進行する。
＊目を度る鳥旦に飛び―時間の経過が早い。
＊四つの蛇争ひ侵して―四蛇は万物を構成する地水火風の四大要素のたとえ。
＊隙を過ぐる駒夕に走る―時間の経過の早いことのたとえ。
＊紅顔―女の美しい顔。
＊三従―女の従うべき三つの道。『礼記』郊特牲に「婦人従レ人者也、幼従二父兄一、嫁従レ夫、夫死従レ子」とある。
＊素質―女の色白い肌。
＊四徳―女の守るべき四つの徳。『礼記』昏義に「婦人先レ嫁三月…教以二婦徳・婦言・婦容・婦功一」とある。
＊要期―誓い。約束。
＊染筠の涙―竹をも染めるほどの涙。帝舜が死んだ時、その妃の涙が竹をまだらに染めたという中国の伝説（博物志）による。
＊泉門―黄泉の門。
＊愛河―愛欲の溺れやすさを川にたとえた。
＊苦海―世の中の苦悩を海にたとえた。
＊浄刹―浄土。
＊日本挽歌―漢詩に対して日本語の挽歌。

797 悔《くや》しかもかく知らませばあをによし国内《くぬち》ことごと見せましものを　（巻五）

798 妹が見し楝《あふち》の花は散りぬべしわが泣く涙いまだ干なくに　（巻五）

神亀五年七月二十一日　筑前国守山上憶良《やまのうへのおくら》上《たてまつ》る

子等を思ふ歌一首　序を并せたり

釈迦如来い、金口《こんく》に正に説きたまはく、等しく衆生を思ふこと、羅睺羅《らごら》の如しとのたまへり。又説きたまはく、愛は子に過ぎたりといふこと無しとのたまへり。至極の大聖すら尚し子を愛《うつく》しぶる心あり。況《いは》むや世間《よのなか》の蒼生《あをひとくさ》の、誰かは子を愛しびずあらめや。

802 瓜食《は》めば　子ども思ほゆ　栗食めば　まして偲《しぬ》はゆ　いづくより　来《きた》りしものそ　眼交《まなかひ》に　もとな懸《かか》りて　安眠《やすい》し寝《な》さぬ　（巻五）

反　歌

803 銀《しろかね》も金《くがね》も玉も何せむにまされる宝子に及《し》かめやも　（巻五）

梅花の歌三十二首〈その一首〉序を并せたり〈略〉

818 春さればまづ咲く宿の梅の花独り見つつや春日暮さむ　筑前守山上大夫　（巻五）

*あをによし—クヌチにかかる枕詞。集中全用例が奈良にかかるので、これは唯一の例外である。「国」のほめことばとして用いたのであろうか。「原文阿乎尓与之」の「乎」を「奈」の誤写としてアナニヨシと訓み、アナニヤシと同じとする説がある。

*金口—如来は金身であるから、その口を尊んでいう。

*羅睺羅—釈迦の出家前の子。

*蒼生—一般の人々。人民。神代紀上の一書の中に「顕見蒼生、此云宇都志枳阿烏比等久佐」とあり、古事記上に「青人草」とある。

*しぬはゆ—原文「斯農波由」の「農」はヌの仮名。シヌハユと発音することもあったか。憶良の古語使用癖によるかと見る説もある。

*梅花の歌の序—199ページ参照。序の作者については憶良説もある。

*風雑り、雨雑り―原文「風雑」「雨雑」。一訓、カゼマジヘ、アメマジヘ。

*飢ゑこごゆらむ―原文「飢寒良牟」。ウヱサムカラム・ウヱコユラムとも訓む。

*乞ひて―原文「乞〻」で、コフコフ・コヒコヒと訓むが、「乞弖」とする代匠記の説による。また、「〻」は「吟」の口扁の位置が下って誤ったとしてニヨビと訓む説がある。

*吾もなれるを―原文「安礼母作乎」。アレモツクルヲとも訓む。

敢へて私の懐《おもひ》を布《の》ぶる歌三首〈その一首〉

880 天離《ざか》る鄙《ひな》に五年《いつとせ》住まひつつ都の風俗《てぶり》忘らえにけり　（巻五）

天平二年十二月六日　筑前国司山上憶良謹みて上《たてまつ》る

貧窮問答の歌一首　短歌を并せたり

892 風雑《まじ》り　雨降る夜《よ》の　雨雑り　雪降る夜《よ》は　すべもなく　寒くしあれば　堅塩《かた》を　取りつづしろひ　糟湯酒《かすゆざけ》　うちすすろひて　咳《しは》ぶかひ　鼻びしびしに　しかとあらぬ　鬚《ひげ》かき撫でて　我《あれ》を除《お》きて　人はあらじと　誇ろへど　寒くしあれば　麻衾《あさぶすま》　引き被《かがふ》り　布肩衣《ぬのかたぎぬ》　ありのことごと　着《き》襲《そ》へども　寒き夜すらを　われよりも　貧しき人の　父母は　飢ゑ寒《こご》ゆらむ　妻子《めこ》どもは　乞《こ》ひて泣くらむ　この時は　いかにしつつか　汝《な》が世は渡る

天地《あめつち》は　広しといへど　我《あ》が為は　狭《さ》くやなりぬる　日月《ひつき》は　明かしといへど　我《あ》が為は　照りやたまはぬ　人皆か　我《あ》のみや然《しか》る　わくらばに　人とはあるを　人並に　吾《あれ》も作《なれ》るを　綿もなき　布肩衣の　海松《みる》のごと　わわけさがれる　襤褸《かかふ》のみ　肩にうち懸け　伏廬《ふせいほ》の　曲廬《まげ》の内に

＊里長―戸令に「凡戸以二五十戸一為レ里。毎レ里置二長一人一、掌下検二校戸口一、課二殖農桑一、禁二察非道一、催中駈賦役上」とある。

＊やさし―肩身がせまい。恥しい。

＊沈痾―久しく重い病気。

＊佃食―「佃」は狩をすること。

＊六斎―月に六日、殺生を禁じた。『令義解』雑令に「謂二六斎一八日、十四日、十五日、廿三日、廿九日、卅日」とある。

＊胎生―四生（202ページ参照）の一つ。母胎から生まれること。

＊三宝―仏、法、僧。

直土《ひたつち》に　藁《わら》解き敷きて　父母は　枕の方《かた》に　妻子《めこ》どもは　足《あと》の方に　囲《かく》み居て　憂へ吟《さまよ》ひ　かまどには　火気《ほけ》吹き立てず　甑《こしき》には　くもの巣懸きて　飯炊《いひかし》く　事も忘れて　ぬえ鳥の　のどよひ居《を》るに　いとのきて　短き物を　端《はし》切ると　言へるがごとく　楚取《しもと》る　里長《さとをさ》が声は　寝屋戸《ねやど》まで　来立ち呼ばひぬ　かくばかり　術《すべ》なきものか　世の中の道　（巻五）

893 世の中を憂しとやさしと思へども飛び立ちかねつ鳥にしあらねば（巻五）

山上憶良頓首謹みて上る

沈痾《ちんあ》自哀《じあい》の文

山上憶良作

竊に以《おもひみ》るに、朝夕山野に佃食《てんしょく》する者《ひと》すら、猶し災害無くして世を渡ることを得《う》（常に弓箭《や》を執り、六斎《りくさい》を避けず、値《あ》ふ所の禽獣、大きなると小さきと、孕《はら》めると孕まぬとを論《い》はず、並皆《とも》に殺し食《くら》ひ、此を以ちて業《なり》とする者《ひと》を謂《い》ふ）、昼夜河海に釣魚《てうぎょ》する者《ひと》すら、尚し慶福ありて俗《よ》を経《ふ》ることを全くす（漁夫、潜女、各《おのもおのも》勤むる所あり、男は手に竹竿《たかさを》を把《と》りて能《よ》く波浪《なみ》の上に釣り、女は腰に鑿籠《のみこ》を帯《お》びて、深き潭《ふち》の底に潜《かつ》き採る者を謂《い》ふ）。況《いは》むや、我は胎生《たいしやう》より今日に至るまでに、自《みづか》ら修善の志あり、曽《かつ》て作悪《さあく》の心無し（諸悪莫作《しょあくまくさ》、諸善奉行《しょぜんぶぎょう》の教へを聞くことを謂《い》ふ）。所以《そゑ》に三宝を礼拝して、日として勤めずといふこと無く(毎日誦経《ずきやう》し、発露《ほつろ》懺悔《さんげ》するなり)、百神を敬重《けいちよう》して、夜として闕《か》くこと有りといふこと鮮《な》し(天地の諸《もろもろ》の神等《たち》を敬拝することを謂《い》ふ)。嗟乎《ああ》媿《はづか》しきかも、我何の罪を犯してか、此の重き疾《やまひ》に遭へる(過去に造れる罪か、若《も》しくは現前に犯せる過《とが》なるかを知らず、罪過を犯すこと無くは、何そ此の病を獲む、と謂《い》ふ)。初め痾《やまひ》に沈みしより已来《このかた》、年月稍《やくやく》多し(十余年を経たることを謂《い》ふ)。是の時に年は七十有四にして、鬢髪斑白《ひんはつはんぱく》に、筋力尩羸《わうるい》なり。但に年の老いたるのみにあらず、復《また》斯の病を加へたり。諺《ことわざ》に曰はく、痛き瘡《きず》に塩を灌《そそ》き短き材《き》の端を截《き》るといふは、此の謂《いひ》なり。四支《しし》動かず、百節皆疼《いた》み、身体太《はなは》だ重く、猶し鈞《きん》石を負へるが如し(二十四銖《しゆ》を一両と為し、十六両を一斤《こん》と為し、三十斤を一鈞《きん》と為し、四鈞を一石《せき》と為す、合せて一百二十斤なり)。布に懸《かか》りて立たむと欲《おも》へば、翼折れたる鳥の如く、杖に倚《よ》りて歩まむとすれば足跛《な》へたる驢《うさぎうま》の比《ごと》し。吾《われ》、身已に俗《よ》を穿《うが》ち、心も亦塵《ちり》に累《わづら》ふを以ちて、禍《わざはひ》の伏す所、祟《たたり》の隠るる所を知らむと欲《おも》ひ、亀卜《きぼく》の門、巫祝《ふしゆく》の室、往きて問はずといふこと無し。〈後略〉

(巻五)

老いたる身の重き病に年を経て辛苦《たしな》み、及《また》児等を思ふ歌七首　長一首 短六首〈その三首〉

897

たまきはる　現《うち》の限りは(瞻浮州《せんぶしう》の人の寿《よはひ》一百二十年なるをいふ)　平らけく　安

*発露―みずから罪を現わすこと。

*年は七十有四―天平五(七三三)年七十四歳とすれば、憶良は斉明天皇六(六六〇)年の生まれで、年齢的には柿本人麻呂と同時代人であった。

*尩羸―身体が弱くて疲れやすいこと。

*二十四銖を一両と為し……―『淮南子』天文訓の度量軽重に関する条の文による。

*俗を穿ち―わが身を世俗の中につらぬき入れること。俗事にまみれる。

*亀卜の門―亀の甲を焼き、そのひび割れによってうらないをする家。

*巫祝の室―神に仕えて祈禱をする神職の家。

*瞻浮州―仏語。須弥山の南方の地で、南瞻浮州とも南閻浮提ともいわれる。人間の住む所という。

くもあらむを　事も無く　喪無くもあらむを　世の中の　憂けく辛《つら》けく
いとのきて　痛き傷には　辛塩《から》を　注くちふがごとく　ますますも　重
き馬荷に　上荷打つと　言ふことのごと　老いにてある　わが身の上に
病をと　加へてあれば　昼はも　歎かひ暮し　夜はも　息衝《いきづ》きあかし
年長く　病みし渡れば　月重ね　憂へ吟《さまよ》ひ　ことことは　死ななと思へ
ど　五《さ》月蠅《ばへ》なす　騒く児どもを　打《うつ》棄てては　死《しに》は知らず　見つつあれ
ば　心は燃えぬ　かにかくに　思ひわづらひ　哭《ね》のみし泣かゆ　（巻五）

反　歌

898 慰むる心はなしに雲隠り鳴き行く鳥の哭のみし泣かゆ　（巻五）
899 すべも無く苦しくあれば出で走り去《い》なと思《おも》へど児らに障《さや》りぬ　（巻五）
900 富人《とみひと》の家の子どもの着る身無み腐《くた》し棄つらむ絹綿らはも　（巻五）

天平五年六月、丙申の朔の三日戊戌に作る

山上臣憶良の沈《おも》き痾《やまひ》の時の歌一首

978 男《をのこ》やも空しかるべき万代に語り継ぐべき名は立てずして　（巻六）

右の一首は、山上憶良臣の沈き痾の時に、藤原朝臣《ふぢはらのあそみ》八束《やつか》、河辺朝臣《かはべのあそみ》東人《あづまひと》

*上荷打つ—上積みの荷物をつける。

*雲隠り鳴き行く鳥の—ネノミシナカユを導く序。

*児らに障りぬ—子供に邪魔されてしまった。子供のことが心にひっかかってそれができないこと。

*着る身無み—着るだけのからだがなくて。着物がたくさんあってからだが足りない意。

*藤原朝臣八束—藤原不比等の孫。房前（ふささき）の第三子。天平宝字四（七六〇）年に真楯（またて）の名を賜った。天平神護二（七六六）年大納言。同年三月没。正三位。五十二歳。万葉集に短歌八首。

*河辺朝臣東人—藤原八束の使者として憶良を見舞った。

をして疾《や》める状《さま》を問はしむ。ここに憶良臣、報《こたへ》の語《ことば》已に畢《をは》り、須《しまらく》ありて
涕《なみた》を拭《のご》ひ、悲しび嘆きて、この歌を口吟《うた》ふ。

山上臣憶良の、秋の野の花を詠む二首

1537 秋の野に咲きたる花を指《および》折りかき数ふれば七種《ななくさ》の花 其の一　（巻八）
1538 萩の花尾花葛《くず》花なでしこの花女郎花《をみなへし》また藤袴《ふぢばかま》朝顔の花 其の二　（巻八）

高橋《たかはしの》連《むらじ》虫麻呂《むしまろ》

水江《みづのえ》の浦嶋の子を詠む一首　短歌を并せたり

1740 春の日の　霞める時に　墨吉《すみのえ》の　岸に出で居て　釣船の　とをらふ見れ
ば　古《いにしへ》の　事そ思ほゆる　水江の　浦島の子が　堅魚《かつを》釣り　鯛釣り誇り
七日まで　家にも来ずて　海界《うなさか》を　過ぎて漕ぎ行くに　わたつみの　神
の女《をとめ》に　たまさかに　い漕ぎ向ひ　相誂《あと》らひ　事成りしかば　かき結び
常世《とこよ》に至り　わたつみの　神の宮の　内の重《へ》の　妙なる殿に　携《たづさ》はり
二人入り居て　老いもせず　死にもせずして　永き世に　ありけるもの

*朝顔の花―今日のアサガオ（牽牛子、一名ケニゴシ）とする説、キキョウ(桔梗)説、ムクゲ(槿)説、ヒルガオ説など。和名抄や本草和名に「牽牛子阿佐加保」とあるが、その花の性質が集中のアサガホの歌の内容にそぐわない。新撰字鏡に「桔梗　阿佐加保」、名義抄に「槿アサガホ」。またヒルガオは集中のアサガホに当てはまる所が多いが、古くアサガホと言った確証がない。

〇高橋虫麻呂―伝未詳。養老年間藤原宇合が常陸守であった頃その配下にあったかと推測され、常陸国風土記の編纂に加わったと推定される。高橋虫麻呂歌集中出・同歌中出として三十四首あり、これらは彼の作品と考えられる。旅と伝説とに関する歌が多く、特に伝説に取材した叙事的な歌に特色がある。万葉第三期の代表歌人の一人。歌数三六、長歌一五・短歌二〇・旋頭歌一。

*水江の浦島の子―丹後国風土記逸文にはシマコとあるによれば、水江の浦に住む嶋子か。しかしその風土記の歌に「ウラシマノコガ」とある。子は愛称。浦島伝説は書紀の雄略二十二年七月の条、『釈日本紀』引用の丹後国風土記逸文、扶桑略記(二)、浦島子伝などにある。

*墨吉―所在不明。京都府竹野郡網野町に「澄の江」と称する湖沼群があり、同町の北の浜を「水之江」という。与謝郡伊根町本庄浜ともいい、大阪の住吉とする説もある。

を　世の中の　愚人《おろか》の　吾妹子に　告《の》りて語らく　しましくは　家に帰りて　父母に　事も語らひ　明日のごと　われは来なむと　言ひければ　妹がいへらく　常世辺に　また帰り来て　今のごと　逢はむとならば　この篋《くしげ》　開くなゆめと　そこらくに　堅めし言《こと》を　墨吉に　帰り来《きた》りて　家見れど　家も見かねて　里見れど　里も見かねて　怪《あや》しと　そこに思はく　家ゆ出でて　三年《みとせ》の間《ほと》に　垣も無く　家失せめやと　この箱を　開きて見てば　もとのごと　家はあらむと　玉篋　少し開くに　白雲の　箱より出でて　常世辺に　たなびきぬれば　立ち走り　叫び袖振り　臥《こ》いまろび　足ずりしつつ　たちまちに　心消《け》失せぬ　若かりし　膚《はだ》も皺《しわ》みぬ　黒かりし　髪も白けぬ　ゆなゆなは　息さへ絶えて　後《のち》遂に　命死にける　水江の　浦島の子が　家地《いへどころ》見ゆ　（巻九）

反　歌

1741 常世辺に住むべきものを剣刀《つるぎたち》己《な》が心から鈍《おそ》やこの君　（巻九）

筑波山《つくはのやま》に登る歌一首　短歌を并せたり

1757 草枕　旅の憂へを　なぐさもる　事もありやと　筑波嶺《つくはね》に　登りて見れ

*告りて語らく―原文「告而語久」。ツゲテカタラク、カタリテイハクとも訓む。

*三年の間に―原文「三歳之間尓」。ミトセノアヒダニ、ミトセノカラニとも訓む。

*ゆなゆなは―未詳。ユは後の意のユリに同じで、ナは朝ナ夕ナ・夜ナ夜ナのナとする説がある。後々は、それからはの意か。

*剣刀―枕詞。ナへのかかり方未詳。剣には名があるからとも、刃をナというからともいう。

*筑波山―茨城県筑波・真壁・新治三郡にまたがる山。山頂は男体・女体の二峰に分かれ、高さ八七六メートル。名山として知られ、古代にはここで歌垣が行われた。140ページ参照。

ば　尾花散る　志筑《しつく》の田井に　雁がねも　寒く来鳴きぬ　新治《にひばり》の　鳥羽《とば》の淡海《あふみ》も　秋風に　白波立ちぬ　筑波嶺の　よけくを見れば　長き日《け》に　思ひ積み来し　憂へは止みぬ　(巻九)

反　歌

1758 筑波嶺の裾廻《すそみ》の田井に秋田刈る妹がり遣《や》らむ黄葉《もみち》手折らな　(巻九)

筑波嶺に登りて嬥歌《かがひ》会をする日に作る歌一首　短歌を并せたり

1759 鷲《わし》の住む　筑波の山の　裳羽服津《もはきつ》の　その津の上に　率《あど》ひて　少女《をとめ》壮士《をとこ》の　行き集ひ　かがふ嬥歌《かがひ》に　人妻に　我《あ》も交《まじ》はらむ　わが妻に　人も言問《ことど》へ　この山を　領《うしは》く神の　昔より　禁《いさ》めぬ行事《わざ》ぞ　今日のみは　めぐしもな見そ　言《こと》も咎《とが》むな(嬥歌は東の俗語に賀我比《かがひ》と曰ふ)　(巻九)

反　歌

1760 男《を》の神に雲立ちのぼり時雨《しぐれ》降り濡れ通るともわれ帰らめや　(巻九)

勝鹿《かつしか》の真間娘子《ままのをとめ》を詠む歌一首　短歌を并せたり

1807 鶏《とり》が鳴く　東《あづま》の国に　古《いにしへ》に　ありける事と　今までに　絶えず言ひ来《く》る　勝鹿の　真間の手児奈《てごな》が　麻衣《あさぎぬ》に　青衿《くび》付け　直《ひた》さ麻《を》を　裳には織り着

＊志筑―茨城県新治郡千代田村の字に上志筑・中志筑・下志筑がある。国府のあった石岡市の西。
＊新治―古の新治は、今の真壁郡、下妻市、西茨城郡の西部の地。筑波山の西北方。
＊鳥羽の淡海―筑波山西方にあった湖沼。真壁郡明野町のうち旧鳥羽村・上野村、同郡関城町のうち旧黒子村・下妻市のうち旧騰馬江(とばのえ)村・大宝村などにわたる地で、小貝川、毛野川筋による大沼沢地であったらしい。現在は殆ど水田となっている。他に大宝沼説、霞ケ浦説がある。
＊嬥歌会―歌垣を東国ではカガヒと呼んだ。古代の年中行事の一つで、春と秋に老若男女が山の上や道の辻に集って、男女で歌をかけ合わし、最後に男女は一夜の交わりを結んだ。農・漁村で行われた歌垣が、やがて都にも入り、宮廷の行事となり、踏歌という形式になる。「嬥歌」の文字は文選の魏都賦に「或明発而嬥歌」と見え、李善注に「巴土人歌也」とあり、何晏注に「巴人謳歌相引牽、連ㇾ手而跳歌也」とある。
＊裳羽服津―筑波山の女体山中の凹地で水の出る所であろう。位置不明。
＊我も交はらむ―原文「吾毛交牟」。ワレモマジラムとも訓む。
＊めぐし―メグシはいとおしい意で、愛しい人に見るなと呼びかけていると解する説と、メグシを気がかりなの意として、不都合だと見るなと解する説とがある。
＊男の神に―原文「男神尓」。ヲカミニ・ヒコカミニとも訓む。筑波山の男体山。
＊勝鹿の真間娘子―196ページ参照。
＊手児奈―197ページ参照。

て　髪だにも　搔きはけづらず　くつをだに　履《は》かず行けども　錦綾《にしきあや》の
中に包める　斎児《いつきご》も　妹に及《し》かめや　望月の　足れる面《おも》わに　花のごと
笑みて立てれば　夏虫の　火に入るがごと　水門《みなと》入りに　船漕ぐ如く
行きかぐれ　人の言ふ時　いくばくも　生けらじものを　何すとか　身
をたな知りて　波の音の　騒く湊《みなと》の　奥つ城《き》に　妹が臥《こや》せる　遠き代に
ありける事を　昨日しも　見けむがごとも　思ほゆるかも　（巻九）

反　歌

1808 勝鹿の真間の井を見れば立ち平《なら》し水汲ましけむ手児奈し思ほゆ　（巻九）

菟原処女《うなひをとめ》の墓《つか》を見る歌一首　短歌を并せたり

1809 葦の屋の　菟原処女の　八年児《やとせご》の　片生《かたおひ》の時ゆ　小《を》放髪《はなり》に　髪たくまで
に　並び居《ゐ》る　家にも見えず　虚木綿《うつゆふ》の　隠《こも》りて居《を》れば　見てしかと
いぶせむ時の　垣ほなす　人の誂《と》ふ時　血沼壮士《ちぬをとこ》　菟原壮士の　伏屋焼《ふせやた》
く　すすし競《きほ》ひ　相よばひ　しける時には　焼太刀《やきたち》の　手柄《たかみ》押しねり
白檀弓《しらまゆみ》　靫《ゆき》取り負ひて　水に入り　火にも入らむと　立ち向ひ　競ひし
時に　吾妹子《わぎもこ》が　母に語らく　倭文手纏《しつたまき》　賤しきわがゆゑ　大夫《ますらを》の　争

*斎児―イハヒコと訓む説が多い。イツクは聖なるものとして大切にする意。
*足れる面わ―満ち足りた、すべて充足している顔。
*かぐれ―未詳。求婚する意か。また、寄り集まる意とも。
*真間の井を見れば―原文に「乎」の文字が西本願寺本以降の諸本にはないので、この句をママノヰミレバと七音に訓む説がある。
*菟原処女―菟原は和名抄に「摂津国菟原宇波良」とある所で、六甲山南麓の海沿いの地。今の芦屋市及び神戸市の東部一帯の地に当る。ウナヒヲトメはそのあたりに住んでいた乙女。葦屋処女ともいう。妻争いの伝説中の人物として名高い。
*葦の屋の―古くは六甲山南麓一帯を広く称した。そこで「芦屋の菟原」といった。後には菟原郡芦屋となる。原文「葦屋之」で、アシヤノと訓む説がある。
*血沼壮士―チヌの地出身の男。チヌは和泉国の古名で、茅渟県（ちぬあがた）ともいう。今の堺市から岸和田市にわたる。
*伏屋焼く―原文「廬八燎」。フセヤタキとも訓む。粗末な小屋で火をたくとススだらけになるところから枕詞としてススシにかかる。
*倭文手纏―倭文は舶来の派手なあや織物に対して、日本古来のあや織物。タマキは手に巻く腕飾り。珠の腕飾をする貴人に対して、倭文の布の腕飾は身分の賤しい者がしたのだろう。イヤシキ・数ニモアラヌにかかる枕詞。

ふ見れば　生けりとも　逢ふべくあれや　ししくしろ　黄泉《よみ》に待たむと
隠《こも》り沼《ぬ》の　下延《は》へ置きて　うち嘆き　妹が往ぬれば　血沼壮士　その夜
夢《いめ》に見　取り続き　追ひ行きければ　後《おく》れたる　菟原壮士い　天仰ぎ
叫びおらび　地《つち》を踏み　牙喫《きか》み建《たけ》びて　もころ男《を》に　負けてはあらじと
懸佩《かけはき》の　小太刀《をたち》取り佩《は》き　ところ葛《つら》　尋《と》め行きければ　親族《うがら》どち　い行
き集ひ　永き代に　標《しるし》にせむと　遠き代に　語り継がむと　処女墓《をとめつか》　中
に造り置き　壮士墓《をとこつか》　此方彼方《こなたかなた》に　造り置ける　故縁《ゆゑよし》聞きて　知らねど
も　新喪《にひも》のごとも　哭《ね》泣きつるかも　（巻九）

反　歌

1810 葦の屋の菟原処女の奥つ城を行き来と見れば哭のみし泣かゆ　（巻九）
1811 墓《つか》の上の木《こ》の枝《え》なびけり聞きしごと血沼壮士にし寄りにけらしも（巻九）

四年壬申、藤原《ふぢはらの》宇合《うまかひの》卿《まへつきみ》の西海道節度使《せつどし》に遣はさるる時に、高橋連虫麻呂の作る歌一首　短歌を并せたり

971 白雲の　竜田《たつた》の山の　露霜に　色づく時に　うち越えて　旅行く君は
五百重《いほへ》山　い行きさくみ　敵《あた》守る　筑波に至り　山の極《そき》　野の極見よと
伴《とも》の部《へ》を　班《あか》ち遣はし　山彦の　応へむ極み　谷ぐくの　さ渡る極み

*下延へ置きて―こっそりと知らせての意、心の中に期しての意と両説がある。母にそれとなく言った意であろうともいう。
*地を踏み―原文「跙地」。一訓、アシズリシ。
*うがらどち―原文「親族共」。ヤカラドチ・ウカラドモとも訓む。
*処女墓―現在処女塚と称するものが神戸市東灘区御影塚町二丁目にある。前方後円の古墳。
*壮士墓―神戸市東灘区御影塚町の処女塚から東へ一キロ、同区住吉宮町一丁目に血沼壮士の求女(もとめ)塚がある。現在削られてわずかに碑を立てた小丘を残し、公園になっている。処女塚の西一・五キロ、灘区都通三丁目に菟原壮士の求女塚と伝える大塚山古墳があり、今は求女公園という。
*こなたかなたに―原文「此方彼方二」。コノモカノモニとも訓む。
*聞きしごと―原文「如聞」。キクガゴト・キケルゴトとも訓む。
*四年壬申―天平四(七三二)年。
*藤原宇合卿―不比等の第三子。本名馬養。霊亀二(七一六)年遣唐副使、従五位下。養老三(七一九)年常陸守。持節大将軍、畿内副惣管等を経て、天平九(七三七)年八月参議式部卿兼大宰帥正三位で没。四十四歳。万葉集に短歌六首。
*西海道節度使―天平四年八月十七日、唐制にならって初めて節度使を東海・東山・山陰・西海の四道において軍事を掌しめた。
*竜田の山―奈良県生駒郡三郷町立野の竜田本宮の西方の山。平城京からこの山越えをして河内国府・難波方面に出る。

*竜田道—竜田山を越えて行く道。

○大伴坂上郎女—大伴安麻呂の娘。大伴旅人の異母妹。母は石川内命婦。初め天武天皇の皇子穂積皇子の妻となり、皇子の没後、藤原不比等の子麻呂の愛を受け、のち異母兄大伴宿奈麻呂に嫁し、家持の妻になる坂上大嬢(おほいらつめ)と坂上二嬢(をといらつめ)を生んだ。神亀年間、異母兄旅人が九州で妻をなくした時、大宰府に下り、天平二(七三〇)年十一月旅人に先立って帰京。旅人の死後、大伴氏一族の中心的女性。万葉女流歌人中最も多くの歌を残した。万葉集編纂に際して彼女が提供した資料があったと考えられ、また編者の一人に考える説もある。歌数八四、長歌六・短歌七七・旋頭歌一。

*膝折り伏して—原文「膝折伏」。ヒザヲリフセテとも訓む。

国形を　見《め》し給ひて　冬こもり　春さり行かば　飛ぶ鳥の　早く来まさ
ね　竜田道《ち》の　岡辺の道に　丹《に》つつじの　薫《にほ》はむ時の　桜花　咲きなむ
時に　山たづの　迎へ参出む　君が来まさば　(巻六)

反歌一首

972 千万《ちよろづ》の軍《いくさ》なりとも言挙《ことあ》げせず取りて来ぬべき男《をのこ》とそ思ふ　(巻六)

右は、補任の文を検《かむが》ふるに、八月十七日に、東山山陰西海の節度使を任ず。

大伴坂上郎女《おほとものさかのうへのいらつめ》

大伴坂上郎女の、神を祭る歌一首　短歌を并せたり

379 ひさかたの　天《あま》の原より　生《あ》れ来たる　神の命《みこと》　奥山の　賢木《さかき》の枝に
白香《しらか》付け　木綿《ゆふ》取り付けて　斎瓮《いはひべ》を　斎《いは》ひ掘り据ゑ　竹玉《たかだま》を　繁《しじ》に貫《ぬ》き
垂り　猪鹿《しし》じもの　膝折り伏して　手弱女《たわやめ》の　おすひ取り懸け　かくだ
にも　われは祈《こ》ひなむ　君に逢はじかも　(巻三)

反歌

380 木綿畳手に取り持ちてかくだにもわれは祈ひなむ君に逢はじかも（巻三）

右の歌は、天平五年冬十一月を以ちて、大伴の氏の神を供祭《まつ》る時に、聊かに此の歌を作る。故に神を祭る歌といふ。

大伴郎女の和《こた》ふる歌四首〈その一首〉

525 佐保川の小石踏み渡りぬばたまの黒馬《くろま》の来る夜は年にもあらぬか（巻四）

右、郎女《いらつめ》は佐保大納言卿の女《むすめ》なり。初め一品穂積皇子に嫁ぎ、寵《うつくし》びをうくること儔《たぐ》ひなし。しかして皇子薨《かむあが》りましし後《のち》時に、藤原麻呂大夫《まへつきみ》、この郎女を娉《つまど》ふ。郎女は坂上の里に家《いへゐ》す。仍りて族氏《やから》号《なつ》けて坂上郎女といふ。

大伴坂上郎女の歌二首

651 ひさかたの天の露霜置きにけり家なる人も待ち恋ひぬらむ（巻四）

652 玉守《たまもり》に玉は授けてかつがつも枕と我はいざ二人寝む（巻四）

天皇《すめらみこと》に献る歌二首〈その一首〉大伴坂上郎女、春日の里にありて作る

726 外《よそ》に居て恋ひつつあらずは君が家の池に住むといふ鴨にあらましを（巻四）

*和ふる歌―藤原麻呂（後出）の贈歌（五二二〜五二四）に答えた歌。

*佐保川―奈良市の東方春日山に発し、若草山の北をめぐって奈良市街の北郊を西流し、法華寺の南で折れて南流し、大和川に注ぐ川。

*佐保大納言卿―大伴安麻呂。長徳の子。壬申の乱に天武方で功あり、式部卿・参議・兵部卿を経て大納言となり大宰帥を兼ね、和銅七(七一四)年五月大納言兼大将軍正三位で没。贈従二位。万葉集に短歌三首。

*穂積皇子―171ページ参照。

*藤原麻呂大夫―不比等の第四子。藤原京家の祖。左京大夫を経て天平九(七三七)年七月参議兵部卿従三位で没。四十三歳。万葉集に大伴坂上郎女への贈歌三首。

*玉守―原文「玉主」。タマヌシとも訓む。

*天皇―聖武天皇。

大伴坂上郎女の、姪《をひ》家持《やかもち》の佐保より西の宅《いへ》に還帰《かへ》るに与ふる歌一首

979 わが背子が着《け》る衣《きぬ》薄し佐保風はいたくな吹きそ家に至るまで　（巻六）

大伴坂上郎女の、親族《うがら》を宴《うたげ》する歌一首

995 かくしつつ遊び飲みこそ草木すら春は生ひつつ秋は散り行く　（巻六）

十一年己卯、天皇、高円《たかまと》の野《の》に遊猟《みかり》したまふ時に、小さき獣都里《みやこ》の中に泄走《せつそう》す。ここに適《たまさか》に勇士に値《あ》ひ、生きながらにして獲られぬ。即ち此の獣を以ちて御在所《おはしますところ》に献上《たてまつ》るに副《そ》ふる歌一首　獣の名は俗《よ》にむざさびといふ

1028 大夫《ますらを》の高円山《たかまと》に迫《せ》めたれば里に下りけるむざさびそこれ　（巻六）

右の一首は大伴坂上郎女の作なり。但し奏を経ずして小さき獣死し斃《たふ》れぬ。此に因りて歌を献ることを停《とど》む。

大伴坂上郎女の、竹田の庄《たどころ》にして作る歌二首〈その一首〉

1592 然《しか》とあらぬ五百代《いほしろ》小田《をだ》を刈り乱り田廬《たぶせ》に居れば都し思ほゆ　（巻八）

右は、天平十一年己卯秋九月に作る。

大伴宿禰家持、閏《のちの》七月、越中国の守《かみ》に任《ま》けらえ、即ち七月を取りて任所に赴

*姪家持—大伴家持(226ページ参照)は、郎女の異母兄旅人の子である。

*十一年己卯—天平十一(七三九)年。

*高円の野—高円山(193ページ参照)の西麓の野。

*高円山—193ページ参照。

*竹田の庄—竹田にあった大伴氏の田庄。奈良県橿原市東竹田町の地。耳成山の東北に当る。

*五百代—代は大化以前に行なわれた面積の単位。大宝令の田制では三十歩が一段で、これが五十代に当る。五百代は十段、一町に相当。約一ヘクタール。

*閏七月、越中国の守に任けらえ—大伴家持の越中国守任官は続紀によれば天平十八(七四六)年六月二十一日。この年には閏七月はない。

く。時に姑《をば》大伴氏坂上郎女の、家持に贈る歌二首〈その一首〉

3927 草枕旅行く君を幸《さき》くあれと斎瓮《いはひべ》据ゑつ我《あ》が床の辺に　（巻十七）

湯《ゆ》原王《はらのおほきみ》

湯原王の、芳野にして作る歌一首

375 吉野なる夏実《なつみ》の川の川淀に鴨そ鳴くなる山蔭《かげ》にして　（巻三）

湯原王の、鳴く鹿の歌一首

1550 秋萩の散りのまがひに呼び立てて鳴くなる鹿の声の遥けさ　（巻八）

湯原王の蟋蟀《こほろぎ》の歌一首

1552 夕月夜《ゆふづくよ》心もしのに白露の置くこの庭にこほろぎ鳴くも　（巻八）

湯原王の、娘子《をとめ》に贈る歌一首

1618 玉に貫き消たず賜《たば》らむ秋萩の末《うれ》わわら葉に置ける白露　（巻八）

作者未詳歌

雲を詠む

○湯原王―天智天皇の孫。志貴皇子の子。万葉第三期の終りから第四期にかけての代表歌人。優しくこまやかな感受性を感じさせる歌が多い。歌数、短歌一九。

*芳野・吉野―168ページ参照。

*夏実の川―吉野離宮跡といわれる宮滝の真東に、吉野川を隔てて、吉野町菜摘がある。吉野川は菜摘の山裾を東側から北側へ、そして西側へとめぐる。このあたりの流れをナツミノ川と言ったのであろう。

*わわら葉に―原文「和ゝ良葉尓」。ワワラは破れそそける、ほつれる意のワクと同類の語で、ほつれ乱れた葉の意か。葉の状態ではなく、ワワラバニで、たわむばかりにの意かともいう。また、「ゝ」は「久」の誤と見てワクラバニと訓み、極立ったさまとする説もある。

○作者未詳歌―ここには巻七・十・十一・十二・十三に収められている歌をあげた。巻十四の東歌、巻十六の物語歌・乞食者詠などは別項を立てた。これらは巻によって時代も性格も異なるが、大体第二期から第三期ごろ、すなわち奈良初期に至る時代の作と思われる。

＊伊勢の従駕―いつの行幸か不明。伊勢行幸は持統六(六九二)年三月、同年五月に阿胡行宮へ、大宝二(七〇二)年十一月、天平十二(七四〇)年十一月にあった。
＊山背―山城国。京都府南部の地。
＊宇治川―186ページ参照。
＊幸福のいかなる人か…―この歌は挽歌の部立の中にある。
＊春日野―奈良市街地の東部、春日山からその山麓一帯を広く春日野と称した。

1089 大海《おほうみ》に島もあらなくに海原のたゆたふ波に立てる白雲　(巻七)

右の一首は、伊勢の従駕《おほみとも》に作る。

山背《やましろ》にして作る

1138 宇治川を船渡せをと呼ばへども聞こえざるらし楫《かぢ》の音《おと》もせず　(巻七)

草に寄す

1336 冬こもり春の大野を焼く人は焼き足らねかもわが心焼く　(巻七)

1411 幸福《さきはひ》のいかなる人か黒髪の白くなるまで妹が声を聞く　(巻七)

煙《けぶり》を詠む

1879 春日野《かすがの》に煙立つ見ゆ少女《をとめ》らし春野のうはぎ摘みて煮《に》らしも　(巻十)

野遊

1883 ももしきの大宮人は暇《いとま》あれや梅を挿頭《かざ》してここに集へる　(巻十)

七夕

2040 牽牛《ひこほし》と織女《たなばたつめ》と今夜《こよひ》逢ふ天《あま》の川門《かはと》に波立つなゆめ　(巻十)

黄葉《もみち》を詠む

2180　九月《ながつき》の時雨《しぐれ》の雨に濡れ通り春日《かすが》の山は色づきにけり　（巻十）

2550　立ちて思ひ居てもそ思ふ　紅《くれなゐ》の赤裳裾《すそ》引き去《い》にし姿を　（巻十一）

2578　朝寝《あさね》髪《がみ》われは梳《けづ》らじ愛《うつく》しき君が手枕《たまくら》触れてしものを　（巻十一）

2613　夕卜《ゆふけ》にも占《うら》にも告《の》れる今夜《こよひ》だに来まさぬ君を何時とか待たむ　（巻十一）

2651　難波人葦火焚《た》く屋の煤《す》してあれど己《おの》が妻こそ常《とこ》めづらしき　（巻十一）

2875　天地《あめつち》に少し至らぬ大夫《ますらを》と思ひしわれや雄心も無き　（巻十二）

3101　紫は灰さすものそ海石榴《つば》市《いち》の八十《やそ》の衢《ちまた》に逢へる児や誰《たれ》　（巻十二）

3102　たらちねの母が呼ぶ名を申さめど道行く人を誰と知りてか　（巻十二）

3222　三諸《みもろ》は　人の守《も》る山　本辺《もとべ》は　馬酔木《あしび》花咲き　末辺《すゑべ》は　椿花咲く　うらぐはし　山そ　泣く子守《も》る山　（巻十三）

3248　磯城島《しきしま》の　日本《やまと》の国に　人多《さは》に　満ちてあれども　藤波の　思ひまつはり　若草の　思ひつきにし　君が目に　恋ひや明かさむ　長きこの夜を　（巻十三）

*春日の山—171ページ参照。

*愛しき—原文「愛」。ウルハシキとも訓む。

*夕卜—夕べの道でするうらない。夕占。

*占—鹿の骨や亀の甲を焼いて、そのひび割れを見て吉凶をうらなうもの。

*難波人葦火焚く屋の—難波の人が葦で火をたく家はすすけているところから、古女房のすすけているのを導く序。

*紫は灰さすものそ—ムラサキを染料にするにはムラサキの根のしぼり汁に灰を入れる。その灰にはツバキの灰が最もよいとされたところから、初二句、ツバイチの序とした。この歌は次の一首と問答歌。

*海石榴市—ツバキチとも訓む。古代の市で、奈良県桜井市金屋付近にあった。金屋の町中に椿市観音と称する小祠がある。ここは初瀬の谷の入口に当り、初瀬道・山の辺の道・山田の道・磐余の道などの合する所。古には歌垣が行われた。市の街路樹にツバキが植えられていたらしい。

*三諸—ミモロ山。神が降臨する所、神のいます所。

*泣く子守る山—泣ク子は守ルにかかる序。

*磯城島の—192ページ参照。

*藤波の—藤のつるが巻きつくところからマツハリにかかる枕詞。

*若草の—枕詞。「藤波の」との対を考えるならば、オモヒツクにかかるもの。若草が愛すべきものだからという説、若草のなよびかな姿に思いをかけるという説、若草の緑の色が衣に染みつきやすいからツクにかかるとする説などがある。

反歌

3249 磯城島の日本《やまと》の国に人二人ありとし思はば何か嘆かむ　(巻十三)

3314 つぎねふ　山城道《ぢ》を　他夫《ひとづま》の　馬より行くに　己夫《おのづま》し　徒歩《かち》より行けば　見るごとに　哭《ね》のみし泣かゆ　そこ思ふに　心し痛し　たらちねの　母が形見と　わが持てる　まそみ鏡に　蜻蛉《あきづ》領巾《ひれ》　負ひ並《な》め持ちて　馬替へ　わが背　(巻十三)

反歌

3315 泉川渡瀬《わたりぜ》深みわが背子が旅行き衣ひづちなむかも　(巻十三)

或る本の反歌に曰はく

3316 真澄《まそ》鏡持てれどわれは験《しるし》なし君が徒歩《かち》よりなづみ行く見れば　(巻十三)

3317 馬替はば妹徒歩《かち》ならむよしゑやし石は踏むとも我《あ》は二人行かむ　(巻十三)

東《あづま》歌《うた》

3351 筑波《つくは》嶺《ね》に雪かも降らる否《いな》をかも愛《かな》しき児ろが布《にの》干さるかも　(巻十四)

*人二人—私の思う人が二人。

*つぎねふ—山城にかかる枕詞。原義未詳。原文の文字「次嶺経」により大和から山城へ峰続きである意とする説、継苗(つぎなへ)の生うる山代の意とする説、ツギネの生えているところからとする説などがある。ツギネはフタリシズカ(二人静)の古名。わが国各地にあるが、特に畿内地方に多いという。せんりょう科の多年生草本で、高さ約三〇センチ、初夏に花穂を二本出し、白い小さな花を開く。

*泉川—木津川をいう。奈良県宇陀郡及び三重県の伊賀諸郡より発し、京都府の南端相楽郡の恭仁(くに)京を貫流。このあたり加茂町・木津町の地を「泉」と言った。木津から北流して淀川に合する。

〇東歌—巻十四所収の東国の歌。大部分口承歌で、農民生活に密着した素材と方言は集中に異彩を放っている。国名判明の部と国名不明(未勘国)の部とに大別し、雑歌・相聞・譬喩歌・挽歌等に分類配列されているが相聞歌が多い。

*筑波嶺—210ページ参照。

*降らる—フレルの訛。

*干さる—ホセルの訛。

右の二首〈その一首〉は、常陸国の歌。

3357 霞居る富士の山傍《び》にわが来なばいづち向きてか妹が嘆かむ　(巻十四)

右の五首〈その一首〉は、駿河国の歌。

3365 鎌倉の見越《みごし》の崎の岩崩《いはくえ》の君が悔ゆべき心は持たじ　(巻十四)

右の十二首〈その一首〉は、相模国の歌。

3373 多摩川に曝《さら》す手作りさらさらに何そこの児のここだ愛《かな》しき　(巻十四)

右の九首〈その一首〉は、武蔵国の歌。

3384 葛飾《かつしか》の真間《まま》の手児奈《てごな》をまことかもわれに寄すとふ真間の手児奈を　(巻十四)

右の四首〈その一首〉は、下総国の歌。

3400 信濃《しなの》なる筑摩《ちぐま》の川の細石《さざれし》も君し踏みてば玉と拾《ひろ》はむ　(巻十四)

右の四首〈その一首〉は、信濃国の歌。

3403 吾《あ》が恋はまさかも悲し草枕多胡《たご》の入野の奥も悲しも　(巻十四)

3404 上《かみ》つ毛野《けの》安蘇《あそ》の真麻《まそ》群《むら》かき抱《むだ》き寝《ぬ》れど飽かぬを何《あ》どか我《あ》がせむ　(巻十四)

右の二十二首〈その二首〉は、上野国の歌。

3425 下《しも》つ毛《け》野《の》安蘇の河原よ石踏まず空ゆと来ぬよ汝《な》が心告《の》れ　(巻十四)

*鎌倉の見越の崎―神奈川県鎌倉市の稲村が崎の古名か。

*岩崩の―初句からここまでクユを導く序。

*多摩川―山梨県の大菩薩嶺に発して東流し、東京都を西北から東南へ斜めに横切って川崎市との境を流れて東京湾に注ぐ。河口では六郷川という。

*曝す手作り―初句よりここまで、布をさらすことから同音でサラサラを導く序。

*筑摩の川―千曲川。長野県南佐久郡に発し、小諸を経て善光寺平で犀川と合して信濃川となる川。

*草枕多胡の入野―多胡は群馬県多野郡吉井町(旧多胡村)。入野は山の間に入り込んで奥深い野。この二句オクを導く序。

*上つ毛野安蘇―今、栃木県安蘇郡及び佐野市の地。足利郡と共に下野国の西南隅にあり、上野国に属していたこともあったのであろうというが、三四二五に「下つ毛野安蘇」とあり、安蘇の地は上野・下野にまたがっていたとも考えられる。

*真麻群―刈り取った麻の束。初句よりここまで、カキムダキを導く序。

*下つ毛野安蘇の河原―安蘇郡の地の代表的な川であるとすれば渡良瀬川であろうという。また同郡を北から南へ流れ、佐野市の南で渡良瀬川に注ぐ秋山川とする説もある。

右の二首〈その一首〉は、下野国の歌。

3427 筑紫《つくし》なるにほふ児ゆゑに陸奥《みちのく》の可刀利《かとり》少女《をとめ》の結ひし紐解く　（巻十四）

右の三首〈その一首〉は、陸奥国の歌。

3439 鈴が音《ね》の早馬《はゆま》駅家《うまや》のつつみ井の水を賜へな妹が直手《ただて》よ　（巻十四）

3459 稲舂《つ》けば皹《かか》る我が手を今夜《こよひ》もか殿の若子《わくご》が取りて嘆かむ　（巻十四）

3465 高麗《こま》錦紐解き放《さ》けて寝《ぬ》るが上《へ》に何《あ》どせろとかもあやに愛《かな》しき　（巻十四）

3494 子持山《こもちやま》若かへるでの黄葉《もみ》つまで寝もと我《わ》は思ふ汝《な》は何《あ》どか思《も》ふ　（巻十四）

3519 汝《な》が母に嘖《こ》られ吾《あ》は行く青雲の出で来吾妹子《わぎもこ》逢ひ見て行かむ　（巻十四）

以前《さき》〈三四三八以降〉の歌詞は、国土山川の名を勘《かむが》へ知ることを得ず。

物語歌

昔者娘子《むかしをとめ》有りき。字《な》を桜児《さくらこ》と曰ふ。時に二《ふたり》の壮士《をとこ》有り。共に此の娘を誂《あとら》ふ。生《いのち》を捐《す》てて挌競《あらそ》ひ、死を貪《むさぼ》りて相敵《あた》む。是《ここ》に娘子歔欷《な》きて曰はく、古より今に至るまで、未だ聞かず未だ見ず、一《ひとり》の女の身にして、二つの門《かど》に往適《ゆ》くといふことを。方今《いま》壮士の意《こころ》。和平《にき》び難きものあり。妾死《あれみまか》りて相害《あらそ》ふこと永く

*陸奥—東山道の道の奥の意。今の東北地方全県の総称。
*可刀利—地名。所在不明。
*鈴が音の—駅馬(はゆま)につける駅鈴の音の意でハユマにかかる枕詞。
*早馬駅家—ハユマはハヤウマの約。中央と地方との間の公用の使や官史の地方赴任、上京等の公用旅行者のために、大宝令によれば、原則として諸道三〇里(今の約一六キロ)毎に一駅を置き、駅馬を用意し、宿・食を供した。その施設を駅家という。
*つつみ井—掘り抜き井戸でなく、湧き水を石などで囲った泉。
*皹る—カカルはこの一例だけだが、和名抄に「漢書註云、皹音軍、阿如々利手足拆裂也」とある。アカカリのできることをカカルと言ったか。あかぎれが切れる。
*高麗錦—朝鮮西北部の高句麗から輸入された錦。
*子持山—群馬県北群馬郡・吾妻郡・沼田市にまたがる子持山(高さ一二九六メートル)という。渋川市の北方にそびえる。
*青雲の—イデにかかる枕詞。
○物語歌—巻十六には題詞・左注で詳しく作歌事情を説明する伝説的な歌が多数ある。これを仮に物語歌と名付けた。「乞食者詠」は物語文はないが、それ自身が伝誦物語である。

息《や》まむには如《し》かじといふ。すなはち林の中に尋ね入りて、樹に懸りて経《わな》き死にき。其の両《ふたり》の壮士哀慟《かなしび》に敢《あ》へずして、血の泣襟《なみたころものくび》に漣《なが》る。各《おのもおのも》心緒《こころ》を陳《の》べて作る歌二首

3786 春さらば挿頭《かざし》にせむとわが思《おも》ひし桜の花は散りにけるかも　其の一　（巻十六）

3787 妹が名に懸けたる桜花咲かば常にや恋ひむいや毎年《としのは》に　其の二　（巻十六）

3807 安積山《あさかやま》影さへ見ゆる山の井の浅き心をわが思はなくに　（巻十六）

右の歌は、伝へて云はく、葛城王《かづらきのおほきみ》陸奥国に遣はさえし時に、国司の祇承《しぞう》の緩怠なること異《こと》に甚し。時に王の意悦《こころよろこ》びず、怒《いかり》の色面に顕《あらは》る。飲饌を設《ま》くと雖《いへど》も、肯《あ》へて宴楽せず。是《ここ》に前《さき》の采女《うねめ》有り、風流の娘子なり。左の手に觴《さかづき》を捧げ、右の手に水を持ち、王の膝を撃ちて、此の歌を詠みき。すなはち王の意解け悦びて、楽飲すること終日《ひねもす》なりきといへり。

筑前国《つくしのみちのくちのくに》の志賀《しか》の白水郎《あま》の歌十首

3860 大君の遣はさなくに情進《さかしら》に行きし荒雄ら沖に袖振る　（巻十六）

3861 荒雄らを来むか来じかと飯《いひ》盛りて門に出で立ち待てど来まさず　（巻十六）

＊安積山―福島県安積郡日和田町の東北方にある小円丘。上代の郡家であった郡山市と本宮との中間で街道に沿っている。他に郡山の西北、片平村の額取(ひたとり)山とする説もある。

＊山の井―山の清水のわくところ。前記日和田町の安積山に山の井清水の跡と称するものあり、額取山にも山の井の古跡あり。初句よりここまで、浅キ心を導く序。

＊葛城王―橘諸兄か。同名人が他に二人ある。諸兄は敏達天皇五代の孫美努王(みののおおきみ)の子。母は県犬養橘三千代(あがたのいぬかいのたちばなのみちよ)。光明皇后と異父同母の兄妹。天平八年王籍を離れ母方の姓(かばね)を賜わった。同九年大納言。以来右大臣、左大臣と累進し、天平勝宝元(七四九)年正一位。同八年二月致仕。天平宝字元(七五七)年正月没。七十四歳。万葉集に短歌八首。

＊祇承―つつしみ仕えること。

＊飲饌―酒食。

＊采女―175ページ参照。

＊志賀の白水郎―志賀は福岡県糟屋郡志賀町志賀島(しかのしま)。現在海の中道と砂洲でつながる周囲八キロの小島。古代には北九州海域にわたる海人(あま)族の根拠地であった。「白水郎」は和名抄に「和名、阿万」とある。泉郎とも書く。白水は中国との交通路（南路)に当る今の逝江省の地名で、郎は官名。水先案内役の白水郎から出たとする説がある。またそのあたりに住む漁民(男子)を言ったという説もある。泉郎を先と見て、泉州の住民が船上生活をし海人の仕事に従事していたからという説もある。

＊荒雄ら―志賀の海人の名。この十首の歌に出てくる主人公。ラは接尾語。妻からの愛称として用いられている。

3862 志賀の山いたくな伐《き》りそ荒雄らがよすかの山と見つつ偲はむ　(巻十六)

3863 荒雄らが行きにし日より志賀の海人の大浦田沼《たぬ》はさぶしくもあるか　(巻十六)

3864 官《つかさ》こそ指しても遣らめ情出《さかしら》に行きし荒雄ら波に袖振る　(巻十六)

3865 荒雄らは妻子《めこ》の生業《なり》をば思はずろ年の八歳《やとせ》を待てど来まさず　(巻十六)

3866 沖つ鳥鴨とふ船の還り来ば也良《やら》の崎守早く告げこそ　(巻十六)

3867 沖つ鳥鴨とふ船は也良の崎廻《た》みて漕ぎ来と聞こえ来ぬかも　(巻十六)

3868 沖行くや赤ら小船に裹《つと》やらばけだし人見て開き見むかも　(巻十六)

3869 大船に小舟《をぶね》引き副《そ》へ潜《かづ》くとも志賀の荒雄に潜き遇《あ》はめやも　(巻十六)

右は、神亀年中を以ちて、大宰府、筑前国宗像郡《むなかたのこほり》の百姓《おほみたから》宗形部津麻《むなかたべのつま》呂《ろ》を差して、対馬《つしま》に粮《かて》を送る舶《ふね》の柂師《かぢとり》に充《あ》つ。時に、津麻呂、滓屋郡《かすやのこほり》志賀村の白水郎荒雄の許に詣《いた》りて語りて曰はく、僕《われ》小事有り、若疑《けだし》許さじかといふ。荒雄答へて曰はく、走郡《われこほり》を異にすと雖《いへど》も、船を同じくすること日久し。志兄弟《はらから》よりも篤《あつ》く、死に殉《したが》ふこと在りとも、豈復辞《あにまたいな》まめやといふ。津麻呂曰はく、府官《つかさ》僕《われ》を差して対馬に粮を送る舶の柂師に充てしも、容歯衰老して、海路に堪《あ》へず。故《ことさら》に来りて祗候す。願はくは相替る

*大浦田沼―志賀島の北側、志賀町勝馬に小字大浦がある。付近に田沼田(たぬんだ)の地名も　古くは小字としてあったという。

*也良の崎―博多湾内中央、志賀島の南方にある残島(能古島)の北端の岬。

*対馬に粮を送る―対馬は糧食に乏しいので、役人や防人たちの食糧は九州から送った。延喜式主税上に「凡筑前・筑後・肥前・肥後・豊前・豊後等国、毎年穀二千石漕㆓送対馬嶋㆒、以充㆓嶋司及防人等粮㆒」とある。

*柂師―船頭。

*走(われ)―「走」は『玉篇』に「僕也」とあり、『文選』にも見える。自称の語。

*容歯衰老―「容」は容貌、姿。「歯」は年令。

*故に来りて祗候す。願はくは相替ることを垂め―遊仙窟に「承聞此処有㆓神仙窟宅㆒故来祗候…賜㆓恵交情㆒、幸垂㆓聴許㆒」とあるによる。

ことを垂《めぐ》めといふ。是《ここ》に荒雄許諾《うべ》なひて、遂に彼《そ》の事に従ひ、肥前《ひのみちのくちの》国松浦県美祢良久《くにまつらのあがたみねらく》の埼より発船《ふなだち》して、直《ただ》に対馬を射《さ》して海を渡る。登時《すなはち》忽に天暗冥《くら》くして、暴風に雨を交《まじ》へ、竟《つひ》に順風無く、海中に沈み没《い》りき。斯《これ》に因りて妻子等、犢《うしのこ》の慕《したひ》に勝《あ》へずして、此の歌を裁作《つく》りき。或は云はく、筑前国守山上憶良臣《やまのうへのおくらのおみ》、妻子の傷《いたみ》を悲感《かな》しび、志を述べて此の歌を作れりといへり。

乞食者《ほかひびと》の詠《うた》二首〈その一首〉

3885
愛子《いとこ》　汝背《なせ》の君　居り居りて　物にい行くとは　韓国《からくに》の　虎とふ神を
生取りに　八頭《やつ》取り持ち来《き》　その皮を　畳に刺し　八重畳　平群《へぐり》の山に
四月《うづき》と　五月《さつき》との間《ま》に　薬猟《くすりがり》　仕ふる時に　あしひきの　この片山に
二つ立つ　櫟《いちひ》が本《もと》に　梓弓《あづさ》　八つ手挾《たばさ》み　ひめ鏑《かぶら》　八つ手挾み　しし待
つと　わが居《を》る時に　さを鹿の　来立ち嘆かく　頓《たちまち》に　われは死ぬべし
大君に　われは仕へむ　わが角《つの》は　御笠《みかさ》のはやし　わが耳は　御墨《みすみ》の壺
わが目らは　真澄の鏡　わが爪は　御弓の弓弭《ゆはず》　わが毛らは　御筆《みふみて》はや
し　わが皮は　御箱の皮に　わが肉《しし》は　御膾《みなます》はやし　わが肝《きも》も　御膾は

*松浦県美祢良久の埼―「県」は朝廷の御料地の称。松浦郡は今、佐賀県東・西松浦郡、唐津市、伊万里市、長崎県北・南松浦郡に分れている。ミネラクノ埼は肥前国風土記に「川原の浦の西の埼」とあり、長崎県南松浦郡五島列島の福江島の西北部にある三井楽町の岬であろう。三井楽湾は古代の国外渡航の要所であった。

*犢の慕―子牛が母牛を慕うような、ただひたすらな思慕の情。

*山上憶良臣―202ページ参照。

*乞食者―ホカヒは祈る、ことほぐ意のホクに動詞語尾フのついたホカフの名詞形、寿詞(よごと)の意。ホカヒビトは寿詞を唱えて食を乞い歩く人。門付芸人。

*韓国―本来は朝鮮半島の南部の国名だが、半島全体をさす。漠然と外国の意にも用いる。

*平群の山―奈良県生駒山の南に続く山を平群山という。生駒・平群山地の東麓を南流する今の竜田川は古く平群川といい、ここを平群谷という。ここに平群氏の本拠があった。ヘグリノ山は平群谷をはさんだ一帯の山地をさしたものであろう。

*薬猟―168ページ参照。

*片山―一方に傾斜面を見せている山。また一方が山で他方は開けている地形の山側をいう。

*鹿の為に痛を述べて作れり―鹿の苦痛に同情するというのは表の意味で、本質的には鹿の奉仕を説き、ひいてはそれを利用する貴人を讃えることほぎ歌である。しかし、祝歌は表面だけで、内容は諷刺・怨嗟であることは明らかだとも言われる。

やし　わがみげは　御塩のはやし　老い果てぬ　わが身一つに　七重花
咲く　八重花咲くと　申しはやさね　申しはやさね　（巻十六）

右の歌一首は、鹿の為に痛を述べて作れり。

第四期

大伴《おほとも》宿禰《すくね》家持《やかもち》

大伴宿禰家持の、坂上家《さかのうへ》の大嬢《おほいらつめ》に贈る歌一首

1448 わが屋外《やど》に蒔きしなでしこいつしかも花に咲きなむなそへつつ見む　（巻八）

大伴宿禰家持の初月《みかづき》の歌一首

994 ふり放《さ》けて三日月見れば一目見し人の眉引《まよびき》思ほゆるかも　（巻六）

大伴家持の秋の歌四首〈その二首〉

1568 雨隠《あまごも》り心いぶせみ出で見れば春日の山は色づきにけり　（巻八）

1569 雨晴れて清く照りたるこの月夜《つくよ》また更にして雲なたなびき　（巻八）

＊老い果てぬ—原文「耆矣奴」。オイタルヤツコとも訓む。

○第四期—天平五年から天平宝字三年まで二十七年間。燦然たる天平文化の咲き誇った時代であるが、内乱やクーデタが続発し、天平十五年の墾田永世私有令に見られるように律令体制の基底にもひびが入って来ていた。爛熟と、その裏に流れる暗い影と、そして頽廃の時代であった。この期の代表歌人は大伴家持である。繊細な感性によるすぐれた美的感覚と、繊細な心情ゆえの憂愁とが、家持を独自の境地に至らしめた。

○大伴家持—旅人の長男。生年は諸説あるが、養老二(七一八)年か。天平十(七三八)年頃内舎人。同十七年従五位下。十八年宮内少輔。同年六月越中守。天平勝宝三(七五一)年七月少納言となり帰京。同六年兵部少輔。天平宝字元(七五七)年兵部大輔。同二年六月因幡守。以後浮沈をくり返し、宝亀十一(七八〇)年参議兼春宮大夫。延暦元(七八二)年兼陸奥按察使鎮守将軍。同二年中納言。同四年八月没。六十八歳。死後、藤原種継暗殺事件に関係のあったことが発覚、除名。延暦二十五（八〇六）年三月許された。万葉第四期の代表歌人。万葉集の編者に擬されている。歌数四七三、長歌四六・短歌四二五・連歌一・旋頭歌一。

＊坂上家の大嬢に贈る歌—巻八、春の相聞の部の冒頭に配列され、天平五年閏三月作の笠金村歌より前にあることなどから、天平四(七三二)年春の作と推定。坂上大嬢は大伴宿奈麻呂と坂上郎女の間に生まれた。家持の従妹に当り、家持の妻となる。集中の歌はすべて家持との贈答。歌数、短歌一一。

＊初月の歌—天平五(七三三)年の歌の中に配列されている。

右の四首〈その二首〉は、天平八年丙子秋九月に作れり。

橘《たちばなの》朝臣《あそみ》奈良麻呂《ならまろ》の集宴《うたげ》を結ぶ歌十一首〈その一首〉

1591 黄葉《もみちば》の過ぎまく惜しみ思ふどち遊ぶ今夜《こよひ》は明けずもあらぬか　（巻八）

右の一首は、内舎人《うどねり》大伴宿禰家持。

以前は、冬十月十七日に、右大臣橘卿《まへつきみ》の旧宅に集ひて宴飲せるなり。

十一年己卯夏六月、大伴宿禰家持の、亡《みまか》りし妾《をみなめ》を悲傷びて作る歌一首

462 今よりは秋風寒く吹きなむをいかにか独り長き夜を寝む　（巻三）

朔移りて後に、秋風を悲嘆《かなし》びて、家持の作る歌一首

465 うつせみの世は常なしと知るものを秋風寒み偲ひつるかも　（巻三）

大伴家持の、姑《をば》坂上郎女の竹田の庄《たどころ》に至りて作る歌一首

1619 玉桙《ほこ》の道は遠けどはしきやし妹を相見に出でてそわが来《こ》し　（巻八）

右の二首〈その一首〉は、天平十一年己卯秋八月に作れり。

大伴宿禰家持の、時じき藤の花と萩の黄葉《もみち》との二物《ふたつ》を攀《よ》ぢて坂上大嬢に贈る歌二首〈その一首〉

*橘奈良麻呂—諸兄の子。天平十二(七四〇)年従五位下。大学頭・摂津大夫・民部大輔・侍従・右大弁などを歴任、天平勝宝九(七五七)年藤原仲麻呂を倒すクーデタに失敗、獄死。

*内舎人—中務省に属し、職員令には「内舎人九十人、常下帯レ刀宿衛、供二奉雑使一、若駕行分中衛前後上」とある。五位以上の者の子孫で二十一歳に達した者から選び、三位以上の者の子は選考を経ずに内舎人とした。

*十月十七日—天平十(七三八)年八月作と十一年九月作との間に配列されていることから、天平十年十月十七日と考えられる。

*右大臣橘卿—橘諸兄。223ページ参照。

*亡りし妾—家持の「妾」の実在を否定する説があるが、大宝令の規定に「妻妾」とあり、「妾」は正妻に次ぐ者として公に認められていた。家持にも「妾」がいたのだろう。

*朔移りて後に—朔は月の第一日。月が改まって七月に入った。

*姑坂上郎女—214ページ参照。

*竹田の庄—216ページ参照。

1627 わが屋戸の時じき藤のめづらしく今も見てしか妹が笑まひを　（巻八）
　右の二首〈その一首〉は、天平十二年庚辰夏六月に往来す。

十二年庚辰冬十月、大宰少弐藤原朝臣広嗣《ひろつぐ》謀反して軍《いくさ》を発《おこ》せるに依りて、伊
勢国に幸しし時に、河口の行宮《かりみや》にして内舎人大伴宿禰家持の作る歌一首

1029 河口の野辺に廬《いほ》りて夜の経《ふ》れば妹が手本《たもと》し思ほゆるかも　（巻六）

十六年甲申春二月、安積皇子《あさかのみこ》、薨《かむあが》りましし時に、内舎人大伴宿禰家持の作る
歌六首〈その三首〉

475 かけまくも　あやに畏《かしこ》し　言はまくも　ゆゆしきかも　わが大君　御子
の命　万代《よろづよ》に　見《め》し給はまし　大日本《おほやまと》　久邇《くに》の京《みやこ》は　うち靡く　春さり
ぬれば　山辺には　花咲きををり　川瀬には　鮎子《あゆこ》さ走り　いや日異《け》に
栄ゆる時に　逆言《およづれ》の　狂言《たはこと》とかも　白たへに　舎人《とねり》装ひて　和束山《わづかやま》　御《み》
輿《こし》立たして　ひさかたの　天《あめ》知らしぬれ　展転《こいまろ》び　ひづち泣けども　せ
むすべも無し　（巻三）

反歌

476 わが大君天知らさむと思はねばおほにそ見ける和束杣《そま》山　（巻三）

*大宰少弐藤原朝臣広嗣—宇合の長子。天平九(七三七)年従五位下。翌年大養徳守。同年十二月大宰少弐となる。同十二年八月上表して玄昉と吉備真備を除くことを進言。入れられず、九月挙兵。十月二十三日捕えられ、十一月一日斬殺。万葉集に短歌一首。

*河口の行宮—十一月二日、伊勢国壱志郡河口頓宮に到り、ここを関宮というと続紀にある。三重県一志郡白山町川口。

*安積皇子—聖武天皇の皇子。母は夫人県犬養宿祢広刀自。天平十六(七四四)年閏正月十一日難波行幸に従っていて脚病で倒れ、久邇京に帰り、十三日没。十七歳。皇太子基皇子(もといのみこ)が二歳で没した後、皇子は安積一人だったが、皇太子に立てられず、光明皇后の子阿倍内親王が天平十年皇太子になっていた。

*大日本久邇の京—天平十三(七四一)年正月から十六年二月までの聖武天皇の帝都。十三年十一月、この宮を「大養徳恭仁大宮」と名づけた。京都府相楽郡加茂・木津・山城町にわたる、四囲を山にかこまれた狭い盆地に営まれた。宮址は加茂町例幣(れいへい)(旧瓶原みかのはら村)にある。天平十八年大極殿が国分寺に施入され、現在瓶原小学校の裏の国分寺址にその土壇と礎石が残されている。

*白たへに舎人装ひて—舎人たちは白の喪服に装いを変えて。

*和束山—相楽郡和束町一帯の山。久邇京から北東に和束川をさかのぼった地。

477 あしひきの山さへ光り咲く花の散りぬるごときわが大君かも　（巻三）

右の三首は、二月三日に作る歌

十八年正月、白雪多《さは》に零《ふ》りて、地《つち》に積むこと数寸なり。時に左大臣橘卿、大納言藤原豊成朝臣及び諸王臣等を率《ゐ》て、太上天皇《おほきすめらみこと》の御在所《みましどころ》中宮西院に参入《まゐ》りて、掃雪《ゆきはき》に供《つか》へ奉《まつ》りき。是《ここ》に詔を降して、大臣参議并《あは》せて諸王は、大殿の上に侍《さもら》はしめ、諸卿大夫《まへつきみたち》は南の細殿に侍はしめたまひて、則ち酒を賜ひて肆宴《とよのあかり》したまふ。勅《の》りたまはく、汝《いまし》諸王卿等、聊《いささ》かに此の雪を賦して各《おのもおのも》其の歌を奏せとのりたまふ。

大伴宿禰家持の、詔に応ふる歌一首

3926 大宮の内にも外《と》にも光るまで降れる白雪見れど飽かぬかも　（巻十七）

八月七日の夜、守《かみ》大伴宿禰家持の館《やかた》に集ひて宴《うたげ》する歌〈十三首中の一首〉

3954 馬並《な》めていざうち行かな渋谿《しぶたに》の清き磯廻《み》に寄する波見に　（巻十七）

立山《たちやま》の賦一首　短歌〈略〉を并せたり

4000 天離《あまざか》る　鄙《ひな》に名懸かす　越《こし》の中　国内《くぬち》ことごと　山はしも　繁《しじ》にあれど

*大納言藤原豊成朝臣—武智麻呂の長男、仲麻呂の兄。慶雲元（七〇四）年生れ。養老七（七二三）年内舎人をもって兵部大丞を兼ねた。神亀元（七二四）年従五位下。兵部卿・中衛大将・参議・中納言・大納言を経て、天平感宝元（七四九）年右大臣。天平宝字元（七五七）年橘奈良麻呂の変後、大宰員外帥に左遷される。天平宝字八（七六四）年弟仲麻呂没後本官に復し、翌年十一月没。六十二歳。

*太上天皇—元正天皇。名は氷高皇女。草壁皇子を父とし、母は天明天皇。文武天皇の姉。霊亀元（七一五）年から養老八（七二四）年まで在位。天平二十（七四八）年四月没。六十九歳。

*八月七日—天平十八（七四六）年。

*守大伴宿祢家持の館—当時の越中の国庁は、今の高岡市伏木町古国府（ふるこ）の勝興寺の地一帯にあった。国守館址は勝興寺門前の小字東館にある測候所付近といわれる。また、伏木町の背後の丘陵の上にあったともいう。

*渋谿—今、高岡市渋谷（しぶたに）といわれるあたりの海岸。国庁から北に約二キロ半、渋谿の崎がある。「二上山系の北の出崎に当り、奇岩に富む荒磯の浜。

*立山—今の立山（たてやま）。富山県の東南部、北アルプスの西北端に連なる連峰。最も高い峰は三〇一五メートル。剣岳（高さ三〇〇三メートル）・薬師岳（高さ一九二六メートル）などと立山連峰をなす。日本三名山の一つ。

*賦—詩の一体。毛詩の序に詩の六義の一つとしてあげられている。大伴家持はこれを長歌の意に借用した。この作の前に「二上山賦」「遊覧布勢水海賦」を詠んでいる。

も　川はしも　多《さは》に行けども　皇神《すめかみ》の　領《うしは》き坐《いま》す　新川《にひかは》の　その立山に
常夏《とこなつ》に　雪降り敷きて　帯《お》ばせる　片貝川《かたかひ》の　清き瀬に　朝夕《よひ》ごとに
立つ霧の　思ひ過ぎめや　あり通ひ　いや毎年《としのは》に　外《よそ》のみも　振り放《さ》け
見つつ　万代《よろづよ》の　語らひ草と　未《いま》だ見ぬ　人にも告げむ　音のみも　名
のみも聞きて　羨《とも》しぶるがね　（巻十七）

四月二十七日、大伴宿禰家持作れり。

4017 東風《あゆのかぜ》（越の俗語、東風をあゆのかぜといへり）いたく吹くらし奈呉《なご》の海人《あま》の釣す
る小《を》舟《ぶね》漕ぎ隠る見ゆ　（巻十七）

右の四首〈その一首〉は、二十年春正月二十九日、大伴宿禰家持。

礪波郡《となみのこほり》の雄《を》神《かみ》河の辺《ほとり》にして作る歌一首

4021 雄神川　紅《くれなゐ》にほふ少女《をとめ》らし葦附《あしつき》（水松の類）採ると瀬に立たすらし　（巻十七）

婦負郡《めひのこほり》の鸕《う》坂《さか》河の辺にして作る歌一首

4022 鵜坂川渡る瀬多みこの我《あ》が馬《ま》の足掻《あが》きの水に衣《きぬ》濡れにけり　（巻十七）

新川郡の延槻《はひつき》河を渡る時に作る歌一首

4024 立《たち》山の雪し消《く》らしも延槻の川の渡り瀬鐙《あぶみ》浸《つ》かすも　（巻十七）

*新川—富山県の東部。上・中・下新川郡に分れる。日本海沿岸は富山・滑川・魚津・黒部の諸市になっている。
*片貝川—立山連峰の北に発して、片貝谷を西北流し、魚津市で日本海に注ぐ川。常願寺川とする説もある。
*四月二十七日—天平十九(七四七)年。
*あゆのかぜ—今も日本海沿岸ではアイノカゼという。富山湾は東北に向って開いているので、海から吹く風は、東北風となる。
*奈呉—新湊市の西部海岸、放生津(ほうじょうづ)に至る一帯。今も漁師町として盛んである。
*礪波郡—今、富山県東礪波郡・西礪波郡及び礪波市・小矢部市の地。国府のあった射水郡の西南に接する。
*雄神河—飛騨の白川地方に発し、東礪波郡及び礪波市を流れて富山湾に注ぐ庄川の古名という。今は庄川町に含まれたが、もと雄神村があり、その地を通るところから雄神川と呼んだのであろうか。
*葦附—じゆずも科の淡水藻類。アシツキノリ。葦・石などに付着している。形は水前寺海苔に似る。川モズク説がある。川モズクはミルに似る。
*婦負郡—今の婦負(ねい)郡。一部は富山市。
*鸕坂河—婦負郡婦中(ふちゅう)町に式内鵜坂神社がある。もと鵜坂村があった。北アルプス焼岳に発する高原川と飛騨高山を流れる宮川とが合して北流し富山市から富山湾に注ぐ神通(じんづう)川が、鵜坂の地を通るあたりを鵜坂川と呼んだのであろう。
*延槻河—今の早月川。立山連峰剣岳から発して西北流し、魚津市と滑川市の境となって富山湾に注ぐ。現在川幅は広いが河原にはほとんど水が見えない。往時は県下第一の急流であった。

珠洲郡《すすのこほり》より発船《ふなだち》して治布《ちふ》に還りし時に、長浜の湾《うら》に泊《は》てて月光を仰ぎ見て作る歌一首

4029 珠洲の海に朝開きして漕ぎ来れば長浜の浦に月照りにけり　（巻十七）

右の件《くだり》の歌詞は、春の出挙《すいこ》に依りて諸郡を巡行し、当時当所属目《しよくもく》して作れり。大伴宿禰家持。

陸奥国《みちのくのくに》より金《くがね》を出《いだ》せる詔書を賀《ほ》く歌一首　短歌を并せたり

4094 葦原の　瑞穂の国を　天降《あまくだ》り　知らしめしける　すめろきの　神の命の　御代重ね　天《あま》の日嗣《ひつぎ》と　知らし来る　君の御代御代　敷きませる　四方《よも》の国には　山川を　広み厚みと　奉《たてまつ》る　御調《みつき》宝は　数へ得ず　尽しもかねつ　然《しか》れども　わが大君の　諸人《もろひと》を　誘《いざな》ひたまひ　善き事を　始めたまひて　黄金《くがね》かも　たしけくあらむと　思ほして　下《した》悩ますに　鶏《とり》が鳴く　東《あづま》の国の　陸奥の　小田なる山に　黄金ありと　申したまへれ　御心を　明らめたまひ　天地《あめつち》の　神相うづなひ　すめろきの　御霊《みたま》助けて　遠き代に　かかりし事を　わが御世に　顕《あら》はしてあれば　食《を》す国は　栄えむものと　神《かむ》ながら　思ほしめして　もののふの　八十伴《やそとも》の男《を》を　服《まつ》

*珠洲郡—能登半島最北端の地。今、珠洲(すず)市及び珠洲郡。船出をした所は珠洲の郡家に近い港であろう。珠洲の中心飯田の北、正院あたりと思われる。

*治布—所在不明。「治府」の誤りで、国府の意とする説がある。

*長浜の湾—和名抄に「能登郡長浜」あり。七尾湾南湾の東岸、石川県七尾市太田町の海岸か。富山県氷見市の「松田江の長浜」とする説もある。

*春の出挙—春に宮稲を出して貸し付け、秋冬に利息を付けて返済させる。令に「春時挙受、以二秋冬一報、是為二一年一也」とある。春の出挙とは、その貸し出し。

*陸奥国より金を出せる詔書—続日本紀宣命第十三詔（245ページ参照）。天平二十一（七四九）年二月二十二日陸奥国小田郡より黄金献上、四月一日聖武天皇は東大寺行幸、造営中の大仏にその報告と感謝のことばを表白(第十二詔)、続いて一般民衆に喜びの宣命が下された(第十三詔)。その中で大伴氏の祖先の功業にも言及した。

*天の日嗣—宣命にはアマツヒツギとある。天つ日の神の神聖なる継承者の意。

*善き事—仏教にいう功徳の善業で、ここは東大寺大仏造営をさす。

*小田なる山—宮城県遠田(とおだ)郡湧谷(わくや)町大字湧谷小字黄金迫(こがねはざま)にある小山。ここに延喜式神名帳にある黄金山神社がある。

*遠き代にかかりし事—古の聖天子の時代にあった瑞祥をいうか。対馬から金が届けられて大宝と改元したり、秩父からの和銅献上によって和銅に改元したりしたことなどをさすのであろう。

従《ろ》への　向けのまにまに　老人《おいひと》も　女童児《をみなわらは》も　其《し》が願ふ　心足《だ》らひに　撫でたまひ　治めたまへば　此《ここ》をしも　あやに貴み　嬉しけく　いよよ思ひて　大伴の　遠つ神祖《かむおや》の　其の名をば　大久米主《おほくめぬし》と　負ひ持ちて　仕へし官《つかさ》　海行かば　水浸《づ》く屍《かばね》　山行かば　草生《む》す屍　大君の　辺《へ》にこそ死なめ　顧みは　せじと言立《ことだ》て　大夫《ますらを》の　清き其の名を　古《いにしへ》よ　今の現《をつ》に　流さへる　祖《おや》の子等《ども》ぞ　大伴と　佐伯《さへき》の氏は　人の祖の　立つる言立《ことだて》　人の子は　祖の名絶たず　大君に　奉仕《まつろ》ふものと　言ひ継げる　言《こと》の職《つかさ》ぞ　梓弓《あづさ》　手に取り持ちて　剣大刀《つるぎたち》　腰に取り佩《は》き　朝守り　夕《ゆふ》の守りに　大君の　御門《みかど》の守り　われをおきて　人はあらじと　いや立て　思ひしまさる　大君の　御言《みこと》の幸《さき》の（一に云ふ、を）　聞けば貴み（一に云ふ、貴くしあれば）　（巻十八）

反歌三首〈その二首〉

4096 大伴の遠つ神祖《かむおや》の奥つ城《き》はしるく標《しめ》立て人の知るべく　（巻十八）

4097 すめろきの御代栄えむと東《あづま》なる陸奥山《みちのく》に黄金《くがね》花咲く　（巻十八）

天平感宝元年五月十二日に、越中国守の館にして大伴宿禰家持作れり。

*大久米主—古事記上巻に「天忍日命、此者大伴連等之祖。天津久米命、此者久米直等之祖也」とあり、同中巻(神武)には「爾大伴連等之祖、道臣命、久米直等之祖、大久米命」とある。書紀神武紀には「大伴氏之遠祖日臣命、帥二大来目一」とあり、道を開きよく先導を果した功により道臣命と改名したとある。大久米主とは記されていない。大久米部を統帥したのでそう呼んだ伝承もあったのか。

*大伴と佐伯の氏—大伴氏は代々天皇の守護に任じ、佐伯氏は大伴氏の分家である。姓氏録によれば、雄略天皇の御世、大連大伴室屋が宮門の警衛の責の重さに子の談《かたる》と相扶けてこれに当りたいと奏上し、許された。談の子孫が佐伯氏となり、以来大伴・佐伯の二氏が左右の門を守ることになったという。

*言の職—そのことば通りの、そのことばに背かぬ官職の意か。

*御言の幸—詔書のことばの栄え。

*陸奥山—陸奥国の小田郡の山。

天平感宝元年閏《のちの》五月六日以来《このかた》、小旱起りて、百姓の田畝稍《やや》く凋《しほ》める色あり。六月朔日《ついたち》に至りて、忽に雨雲の気を見る。仍《よ》りて作る雲の歌一首 短歌一絶

4122 すめろきの 敷きます国の 天の下 四方の道には 馬の蹄《つめ》 い尽す極《きはみ》 船《ふな》の舳《へ》の い泊《は》つるまでに 古《いにしへ》よ 今の現《をつつ》に 万調《よろづつき》 奉《まつ》る最上《つかさ》と 作りたる その農業《なりはひ》を 雨降らず 日の重なれば 植ゑし田も 蒔きし畠《はたけ》も 朝ごとに 凋《しほ》み枯れ行く そを見れば 心を痛み 緑児の 乳《ち》乞《こ》ふが如く 天つ水 仰ぎてそ待つ あしひきの 山のたをりに この見ゆる 天の白雲 海神《わたつみ》の 沖の宮辺に 立ち渡り との曇り合ひて 雨も賜はね （巻十八）

反歌一首

4123 この見ゆる雲ほびこりてとの曇り雨も降らぬか心足《だ》らひに （巻十八）

右の二首は、六月一日の晩頭《ゆふぐれ》に、守大伴宿禰家持作れり。

天平勝宝二年三月一日の暮《ゆふべ》に、春の苑の桃李の花を眺矚《なが》めて作る歌二首

4139 春の園 紅《くれなゐ》にほふ桃の花下照《したで》る道に出で立つ少女《をとめ》 （巻十九）

4140 わが園の李《すもも》の花か庭に降るはだれのいまだ残りたるかも （巻十九）

*小旱起りて—しばらく日照りが続いたこと。

*短歌一絶—短歌を漢詩の絶句に見立てたもの。反歌一首の意。

*緑児—乳幼児。正倉院文書の戸籍帳では、三歳までの男児をいう。女児はミドリメ。

*海神—海神は水を司るとされていた。海幸山幸の説話で、海神からもらった玉で田の水の供給を自由にするのは、この信仰による。

*春の園紅にほふ—春の園が紅に鮮かに映える。この句、下に続けて解する説もある。

*庭に降る—原文「庭尓落」。ニハニチルと訓んで李の花が散ると解する説がある。

飜《と》び翔《かけ》る鴫《しぎ》を見て作る歌一首

4141 春まけて物悲しきにさ夜ふけて羽振《はぶ》き鳴く鴫誰《た》が田にか住む　（巻十九）

堅香子草《かたかごぐさ》の花を攀《よ》ぢ折る歌一首

4143 もののふの八十《やそ》少女《をとめ》らが汲《く》みまがふ寺井の上《うへ》の堅香子の花　（巻十九）

暁《あかとき》に鳴く雉《きぎし》を聞く歌二首〈その一首〉

4149 あしひきの八峰《やつを》の雉《きぎし》鳴き響《とよ》む朝明《あさけ》の霞見れば悲しも　（巻十九）

遥かに江を泝《さかのぼ》る船人の唱《うた》を聞く歌一首

4150 朝床に聞けば遥《はる》けし射水《みづ》川朝漕ぎしつつ唱ふ船人《ふなびと》　（巻十九）

十二日に、布勢《ふせ》の水海《みづうみ》に遊覧し、多祜《たこ》の湾《うら》に船泊《ふなはて》して、藤の花を望み見て、各《おのもおのも》懐《おもひ》を述べて作る歌四首〈その一首〉

4199 藤波の影なす海の底清みしづく石をも玉とそ我《あ》が見る　（巻十九）

守大伴宿禰家持。

七月十七日を以ちて、少納言に遷任せらる。仍《よ》りて別れを悲しぶる歌を作りて、朝集使掾久米朝臣広縄《じょうくめのあそみひろのり》の館に贈り貽《のこ》す二首〈その一首〉

既に六載の期《ご》に満ち、忽ち遷替の運《とき》に値《あ》ふ。是《ここ》に旧《ふるき》に別るる悽《かなしび》、心中に鬱結す。

*寺井の上―「寺井」は寺の境内にある井。ウへはほとり。

*八峰―方々の数多くの峰々。

*射水川―飛騨の白川地方に発し、東礪波郡及び礪波市を貫流する庄川が、射水郡内に入って名づけられたもの。古くは越中国府のあった伏木と高岡市街との中間で小矢部川を合せて、今の小矢部川の川筋を流れて富山湾に注いでいた。

*十二日―天平勝宝二(七五〇)年四月。

*布勢の水海―富山県氷見(ひみ)市田子・窪・神代(こうじろ)・布施・十二町などの地一帯に広く展開していた湖水。土砂の堆積の上に、干拓が古くから続けられて、今は一帯広々とした水田である。細長く小さい十二町潟を残すのみ。大伴家持はここの風景を愛し、度々ここに遊覧している。

*多祜の湾―今、氷見市上田子・下田子一帯の地。昔の布勢水海の東南隅の沿岸の地であっただろう。下田子の藤波神社に白藤の古木が多い。

*七月十七日―天平勝宝三(七五一)年。

*朝集使―国司から、一年間の政務の記録・諸施設の状況・官史の勤務評定等を報告する朝集帳を中央政府に提出するために派遣する使。

涕《なみた》を拭《のご》ふ袖は、何を以ちてか能く旱《かは》かむ。因《よ》りて悲歌二首を作りて、式《も》ちて忘るること莫《な》き志《こころ》を遺《のこ》す。其の詞に曰はく

4249 石《いは》瀬《せ》野に秋萩凌《しの》ぎ馬並《な》めて初鷹《はっと》狩《がり》だにせずや別れむ　（巻十九）

右は、八月四日に贈れり。

二十三日に、興に依りて作る歌二首

4290 春の野に霞たなびきうらがなしこの夕かげに鶯《うぐひす》鳴くも　（巻十九）

4291 わが屋戸のいささ群竹《むらたけ》吹く風の音のかそけきこの夕べかも　（巻十九）

二十五日に作る歌一首

4292 うらうらに照れる春日に雲雀《ひばり》あがり心かなしも独りし思へば　（巻十九）

春日遅々として、鶬鶊正に啼く。悽惆の意、歌にあらずは撥《はら》ひ難し、仍《よ》りて此の歌を作り、式《も》ちて締緒を展《の》ぶ。但し此の巻の中、作者の名字を称《い》はず、徒《ただ》年月所処縁起を録《しる》せるは、皆大伴宿禰家持の裁作《つく》れる歌の詞なり。

防人の情と為《な》りて思を陳《の》べて作る歌一首　短歌を并せたり

4398 大君の　命《みこと》畏《かしこ》み　妻別れ　悲しくはあれど　大夫《ますらを》の　心振り起こし

*石瀬野—家持が鷹狩を楽しんだ場所で、国府から余り遠くない原野だったろう。富山県射水郡大門町の北方、高岡市石瀬(いしせ)一帯の地かという。富山市の北部、神通川の河口近くの東岩瀬にはこの歌を刻んだ碑があるがここは当らずという。

*二十三日—天平勝宝五(七五三)年二月。

*うらうらに—名義抄に「遅々　ウラウラ」とある。左注に「春日遅々」とある。春の日の暮れなずむさまをいう。諸注多く、うららかに照り渡る春の日というが、単にのどかで明るい意とはしがたい。

*春日遅々—毛詩小雅・出車に「春日遅々卉木萋々　倉庚喈々　采蘩祁々」とあるによったものであろう。

*鶬鶊—うぐいすの意であるが、日本ではヒバリの意に用いる。和名抄に「雲雀」の訓を「比波利」と記した下に「楊氏漢語抄云、鶬鶊・倉庚二音、訓上同」とある。

*悽惆の意—悲しみ痛む、沈んだ心。

*締緒を展ぶ—欝結した心を晴らす。

*防人の情と為りて—天平勝宝七(七五五)歳が防人(242ページ参照)交替の年に当り、前年兵部少輔に任官していた家持が防人に関する業務を担当し、上進される防人歌を記録したのによる。

取り装ひ　門出《かどで》をすれば　たらちねの　母掻き撫で　若草の　妻は取り着き　平らけく　われは斎《いは》はむ　ま幸《さき》くて　早還り来《こ》と　ま袖持ち　涙をのごひ　むせひつつ　言問《ことど》ひすれば　群《むら》鳥の　出で立ちかてに　滞り顧みしつつ　いや遠に　国を来離れ　いや高に　山を越え過ぎ　葦が散る　難波に来居て　夕潮に　船を浮け据ゑ　朝なぎに　舳《へ》向け漕がむと　侍らふと　わが居る時に　春霞　島廻《み》に立ちて　鶴《たづ》が音《ね》の　悲しく鳴けば　はろばろに　家を思ひ出　負ひ征箭《そや》の　そよと鳴るまで　嘆きつるかも　（巻二十）

4399　海原に霞たなびき鶴が音の悲しき宵は国方《へ》し思ほゆ　（巻二十）

4400　家思ふと寝《い》を寝ず居れば鶴が鳴く芦辺も見えず春の霞に　（巻二十）

右は、十九日に、兵部少輔大伴宿禰家持作れり。

族《やから》に喩《さと》す歌　短歌を并せたり

4465　ひさかたの　天《あま》の戸開き　高千穂の　嶽《たけ》に天降《あも》りし　すめろきの　神の御代より　梔《はじ》弓を　手《た》握り持たし　真鹿児《まかご》矢を　手《た》挾み添へて　大久米の　大夫《ますら》健男《たけを》を　先に立て　靫《ゆき》取り負《おほ》せ　山川を　岩根さくみて　踏み

*言問ひすれば—原文「言語須礼婆」。一訓、カタラヒスレバ。

*十九日—天平勝宝七歳二月。

*高千穂の嶽—紀に「日向襲之高千穂峯」とあり、記には「日向之高千穂之久士布流多気」とある。日向の高千穂は、霧島山の高千穂峰（高さ一五七四メートル）にその名があり、また宮崎県の北の山地、西臼杵郡高千穂町がある。ここは高千穂峡で名高い。

*梔弓・真鹿児矢—ハジ弓はハジの木の弓。真鹿児矢は鹿狩りに用いる矢。記に「爾天忍日命、天津久米命二人…取ニ持天之波士弓一、手ニ挾天之真鹿児矢一、立ニ御前一而仕奉」とあり、神代紀下に「手捉ニ天梔弓天羽羽矢一」とある。

*大久米の大夫健男を先に立て—記では大伴氏の祖と久米氏の祖が同格で天孫降臨の先導をしているが、紀には大伴氏の祖が大久米部を率いたと記す。久米部は大和朝廷の軍隊の中核をなしていた部の一つ。紀の記載は久米氏が没落したため大伴氏に率いられるようになった事実を示している。

通り　国覓《ま》ぎしつつ　ちはやぶる　神を言向《こと》け　服従《まつろ》はぬ　人をも和《やは》し　掃き清め　仕へ奉《まつ》りて　あきづ島　大和の国の　橿原《かしはら》の　畝傍《うねび》の宮に　宮柱　太《ふと》知り立てて　天《あめ》の下　知らしめしける　すめろきの　天《あま》の日《ひ》嗣《つぎ》と　継ぎて来る　君の御代御代　隠さはぬ　赤き心を　皇辺《すめらへ》に　極め尽して　仕へ来る　祖《おや》の職《つかさ》と　言立《ことだ》てて　授けたまへる　子孫《うみのこ》の　いやつぎつぎに　見る人の　語り継ぎてて　聞く人の　鏡にせむを　あたらしき　清きその名そ　おぼろかに　心思ひて　虚言《むなこと》も　祖の名断つな　大伴の　氏《うぢ》と名に負へる　大夫《ますらを》の伴　（巻二十）

4466　磯城島《しきしま》の日本《やまと》の国に明らけき名に負ふ伴の緒心努めよ　（巻二十）

4467　剣大刀《つるぎたち》いよよ研《と》ぐべし古《いにしへ》ゆ清《さや》けく負ひて来にしその名そ　（巻二十）

右は、淡海真人三船《あふみのまひとみふね》の讒言に縁《つらな》りて、出雲守大伴《おほとものこ》古慈《じ》斐宿禰《ひのすくね》解任せらる。是《ここ》を以ちて家持此の歌を作れり。

病に臥して無常を悲しび、修道を欲《ほり》して作る歌二首

4468　うつせみは数無き身なり山川の清《さや》けき見つつ道を尋ねな　（巻二十）

4469　渡る日の影に競《きほ》ひて尋ねてな清きその道またも逢はむため　（巻二十）

寿《いのち》を願ひて作る歌一首

*橿原の畝傍の宮―神武即位前紀に神武天皇が「観夫畝傍山東南橿原地者、蓋国之墺区乎。可レ治之」とのたまい、ここに宮を造ったとある。

*天の日嗣―231ページ参照。

*磯城島の―192ページ参照。

*剣大刀―トグにかかる枕詞とする説があるが、ここは剣大刀を研ぐべしと言うのである。それが武をもって仕える大伴氏の一族に一層の忠勤を呼びかける譬喩となっている。

*淡海真人三船の讒言に縁りて―続紀、天平勝宝八(七五六)歳五月十日に「出雲守従四位上大伴宿祢古慈斐、内竪淡海真人三船、坐下誹二謗朝廷一、无中人臣之礼上、禁二於左右衛士府一」とあり、十三日に放免されたとある。三船の讒言ではなく、三船の受けた讒言に古慈斐も連坐したのである。この陰謀の主は藤原仲麿であった。「縁」をヨリテと解する説があるが、三船は被害者であって、彼が仲麿のお先棒をかついで古慈斐を陥入れるいわれはない。

4470 泡沫《みつぼ》なす借れる身そとは知れれどもなほし願ひつ千歳の命を　（巻二十）

以前《さき》の歌六首は、六月十七日に、大伴宿禰家持作れり。

勝宝九歳六月二十三日に、大監物三形王《みかたのおほきみ》の宅に宴する歌一首

4483 移り行く時見るごとに心痛く昔の人し思ほゆるかも　（巻二十）

右は、兵部大輔大伴宿禰家持作れり。

三年春正月一日に、因幡国の庁にして、饗《あへ》を国郡司等に賜ふ宴《うたげ》の歌一首

4516 新《あら》しき年の始めの初春の今日降る雪のいや重《し》け吉事《よごと》　（巻二十）

右の一首は、守大伴宿禰家持作れり。

笠《かさの》女《いら》郎《つめ》

笠女郎の、大伴宿禰家持に贈る歌二十四首〈その七首〉

588 白鳥の飛羽《とば》山松の待ちつつそわが恋ひわたるこの月ごろを　（巻四）

593 君に恋ひ甚《いた》もすべなみ奈良山の小松が下《した》に立ち嘆くかも　（巻四）

594 わが屋戸《やど》の夕影草《ゆふかげくさ》の白露の消《け》ぬがにもとな思ほゆるかも　（巻四）

599 朝霧のおほに相見し人ゆゑに命死ぬべく恋ひわたるかも　（巻四）

*以前の歌六首―六首といえば四四六五以下を指す。しかし「喩族歌」三首をあとの三首と同日の作としがたい。「六首」は「三首」の誤ではないか。「喩族歌」を作らしめた事件の起ったのは五月十日である。古慈斐の放免された十三日以降間もなく作ったが、公表せず作歌月日もまだ記さずにあったものではなかったか。

*大監物三形王―大監物は中務省に属し、出納を監察することを掌る。三形王は御方王とも。系統未詳。天平勝宝元(七四九)年従五位下。天平宝字三(七五九)年従四位下。同年木工頭。万葉集に短歌二首。

*三年―天平宝字三(七五九)年。

*因幡国の庁―鳥取市の東南、岩見郡国府町大字庁にその址を伝える。

○笠女郎―伝未詳。歌は全部大伴家持に贈った恋の歌。家持をめぐる女性たちの一人。その関係は天平五、六年頃からか。歌数、短歌二九。

*白鳥の―飛ぶところから飛羽山にかかる枕詞。

*飛羽山―所在不明。奈良市奈良坂道の東にあるという説、生駒郡竜田のカムナビ山説などがある。

*奈良山―165ページ参照。

*夕影草―草の名ではない。夕日の光の中に見る草か。集中唯一例。元暦校本・類聚古集に「暮草陰」とあるので、ユフクサカゲと訓む説がある。

602 夕されば物思《ものも》ひまさる見し人の言問《ことと》ふ姿面影にして　（巻四）

605 天地の神の道理《ことわり》無くはこそわが思ふ君に逢はず死にせめ　（巻四）

608 相思《あひおも》はぬ人を思ふは大寺の餓鬼《がき》の後《しりへ》に額《ぬか》づくごとし　（巻四）

笠女郎の、大伴家持に贈る歌一首

1451 水鳥の鴨の羽色の春山のおぼつかなくも思ほゆるかも　（巻八）

田《た》辺《なべの》史《ふひと》福麻呂《さきまろ》

久邇《くに》の新《あらた》しき京《みやこ》を讃《ほ》むる歌二首〈その一首〉短歌を并せたり

1050 明つ神　わが大君の　天の下　八島の中《うち》に　国はしも　多くあれども
里はしも　多《さは》にあれども　山並の　よろしき国と　川波の　立ち合ふ里
と　山城の　鹿背《かせ》山の際《ま》に　宮柱　太敷き奉《まつ》り　高知らす　布当《ふたぎ》の宮は
川近み　瀬の音《と》ぞ清き　山近み　鳥が音《ね》響《とよ》む　秋されば　山もとどろに
さを鹿《しか》は　妻呼び響め　春されば　岡辺も繁《しじ》に　巌《いはほ》には　花咲きをり
あなおもしろ　布当の原　いと貴《たふと》　大宮所　うべしこそ　わが大君は
君ながら　聞かし給ひて　さす竹の　大宮ここと　定めけらしも　（巻六）

＊神の道理―原文「神理」。カミシコトワリ・カミモコトワリ・カミニコトワリなどとも訓む。

＊餓鬼―仏説で三悪道の第二という餓鬼道に落ちた亡者。貪欲の報いとして死後飢渇に苦しむもの。大きな寺には貪欲を戒しめるためにこの像があった。

＊水鳥の鴨の羽色の春山の―鴨の羽の色は緑色が目立つところから春山の新緑の色の譬喩とした。初句よりここまでオボツカナシを導く序。原文「鴨乃羽色乃」でカモノハノイロノと訓む説がある。

○田辺福麻呂―生没年未詳。天平二十（七四八）年三月、左大臣橘諸兄の使者として越中の大伴家持を訪ねたが、その時造酒司令史（大初位上相当官）であった。歌は、その折の十三首と田辺福麻呂歌集のものがあり、歌集の歌には宮廷歌人の伝統が見える。合計歌数四四、長歌一〇・短歌三四（伝誦歌は除く）。

＊久邇の新しき京―228ページ参照。

＊八島―日本列島。日本の国。古事記上に「故因二此八島先所レ生、謂二大八島国一」とある。

＊多くあれども―原文「多雖有」。サハニアレドモとも訓む。

＊鹿背山―京都府相楽郡木津町の東北方、木津川南岸の山。高さ二〇三メートル。続紀、天平十三年九月の条に「従二賀世山西道一以東為二左京一、以西為二右京一」とあり、この山の北東の盆地に京は造られたので、山の中に宮殿を造ったのではない。

＊布当の宮―フタギの名は今は残っていない。旧瓶原（みかのはら）村あたり一帯をいったものらしい。フタギノ宮は久邇宮と同じ。

＊あなおもしろ―原文「痛何怜」。一訓、アナアハレ。

反歌二首

1051 三日《みか》の原布当《ふたぎ》の野辺を清みこそ大宮所（一に云ふ、ここと標《しめ》さし）定めけらしも　（巻六）

1052 山高く川の瀬清し百《もも》世まで神《かむ》しみ行かむ大宮所　（巻六）

春の日に三香原《みかのはら》の荒れたる墟《あと》を悲しび傷みて作る歌一首　短歌を并せたり

1059 三香の原　久邇の京は　山高み　川の瀬清し　住みよしと　人は言へども　在りよしと　われは思へど　古りにし　里にしあれば　国見れど　人も通はず　里見れば　家も荒れたり　はしけやし　かくありけるか　三諸《みもろ》つく　鹿背山の際《ま》に　咲く花の　色めづらしき　百鳥《ももとり》の　声なつかしき　在りが欲し　住みよき里の　荒るらく惜しも　（巻六）

反歌二首

1060 三香の原久邇の京は荒れにけり大宮人の移ろひぬれば　（巻六）

1061 咲く花の色は変らずももしきの大宮人ぞ立ち変りける　（巻六）

右の二十一首〈その六首〉は、田辺福麻呂の歌集の中に出づ。

狭野弟上娘子《さののおとがみのをとめ》

*三日の原―京都府相楽郡加茂町。鹿背山の東方から、北へひろがる盆地。そのまん中を東西に流れる木津川（泉川）の北が、もと瓶原村であった。

*神しみ―神サビと同語であろう。

*川の瀬清し―原文「河之瀬清」。カハノセキヨミとも訓む。

*三諸つく―ミモロは神をまつる神座・霊場。ツクはイツクに同じく神をまつること。

*色めづらしき―原文「色目列敷」。一訓、イロメヅラシク。

○狭野弟上娘子―茅上娘子《ちがみのおとめ》とする伝本もある（細井本）。天平十（七三八）年頃蔵部の女孺。歌は中臣宅守に対する熱情溢るる恋の歌二三首（短歌）。

3723 あしひきの山路越えむとする君を心に持ちて安けくもなし　（巻十五）

3724 君が行く道の長てを繰り畳《たた》ね焼き滅ぼさむ天《あめ》の火もがも　（巻十五）

右の四首〈その二首〉は、娘子《をとめ》の別れに臨みて作る歌。

3753 逢はむ日の形見にせよと手弱女《たわやめ》の思ひ乱れて縫へる衣《ころも》ぞ　（巻十五）

3767 魂は朝《あした》夕《ゆふべ》にたまふれど我《あ》が胸痛し恋の繁きに　（巻十五）

3772 帰りける人来《きた》れりと言ひしかばほとほと死にき君かと思ひて　（巻十五）

3774 わが背子が帰り来まさむ時の為命残さむ忘れたまふな　（巻十五）

中臣朝臣宅守《なかとみのあそみやかもり》

3727 塵泥《ちりひぢ》の数にもあらぬわれ故に思ひわぶらむ妹が悲しさ　（巻十五）

3730 畏《かしこ》みと告《の》らずありしをみ越路《こしぢ》の手向《たむけ》に立ちて妹が名告りつ　（巻十五）

右の四首〈その二首〉は、中臣朝臣宅守の、上道《みちたち》して作る歌。

3776 今日もかも都なりせば見まく欲《ほ》り西の御馬屋《みまや》の外《と》に立てらまし　（巻十五）

3785 ほととぎす間《あひだ》しまし置け汝《な》が鳴けば我《あ》が思《も》ふ心いたもすべなし　（巻十五）

右の七首〈その一首〉は、中臣朝臣宅守の花鳥に寄せ思を陳べて作る歌。

*天の火もがも―道を焼いてもらうために、人間の力を越えた強力な火を望んだ。奇蹟を願った娘子が天の神の力にすがったのであろう。史記に例のある漢語「天火」に出典を求める説がある。

*娘子の別れに臨みて―巻十五の目録には「中臣朝臣宅守娶ニ蔵部女嬬狭野弟上娘子一之時、勅断ニ流罪一配ニ越前国一也」とある。その流罪に処せられた時期は不明だが、続紀に天平十二(七四〇)年六月の大赦から漏れた者として中臣宅守の名が見えるから、その少し前、同年春頃か、一年前程度ではなかったか。

*たまふれど―上代人は霊魂が肉体から遊離するものと考えていた。その遊離魂を鎮めるために鎮魂祭の祈禱をする。それをミタマフリという。また、ミタマフリは御魂振で、魂を振り起こして魂の活きを盛んにすること。そのために衣などを魂代として振り動かすという。なお、「賜ふれど」として相手の魂を頂戴する意に解する説もある。

*帰りける人来れり―赦免されて地方から帰って来た人。天平十二(七四〇)年六月十五日の大赦の時のことであろう。

〇中臣宅守―天平十一(七三九)年頃罰せられ越前へ流された。天平十二年六月の大赦には赦されず、のち赦されて、天平宝字七(七六三)年従五位下。神祇大副となる。同八年九月藤原仲麻呂の乱により除名。歌数、短歌四〇。

*み越路の手向―越路は北陸道。タムケは旅の安全を祈って道の神に手向をする場所。それは峠に限らず。山腹でもあった。

*西の御馬屋―右馬寮（うまりょう）のこと。馬寮は令制で、官馬の調習・飼養、乗具、飼部等のことをつかさどった役所。

防《さき》人《もり》歌

3570 葦の葉に夕霧立ちて鴨が音《ね》の寒き夕《ゆふべ》し汝《な》をば偲はむ　（巻十四）

天平勝宝七歳乙未二月、相替りて筑紫《つくし》に遣《つか》はさるる諸国《くにぐに》の防人等の歌

4327 わが妻も絵に描《か》き取らむ暇《いつま》もが旅行く我《あれ》は見つつ偲はむ　（巻二十）

右の一首は、長下郡《ながのしも》の物部古麻呂《もののべのこまろ》。

二月六日に、防人部領使《さきもりのことりづかひ》遠江国《とほつあふみのくに》の史生《ふみひと》坂本朝臣人上《さかもとのあそみひとかみ》が進《たてまつ》れる歌の数は十八首なり。但し拙劣なる歌十一首あるは取り載せず。

4328 大君の命畏《かしこ》み磯に触り海原《うのはら》渡る父母を置きて　（巻二十）

右の一首は、助丁《すけのよほろ》丈部造《はせつかべのみやつこ》人麻呂《ひとまろ》。

二月七日に、相模国の防人部領使守《かみ》従五位下藤原朝臣宿奈麻呂《ふぢはらのあそみすくなまろ》が進《たてまつ》れる歌の数は八首なり。但し拙劣なる歌五首は取り載せず。

4344 忘らむて野行き山行きわれ来れどわが父母は忘れせぬかも　（巻二十）

右の一首は、商長首麻呂《あきのをさのおびとまろ》。

二月七日に、駿河国の防人部領使守《かみ》従五位下布勢朝臣《ふせのあそみ》人主《ひとぬし》、実《まこと》に進《たてまつ》れる歌の数は二十首なり。但し拙劣なる歌は取り載せず。

○防人―サキモリは崎守の意であろう。辺境を守る者。主として九州北岸・壱岐・対馬を守備する兵士をさす。史書には書紀、孝徳紀大化二年正月「初修二京師一置二畿内国司・郡司・関塞・斥候・防人・駅馬・伝馬一」とあるのが初見。天智紀三年「於二対馬嶋・壱岐嶋・筑紫国等一置二防人与一レ烽」とある。軍防令によれば、任期三年。諸国から二十一歳以上六十歳以下の正丁が徴発されたが、父子兄弟の中一人に限られ、家に老人病人が居て他に看病する者の無い時は免ぜられた。本来全国から派遣されたが、続紀、天平二年九月「停二諸国防人一」とあり、専ら東国からとした。天平九年九月「停二筑紫防人一帰二于本郷一。差二筑紫人一令レ戍二壱岐対馬一」とあるが、天平勝宝七歳復活し、交替のため東国人が筑紫へ遣わされた。その防人たちの歌が兵部少輔大伴家持の手で集められた。この防人も三年の任期以前に廃止された。天平宝字元年閏八月「勅曰、大宰府防人、頃年差二坂東諸国兵士一発遣、由レ是、路次之国、皆苦二供給一、防人産業、亦難二弁済一、自今已後、宜下差二西海道七国兵士合一千人一充中防人司上」とある。

*いつま―イトマの訛。

*長下郡―今、静岡県浜名郡となり、一部は磐田郡に入った。

*防人部領使―防人を難波まで引率して行く役。国司がこれに当る。

*助丁―その国の防人軍団の長の補佐を勤める者であったと考えられる。ヨホロは二十一歳から六十歳までの壮丁。

*忘らむて―ワスラムトの訛。

4357
芦垣の隈処《くまと》に立ちて吾妹子《わぎもこ》が袖もしほほに泣きしそ思《も》はゆ　（巻二十）

右の一首は、市原郡の上丁《かみつよほろ》刑部直《おさかべのあたひ》千国《ちくに》。

二月九日に、上総国の防人部領使少目従七位下茨田連沙弥麻呂《まむたのむらじさみまろ》が進《たてまつ》れる歌の数は十九首なり。但し拙劣なる歌は取り載せず。

4364
防人《さきむり》に発《た》たむ騒きに家の妹《いむ》がなるべき事を言はず来《き》ぬかも　（巻二十）

右の二首〈その一首〉は、茨城郡《うまらきのこほり》の若舎人部広足《わかとねりべのひろたり》。

二月十四日に、常陸国の部領防人使《さきもりのことりづかひ》大目正七位上息長真人国島《おきながのまひとくにしま》が進《たてまつ》れる歌の数は十七首なり。但し拙劣なる歌は取り載せず。

4373
今日よりは顧みなくて大君の醜《しこ》の御楯《みたて》と出で立つわれは　（巻二十）

右の一首は、火長《くわちやうう》今奉部与曽布《いままつりべのよそふ》。

二月十四日に、下野国の防人部領使正六位上田口朝臣大戸《たぐちのあそみおほと》が進《たてまつ》れる歌の数は十八首なり。但し拙劣なる歌は取り載せず。

4385
行《ゆ》こ先《さき》に波なとゑらひ後方《しるへ》には子をと妻をと置きてとも来ぬ　（巻二十）

右の一首は、**葛飾郡**の私部石島《きさきべのいそしま》。

二月十六日、下総国の防人部領使少目従七位下県犬養宿禰浄人《あがたのいぬかひのきよひと》が進れる歌の数は二十二首なり。但し拙劣なる歌は取り載せず。

*市原郡―千葉県市原郡。海上郡を合せている。
*上丁―成年の壮丁。

*さきむり―サキモリの訛。
*いむ―イモの訛。
*なるべき事―生業。生活の道。
*茨城郡―今の茨城県新治郡と東・西茨城郡の一部にわたる地。

*醜―シコはみにくい、いやしいの意で、天皇に対して自分を卑下していう。頑強の意とする説がある。
*火長―軍防令に「凡兵士十人為二一火一」とある。火長はその十人の長。

*ゆこ先―ユクサキの訛。
*しるへ―シリヘの訛。
***葛飾郡**―196ページ参照。

4401 韓衣《からころむ》裾《すそ》に取りつき泣く子らを置きてそ来ぬや母《おも》無しにして　（巻二十）

右の一首は、国造小県郡《ちひさがたのこほり》の他田舎人大嶋《をさだのとねりおほしま》。

二月二十二日に、信濃国の防人部領使、上道《みちたち》して病を得て来らず。進《たてまつ》れる歌の数は十二首なり。但し拙劣なる歌は取り載せず。

4407 ひなくもり碓氷《うすひ》の坂を越えしだに妹が恋しく忘らえぬかも　（巻二十）

右の一首は、他田部子磐前《をさだべのこいはさき》。

二月二十三日に、上野国の防人部領使大目正六位下上毛野君駿河《かみつけののきみするが》が進れる歌の数は十二首なり。但し拙劣なる歌は取り載せず。

4417 赤駒を山野《やまの》に放《はが》し捕《と》りかにて多摩の横山徒歩《かし》ゆか遣《や》らむ　（巻二十）

右の一首は、豊島郡《とよしまのこほり》の上丁椋椅部荒虫《くらはしべのあらむし》が妻宇遅部黒女《めうぢべのくろめ》。

二月二十日に、武蔵国の部領防人使掾《じよう》正六位上安曇宿禰三国《あづみのすくねみくに》が進《たてまつ》れる歌の数は二十首なり。但し拙劣なる歌は取り載せず。

4425 防人に行くは誰《た》が背と問ふ人を見るが羨《とも》しさ物思《も》ひもせず　（巻二十）

右の八首〈その一首〉は、昔年の防人の歌なり。主典《さくわん》刑部少録正七位上磐余伊美吉諸君《いはれのいみきもろきみ》、抄写して兵部少輔大伴宿禰家持に贈れり。

*韓衣—カラコロモの訛。韓風の着物で、防人として官給の服であろうという。また、衣の縁でスソにかかる枕詞と見る説がある。

*国造—古く国郡を統治していた世襲の地方官。

*小県郡—今の長野県小県郡と上田市の地。

*碓氷の坂—碓氷峠。上野と信濃との間の峠。

*はがし—ハナチの訛。

*かにて—カネテの訛。

*多摩の横山—東京都府中市(当時の国府)の南方、多摩川の南岸に横たわるいわゆる多摩丘陵。そのあたり、今、東京都多摩市。八王子市横山町の地とする説があるが、国府を発した防人らは直ちに多摩川を渡って南進して東海道に出たとすれば、当らない。

*かしゆか遣らむ—カシはカチの訛。ユはここは手段を表わす助詞。軍防令に「凡防人向レ防、若有下家人奴婢及牛馬欲二将行一者上聴(ユルセ)」とあり、馬を連れて行くことができた。

*豊島郡—東京都豊島区にその名をとどめている。荒川・北・板橋・文京の各区にも及んでいた。

*主典—令制の四等官の称だが、何の主典か不明。この人の本官は刑部少録であるから、兵部使の主典を兼ねていたのかという説がある。

宣《せん》命《みやう》

陸奥国《みちのくのくに》に黄金《くがね》出でたる時慶《よろこ》びを臣民に分ち給へる宣命（天平勝宝元年四月朔日）

従三位中務卿石上《いそのかみのあそみ》朝臣乙麻呂宣る。

現《あき》つ神《みかみ》と御宇《あめのしたしろ》しめす倭《やまとね》根子《こ》天皇《すめら》が詔旨《おほみこと》らまと宣《のたま》ふ大命《おほみこと》を、親王《みこ》たち、諸王《おほきみたち》・諸臣《おみたち》百《もも》の官《つかさ》の人等《ひとども》、天下《あめのした》の公民《おほみたから》、衆《もろもろ》聞き食《たま》へと宣ふ。高天原ゆ天降《あも》り坐し天皇が御世を始めて中・今に至るまでに、天皇が御世《みよ》御世天《あま》つ日《ひ》嗣高御座《つぎたかみくら》に坐して治め賜ひ恵《めぐ》び賜ひ来《く》る食国天下《をすくにあめのした》の業《わざ》となも、神ながらも念《おも》ほしめさくと宣ふ大命を、衆聞き食へと宣ふ。かく治め賜ひ恵び賜ひ来る天つ日嗣の業と、今皇《すめら》朕《あ》が御世に当りて坐せば、天地の心を労《いとほ》しみ、重《いか》しみ、辱《かたじけな》み、恐《かしこ》み坐《いま》すに、聞し食《を》す食国の東の方、陸奥国《みちのくのくに》の小田郡《をだのこほり》に金《くがね》出でたりと奏《まを》して進《たてまつ》れり。此《こ》を念《おも》ほせば、種種《くさぐさ》の法《のり》の中には、仏の大御言《おほみこと》し国家《みかど》護るがたには勝《すぐ》れたりと聞し召して、食国天下の諸国《くにぐに》に最《さい》勝王経《しょうわうきやう》を坐せ、盧《ろ》舎那《しやな》仏《ほとけ》作り奉《まつ》るとして、天に坐す神、地《くに》に坐す神を祈禱《いの》り奉り、挂《か》けまくも畏き遠天皇《とほすめろぎ》の御霊《みたま》を始めて、拝《をろが》み仕へ奉り、衆人《もろびと》をいざなひ率ゐて仕へ奉る心は、禍《わざはひ》息《や》みて善くなり、危き変りて全く平《たひら》がむと念ほして仕へ奉る間に、衆人は成らじかと疑ひ、朕《あれ》は金少《すくな》けむと念ほし憂ひつつ在るに、三宝《みほとけ》の勝れて

◎宣命—漢文を以てする詔勅に対し、和語を以て天皇の言葉を宣布する公文書。文学史上の作品としては、続日本紀に記された六十二編をさすことが多い。原文は用言の語尾、助詞、助動詞を小さく万葉がなで記し、他を漢字本来の用法に従って用いる、いわゆる宣命体で記される。なお、訓読文は金子武雄著の「続日本紀宣命講」によった。

*石上朝臣乙麻呂—石上麻呂の第三子。天平十一年三月、久米連若売と通じ土佐国に配流。後、赦され、従三位中納言中務卿をもって天平勝宝二年（七五〇）没。漢詩文に巧みだった。159ページ参照。

*倭根子天皇—倭の国の君主である天皇。ここは聖武天皇をさす。

*詔旨らまと—お言葉として。「らま」は接尾語。

*天降り坐し天皇—邇々芸（ににぎ）命。

*中・今に至るまでに—中頃から現在まで。

*食国天下の業となも—御支配になる国である天下の業と。「なも」は強意の助詞。

*神ながら—神として。

*天地の心を労しみ、重しみ、辱み、恐み坐すに—天地の心を思えば、心苦しく、重大に、かたじけなく、かしこまっていらっしゃると。

*小田郡に金出でたり—今の宮城県遠田郡涌谷町黄金迫の地から出金した。

*種種の法—仏教、儒教、道教、など。

*護るがたには—護るためには。

*坐せ—坐さしめ。

*遠天皇—代々の皇祖の天皇。

神《くす》しき大御言の験《しるし》を蒙《かがふ》り、天に坐す神、地に坐す神の相うづなひ奉りさきはへ奉り、又天皇の御霊たちの恵び賜ひ撫《な》で賜ふ事に依りて、顕《あら》はし示し給ふ物ならしと念ほし召せば、受け賜はり歓び受け賜はり貴び、進むも知らに退くも知らに、夜日《よるひる》畏恐《かしこ》まり念ほせば、天下を撫で恵び賜ふ事理《ことわり》に坐す君の御代に当りて在るべきものを、拙《をぢな》くたづがなき朕が時に、顕はし示し給へれば、辱み、愧《はづか》しみなも念ほす。是を以て朕一人やは貴き大瑞《おほきしるし》を受け賜はらむ、天下共に頂《いなだ》き受け賜はり、歓《よろこぶ》るし、理なるべしと神ながらも念ほし坐してなも衆を恵び賜ひ治め賜ひ、御代の年号《な》に字《もじ》加へ賜はくと宣ふ天皇が大命を、衆聞き食へと宣ふ。

(中略)

又三国真人《みくにのまひと》、石川朝臣《あそみ》、鴨《かもの》朝臣、伊勢大鹿首《いせのおほかのおびと》の部《とも》は、治め賜ふべき人としてなも、簡《えら》び賜ひ治め賜ふ。又県犬養橘夫人《あがたのいぬかひのたちばなのおほとじ》の、天皇が御世重ねて明《あか》き浄《きよ》き心以て仕へ奉り、皇朕《すめらあ》が御世に当りても、怠り緩《ゆる》ぶ事無く助け仕へ奉り、しかのみにあらず、祖父《おほぢ》大臣《おほおみ》の殿門《とのかど》荒し穢《けが》す事無《な》く守りつつ在らしし事、いそしみ、うむがしみ忘れ給はずとしてなも、孫等一二《ひこどもひとりふたり》治め賜ふ。又大臣として仕へ奉らへる臣たちの子等《こども》、男《をのこ》は仕へ奉る状《さま》に随《したが》ひて、種種治め賜ひつれども、女《めのこ》は治め賜はず。是を以て念ほせば、男のみ父《ちち》の名負ひて女はいはれぬものにあれや、立ち雙《なら》び仕へ奉るし理なり

*うづなひ奉り—うべない申しあげ、よしとして受け入れ申しあげ。
*さきはへ奉り—幸福をお授け申しあげ。
*天下を撫で恵び…在るべきものを—天下を撫で恵びだまうことが道理にかなっておられる君の御代に当ってこのようなことが起こるべきであるのに。

*拙くたづがなき—愚かで頼りない。

*御代の年号に字加へ賜はく—天平という年号に感宝の二字をお加えになること。

*三国真人—継体天皇の皇子、椀子王の後裔氏族(姓氏録)。
*石川朝臣—孝元天皇の皇子、彦太忍信命の後裔氏族(姓氏録)。
*鴨朝臣—大国主神の後裔氏族(姓氏録)。
*伊勢大鹿首—天児屋根命の後裔氏族(姓氏録)。
*県犬養橘夫人—橘三千代。はじめ美奴王に嫁し、後、藤原不比等の妻となり、光明皇后を生んだ。天平五年(七三三)没。
*祖父大臣—藤原不比等をさす。聖武天皇の外祖父。
*うむがしみ—嬉しく。
*男のみ…ものにあれや—男だけが父の名を負い持って、女は関係がないものであろうか、いやいやそうではあるまい。

となも念ほす。父がかくしまにあれと念ひて、おもぶけ教へけむ事、過《あやま》たず失はず、家門荒さずして、天皇が朝《みかど》に仕へ奉れとしてなも、汝《いまし》たちを治め賜ふ。又大伴《おほとも》佐伯宿禰《さへきのすくね》は常も云ふ如く、天皇が朝《みかど》守り仕へ奉る事顧みなき人等にあれば、汝《いまし》たちの祖どもの云ひ来らく、海行かば、みづく屍、山行かば、草むす屍、王《おほきみ》のへにこそ死なめ、のどには死なじ、と云ひ来る人等となも聞し召す。是を以て遠天皇の御世を始めて、今朕が御世に当りても、内兵《うちのいくさ》と心中《こころのうちの》ことはなもつかはす。故《かれ》是を以て子は祖《おや》の心なすいし、子にはあるべし。この心失はずして、明き浄き心を以て仕へ奉れとしてなも、男女并《をのこめのこあは》せて一二治め賜ふ。又五位已上《いつつのくらゐよりかみつかた》の子等治め賜ふ。六位已下《むつのくらゐよりしもつかた》に冠一階《かがふりひとしな》上げ給ひ、東大寺《ひむがしのおほでら》造れる人等に二階加へ賜ひ、正六位《おほきむつのくらゐ》上《かみつしな》には子一人治め賜ふ。又五位已上及び皇族《みうがら》の年十三已上《としとをまりみつよりかみなる》、位无《な》き大舎人等《おほとねりども》、諸司《つかさづかさ》の仕丁《つかへよぼろ》に至るまでに、大御手物《みてつもの》賜ふ。又高年人《としたかきひと》等治め賜ひ、困乏人《まづしきひと》恵び賜ひ、孝義《けうぎ》有る人その事免《ゆる》し賜ひ、力田治め賜ふ。罪人《つみびと》赦《ゆる》し賜ふ。又壬生《みぶ》治め賜ひ、物知人等《ものしりびとども》治め賜ふ。又金を見出でたる人及び陸奥国の国司《みこともち》、郡司《こほりのみやつこ》、百姓《おほみたから》に至るまでに治め賜ひ、天下の百姓衆を撫で賜ひ恵び賜はくと宣ふ天皇が大命を、衆聞き食へと宣ふ。

＊大伴佐伯宿禰—大伴宿禰と佐伯宿禰。ともに天忍日命の後裔氏族(姓氏録)。232ページ参照。
＊仕へ奉る事顧みなき人等—お仕え申すことについては、自分の命を顧みない人々。
＊みづく屍—水に漬かる屍。
＊王のへにこそ死なめ—天皇のお側で死のう。
＊内兵—天皇に親しく奉仕する武人。
＊祖の心なすいし—祖先の心のようであるのが。「い」「し」は共に強意の助詞。

＊大舎人—朝廷において行幸供奉、警衛その他の雑事に従事する舎人。
＊その事免し賜ひ—課役を免除なさり。
＊力田—農業につとめて功ある者。
＊壬生—皇子の養育に従事する人々、あるいはその費用を負担する人々。
＊物知人—卜占を司る人々。
＊陸奥国の国司—この時の国守は百済王敬福(くだらのこにきし　きょうふく)。

古《こ》語《ご》拾《しふ》遺《ゐ》

蓋《けだ》し聞《うけたまは》る。上古の世、未だ文字有らず。貴賤老少、口々に相伝へ、前言往行《せんげんわうかう》、存《のこ》して忘れず。書契ありてより以来《このかた》、古へを語ることを好まず。浮華競ひ興《おこ》り、還りて旧老《おいびと》を嗤《あざけ》り、遂に、人をして世を歴《へ》て弥々《いよいよ》新に、事をして代を逐《お》ひて変へ改め使《し》む。顧みて故実を問ふに、根源を識ること靡《な》し。国史・家牒《かてふ》、その由を載《の》すと雖《いへど》も、一二の委曲、猶《な》ほ遺《のこ》る所有り。愚臣言《まを》さざれば、恐らくは絶えて伝ふること無けむ。幸ひに召問《せうもん》を蒙《かがふ》りて、畜憤を攄《の》べむと欲す。故に旧説《ふること》を録して、敢て以て聞え上《たてまつ》ると爾《しか》云ふ

（中略）

ここに、思兼神《おもひかねのかみ》の議に従ひ、石凝姥神《いしこりどめのかみ》をして日像之鏡《ひのみかたの》を鋳《つく》ら令《し》む。初度《はじめのたび》に鋳る所、少《いささ》か意に合《かな》はず（これ紀伊国の日前《ひのくま》の神なり）。次度に鋳る所、その状《さま》美麗《うる》はし（こは伊勢の大神なり）。儲《ま》け備ふること既に畢《をは》りて、具《つぶさ》に謀る所の如し。爾《かれ》すなはち太玉命《ふとたまのみこと》、広く厚き称詞《たたへごと》を以て啓《まを》して曰《まを》さく「吾《やつが》れが所捧《もた》る宝鏡明麗《てりうるは》しきこと、あたかも汝命《いましみこと》の如し。乞ふ、戸を開けて御覧《みそな》はし給へ」と。すなはち太玉命、天児屋命《あめのこやねの》、共にその祈禱《いのりまつること》を致しき。時に天照大神、中心《みこころのうち》に独り謂《おぼ》せく

○古語拾遺—一巻。平城天皇の大同二年（八〇七）斎部広成（いんべのひろなり）の撰。斎部氏が衰微したのを歎いて、家に伝わる氏族の事蹟を録して朝廷に献じたもの。原文は漢文。なお、訓読文は飯田季治著の「古語拾遺新講」による。

*蓋し—発端の語。特に意味を持たない。およそ。

*聞る—奏上する。

*前言往行—前代の語りごとと古人のなしたない。

*書契—漢字。

*家牒—家々に伝わる記録。

*召問を蒙りて—御下問を受けて。

*畜憤を攄べむ—積り積った鬱憤を散らそう。「畜」は「蓄」の古字。

*石凝姥神—採鉱冶金の神。書紀には石凝戸辺とある。

*日像之鏡—日神の形代（かたしろ）の鏡。

*日前の神—延喜式の紀伊国名草郡日前神社の神。

*儲け備ふる—準備する。

*太玉命—高皇産霊（たかみむすひ）神の子。斎部氏の祖先神。

*天児屋命—中臣氏の祖先神。

「このごろ、吾《あ》れ幽居《こもりを》れば、天下《あめのした》悉《ことごと》に闇《くら》けむを、群神《もろがみたち》、何の由にかく歌楽《ゑらぎあそ》ぶや」と思ほして、聊《いささ》か戸を開けて窺《かきまみ》たまふ。ここに天手力雄神《あめのたぢからをのかみ》をして、その扉を引啓《ひきひら》か令《し》め、新殿《にひみや》に遷座《うつ》しまつる。すなはち天児屋命、太玉命、日御綱《ひのみつな》（今の斯利久迷《しりくめ》縄、これ日影之像《ひかげのみかた》なり）を以てその殿に廻懸《ひきめぐ》らし、大宮売《おほみやのめの》神をして、御前に侍《はべ》ら令《し》め（これ太玉命の久志備《くしび》に所生《うませ》る神なり。今の世に、内侍《ないし》の善言美詞《うるはしきことば》に君と臣との間を和《やはら》げ、宸襟《みこころ》を悦懌《よろこ》ば令め奉るが如し。）豊磐間戸命《とよいはまどのみこと》、櫛《くし》磐間戸命の二柱の神をして、殿門《みかど》を守衛《まも》ら令む（これ並びに太玉命の子なり）。この時に当りて、上《あ》天《め》初めて晴れ、衆《もろがみたち》、倶《とも》に相見るに、面《おも》皆明白《しろ》し。手を伸《の》して歌ひ舞ひ、相与《とも》に称《たた》へて曰く、阿波礼（言意《いふこころ》は、天晴《あはれ》なり）。阿那於茂志呂《あなおもしろ》（古語に、事の甚だ切《ねもごろ》なるをば、皆「阿那」と称《い》ふ。言意は、衆の面明白《しろ》きなり）。阿那多能志《あなたのし》（言意は、手を伸して舞ふなり。今、楽しき事を指して、これを多能志《たのし》と謂ふは、この意なり）。阿那佐夜憩《あなさやけ》（竹の葉の声なり）。飫憩《おけ》（木の名なり。その葉を振るの調《しらべ》なり）。

*日御綱—日神の御殿にかけめぐらしたのに由来する名。
*斯利久迷縄—占縄(しめなわ)
*大宮売神—宮殿内のことを司る女神。
*久志備に—神聖な霊威を以て。
*内侍—令制の後宮十二司の一つである内侍司の女官。天皇の側近にあって奏請の伝宣その他を司る。
*この時に当りて—天照大神を還座申しあげた時に。

日本霊異記《にほんりやういき》

雷《いかづち》の憙《むがしび》を得て生ましめし子の強き力在る縁　第三（上巻）

昔敏達《びたつ》天皇これ磐余《いはれ》の訳語田《をさだ》の宮に国食《を》しし渟名倉太玉敷《ぬなくらふとたましき》の命《みこと》ぞ。の御世、尾張の国阿育知《あゆち》の郡《こほり》片蕝《かたわ》の里に一の農夫《たつくるをのこ》有り。田を作り水を引く時に、小細雨《こさめ》降るが故に、木の本に隠れ、金《かね》の杖を撐《つ》きて立つ。時に雷《いかづち》鳴る。すなはち恐り驚き金の杖を擎《ささ》げて立つ。すなはち雷その人の前に堕《お》ちて、小子《ちひさこ》と成りて随《したが》ひ伏す。その人、金の杖を持ちて撞《つ》かむとする時に、雷の言はく「我を害《そこな》ふこと莫《な》かれ。我汝の恩に報いむ」といふ。その人問ひて言はく「汝何をか報いむ」といふ。雷答へて言はく「汝に寄せ子を胎《う》ましめて報いむ。故《かれ》、我が為に楠の船を作り水を入れ、竹の葉を泛《うか》べて賜へ」といふ。すなはち雷の言ひしが如く作り備へて与へつ。時に雷言はく「近依ること莫《な》かれ」と、遠く避らしむ。すなはち愛《くも》り霧《きら》ひて天に登る。然して後に産《う》まれし児の頭に蛇《へみ》を纏ふこと二遍《ふためぐり》、首尾後に垂れて生まる。長大して年十有余《とをあまり》の頃、朝《み》庭《かど》に力人有りと聞きて試みむと念《おも》ひ、大宮の辺に来りて居り。その時に臨み、王《おほきみ》の力秀《すぐ》れにたる有り。当《そ》の時、大宮の東北の角《すみ》の別院に住む。その東北の角に、方八尺の石有り。力ある王、住処《すみか》より出でてその石を取りて投ぐ。すなはち住処に入り

○日本霊異記—正式には日本国現報善悪霊異記という。三巻。僧景戒の編集した仏教説話集。成立は九世紀初頭の弘仁年間と推定されるが、扱った説話のほとんどは奈良時代およびそれ以前である。古代的性格の説話もあるが多くは人間的な苦悩を契機とする因果応報を説いている。原文は変則的な漢文体。各説話の末尾に難訓の語に万葉がなで訓注を施す。なお、訓読文は日本古典文学大系本による。

*憙—喜びの心。好意。

*訳語田—今の奈良県桜井市西部の地。

*阿育知の郡片蕝の里—今の名古屋市中区古渡町付近。

*汝に寄せ子を胎ましめて報いむ—あなたをよりどころに、子を生ませて恩返ししよう。

*故—だから。

*船—水槽。

*愛り霧ひて—雲や霧がわき現われて。

*首尾後に垂れて—蛇の首と尾が、児の頭の後に垂れて。

*その時に臨み—折も折。

て門を閉ぢ、他人を出入せしめず。小子視《み》て念はく、名に聞えたる力人はこれなりとおもふ。夜、人に見えずその石を取りて投げ益すこと一尺なり。力ある王見て手拍《う》ち攢《たを》みて、石を取りて投ぐ。常より投げ益すこと得ず。小子もまた二尺投げ益す。王見て二たび投ぐれども、なほ益すこと得ず。小子の立ちて石を投げし処、小子の跡深さ三寸践《ふ》み入り、その石もまた三尺投げ益す。王、跡を見、是《ここ》に居る小子の石を投げたりと念ひ、捉へむとして依れば、すなはち小子逃ぐ。王、小子の墻《かき》を通りて逃ぐるを追ふ。小子また返る。王、墻の上を踰《こ》えて追へば、小子もまた返り通りて逃げ走る。力ある王、終に捉ふること得ず。我より力益れる小子なりと念ひ、更に追はず。然して後に小子元興寺《ぐわんごうじ》の童子《わらは》と作《な》る。時にその寺の鐘堂の童子、夜別《よごと》に死ぬ。その童子見て、衆僧に白して言はく「我この鬼を捉へて殺し、謹みてこの死災を止めむ」といふ。衆僧聴許《ゆる》しつ。童子、鐘堂の四つの角に四つの灯を置き、儲《まう》けし四人に言ひ教へて、「我鬼を捉ふる時に、倶に灯を覆へる蓋《ふた》を開け」といふ。然して鐘堂の戸の本に居り。大きなる鬼半夜《よなかばかり》所に来れり。童子を佇《のぞ》きて見て退く。鬼また後夜《ごや》の時に来り入る。すなはち鬼の頭髪を捉へて別《こと》に引く。鬼は外に引き、童子は内に引く。その儲けし四人、慌《ほ》れ迷《まと》ひて灯の蓋を開くこと得ず。童子、四角別に鬼を引きて依り、灯の蓋を開く。晨朝《じんてう》の時に至りて、鬼已に頭髪を引き剝《はが》

＊人に見えず—ひそかに。
＊手拍ち攢みて—手をたたき、もみほぐして。
＊常より—「常」は小子の誤写とする説がある。

＊墻の上を踰えて—(大男だから)垣をまたいで。

＊元興寺—蘇我馬子の建てた寺。法興寺、飛鳥寺ともいう。後、平城京に移転し、旧寺を本元興寺と呼んだ。
＊童子—雑用の少年。

＊儲けし四人—手伝いとして、あらかじめ待機していた四人。
＊倶に灯を覆へる蓋を開け—一せいに灯火をおおっていた蓋を開いて明るくせよ。
＊半夜—ま夜中。
＊後夜—午前四時前後の二時間。
＊慌れ迷ひて—あわてふためいて。
＊晨朝—朝の六時前後。

れて逃げたり。明日《あくるひ》その鬼の血を尋ねて求め往けば、その寺の悪しき奴《やっこ》を埋め立てし衢《ちまた》に至る。すなはち知りぬ。その悪しき奴の霊鬼なることを。その鬼の頭髪は今に元興寺に収めて財とす。然して後にその童子、優婆塞《うばそこ》と作り、なほ元興寺に住む。その寺、田を作りて水を引く。諸王等《おほきみたち》妨げて水を入れず、田焼くる時に、優婆塞言はく「吾れ田の水を引かむ」といふ。衆僧聴《ゆる》す。故、十余人して荷《も》つべき鋤柄《すきがら》を作りて持たしむ。優婆塞、その鋤柄を持ち、杖を撞きて往き、水門の口に立てて居《す》う。諸王等鋤柄を引き棄《う》て、水門の口を塞《ふさ》ぎて、寺の田に入れず。優婆塞もまた百余人して引く石を取りて、水門を塞ぎ、寺の田に入る。王等優婆塞の力を恐りて終に犯さず。故、寺の田渇《か》れずして能く得たり。故寺の衆僧聴して得度《とくど》し出家せしめ、名を道場法師と号く。後の世の人の伝へて謂はく、元興寺の道場法師、強き力多有《あまた》りといふは、これなり。当《まさ》に知るべし、誠に先の世に強く能き縁を修めて感じたる力なりと。これ日本国の奇《めづら》しき事なり。

悪逆の子、妻を愛し、母を殺さむと謀《はか》り、現に悪死を被《かがふ》る縁　第三（中巻）

吉志《きし》大麻呂《おほまろ》は、武蔵国多麻の郡鴨の里の人なり。大麻呂の母は、日下部真刀自《くさかべのまとじ》なり。聖武天皇の御世《みよ》に、大麻呂、大伴に名姓分明ならず筑紫の前守《さきもり》に点《さ》されて、三年を経《ふ》

*奴―寺奴。
*優婆塞―在家で仏道に入った男。
*田焼くる時―田の水がなくなってしまう時。
*十余人して荷つべき鋤柄―十数人で持つような大きな鋤の柄。
*居う―すえておいた。
*能く得たり―豊かな収穫を得た。
*得度―聴許を得て僧となること。
*先の世に強く能き縁を修めて感じたる力なり―前世に善行を積んでおいたために現世で得られた大力なのである。
*吉志大麻呂―伝未詳。
*多麻の郡―今の東京都の南、北、西の多摩郡とその付近の各市の地域一帯。
*鴨の里―所在未詳。
*大伴に―大伴の某という役人に。
*三年―防人の任期は三年(軍防令)。
*経応かりけり―経なければならない。

応《べ》かりけり。母は子に随ひて往きて、相節養《か》ひき。その婦《め》は国に留りて家を守る。時に大麻呂、己が妻を離れて去《ゆ》き、妻の愛に昇《た》へずして逆《さかしま》なる謀を発《おこ》し、我が母を殺し、その喪《も》に遭《あ》ひて服し、役《え》を免《まぬか》れて還り、妻と倶《とも》に居むと思ふ。母の自性《ひととなり》、善を行ふを心とす。子、母に語りて言はく「東の方の山の中に、七日法花経《ほけきやう》を説き奉る大会《だいえ》有り。率《いざ》、母よ、聞かむ」といふ。母欺かれ、経を聞かむと念ひ、心を発し、湯に洗ひ身を浄め、倶に山の中に至る。子、牛の目を以て母を睨《にら》むで言はく「汝、地に長跪《ひざまつ》け」といふ。母、子の面を瞻《まぼ》りて答へて曰はく「何の故にか然言ふ。若《も》し汝鬼《もの》に託《くる》へるや」といふ。子、横刀《たち》を抜きて母を殺《き》らむとす。母、すなはち子の前に長跪きて言はく「木を殖《う》うる志《こころ》は、その菓《このみ》を得、並びにその影に隠れむが為なり。子を養ふ志は、子の力を得て、并《あは》せて子の養ひを被《かかふ》らむが為なり。恃《たの》めし樹に雨漏るが如く、何ぞ吾が子、思ひに違ひて今異しき心在《あ》る」といふ。子遂に聴かず。時に母侘傺《わ》びて、身に著たる衣を脱ぎて三処に置き、子の前に長跪き、遺言して言はく「我が為に詠《しの》ひ裹《つつ》め。以《これをもち》て、一つの衣は、我が兄《え》の男《をのこ》、汝得よ、一つの衣は、我が中の男に贈り貺《たま》へ、一つの衣は、我が弟《おと》の男に贈り貺へ」といふ。逆なる子歩み前《すす》みて、母の項《うなじ》を殺らむとするに、地裂けて陥《おち》る。母すなはち起《た》ちて前《すす》み、陥る子の髪を抱《うだ》き、天を仰ぎて哭き願はくは「吾が子は物に託ひて事を為す。実《まこと》の

*相節養ひき—たがいに養っていた。「節養」でカフと訓む。
*妻の愛に昇へず—妻を愛しく思う心にたえられないで。
*その喪に遭ひて服し—父母の喪は一年。その間は服役免除(賦役令)。
*七日—七日間。
*牛の目を以て—牛のような目で。
*木を殖うる志—木を植える意味。
*侘傺びて—困って。
*我が為に詠ひ裹め—私のために、私を思って(衣を)包みなさい。

現《うつ》し心に非《あら》ず。願はくは罪を免《ゆる》し貺へ」といふ。なほ髪を取りて子を留むれども、子終に陥る。慈母、髪を持ちて家に帰り、子の為に法事を備《まう》け、その髪を筥《はこ》に入れて仏像の前に置き、謹みて諷誦《ふじゆ》を請《う》く。母の慈《うつくしび》は深し。深きが故に、悪逆の子に哀《かなし》愍《び》の心を垂れ、その為に善を修す。誠に知る、不孝の罪報は甚だ近く、悪逆の罪はその報无《な》くは非ざることを。

災《さい》と善《ぜん》との表相《へうさう》先づ現はれて、後にその災と善との答《たふ》を被《かがふ》る縁　第三十八（下巻）

（前半略）

山部の天皇のみ代、延暦三年歳《ほし》の甲子に次《やど》れる冬十一月八日乙巳の日の夜、戌《いぬ》の時より寅《とら》の時に至るまで、天の星悉く動き、繽紛《ひんぷん》とまがひ飛び遷る。同じ月十一日戊申、天皇并せて早良《さはら》の皇太子、諾楽《なら》の宮より長岡の宮に移り坐しき。天の星の飛び遷りしは、是れ天皇の宮を移したまふ表《しるし》なり。次の年乙丑の年の秋九月十五日の夜、竟夜《よもすがら》月の面黒く、光消え失せて空闇《くら》し。同じ月二十三日の亥《ゐ》の時、式部卿正三位藤原朝臣種継、長岡の宮の嶋町に於きて、近衛《このゑ》の舎人雄《とねりを》鹿宿禰木積《じかのすくねこつみ》、波々岐将《ははきのもち》丸《まろ》の為に射死《いころ》されき。その月の光の失せしは、これ種継の卿の死に亡《う》せし表相なり。同じ天皇の御世、延暦六年丁卯の秋九月朔の四日甲寅の日の酉《とり》の時、僧景戒《きやうかい》、

*諷誦―経文などを声をあげてよむこと。

*表相―前兆。
*答―結果。

*山部の天皇―桓武天皇。
*延暦三年―西暦七八四年。この年まで都は平城京。
*早良の皇太子―光仁天皇の皇子。桓武天皇の弟。天応元年(七八一)立太子。延暦四年廃太子。
*長岡の宮―延暦三年から十三年まで皇居があった。今の京都府乙訓郡向日町に遺跡がある。
*月の面黒く―月蝕のこと。
*嶋町―住宅街。

慚愧《ざんき》の心を発し、憂愁《うれ》へ嗟《なげ》きて言はく「嗚呼《ああ》恥しきかな、恙《やさ》しきかな、世に生まれて命を活《やしな》ひ、身を存《なが》ふることに便無し。等流果《とうるくわ》に引かるるが故に、愛網《あいまう》の業《ごふ》を結び、煩悩に纏《まつ》はれて、生死を継ぎ、八方に馳せて、生ける身を炬《こが》す。俗家に居て、妻子を蓄《たくは》へ養ふ物無く、菜食《さいじき》無く塩無く、衣無く薪《たきぎ》無し。毎《つね》に万の物無くして、思ひ愁へて、我が心安くあらず。昼もまた飢《う》ゑ寒《こ》い、夜もまた飢ゑ寒ゆ。我、先の世に布施の行を修せず。鄙《とひと》なるかな我が心、微《いや》しきかな我が行」といひて、然して寝《ね》ある子の時に、夢に見る。乞食者《こちじきしや》、景戒が家に来りて、経を誦し教化《けうげ》して云はく「上品《じやうほん》の善功徳を修すれば、一丈七尺の長身を得、下品《げほん》の善功徳を修すれば、一丈の身を得む」といふ。ここに景戒聞きて、頭《かしら》を廻《めぐら》して、乞人を瞻《み》れば、紀伊の国名《な》草《くさ》の郡の部内楠見《くすみ》の粟の村に有りし沙弥《さみ》鏡日《きやうにち》なり。徐《おもふる》に就きて見れば、その沙弥の前に、長さ二丈許《ばかり》、広さ一尺許の板の札《ふみた》有り。その札に一丈七尺と一丈との印《しるし》を著く。景戒見て問ふ「こはこれ上品と下品との善功徳を修する人の身なりや」といふ。答ふらく「唯然《しか》り」といふ。ここに景戒慚愧の心を発して、弾指して言はく「上品下品の善を修すれば、身の長きを得ること、かくの如く有るなり。我先に唯《ただ》下品の善功徳をだにも修せざるが故に、我、身を受くること唯五尺余有るのみ。鄙なるかな」といひて、弾指し悔い愁ふ。側《かたはら》に有る人、聞きて皆言はく「嗚乎当れるかな」

*恙しきかな—恥かしいことよ。「やさし」は身が細るようなつらい気持のこと。
*等流果—因果応報。
*愛網の業—愛欲の網にかかる宿命。
*寒い—こごえ。
*鄙なるかな—賎しいことよ。
*教化して—仏法を説き入信をすすめて。
*上品の善功徳—最上級の善行。
*名草の郡—今の和歌山県海草郡の一部。
*楠見の粟の村—所在未詳。今の和歌山市付近か。
*沙弥—出家剃髪し、沙弥戒を受けた者。
*札—前世での成績を調べた札。
*弾指—爪弾(悔い恥じる動作)。

といふ。すなはち景戒、炊《かし》かむとするに、白米《しらげよね》半升許《ばかり》を擎《ささ》げ、その乞者《こちしや》に施《せ》す。その乞者呪願《じゆぐわん》して受け、すなはち書巻を出し、景戒に授けて言はく「この書を写し取れ。人を度するに勝れたる書ぞ」といふ。景戒見れば、言の如く能き書、諸教要集《しよけうえふしふ》なり。ここに景戒愁へて「紙無きを何《いか》にせむ」といふ。乞者の沙弥、又本垢《ほご》を出し、景戒に授けて言はく「これに写さむかな。我、他処に往き、乞食して還り来らむ」といふ。然して札に并せて書を置きて去る。ここに景戒言はく「この沙弥、常は乞食する人に非ず。何の故にか乞食する」といふ。人有りて答へて言はく「子数多《あまた》有り。養ふ物無く、乞食して養ふなり」といふ。夢の答未だ詳《あきら》かならず。唯疑はくは、聖示《しやうじ》ならむ。沙弥は観音の変化ならむ。何を以ての故にとならば、未だ具戒を受けざるを名づけて沙弥とす。観音も亦爾《しか》り。正覚《しやうがく》を成すと雖も、有情《うじやう》を饒益《ねうやく》せむが故に、因位《いんゐ》に居り。乞食すとは、普門の三十三身を示すなり。上品の一丈七尺とは、浄土の万徳の因果なり。一丈をば果数とす。円満なるが故になり。七尺をば因数とす。満たざるが故になり。下品一丈とは、人天《にんてん》有漏の苦果なり。慚愧の心を発し、弾指し恥ぢ愁ふとは、本《もと》種子有りて、智行を加へ行へば、遠く前《さき》の罪を滅し、長《とこしへ》に後の善を得るなり。慚愧して、鬚髪を剃除し、袈裟を被著《き》、弾指するとは、罪を滅し、福を得るなり。我、身を受くること唯五尺余有りとは、五尺とは五趣の因

*呪願して―呪文を唱え祈って。
*人を度す―人を救い導く。
*諸教要集―正しくは諸経要集。全二十巻。唐の道世の編。大乗経の中の諸種の事項の類纂。
*本垢―反故。書きふるした紙。
*聖示―仏の尊いさとし。
*具戒―具足戒。二十歳以上の出家の男女の受ける戒で沙弥戒をすでに受けた者が受ける。
*正覚―正しいさとり。
*有情―迷界の衆生。
*饒益―救うこと。
*因位―菩薩以下の、修行の過程の地位。
*普門の三十三身―法華経観世音菩薩普門品に説く、観音の三十三種の姿。
*万徳の因果―あらゆる徳の現われ。
*果数―完全な数。
*因数―不完全な数。
*人天有漏の苦果―人間界、天上界の煩悩の現われ。
*本種子有りて―もともとその原因があって。
*五趣の因果―衆生の住む五種の世界の現われ。「五趣」とは地獄、餓鬼、畜生、人間、天上の五つの世界。

果なり。余とは不定《ふぢやう》の種性《しゆじやう》にして、心を廻して大に向かふなり。何を以ての故にとならば、尺に非ず、丈に非ず、数定まらざるが故なり。又五道の因となるなり。白米を擎げて乞者に献るとは、大白牛《だいびやくご》車《しや》を得むが為に、願を発し、仏を造り、大乗を写し改め、懃《ねもころ》に善因を修するなり。乞者咒願して受くとは、観音の願ふ所に応ずるなり。書を授くとは、新に種子を重ね、行人《ぎやうにん》の宗智《しゆうち》を加ふるなり。本垢を出すとは、過去の時、本《もと》善種子の菩提有りて、覆はれて久しく形を現はさず。善法を修するに由り、後に得応《べ》きが故なり。我、他処に往き、乞食して還り来らむとは、他処に往き乞食するとは、観音の無縁の大悲、法界に馳せて有情を救ふなり。還り来らむとは、景戒が願ふ所畢《を》はらむには、福徳智恵を得令《し》めむとなり。常は乞食する人に非ずとは、景戒願を発さざる時は、感ずる所無きなり。何の故にか乞食するとは、今願ふ所に応じて、漸《やうやく》に始めて福来るなり。子多数有りとは、化する所の衆生なり。養ふ物無しとは、種性無き衆生は、成仏せ令むる因無きなり。乞食して養ふとは、人天《にんてん》の種子を得るなり。又僧景戒が夢に見る事、延暦七年戊辰の春三月十七日乙丑の夜夢に見る。景戒が身死ぬる時に、薪を積みて死せる身を焼く。ここに景戒が魂神《たましひ》、身を焼く辺に立ちて見れば、意《こころ》の如く焼けざるなり。すなはち自ら楉《しもと》を取り、焼かるる己が身を策《つ》棠き、梲《かな(ふくし)》に串《くすね》き、返し焼く。先に焼く他人に云ひ教へて

*余とは不定の種性にして―「余」というのは、どの世界に往生するか定まっていない性質のもので。
*心を廻して大に向かふなり―心の持ち方で上位の世界に往生できるのである。
*五道の因―五趣の世界を輪廻する因。
*大白牛車―大きな白い牛のひく車。この車に乗って火宅無常界を離れる。
*観音の願ふ所に応ずるなり―観音が願いを聞いて下さるのをいうのである。
*新に種子を重ね―新たに善因を積み重ねて。
*行人の宗智を加ふ―修行する人に知恵を加える。
*本善種子の菩提有りて―善の因である仏性があって。
*善法を修す―仏法に従って善を積む。
*後に得応きが故なり―後に菩提を得るからである。
*無縁の大悲―大慈悲。
*法界―仏法の行われる世界。
*願ふ所畢はらむには―願いごとがかなえられた時には。

*種性無き衆生―仏縁のない衆生。

*人天の種子―人間界や天上界においての仏縁の端緒。

*意の如く―思うように。
*楉―小枝。
*策棠き―突きさして。
*梲に串き―串刺しにして。

言はく「我が如く能く焼け」といふ。己が身の脚膝節《あしひざふし》の骨、臂《ひぢ》、頭、皆焼かれて断《き》れ落つ。ここに景戒が神識《たましひ》、声を出して叫ぶ。側に有る人の耳に、口を当てて叫び、遺言を教へ語るに、その語り言ふ音《こゑ》、空しくして聞かれざれば、その人答へず。ここに景戒惟ひ忖《はか》らく、死にし人の神《たましひ》は音無きが故に、我が叫ぶ語《こと》の音聞えざるなり。夢の答未だ来らず。唯惟《ただおも》ふには、若し長命を得むか、若し官位を得むか。今より已後《のち》、夢に見し答を待ちて知らむのみとおもふ。然して延暦十四年乙亥の冬十二月三十日、景戒伝灯住位《でんとうぢゆうゐ》を得たり。同じ天皇の平城《なら》の宮に天の下治めたまひし延暦十六年丁丑の夏四五両月の頃、景戒が室に、毎夜々《よごと》に狐鳴く。并せて景戒が私《わたくし》に造れる堂の壁を、狐掘りて内に入り、仏坐の上に屎《くそ》矢まり穢《けが》し、或るは昼屋戸《やど》に向かひて鳴く。然して、経ること二百二十余箇日、十二月十七日を以て、景戒が男《をのこ》死ぬ。又十八年己卯の十一十二箇月の頃、景戒が家に狐鳴き、又時々螓《しじなつむしな》鳴く。次に来し十九年庚辰の正月十二日、景戒が馬死ぬ。又同じ月二十五日に馬死ぬ。ここを以て当に知るべし、災の相先づ兼ねて表はれて、後にその実《じち》の災来《きた》ることを。然るに景戒、未だ軒轅《けにをに》黄帝の陰陽の術を推《たつ》ねず、未だ天台智者《てんだいちさ》の甚深の解を得ざるが故に、災を免るる由を知らずして、その災を受け、災を除く術を推ねずして、滅び愁ふることを蒙《かがふ》る。勤めざるべからず、恐りざるべからず。

*夢の答—夢(前兆)の結果。

*伝灯住位—天平宝字四年(七六〇)制定の僧位五階のうちの第四位。六位相当。

*同じ天皇—桓武天皇。

*男—息子。

*螓—にいにい蝉か。

*軒轅黄帝の陰陽の術—災を払うという黄帝の陰陽道の術。軒轅は黄帝の名。

*天台智者の甚深の解—天台山の智者の、奥深い哲理。

祝詞《のりと》

六月《みなづき》の晦《つごもり》の大祓《はらへ》十二月《しはす》はこれに准《なら》へ

「集侍《うごな》はれる親王《みこ》・諸王《おほきみたち》・諸臣《まへつきみたち》・百《もも》の官人《つかさびとたち》等、諸《もろもろ》聞《きこ》しめせ」と宣《の》る。

「天皇《すめら》が朝廷《みかど》に仕へまつる、領巾《ひれ》挂《か》くる伴《とも》の男《を》・手襁《たすき》挂くる伴の男・靫《ゆき》負ふ伴の男、劒佩《たちは》く伴の男、伴の男の八十《やそ》伴の男を始めて、官官《つかさづかさ》に仕へまつる人等《ども》の過ち犯しけむ雑雑《くさぐさ》の罪を、今年の六月の晦の大祓に、祓へたまひ清めたまふ事を、諸聞しめせ」と宣る。

「高天の原に神留《かむづま》ります、皇親神漏岐《すめむつかむろき》・神漏美《ろみ》の命もちて、八百万《やほよろづ》の神等《たち》を神集へ集へたまひ、神議《かむはか》り議りたまひて、『我が皇御孫《すめみま》の命は、豊葦原の水穂の国を、安国《やすくに》と平らけく知ろしめせ』と事依《ことよ》さしまつりき。かく依さしまつりし国中《くぬち》に、荒ぶる神等をば神問《かむと》はしに問はしたまひ、神掃ひたまひて、語問《こと》ひし磐根《いはね》樹立《こだち》、草の片葉《かきは》をも語《こと》止めて、天の磐座《いはくら》放れ、天の八重雲をいつの千別《ちわ》きに千別きて、天降《くだ》し依さしまつりき。かく依さしまつりし四方《よも》の国中に、大倭《おほやまとひ》日高見《たかみ》の国を安国と定めまつりて、下つ磐根に宮柱太敷き立て、高天の原に千木《ちぎ》高知りて、皇御孫の命の瑞《みつ》の御舎《みあらか》仕へまつりて、天の日蔭・日の御蔭と隠《かく》りまして、安国と平らけく知ろし

○祝詞—神を祭る祭式で唱えられた祈禱の言語。文学史上の作品名としては、延喜式の中に二十七篇、台記別記に一篇収められているものをさす。なお、訓読文は日本古典文学大系本による。

＊大祓—わざわいや汚れを払い捨てる行事で、六月末と十二月末に行なわれるもの。

＊集侍はれる—集まってうごめいている。

＊宣る—「宣る」という時、うけたまわる人々は「唯(をを)」と承諾の声をあげる。

＊領巾挂くる伴の男—ひれをかける奉仕の人々。「伴の男」はもと「伴の緒」で、奉仕者が男性に固定してからの表現。

＊神留ります—神として留まっておいでになる。

＊皇親神漏岐—天皇のお親しみなさる男性の祖先神。

＊神漏美—女性の祖先神。

＊安国と—安らかな国として。

＊事依さしまつりき—委託なさった。

＊語問ひし—ものを言った。

＊天の磐座—天にある神の御座所。

＊いつの千別きに千別きて—威を示しておしわけおしわけして。

＊大倭日高見の国—太陽の高く輝く倭の国。

＊下つ磐根に…千木高知りて—94ページ参照。

＊瑞の御舎—生命力豊かなめでたい御殿。

＊天の御陰日の御陰と隠りまして—天や太陽から隠れる所としてお隠れになって。

*天の益人―人間の美称。
*天つ罪―と高天原の物語以来の罪として。
*畔放ち―田のあぜの破壊。
*樋放ち―木材で作った水路の破壊。
*頻蒔き―重ねまき。
*串刺―田に専有の棒を立てること。
*生け剝ぎ―生かしておいたまま馬の皮を剝ぐこと。
*逆剝ぎ―馬の皮を逆から剝ぐこと。
*屎戸―屎をまきちらすこと。
*国つ罪―人間の世になって始まった罪。
*白人―はだの色素のない人。
*こくみ―こぶのできること。
*高津神―雷。
*高津鳥―空の鳥。
*畜仆し―他人の家畜をのろい殺すこと。
*蠱物する罪―まじないをして他人をのろう罪。
*天つ宮事―朝廷の行事。
*大中臣―中臣の美称。
*金木―かたい木。
*千座の置座に置き足はして―たくさんの置き台にいっぱいに置いて。
*菅麻―すげを細かく切りさいたもの。
*天つ祝詞の太祝詞事―聖なる祝詞で、りっぱな祝詞。
*いゑり―語義未詳。雲や霧の意か。
*科戸―風の吹き起るところ。

*さくなだりに―勢いよく。
*瀬織つひめ―瀬の波を布を織るように織りなす女神。
*荒塩の塩の八百道の、八百道の八百合―海の潮流のたくさん集り、ぶつかり合うところ。

めさむ国中に、成り出でむ天の益人等《ますひとら》が過ち犯しけむ雑雑《くさぐさ》の罪事は、天つ罪と、畔《あ》放ち、溝理《みぞう》み・樋《ひ》放ち・頻蒔《しきま》き・串刺し・生《い》け剝《は》ぎ・逆剝ぎ・屎戸《くそへ》、許多《ここだく》の罪を天つ罪と法《の》り別けて、国つ罪と、生膚《いきはだ》断ち・死《しに》膚断ち・白人《しろびと》・こくみ・おのが母犯せる罪・おのが子犯せる罪・母と子と犯せる罪・子と母と犯せる罪・畜《けもの》犯せる罪・昆《は》ふ虫の災《わざはひ》・高津神《たかつかみ》の災・高津鳥《たかつとり》の災・畜仆《たふ》し、蠱物《まじもの》する罪、許多《ここだく》の罪出でむ。かく出でば、天つ宮事もちて、大中臣《おほなかとみ》、天つ金木《かなぎ》を本《もと》うち切り末《すゑ》うち断ちて、千《ち》座《くら》の置《おき》座《くら》に置き足《たら》はして、天つ菅麻《すがそ》を本苅り断ち末苅り切りて、八針に取り辟《さ》きて、天つ祝詞の太《ふと》祝詞事を宣れ。かく宣らば、天つ神は天の磐門《いはと》を押し披《ひら》きて天の八重雲をいつの千別きに千別きて聞しめさむ。国つ神は高山の末、短山《ひきやま》の末に上りまして、高山のいゑり短山のいゑりを撥《か》き別けて聞しめさむ。かく聞しめしては皇御孫の命の朝廷を始めて、天の下四方の国には、罪といふ罪はあらじと、科戸《しなど》の風の天の八重雲を吹き放つ事の如く、朝《あした》の御霧《みきり》・夕べの御霧を朝風夕風の吹き掃ふ事の如く、大津辺に居る大船を、舳《へ》解き放ち、艫《とも》解き放ちて、大海《おほみ》の原に押し放つ事の如く、彼方《をちかた》の繁木《しげき》がもとを、焼鎌《やきがま》の敏鎌《とがま》もちてうち掃ふ事の如く、遺《のこ》る罪はあらじと祓へたまひ清めたまふ事を、高山・短山の末より、さくなだりに落ちたぎつ速川の瀬に坐す瀬《せ》織《おり》つひめといふ神、大海の原に持ち出でなむ。かく持ち出で往なば、荒塩の

*速開つひめ―海水の流れこむところに口をあけている女神。「速」は勢い盛んなさま。
*かか呑みてむ―勢いよく飲んでしまうだろう。
*気吹戸―息を吹くところ。
*速さすらひめ―さすらいの女神。
*耳振り立てて聞く物と馬牽き立てて―耳を立てて聞くものとして、馬を引きつれてきて。
*四国の卜部等―伊豆、壱岐、対馬と、他の一国(未詳)の四つの国のうらないの人々。

塩の八百道《やほぢ》の、八塩道の塩の八百会に坐す速開《はやあき》つひめといふ神、持ちかか呑みてむ。かくかか呑みては、気吹戸《いぶきど》に坐す気吹戸《いぶきど》主《ぬし》といふ神、根の国・底の国に気吹き放ちてむ。かく気吹き放ちては、根の国・底の国に坐す速さすらひめといふ神、持ちさすらひ失ひてむ。かく失ひては、天皇が朝廷に仕へまつる官官《つかさづかさ》の人等を始め、天の下四方には、今日より始めて罪といふ罪はあらじと、高天の原に耳振り立てて聞く物と、馬牽《ひ》き立てて、今年の六月の晦の日の、夕日の降《くだ》ちの大祓に、祓へたまひ清めたまふ事を、諸聞しめせ」と宣る。
「四国《よくに》の卜部《うらべ》等《ども》、大川道《おほかはぢ》に持ち退《まか》り出でて、祓へ却《や》れ」と宣る。

〔原文〕
集侍親王・諸王・諸臣・百官人等、諸聞食止宣。
天皇朝庭爾仕奉留、比礼挂伴男・手繦挂伴男・靫負伴男・劒佩伴男、伴男能八十伴男乎始弖、官官爾仕奉留人等能、過犯家年雑々罪乎、今年六月晦之大祓爾、祓給比清給事乎、諸聞食止宣。(以下略)

付

（関係系図・位階変遷表・官制表
官位相当表・万葉集各巻一覧）

古事記・高天原系神系譜

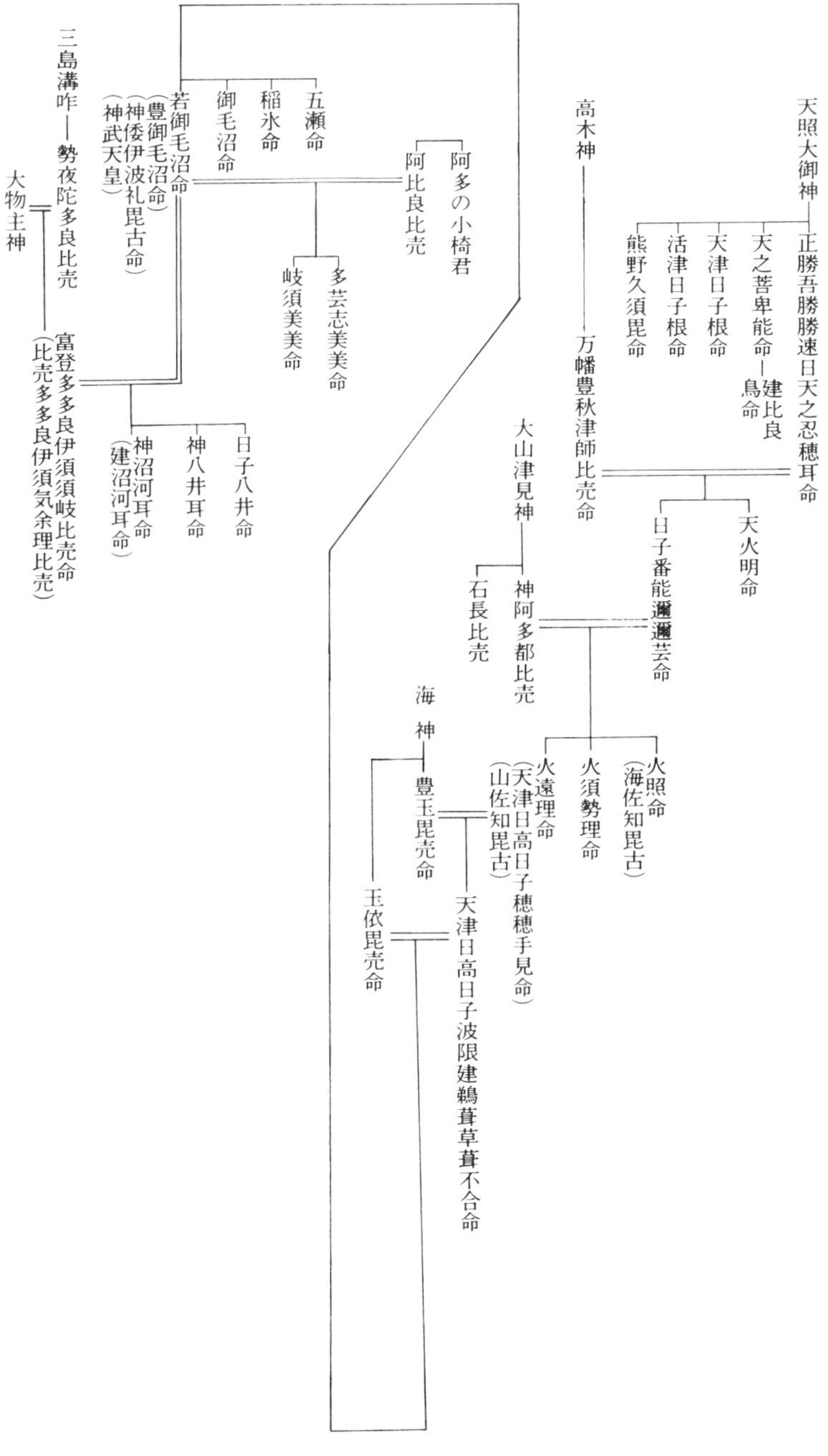

天照大御神
正勝吾勝勝速日天之忍穂耳命
天之菩卑能命
建比良鳥命
天津日子根命
活津日子根命
熊野久須毘命
高木神
万幡豊秋津師比売命
天火明命
日子番能邇邇芸命
大山津見神
神阿多都比売
石長比売
火照命（海佐知毘古）
火須勢理命
火遠理命（天津日高日子穂穂手見命）（山佐知毘古）
海神
豊玉毘売命
玉依毘売命
天津日高日子波限建鵜葺草葺不合命
五瀬命
稲氷命
御毛沼命
若御毛沼命（豊御毛沼命）（神倭伊波礼毘古命）（神武天皇）
阿多の小椅君
阿比良比売
多芸志美美命
岐須美美命
三島溝咋
勢夜陀多良比売
大物主神
富登多多良伊須須岐比売命（比売多多良伊須気余理比売）
日子八井命
神八井耳命
神沼河耳命（建沼河耳命）

古事記・出雲系神系図

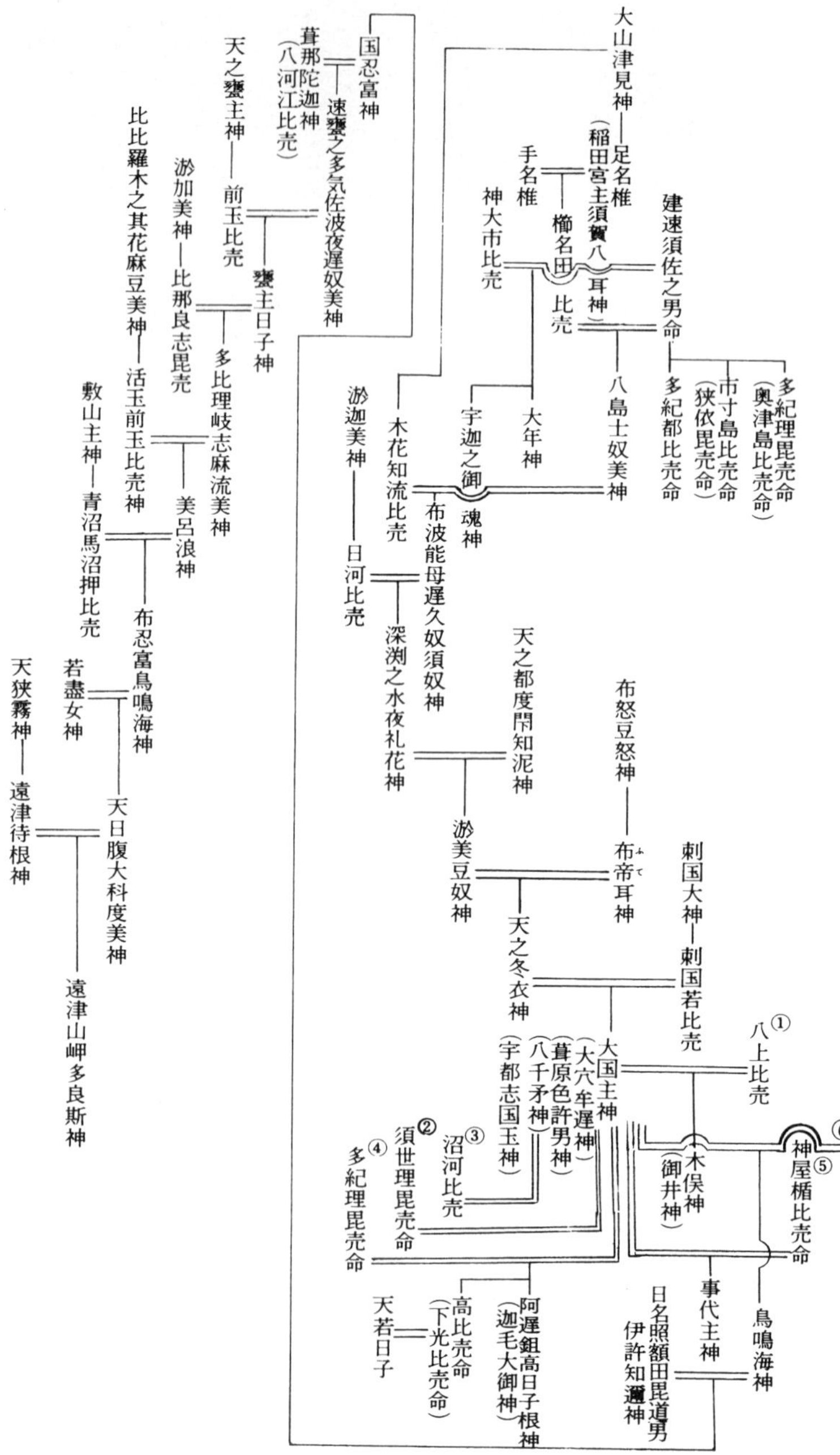
建速須佐之男命
大山津見神
足名椎（稲田宮主須賀之八耳神）
手名椎
櫛名田比売
神大市比売
多紀理毘売命（奥津島比売命）
市寸島比売命（狭依毘売命）
多紀都比売命
八島士奴美神
大年神
宇迦之御魂神
木花知流比売
布波能母遅久奴須奴神
淤迦美神
日河比売
深渕之水夜礼花神
天之都度閇知泥神
淤美豆奴神
布怒豆怒神
布帝《ふて》耳神
天之冬衣神
刺国大神
刺国若比売
大国主神（大穴牟遅神）（葦原色許男神）（八千矛神）（宇都志国玉神）
①八上比売
木俣神（御井神）
八島牟遅能神
⑥鳥耳神
⑤神屋楯比売命
③沼河比売
②須世理毘売命
④多紀理毘売命
事代主神
鳥鳴海神
日名照額田毘道男伊許知邇神
阿遅鉏高日子根神（迦毛大御神）
高比売命（下光比売命）
天若日子
国忍富神
葦那陀迦神（八河江比売）
速甕之多気佐波夜遅奴美神
天之甕主神
前玉比売
甕主日子神
淤加美神
比那良志毘売
多比理岐志麻流美神
比比羅木之其花麻豆美神
活玉前玉比売神
美呂浪神
敷山主神
青沼馬沼押比売
布忍富鳥鳴海神
若盡女神
天日腹大科度美神
天狭霧神
遠津待根神
遠津山岬多良斯神

古事記・天皇系図

神倭伊波礼毘古命（神武）1 — 神沼河耳命（綏靖）2 — 師木津日子玉手見命（安寧）3 — 大倭日子鉏友命（懿徳）4 — 御真津日子訶恵志泥命（孝昭）5

— 帯日子国忍人命（孝安）6 — 大倭根子日子賦斗邇命（孝霊）7 — 大倭根子日子国玖琉命（孝元）8 — 若倭根子日子大毘毘命（開化）9

— 御真木入日子印恵命（崇神）10 — 伊久米伊理毘古伊佐知命（垂仁）11 — 大帯日子淤斯呂和気天皇（景行）12
- 若帯日子天皇（成務）13
- 倭建命 — 帯中日子天皇（仲哀）14

— 品陀和気命（応神）15 — 大雀命（仁徳）16
- 伊邪本和気命（履中）17
  - 市辺忍歯別王
    - 意祁命（仁賢）24 — 小長谷若雀命（武烈）25
    - 袁祁之石巣別命（顕宗）23
  - 忍海郎女
- 水歯別命（反正）18
- 浅津間若子宿禰命（允恭）19
  - 穴穂御子（安康）20
  - 大長谷（若建）命（雄略）21 — 白髪（大倭根子）命（清寧）22

品陀和気命（応神）15 — □ — □ — □ — □ — 袁本杼命（継体）26
- 広国押建金日命（安閑）27
- 建小広国押楯命（宣化）28
- 天国押波流岐広庭天皇（欽明）29

— 天国押波流岐広庭天皇（欽明）29
- 沼名倉太玉敷命（敏達）30 — 忍坂日子人太子 — 坐岡本宮治天下之天皇（舒明）34
- 橘之豊日命（用明）31
- 長谷部若雀天皇（崇峻）32
- 豊御食炊屋比売命（推古）33

飛鳥・奈良時代皇室系図（敏達～桓武）

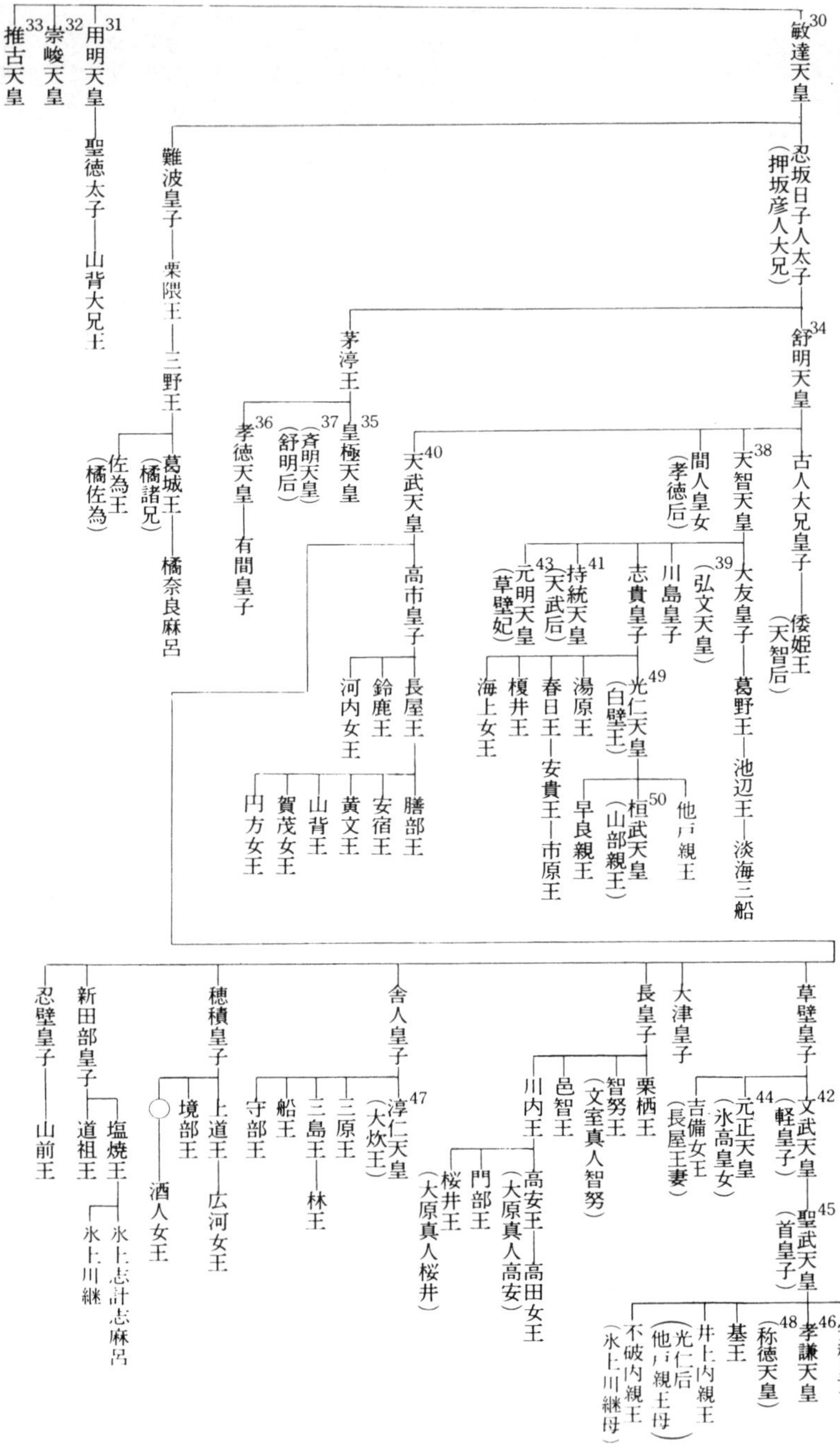

天智天皇后妃・皇子女一覧表

后妃名	地位	父名	皇子女名
倭姫王	皇后	古人大兄皇子	
遠《を》智《ちの》娘《いらつめ》（造《みやつこ》媛《ひめ》）	嬪	蘇我山田石川麻呂	大田皇女（天武妃） 鸕野皇女（天武后・持統天皇） 建　皇子
姪《めひの》娘《いらつめ》	同	同	御名部皇女（高市皇子妃） 阿陪皇女（草壁皇子妃・元明天皇）
橘娘	同	阿倍倉梯麻呂	飛鳥皇女（忍壁皇子妃か） 新田部皇女（天武妃）
常陸娘	同	蘇我赤兄	山辺皇女（大津皇子妃）
色《しこ》夫《ぶ》古《こ》娘	宮人	忍海《おしのみの》造《みやつこ》小《を》龍《たつ》	大江皇女（天武妃） 川嶋皇子 泉　皇女
黒《くろ》媛《ひめ》娘	同	栗《くる》隈《くまの》首《おびと》徳《とこ》萬《まろ》	水《もひ》主《とり》皇女
越《こし》の道君《みちのきみ》伊羅都売《いらつめ》	同	越の道君某	施《し》基《き》皇子（志貴皇子）
伊賀采女宅子《やかこ》娘	同	不明	大友皇子（弘文天皇）
鏡王女	不明	鏡王？	
額田姫王	不明	鏡王	

天武天皇后妃・皇子女一覧表

后妃名	地位	父名	皇子女名
鸕野皇女（持統天皇）	皇后	天智天皇	草壁皇子（日並皇子）
大田皇女	妃	同	大来皇女（大伯皇女） 大津皇子
大江皇女	同	同	長　皇子 弓削皇子
新田部皇女	同	同	舎人皇子（淳仁天皇父）
氷《ひ》上《かみ》娘《いらつめ》	夫人	藤原鎌足	但馬皇女（高市皇子妃）
五《い》百《ほ》重《へ》娘	同	同	新田部皇子
太《おほ》蕤《ぬの》娘	同	蘇我赤兄	穂積皇子 紀　皇女 田形皇女
額田姫王	不明	鏡王	十市皇女（大友皇子妃・葛野王母）
尼子娘	同	胸形君徳善	高市皇子
榖《かぢ》媛《ひめ》娘	同	宍人臣大麻呂	忍壁《おさかべ》皇子 磯城皇子 泊瀬部皇女（川嶋皇子妃） 託基皇女（春日王母・安貴王祖母）

蘇我氏系図

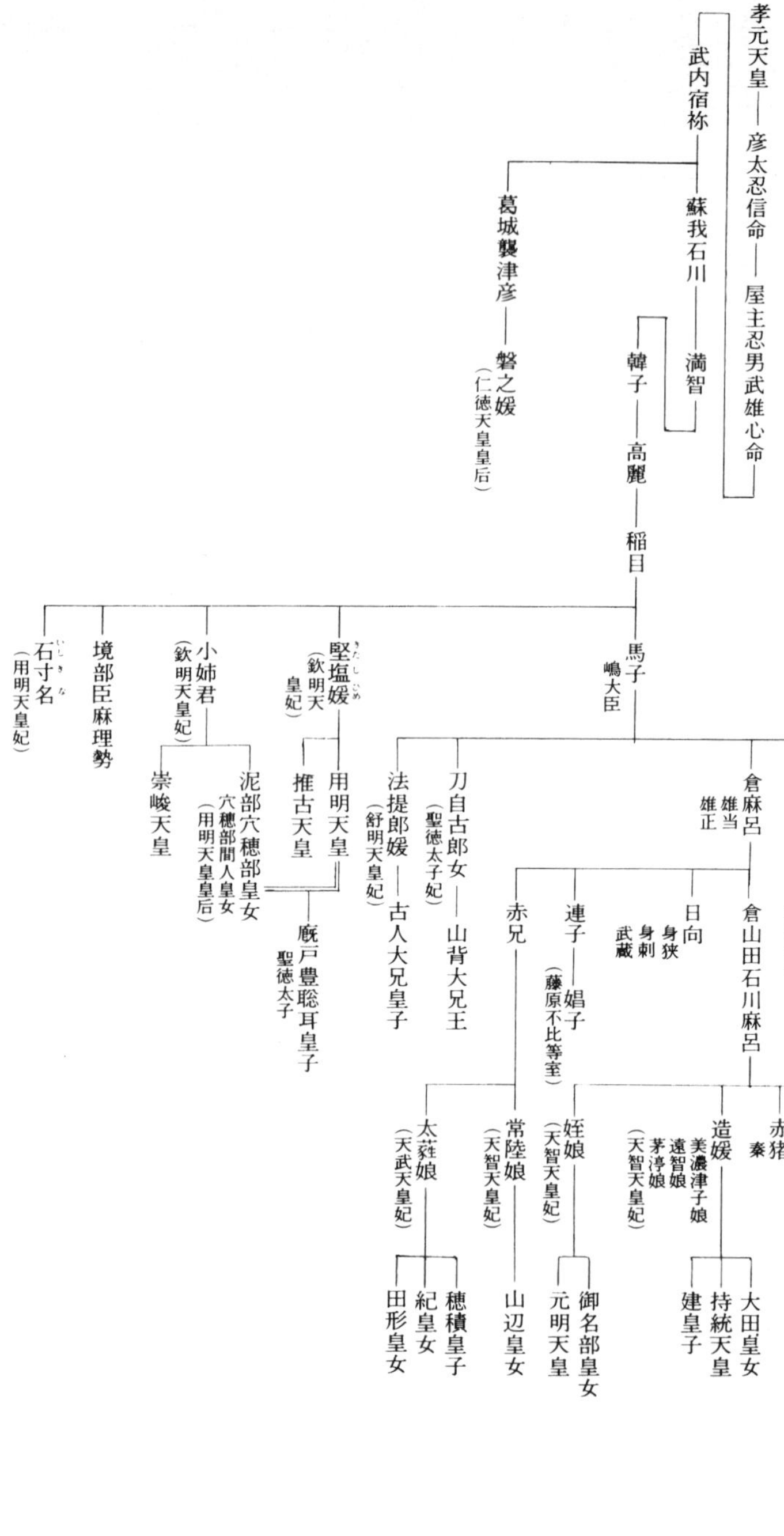
孝元天皇
彦太忍信命
屋主忍男武雄心命
武内宿祢
蘇我石川
満智
韓子
高麗
稲目
葛城襲津彦
磐之媛
（仁徳天皇皇后）
馬子
嶋大臣
堅塩媛《きたしひめ》
（欽明天皇妃）
小姉君
（欽明天皇妃）
境部臣麻理勢
石寸名《いしきな》
（用明天皇妃）
蝦夷
毛人
倉麻呂
雄当
雄正
刀自古郎女
（聖徳太子妃）
法提郎媛
（舒明天皇妃）
用明天皇
推古天皇
泥部穴穂部皇女
穴穂部間人皇女
（用明天皇皇后）
崇峻天皇
廐戸豊聡耳皇子
聖徳太子
入鹿
鞍作
宗我大郎
倉山田石川麻呂
日向
身狭
身刺
武蔵
連子
娼子
（藤原不比等室）
赤兄
山背大兄王
古人大兄皇子
興志《こごし》
法師
赤猪
秦
造媛
美濃津子娘
遠智娘
茅渟娘
（天智天皇妃）
姪娘
（天智天皇妃）
常陸娘
（天智天皇妃）
太蕤娘
（天武天皇妃）
大田皇女
持統天皇
建皇子
御名部皇女
元明天皇
山辺皇女
穂積皇子
紀皇女
田形皇女

大伴氏系図

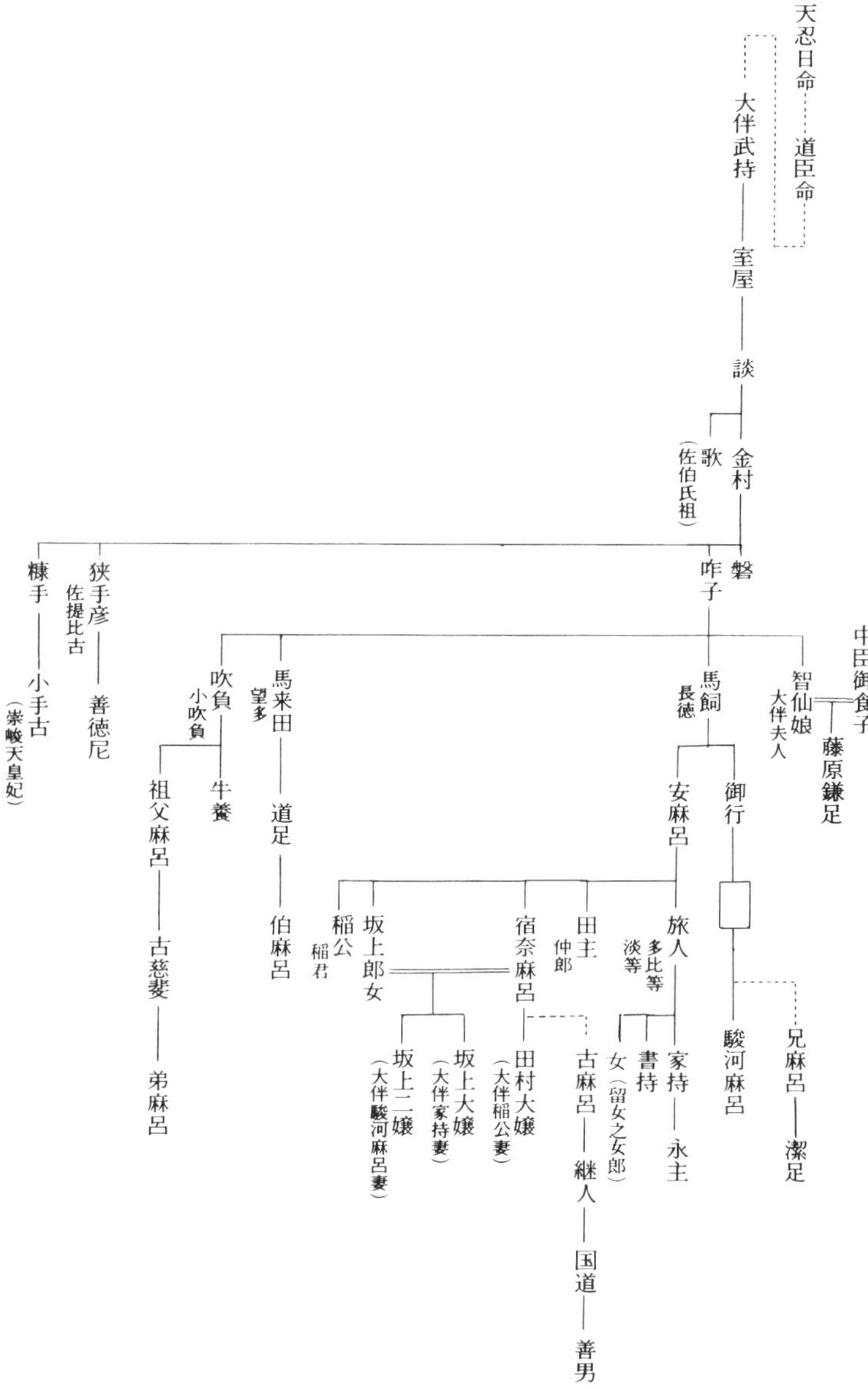

天忍日命
道臣命
大伴武持
室屋
談
金村
歌
（佐伯氏祖）
磐
咋子
狭手彦
佐提比古
糠手
小手古
（崇峻天皇妃）
善徳尼
中臣御食子
智仙娘
大伴夫人
藤原鎌足
馬飼
長徳
馬来田
望多
吹負
小吹負
御行
安麻呂
道足
伯麻呂
牛養
祖父麻呂
古慈斐
弟麻呂
旅人
多比等
淡等
田主
仲郎
宿奈麻呂
坂上郎女
稲公
稲君
駿河麻呂
兄麻呂
潔足
家持
永主
書持
女（留女之女郎）
古麻呂
継人
国道
善男
田村大嬢
（大伴稲公妻）
坂上大嬢
（大伴家持妻）
坂上二嬢
（大伴駿河麻呂妻）

藤原氏系図

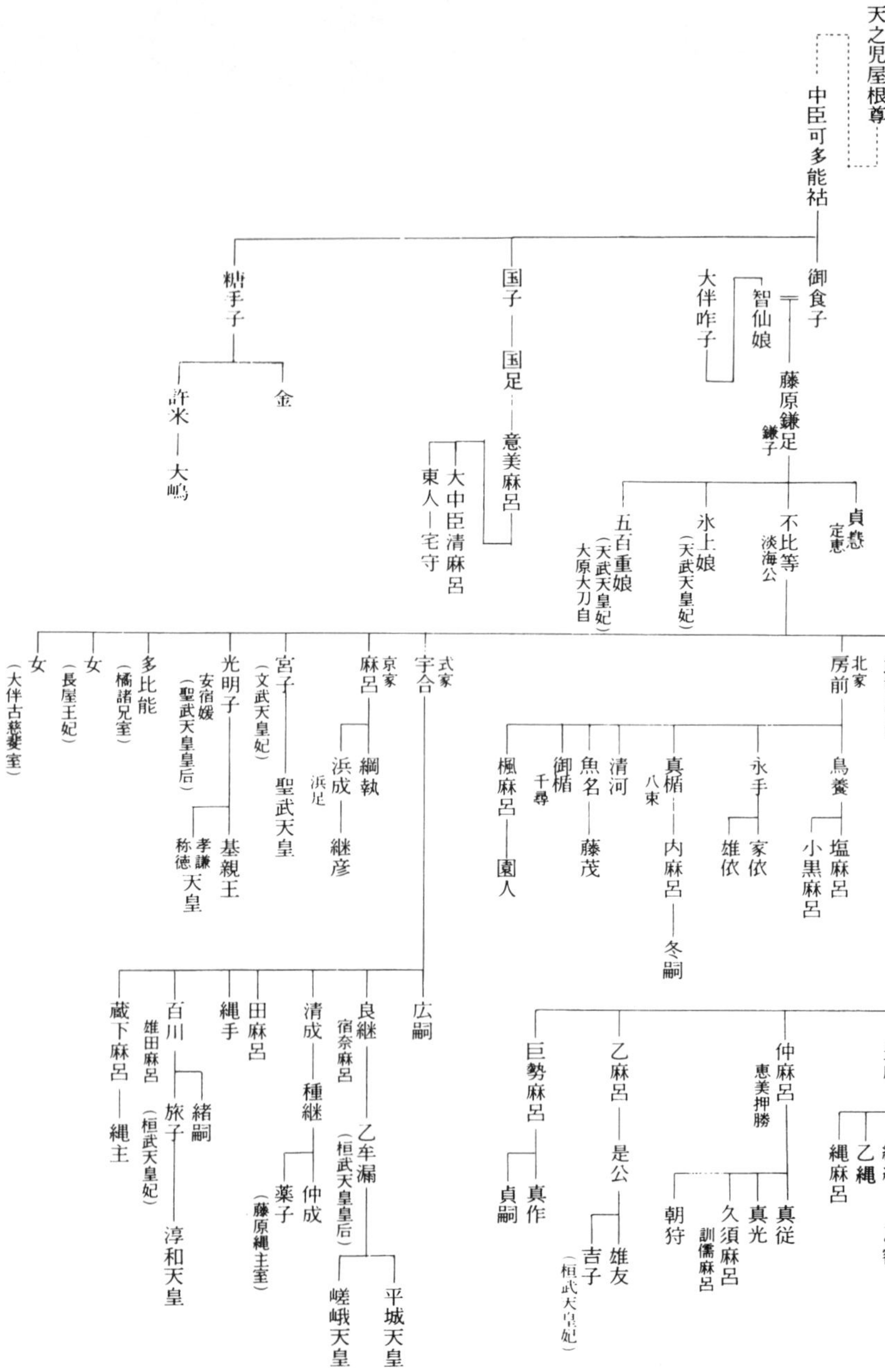
天之児屋根尊
中臣可多能祜
御食子
智仙娘
大伴咋子
国子
国足
意美麻呂
大中臣清麻呂
東人
宅守
糠手子
金
許米
大嶋
藤原鎌足
鎌子
貞慧
定恵
不比等
淡海公
氷上娘
（天武天皇妃）
五百重娘
（天武天皇妃）
大原大刀自
南家
武智麻呂
北家
房前
式家
宇合
京家
麻呂
宮子
（文武天皇妃）
聖武天皇
光明子
安宿媛
（聖武天皇皇后）
基親王
孝謙
称徳
天皇
多比能
（橘諸兄室）
女
（長屋王妃）
女
（大伴古慈斐室）
綱執
浜成
浜足
継彦
鳥養
塩麻呂
小黒麻呂
永手
家依
雄依
真楯
八束
内麻呂
冬嗣
清河
魚名
藤茂
御楯
千尋
楓麻呂
園人
広嗣
良継
宿奈麻呂
乙牟漏
（桓武天皇皇后）
平城天皇
嵯峨天皇
清成
種継
仲成
薬子
（藤原縄主室）
田麻呂
綱手
百川
雄田麻呂
緒嗣
旅子
（桓武天皇妃）
淳和天皇
蔵下麻呂
縄主
豊成
良因
継縄
乙叡
乙縄
縄麻呂
仲麻呂
恵美押勝
真従
真光
久須麻呂
訓儒麻呂
朝狩
乙麻呂
是公
雄友
吉子
（桓武天皇妃）
巨勢麻呂
真作
貞嗣

位階変遷表

年	区分	位階（上位から）
六〇三年（推古一一）		徳：大・小／仁《じん》：大・小／礼《らい》：大・小／信：大・小／義：大・小／智：大・小
六四七年（大化三）		織《しき》：大・小／繍《しう》：大・小／紫《し》：大・小／錦《きん》：大・小／青《しやう》：大・小／黒《こく》：大・小／建武（初位　立身）
六四九年（大化五）		織：大・小／繍：大・小／紫：大・小／花《くゑ》：大（上・下）・小（上・下）／山《せん》：大（上・下）・小（上・下）／乙《いつ》：大（上・下）・小（上・下）／立《りふ》身《しん》
六六四年（天智三）		織：大・小／縫《ぶう》：大・小／紫：大・小／錦：大（上・中・下）・小（上・中・下）／山：大（上・中・下）・小（上・中・下）／乙：大（上・中・下）・小（上・中・下）／建《こん》：大・小
六八五年（天武一四）	皇子・諸王	明《みやう》：壱（大・広）・弐（大・広）／浄《じやう》：壱（大・広）・弐（大・広）・参（大・広）・肆（大・広）
	諸臣	正《しやう》：壱（大・広）・弐（大・広）・参（大・広）・肆（大・広）／直《ぢき》：壱（大・広）・弐（大・広）・参（大・広）・肆（大・広）／勤《ごん》：壱（大・広）・弐（大・広）・参（大・広）・肆（大・広）／務：壱（大・広）・弐（大・広）・参（大・広）・肆（大・広）／追：壱（大・広）・弐（大・広）・参（大・広）・肆（大・広）／進：壱（大・広）・弐（大・広）・参（大・広）・肆（大・広）
七〇一年（大宝一）	親王	一品／二品／三品／四品
	諸王・諸臣	一位：正・従／二位：正・従／三位：正・従／四位：正（上・下）・従（上・下）／五位：正（上・下）・従（上・下）／六位：正（上・下）・従（上・下）／七位：正（上・下）・従（上・下）／八位：正（上・下）・従（上・下）／初位：正（上・下）・従（上・下）

官位相当表

官庁＼位階	正一位 従一位	正二位 従二位	正三位	従三位	正四位上	正四位下	従四位上	従四位下	正五位上	正五位下	従五位上	従五位下	正六位上	正六位下	従六位上
神祇官								伯				大副	少副		大祐
太政官	太政大臣	左右大臣	大納言				左右大弁		左右中弁	左右少弁		少納言	大史		
中務省					卿				大輔		少輔	侍従 大監物	大内記	大丞	少丞 中監物
省						卿				大輔 大判事		少輔		大丞 中判事	少丞
職・坊					皇太子傅			中宮大夫 春宮大夫	左右京大夫 大膳大夫 摂津大夫			亮 皇太子学士			中宮大進 春宮大進
寮（A）											頭			助 大学博士	
寮（B）												頭		侍医	助
司（C）													正		
司（D）														正	主水・主油・内掃部・筥陶・内染 正
弾正台							尹			弼			大忠	少忠	
衛府									左右衛門督 左右衛士督		左右兵衛督	左右衛門佐 左右衛士佐		左右兵衛佐	
大宰府				帥					大弐			少弐		大監	少監
国											大国守	上国守		大国介 中国守	上国介
勲位			勲一等	二等		三等		四等		五等		六等		七等	

従六位下	少祐			少判事 大主鑰	中宮・春宮少進 左右京・大膳・摂津大進				主鷹正		衛門大尉 左右衛士大尉	大判事	下国守	八等
正七位上		大外記 少史	中内記 大録	大録	左右京・大膳・摂津少進		内蔵大主鑰			大疏	衛門少尉 左右衛士少尉	大工・少判事 大典・防人正		
正七位下			少監物 大主鈴	判事大属	大膳主醤・主果餅	大允 大学助教	医博士 陰陽博士 天文博士			巡察	左右兵衛大尉	主神	大国大掾	九等
従七位上		少外記				少允 音博士 書博士 算博士	陰陽允 師 暦博士 咒禁博士				左右兵衛少尉		大国少掾 上国掾	
従七位下			大典鑰	大解部 少主鑰			医師 漏刻博士 針博士	佑				博士		十等
正八位上			少内記 少録 少主鈴	少録 典履 典革			内蔵少主鑰・咒禁師・針師・薬園師		佑	少疏		少典・陰陽師 医師・少工 算師・防人佑 主船・主厨	中国掾	
正八位下	大史			中解部・治部大解部・判事少属	大属		按摩博士		主水・主油・内掃部・筥陶・内染 佑		衛門大志 左右衛士大志 医師			十一等
従八位上	少史		少典鑰		少属	大属 雅楽諸師 馬医	按摩師				衛門少志 左右衛士少志 左右兵衛大志		大国大目	
従八位下				少解部		少属 算師	大属				左右兵衛少志		大国少目 上国目	十二等
大初位上							少属	大令史 令史	画師			判事大令史		
大初位下								小令史	令史 挑文師			判事少令史 防人令史	中国目	
少初位上									主水・主油・内掃部・筥陶・内染 染師 令史				下国目	
少初位下									主鷹令史					

官制表（寮・司のＡＢＣＤは官位相当表における種別を示す）

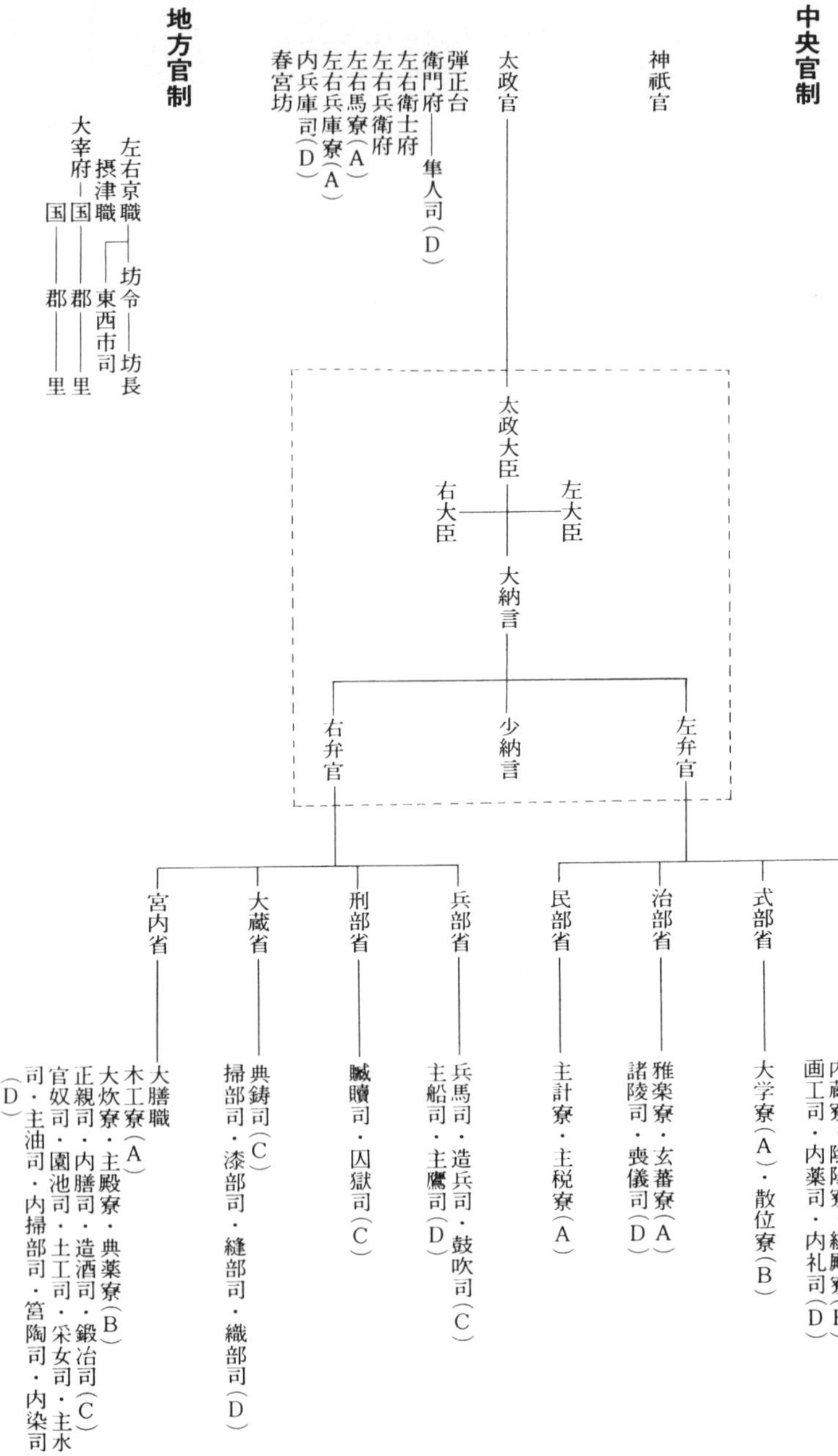

万葉集各巻一覧

巻 歌番号	部立	時代	主な作者	歌体と歌数		伝本歌数	用字法	特徴
巻一 1～84	雑歌	雄略 舒明～元明〈和銅五年〉	雄略天皇・舒明天皇・中皇命・額田王・天智天皇・天武天皇・持統天皇・柿本人麻呂・高市黒人・川島皇子・志貴皇子・長意吉麻呂・山上憶良・長皇子	長16 短68	84	藍2 元69 冷83 類80 古57	表意文字・表音文字交用（訓仮名が多い）	各天皇の代ごとの標目を掲げて、年代順に排列。巻二も同形式で、巻一と二を合せて一つのまとまりを持つ。天皇御製・行幸従駕の歌などが多く、格調高く、名作に富む。
巻二 85～234	相聞	仁徳・允恭 孝徳～持統（文武）	（磐姫皇后）・藤原鎌足・天智天皇・天武天皇・大伯皇女・弓削皇子・但馬皇女・舎人皇子・柿本人麻呂・穂積皇子	長3 短53（56）	150	元60 金129 天5 類132 古97	表意文字・表音文字交用	各天皇の代ごとの標目を掲げて、年代順に排列。天皇・皇子女を中心とする宮廷関係の歌が多く、巻一に同じく名作に富み、この両巻は勅撰かという説もあるほど。人麻呂の晴の歌の殆どがこの両巻に収められている。
	挽歌	斉明～元正〈霊亀元年、または二年〉	有間皇子・倭大后・額田王・高市皇子・持統天皇・大来皇女・柿本人麻呂・笠金村	長16 短78（94）				
巻三 235～483	雑歌	持統～聖武	柿本人麻呂・長意吉麻呂・高市黒人・大伴旅人・山部赤人・山上憶良・笠金村・湯原王・坂上郎女	長14 短144（158）	252(249)	（金） 類241 古174	表意文字を主とし、音仮名を主とする表音文字を交用	この巻以後は天皇代の標目を立てない。各部ごとに年代順に排列。時に前後している所あり。巻一、二の続撰であったものへ家持が大伴氏関係とその周辺の歌を加え、相聞に当る部は量が多くなったので別に一巻とし（巻四）、代りに譬喩歌の部を入れたのではないか。譬喩歌の部のみ他の二部に比して質量とも余りに貧弱である。
	譬喩歌	持統～聖武〈天平中頃〉	紀皇女・笠女郎・坂上郎女・大伴家持	短25				

	挽歌	推古 持統～聖武〈天平十六年〉	聖徳太子・大津皇子・柿本人麻呂・山部赤人・大伴旅人・坂上郎女・大伴家持	長9 短60 69				
巻四 484～792	相聞	仁徳 斉明～聖武〈天平十六年頃〉	額田王・柿本人麻呂・坂上郎女・大伴旅人・笠女郎・湯原王・大伴家持・紀女郎	長7 短301 旋1	309	桂175 元297 金89 類143 古96	巻三に同じ	年代順に排列。時に前後している所あり。第一、二期の歌は少く、拾遺程度。家持の歌が多く、大伴氏関係の歌も多い。
巻五 793～906	雑歌	聖武〈神亀五年～天平五年〉	大伴旅人・山上憶良・吉田宜	長10 短104	114	春33 類106 古51	一字一音式の仮名書。稀に表意文字を使用	年代順に排列。相聞・挽歌に当る歌を含む。宮廷的なものは全くなく、筑紫における旅人と憶良を中心とする歌集。漢詩二・漢文の序十、書簡五・文章一を収載。この巻の筆録者について憶良説・旅人説・旅人周辺説等諸説あり。
巻六 907～1067	雑歌	元正〈養老七年〉～聖武〈天平十六年〉	笠金村・車持千年・山部赤人・大伴旅人・高橋虫麻呂・山上憶良・坂上郎女・湯原王・市原王・大伴家持・田辺福麻呂	長27 短132 旋1	160(161)	元154 金14 春36 類145 古100	表意文字・表音文字交用	年代順に排列。行幸・旅行・遊宴・新京故京に関する歌など宮廷和歌の伝統を保持する歌の巻。殆ど第三・四期の歌人の作で、巻一の続編と言える。
巻七 1068～1417	雑歌	年代不明	作者不明（柿本人麻呂歌集・古集・古歌集出あり）	短203 旋25 228	350	元283 春21 類319 古229	表意文字を主として表音文字を交用	雑歌部に詠物、譬喩歌部に寄物の題を持つ。長歌なし。大体第二期から第三期にかけての歌か。
	譬喩歌	年代不明	作者不明（柿本人麻呂歌集出あり）	短107 旋1 108				

巻	部立	年代	作者	歌数	計	諸本	表記	特色
	挽歌	年代不明	作者不明	短14				
巻八 1418～1663	春雑歌 春相聞 夏雑歌 夏相聞 秋雑歌 秋相聞 冬雑歌 冬相聞	舒明 天智 天武 ～ 聖武〈天平十五、六年〉	舒明天皇・鏡王女・志貴皇子・大津皇子・穂積皇子・山部赤人・笠金村・山上憶良・湯原王・坂上郎女・大伴家持・笠女郎・光明皇后	長6 短235 旋4 連1	246	春29 類236 古11	表意文字・表音文字交用	四季に分類する先駆をなす巻。各部ほぼ年代順に排列。第一・二期は少数で天平年間の歌が圧倒的に多い。巻三・四・六と作者・作歌時期の重なるものが多く、同一資料から季節感のはっきりしたものを選り出してまとめたらしい。
巻九 1664～1811	雑歌	(雄略)・舒明 文武〈大宝元年〉～聖武	(柿本人麻呂歌集出あり)高橋虫麻呂	長12 短89 旋1	102	藍131 元55 壬85 類135 古66	表意文字・表音文字交用	三大部立を完備し、他の部類を交えない唯一の巻。各部ほぼ年代順に排列。巻一・二・三に対して拾遺的存在。古集・人麻呂歌集・金村歌集・虫麻呂歌集・福麻呂歌集の先行全歌集から採取注記には類聚歌林も。
	相聞	持統～聖武	(柿本人麻呂歌集出あり)高橋虫麻呂・田辺福麻呂	長5 短24	29			
	挽歌	持統・文武頃～聖武	(柿本人麻呂歌集出あり)田辺福麻呂・高橋虫麻呂	長5 短12	17			
					148			
巻十 1812～2350	春雑歌 春相聞 夏雑歌 夏相聞 秋雑歌 秋相聞 冬雑歌 冬相聞	年代不明(天武・持統～奈良初期)	作者不明(柿本人麻呂歌集出あり)	長3 短532 旋4	539	藍5 元502 天27 類525 古26	表意文字を主として表音文字を交用。戯書がある。	四季による分類は巻八とこの巻のみ。詠物・寄物によって排列。宮廷人の作歌の参考のための手控え的なものをもとにしたか。

4139		二十五日				類144 古28		のは家持作だという注がある。
巻二十 4293〜4516	部立なし	天平勝宝五年五月〜天平宝字三年正月一日	大伴家持・防人等・三形王・大原今城	長6 短218	224	元214 春46 類216 古122	一字一音式の仮名書。表意文字を時に交える	天平勝宝七歳の防人の歌が八十四首、作者名も記され、歌の作者として庶民の名がこれだけ多く残されたことは珍しい。他に昔年防人歌計九首。
通巻 1〜4516		(仁徳)・(雄略)・(推古)・舒明・皇極・孝徳・斉明・天智・天武・持統・文武・元明・元正・聖武・孝謙・淳仁	(作者不明の巻)巻七・十・十一・十二・十三・十四	長265 短4207 旋62 連1 仏1	4536(4516)	(右は次点本のみ掲げた)	(仮名書の巻)巻五・十四・十五・十七・十八・二十	

●編者紹介

金 井 清 一（かない　せいいち）

昭和 6 年 8 月 25 日，埼玉県に生まれる。
昭和 32 年，東京大学文学部国文学科卒業。
現在，京都産業大学名誉教授。

小 野　寛（おの　ひろし）

昭和 9 年 1 月 17 日，京都市に生まれる。
昭和 32 年，東京大学文学部国文学科卒業。
現在，駒澤大学名誉教授。高岡市万葉歴史館名誉館長。

年表資料 上代文学史 新装版

平成19年10月5日　新装版第1刷発行
令和6年8月5日　新装版第7刷発行

検印省略

© 編者　金井清一・小野 寛

発行者　池田圭子

発行所　有限会社 **笠間書院**

〒101-0064 東京都千代田区神田猿楽町 2-2-3
☎ 03-3295-1331 ㈹　FAX03-3294-0996

ISBN978-4-305-60301-2　恵友印刷